英語認知語法：結構、意義與功用

（上集）

湯 廷 池 著

臺灣 **學生書局** 印行

IN MEMORIAM

Julius C.-L. Tang (1959-1983)

湯 廷 池 敎 授

著者簡介

湯廷池，臺灣省苗栗縣人。國立臺灣大學法學士。美國德州大學（奧斯汀）語言學博士。歷任德州大學在職英語敎員訓練計劃語言學顧問、美國各大學合辦中文硏習所語言學顧問、國立師範大學英語系與英語硏究所、私立輔仁大學語言硏究所敎授、「英語敎學季刊」總編輯等。現任國立淸華大學外語系及語言硏究所敎授，並任「現代語言學論叢」、「語文敎學叢書」總編纂。著有「如何敎英語」、「英語敎學新論：基本句型與變換」、「高級英文文法」、「實用高級英語語法」、「最新實用高級英語語法」、「英文翻譯與作文」、「日語動詞變換語法」、「國語格變語法試論」、「國語格

變語法動詞分類的研究」、「國語變形語法研究第一集：移位變形」、「英語教學論集」、「國語語法研究論集」、「語言學與語文教學」、「英語語言分析入門：英語語法教學問答」、「英語語法修辭十二講」、「漢語詞法句法論集」、「英語認知語法：結構、意義與功用」等。

「現代語言學論叢」緣起

　　語言與文字是人類歷史上最偉大的發明。有了語言，人類才能超越一切禽獸成為萬物之靈。有了文字，祖先的文化遺產才能綿延不絕，相傳到現在。尤有進者，人的思維或推理都以語言為媒介，因此如能揭開語言之謎，對於人心之探求至少就可以獲得一半的解答。

　　中國對於語文的研究有一段悠久而輝煌的歷史，成為漢學中最受人重視的一環。為了繼承這光榮的傳統並且繼續予以發揚光大起見，我們準備刊行「現代語言學論叢」。在這論叢裏，我們有系統地介紹並討論現代語言學的理論與方法，同時運用這些理論與方法，從事國語語音、語法、語意各方面的分析與研究。論叢將分為兩大類：甲類用國文撰寫，乙類用英文撰寫。我們希望將來還能開闢第三類，以容納國內研究所學生的論文。

　　在人文科學普遍遭受歧視的今天，「現代語言學論叢」的出版可以說是一個相當勇敢的嘗試。我們除了感謝臺北學生書局提供這難得的機會以外，還虔誠地呼籲國內外從事漢語語言學研究的學者不斷給予支持與鼓勵。

湯　廷　池

民國六十五年九月二十九日於臺北

語文教學叢書緣起

現代語言學是行為科學的一環，當行為科學在我國逐漸受到重視的時候，現代語言學卻還停留在拓荒的階段。

為了在中國推展這門嶄新的學科，我們幾年前成立了「現代語言學論叢編輯委員會」，計畫有系統地介紹現代語言學的理論與方法，並利用這些理論與方法從事國語與其他語言有關語音、語法、語意、語用等各方面的分析與研究。經過這幾年來的努力耕耘，總算出版了幾本尚足稱道的書，逐漸受到中外學者與一般讀者的重視。

今天是羣策羣力、和衷共濟的時代，少數幾個人究竟難成「氣候」。為了開展語言學的領域，我們決定在「現代語言學論叢」之外，編印「語文教學叢書」，專門出版討論中外語文教學理論與實際應用的著作。我們竭誠歡迎對現代語言學與語文教學懷有熱忱的朋友共同來開拓這塊「新生地」。

語文教學叢書編輯委員會　謹誌

英語認知語法：結構、意義與功用

（上集）

目　　錄

自　序

　　寫「英語認知語法」這一本書共有三個動機。第一個動機是想把這三十年來語言學家有關英語語法的研究，根據自己的了解加以消化，並且加上自己的分析整理以後，介紹給國內的讀者。美國的語言學家 Emmon Bach 教授早在二十年前就說過：在 Noam Chomsky 教授於一九五七年出版 *Syntactic Structures* 以後的短短十年中，研究英語語法的成就就遠超過了前此幾百年研究英語語法的所有成就。事實上，這三十年來英語語法的研究，無論是語法事實的發掘、語法規律的分析、或語法理論的發展，都有日新月異、突飛猛進的進步。可惜這些進步都沒有完全介紹到國內來，因此也就很少影響到國內英語語法的研究，也沒有改進國內的英語語法教學。

　　第二個動機是想借此機會把語言分析的方法，特別是語言現象條理化的過程與功用，介紹給國內主修語言的同學。傳統的語言教學常認為語言現象中有很多問題是‘只可意會，不可言傳’的。而現代語言學家的看法卻是‘既可意會，必可言傳’，任何語言現象或問題都可以有條有理、清清楚楚的加以條理化。而且，語言現象的條理化，不能任憑主觀與武斷來裁奪；否則‘公說公有理，婆說婆有理’，結果必然是衆說紛紜而莫衷一是。語言現象的觀察、分析與條理化，必須根據語言事實小心翼翼、步步為營的提出「假設」，然後兼顧「佐證」與「反證」仔仔細細、

反覆不已的把這些假設加以檢驗與論證。對於這種先提出假設而後加以論證的敍述方式，有些讀者可能會覺得不習慣。在論證的過程中，不但要援用佐證，而且還要檢驗反證，有些讀者也可能會覺得過於瑣碎而令人乏味。但這些都是從語言分析與論證中排除主觀與武斷的必要操作，也是訓練我們推理推論的最好方法。只要大家肯耐心而反覆的觀察、比較、分析有關的語料，就不難了解語法現象條理化的過程，甚至可能體會到語言分析的樂趣。

　　第三個動機是想藉這一本書在「理論語言學」與「應用語言學」之間，以及「語言研究」與「語言教學」之間，搭起一座溝通的橋樑。我們相信，語言研究與語言教學應該相輔相成，而理論語言學與應用語言學也可以相得益彰。語言教學上的創新或應用語言學上的突破，常靠語言研究的鑽營或理論語言學的進步來催生推動。語言教學的討論，不能老停滯於抽象的「教學觀」與原則性的「教學法」上面，而應該早日邁進具體而微、切實有效的「教學技巧」裏面來。無論是語音、詞彙、句法、語意或語用的問題，都可以明確而簡要的加以條理化，都應該清清楚楚、明明白白的交代給學生。學生先要經過「有知有覺」的學習，然後經過不斷的練習與應用，最後纔能養成「不知不覺」的習慣。因此，語言事實的掌握與語言現象的條理化，可以說是改進語言教學的先決條件之一。國內目前的英語教學與英語研究似乎未能打成一片，我們今後應該努力縮短二者的距離，冀能獲得相輔相成、相得益彰的效果。

　　早在十五年前，家裏的孩子還在中、小學讀書的時候，就有意寫這一本書。長男志理雖然志在物理，卻從小對英語表示濃厚

的興趣。他在幼稚園的時候，從我跟學生的交談中學會的第一個
英語單字是 'transformation'。到了中學，他就可以用英語在電
話上跟外國人聊天，而且能分別以英式口音與美式口音跟英美人
士談話。大一的時候，他曾參加包括外文系學生在內的英語演講
比賽而獲得冠軍。也在大一的時候，他獲選學生親善代表前往日
本。回國以後，隨行的輔導員告訴我：他在一次座談會上以英語
力陳日本對華貿易出超的不平，使在座的日本人都為之動容。這
都是十多年前的事情了，但是他跟我討論問題時期盼的表情仍然
歷歷在目，他那急切的聲音也依然縈繞於耳。這一本書裏的許多
問題，是我們曾經一起研究、討論、甚至爭辯過的問題。他一直
鼓勵我把這一本書寫下來，學物理的他似乎特別欣賞語言學的分
析方法與語言現象的條理化。

　　在他離開我們身邊的第五年，終於完成了這一本書。在他五
週忌的那一天，我要把這一本小書獻給他，並讓書裏的每一個字
告訴他：他老爸爸多麼愛他，多麼想念他。

湯　廷　池

一九八八年五月十五日

英語認知語法緒論：語言分析的條理化

（語言分析蠻有趣，來點頭腦的運動好不好？）

　　學習英語，不僅要靠了解、練習與記憶，更要靠思考、推理與推論。囫圇吞棗的強記死背是事倍功半的學習方法。與其‘不知不覺’、‘暗中摸索’的學習，不如‘有知有覺’、‘舉一反三’的學習，然後經過不斷的練習與應用纔能養成‘開口成章’、‘習焉不察’的習慣。很多人認為英語裏有許多用法，‘只可意會，不可言傳’。但是站在英語教學的立場，我們卻希望能做到‘既可意會，必可言傳’。「認知教學觀」（cognitive approach）認為語言的學習不是單純的模仿、背誦或記憶，而是運用心智推理推論的認知

活動。語言好比是一套「密碼」（code），看來雜亂無章、複雜無比。但是只要我們懂得如何去「解碼」（decode），語言的「密碼」就會變得有條有理，簡單無比。如果我們懂得如何「解碼」，我們就不難學會如何「編碼」（encode）。因爲我們已經透過'言傳'而'意會'語言的條理——「密碼」，先學會「解碼」再練習「編碼」；只要不斷的練習與應用，就會熟能生巧的說出自然流利的英語，或寫出簡練有力的英文。

我們應該如何學習英語的「解碼」？特別是英語老師應該如何教授學生英語的「解碼」？其實，英語的「解碼」就是英語的「語言分析」（linguistic analysis），學習英語語言分析的目的就是要破解英語的「密碼」。但是許多人，包括英語老師與主修英語的學生在內，都視語言分析爲畏途，認爲語言分析是艱深難懂或單調乏味的學問。爲了破除這個'迷信'，我們在下面準備了十五題語言分析的題目，要讀者先設法自行解答；然後再與讀者一起討論這些題目的答案，最後並把答案的重點扼要加以整理。這些題目，乍看之下相當深奧，尤其最後幾題是目前歐美語言研究所師生正在熱烈討論的主題，可能會讓讀者感到簡直無法'招架'。但是請大家耐心的讀下去，一次讀不懂不妨再讀一次，這樣大家就會慢慢培養語言分析的興趣與能力來。'天下沒有白吃的午餐'（'No lunch can ever be free!'），花一點'苦讀'的代價就可以享受一頓豐富的'語言大餐'，先前的痛苦也就變成甜蜜的回憶。

〔第一問〕

下面的英語例句可以有兩種不同的解釋。先把這個英語例句翻成簡單易懂的國語來表示這兩種不同的解釋。再用「英語解

義」（English paraphrase）的方式來表示這兩種不同的解釋。並討論原來的例句為什麼會產生「歧義」（ambiguity），應該用怎麼樣的方法來「消除歧義」（disambiguate）？

① I forgot to call him again.

〔解 答〕

①的英語例句可以有下面②與③兩種不同的解釋。

② 我又忘記打電話給他。

③ 我忘記再打電話給他。

①句之所以產生②與③的歧義，是由於副詞'again'可以解釋為修飾整個限定動詞組'forgot to call him'（如②句），也可以解釋為只修飾不定動詞組'to call him'（如③句）。副詞'again'修飾整個動詞組'forgot to call him'時，其修飾的範域較廣（叫做「寬域解釋」（wide scope interpretation）），所以國語的副詞'又'出現於限定動詞'忘記'的前面。副詞'again'只修飾不定動詞組'to call him'時，其修飾的範域較窄（叫做「狹域解釋」（narrow scope interpretation）），所以國語的副詞'再'出現於非限定動詞'打（電話）'的前面。至於英語只用一種副詞'again'，而國語則用兩種不同的副詞'又'與'再'，因為國語裏已經發生的動作（'forgot'）用'又'，而尚未發生的動作（'to call'）用'再'。試比較下面④與⑤裏國語'又'與'再'不同的用法：

④ 他昨天 {又／*再} 來。

⑤ 他明天 {*又／再} 來。

要利用英語解義來消除①句的歧義，可以有幾種不同的方式。一種是把副詞'again'移到句首來，這樣就只有②的「寬域

解釋」，例如：

⑥　*Again,* I forgot to call him.

也可以把副詞'again'移到'forgot'的前面或'to call'的前面來，這樣也只有②的「寬域解釋」，例如：

⑦　I *again* forgot to call him.

⑧　I forgot *again* to call him.

我們卻無法靠移動副詞'again'的方式來表示③的「狹域解釋」。例如，我們不能把副詞'again'移到'to'與'call'的中間來，因為一般英美人士都不接受⑨的例句。

⑨?*　I forgot to *again* call him.

但是我們可以把'to call him'的「不定子句」（infinitive clause）改為⑩的「that子句」（that-clause），這樣就只有③的「狹義解釋」，例如：

⑩　I forgot (*that*) I {*must/should*} call him again.

我們也可以改寫成⑪句，先肯定'called him once'後再說出①句，這樣在語意上就只能修飾'to call'而做③的「狹義解釋」。

⑪　I *called him once* but forgot to call him again.

〔重　點〕

在'限定動詞＋不定式動詞＋副詞'的句式裏，因為副詞修飾的範域可能包括「限定動詞」或只能包括「非限定動詞」而產生「寬域」與「狹域」兩種歧義。消除歧義的方式是把副詞移到「限定動詞」或「非限定動詞」的前面來表示「寬域」❶，或把

---

❶ 有些「表示情狀的副詞」（manner adverb）出現於不定式動詞的前面而仍能表示「狹域」，例如：→

「不定子句」改爲「that子句」來表示「狹域」。例如，⑫句可以有⑬的「寬域解釋」與⑭的「狹域解釋」。試比較：

⑫   He agreed to help me paint the house yesterday.

⑬   a. {他昨天／昨天他} 答應幫我油漆房子。

     b. *Yesterday* he agreed to help me paint the house.

     c. He agreed *yesterday* to help me paint the house.

⑭   a. 他答應昨天幫我油漆房子。

     b. He agreed *that* he *would* help me paint the house yesterday. ❷

     c. *Last week* he agreed to help me paint the house yesterday.

〔第二問〕

下面有兩句英語，除了情態助動詞‘may’與‘can’不同以外，其他部分完全相同。先把這兩句英語翻成簡單易懂的國語來表達這兩句不同的含義，再用英語解義的方式來說明這兩句不同的含義，並就英語情態助動詞的意義與用法做一個扼要的整理。

①   A friend *may* betray you.

②   A friend *can* betray you.

（ i ）   a. He promised to support me *financially*.

       b. He promised to *financially* support me.

（ii）   a. I expect to cooperate with him *fully*.

       b. I expect to *fully* cooperate with him.

❷ 嚴格說來，⑭b仍可解爲「寬域」，但是一般人（preferred reading）都做「狹域」解。

〔解 答〕

在這兩個例句裏情態助動詞'may'與 'can'都表示可能性，但是 'may' 表示「事實上的可能性」（factual possibility）而做'或許會'解，'can' 則表示「理論上的可能性」（theoretical possibility）而做'可能'解。試比較：

③ 朋友（在事實上）或許會出賣你。

④ 朋友（在理論上）可能出賣你。

又因爲'may'表示「事實上的可能性」，所以無定名詞'a friend' 在指涉上表示「殊指」（specific），而做'有這麼一位朋友'解：

⑤ 有一位朋友或許會出賣你。

另一方面，因爲'can'表示「理論上的可能性」，所以無定名詞 'a friend'表示「泛指」（generic）而做'凡是朋友'解。影響所及，連賓語代詞'you'都不一定要指講話的對方，而可以做「泛指」的'你'或'我們'解：

⑥ 凡是朋友都可能出賣 {你／我們}。

根據以上的解釋，①與②的句子可以分別用⑦與⑧的英語來解義。試比較：

⑦ a. A friend of yours may possibly betray you.

   b. It may be (the case) that a friend of yours will betray you.

   c. There is a friend who may betray you.

⑧ a. A friend can in theory betray {*you/us*}.

   b. In theory one can be betrayed by {*one's/his*} friends.

c. It is (theoretically) possible for one to be betrayed by {*one's*/*his*} friends.

〔重　點〕

英語的情態助動詞'may'與'can'都可以表示可能性。但是'may'表示「事實上的可能性」，說話者常對於所說的事情缺乏充分的證據，只提出可能性，並不知道是否係眞實。另一方面，'can'則表示「理論上的可能性」，說話者對於所提出的話常有些證據可以支持，知道至少有一個實例，因而說話的態度比較肯定。例如，在下面⑨的例句裏，說話者對於⑪句的事實（'運動員是優秀的學生'）不完全肯定，也不完全否定，只假設有此可能而已，在語意上相當於⑫句。而在下面⑩的例句裏，說話者的態度則較爲肯定，知道至少有一個身爲運動員卻是優秀學生的實例來支持⑪句的事實，在語意上相當於⑬句。

⑨　Athletes *may* be brilliant students.

⑩　Athletes can be brilliant students.

⑪　Athletes are brilliant students.

⑫　I am not quite sure but I think it possible for athletes to be brilliant students.

⑬　I have reason to believe that it is possible for athletes to be brilliant students.

英語的情態助動詞（'may, might, can, could, will, would, must, should, ought to'）都可以表示「可能性、或然性、確定性」，因而常與表示推測的「情態副詞」（modal adverb）連用，例如：

• 7 •

⑭ might(perhaps); may(possibly); could/can(in theory); could/can(not possibly); would(presumably); will (likely/probably); must(surely/certainly); should/ ought (to) (assuredly)

從⑭的表裏可以看出「過去式情態助動詞」（如‘might, could, would’）表示說話者對於所敍述的事情比「現在式情態助動詞」（如‘may, can, will’）多有所保留，較不堅定。

〔第三問〕

下面兩句英語，除了人稱代詞‘I’與‘you’不同以外，其他部分完全相同。先把這兩句英語翻成簡單易懂的國語來表達這兩句不同的含義，並就英語情態助動詞的意義與用法做一番扼要的整理。

① I'm asking if *I* could please open the door.

② I'm asking if *you* could please open the door.

〔解答〕

在這兩個例句裏情態助動詞‘could’都表示許可，但是在①句裏說話者的‘I’請求聽話者（‘you’）讓他開門，而在②句裏說話者（‘I’）則請求聽話者的‘you’替他開門。因此，①與②句可以分別翻成③與④的國語，或分別用⑤與⑥的英語來解義。試比較：

③ ｛我在請求／請問｝我可否打開門。

④ ｛我在請求／請問｝您可否（替我）打開門。

⑤ I'm asking you if I may please open the door.

⑥ I'm asking you if you would please open the door.

也就是說，①句裏'could'的意義與用法，與⑦句裏'may'的意義與用法相似；而②句裏'could'的意義與用法，則與⑧句裏'will'的意義與用法相似。試比較：

　⑦　*May* I please open the door?

　⑧　*Will* you please open the door?

在 ① 與 ⑦ 的例句裏，主語的 'I' 是請求許可以便採取某種行動的本人，因此必須是「第一人稱的說話者」(the first-person speaker)，不能用「第二人稱的聽話者」(the second-person addressee) 或「第三人稱的第三者」。試比較：

　⑨　*May* {*I/yours truly/*you/*he*} please open the door?

而在②與⑧的例句裏，主語的'you'是請求採取某種行動的對方，因此必須是「第二人稱」或「第三人稱」的「聽話者」，不能用「第一人稱的說話者」或「第三人稱的第三者」。試比較：

　⑩　*Will* {*you/his excellency/someone/Mr. John Smith/*I*} please come in?

〔重　點〕

英語的情態助動詞'could'在直接或間接疑問句中可以表示兩種不同意義的「許可」。一種是說話者請求對方允許他採取某種行動，以第一人稱代詞的'I'為主語，與請求許可的'may'同義。另一種是說話者請求對方為他採取某種行動，以第二人稱代詞或第三人稱「呼語」(vocative) 為主語，與詢問意願的'will'同義。

英語的情態助動詞，除了可以表示「可能性、或然性、確定性」等「推測意義」(epistemic meaning) 以外，還可以表示

「意願、許可、能力、需要」等「義務意義」(deontic meaning)，例如：'will'（意願），'may'（許可），'can'（能力，許可），'must'（需要），'should/ought to'（義務）。一般說來，出現於「完成貌動詞」、「進行貌動詞」、「完成進行貌動詞」、「靜態動詞」等前面以及'It——be that…'句型裏的情態助動詞表示「推測意義」；出現於'if, when'等引導的副詞子句裏的情態助動詞表示「義務意義」。試比較：

⑪　He {*may/might/can(not)/could (not)/must/should/ought to*} {*have studied/be studying/have been studying*} English.

　　「推測意義」：出現於「完成貌動詞」、「進行貌動詞」、「完成進行貌動詞」前面。

⑫　He {*may/might/can (not)/could (not)/must/should/ought to*} *resemble* his mother.

　　「推測意義」：出現於「靜態動詞」前面。

⑬　*It* {*may/might/can (not)/could (not)/must*} *be* (the case) *that* he is sick.

　　「推測意義」：出現於'It——be that…'的句型。

⑭　*If* he {*will/may/can/must/should/ought to*} do it,…

　　「義務意義」：出現於由'if'引導的副詞子句。

〔第四問〕

下面兩句英語，那一句通？那一句不通？不通的句子應該如何改正？

①　I ran fast *but couldn't* catch the bus.

② I ran fast *and could* catch the bus.

〔**解　答**〕

英語的情態助動詞‘could’有兩種不同的意義與用法。一種是做為「義務用法」‘can’（做「能夠、可以」解）的過去式用；另一種用法與「推測用法」‘can’（做「可能、可以」解）同義，但在語氣上比較含蓄而婉轉。第一種用法的‘could’是「義務用法」‘can’的過去式，所以常與表示過去時間的副詞連用（如③句），或出現於過去式主要動詞的賓語子句內（如④句）。試比較：

③ I {*can*/*could*} run fast when I was young.

④ I told him (*that*) I {*can*/*could*} go with him yesterday.

第二種用法的‘could’在形態上雖然屬於過去式，卻不表示過去時間，所以可以與表示未來時間的副詞連用，例如：

⑤ I {*can*/*could*} go with him *tomorrow*.

在上面⑤的例句裏，‘can’與‘could’的區別，不在於現在式（或現在、未來時間）與過去式（或過去時間）的差異，而在於說話語氣的婉轉與否。換句話說，⑤句裏的現在式情態助動詞‘can’與過去式情態助動詞‘could’都指的是未來時間‘tomorrow’，只是過去式的‘could’比現在式的‘can’更能表示含蓄而婉轉的語氣而已。同樣的，在下面⑥與⑦的例句裏，過去式的‘might’比現在式的‘may’更含蓄而婉轉，而過去式的‘would’也比現在式的‘will’客氣而禮貌。試比較：

⑥ I {*may*/*might*} be able to help you.

⑦　{*Will/Would*} you give me a hand?

問題裏①的句子可以通。在這個句子裏，情態助動詞 ‘could (n't)’ 做義務用法的「能夠」解，表示說話者雖然跑得很快，卻未能趕上公車。可是②的句子卻不通：理由是 ‘could’ 的否定式 ‘couldn't’ 可以不靠表示過去時間的副詞（如 ‘yesterday’）或副詞子句（如 ‘when I was young’）而表示過去時間，但是 ‘could’ 的肯定式則必須靠表示過去時間的副詞或副詞子句（如③句），或靠主要子句的過去式動詞（如④句），纔能表示過去時間。所以，如果要表達 ‘我跑得很快，因而能夠（及時）趕上公車’，那麼就不能用 ‘could’，而要改爲下面幾種說法。

⑧　I ran fast and *caught* the bus.

⑨　I ran fast and *was able to catch* the bus.

⑩　I ran fast and *succeeded in catching* the bus.

⑪　I ran fast and *managed to catch* the bus.

〔重　點〕

過去式的情態助動詞（如 ‘should, would, might, could, ought to’ 等），只有用否定式或與表示過去時間的副詞、副詞子句或主要子句連用時纔能表示過去時間。在其他地方使用的過去式情態助動詞，並不表示過去時間，而表示比現在式情態助動詞更含蓄而婉轉的語氣。這些情態助動詞可能表示其「義務用法」，也可表示其「推測用法」。試比較：

⑫　「義務用法」

　　　（ i ）　will：「決心」(determination) ‘要’；「意願」
　　　　　　　(willingness) ‘願意’

（ii）　may：「許可」（permission）'可以'

（iii）　can：「能力」（ability）'能夠'；「許可」（per-

mission）'可以'

（iv）　must：「需要」（necessity）'必須，非…不可'

（ v ）　should, ought to：「責任、義務」（obligation）

'應該'

⑬　　「推測用法」

（ i ）　will：「預斷未來」（future prediction）'會'

（ii）　may：「（事實上的）可能性」（(factual) possi-

bility）'或許會'

（iii）　can：「（理論上的）可能性」（(theoretical)

possibility）'（不）可能'

（iv）　must：「（邏輯上的）必然性」（logical necessity;

certainty）'一定是，準是…無疑'

（ v ）　should, ought to：「必然性」（certainty）'（照

理）應該'

我們在前面第三問的重點整理裏提到，如果情態助動詞後面用完成貌、進行貌或完成進行貌動詞，這個情態助動詞就要做「推測用法」解，例如：

⑭　He *may have studied* English before.

'他或許讀過英語（但事實上有沒有讀過英語則不得而知）'

⑮　She *may* 〔*might*〕 *be studying* English now.

'她或許正在讀英語'

⑯　They *must have been studying* all the morning.

　　'他們一定是整個早上一直都在讀書'

但是如果在過去式情態助動詞後面用完成貌、進行貌、完成進行貌動詞，那麼這些句子就表示與現在、過去或未來的事實相反的假設，即事實上並沒有實現，例如：

⑰　He *might have studied* English if he had gone to junior high school.

　　'如果他當年上了國中，他或許就會讀了英語（但事實上他沒有讀過英語）'

⑱　She *might be studying* English now if she hadn't gone to the movies.

　　'如果沒有去看電影，她現在或許會在讀英語'

⑲　I *could have gone* with you yesterday but I didn't.

　　'我本來昨天可以跟你一道去，但（事實上）我沒有去'

⑳　You *should have been studying* instead of watching TV.

　　'你本來應該一直都在讀書，而不應該看電視'

㉑　I *would study* English if you would promise to take me to the movies tonight.

　　'如果你肯答應今天晚上帶我去看電影，我就要讀英語'

〔第五問〕

　　下面兩個句子裏括弧裏面的冠詞（'the, a(n), φ, some'等），那些可以用，那些不可以用？並根據這些例句，說明英語冠詞'the, a(n), φ, some'的意義與用法。

① I've just been to inspect a house. I didn't buy it

because $\begin{cases} \text{a. (the, a) window was} \\ \text{b. (the, } \phi \text{, some) windows were} \end{cases}$ broken

and c. (the, a, some) roof was leaking.

② That wedding was a disaster because Fred spilled

wine on $\begin{cases} \text{a. (the, a) bridemaid.} \\ \text{b. (the, } \phi \text{, some) bridemaids.} \\ \text{c. (the, a) bride.} \end{cases}$

〔解　答〕

英語的冠詞可以分為「有定冠詞」（definite article）與「無定冠詞」（indefinite article）兩種。英語的「有定冠詞」只有一個'the'，而「無定冠詞」則包括'a(n)'，'ϕ'與'some'。有定冠詞'the'與名詞連用而形成「有定名詞組」（definite noun phrase），並在「指涉」（reference）上有兩種功用。第一種功用是表示「定指」（definite）；也就是說，說話者認為聽話者必能知道這個有定名詞組指的是那一個人（或那些人）、那一隻動物（或那些動物）、那一件事物（或那些事物）。第二種功用是表示「全稱」（inclusive）或「全體」（total）；也就是說，這個有定名詞組必須包括指涉對象的全體成員，不能有所遺漏。以'the boy'為例，說話者用這個有定名詞組，因為他不但認為聽話者必能知道他指的是那一個小男孩，而且還表示他所指的小男孩只有一個。同樣的，'the boys'這個有定名詞組，不但表示說話者與聽話者雙方都知道指的是那些小男孩，而且還把這些小男孩統統包括在一起。

　　無定冠詞'a(n)'，'φ'與'some'則與名詞連用而形成「無定名詞組」(indefinite noun phrase)，在指涉上也有兩種功用。第一種功用是表示「非定指」(indefinite，或 nondefinite)；也就是說，說話者與聽話者無法共同認定這個無定名詞組所指的是誰或什麼。「非定指」，依照其內容的不同，可以再分爲「殊指」(specific)、「任指」(nonspecific) 與「未指」(non-referring) 等，詳細的情形在後面的習題裏再詳細說明。第二種功用是表示「偏稱」(exclusive) 或「部分」(part)，也就是說，沒有提到指涉對象的全體成員，而只把部分成員指出來。例如，'a boy'這個無定名詞組，不但表示說話者認爲聽話者無法知道他指的是那一個小男孩，而且還表示除了這一個小男孩以外至少還有一個小男孩的存在。同樣的，'φ boys'這個無定名詞組，不但表示聽話者無法認定這些不特定數目的小男孩指的是誰，而且還表示另外還有其他小男孩的存在。無定冠詞'a(n)'與「單數可數名詞」(singular count noun) 連用，而'φ'與'some'則與「複數可數名詞」(plural count noun) 或「單數不可數名詞」(singular noncount noun) 連用。因此，除了「非定指」與「偏稱」以外，'a(n)'還表示「單數」，'φ'還表示「不特定的數量」，而'some'則還表示「比較受限定的數量」(與國語的'若干'相似)。

　　在'the president of our university'這個有定名詞組裏，我們必須用有定冠詞'the'。因爲這個時候講話的雙方都知道指的是那一位校長（「定指」），而且一所大學裏就只有這麼一位校長（「全稱」）。在'a student of our university'這個無定名詞組

裏，我們則必須用無定冠詞 'a(n)'。因為這個時候講話的雙方（至少是聽話的一方）並不知道指的是那一個學生（「非定指」），而且一所大學裏幾千個學生中這裏指的只是其中的一個（「偏稱」），所以用無定冠詞 'a(n)'。但是在 '{ϕ/some/the} students of our university' 這一個名詞組裏則可以用無定冠詞 'ϕ' 與 'some'，也可以用有定冠詞 'the'。'ϕ students of our university' 指這一所大學裏不特定而且不確定複數的學生（「非定指」與「偏稱」），而 'some students of our university' 也表示不特定的部分學生，但是數目上較受限制（可能指三、四、五個學生）。至於 'the students of our university' 則指這一所大學的全體學生，因為指涉全體學生（「全稱」），也就能確定其指涉對象（「定指」）而用有定冠詞 'the'。

　　根據以上的觀察與分析，①a句裏的 'the window' 不通，因為聽話者並不知道究竟那一個窗戶是破的，而且一棟房子通常都有好幾個窗戶，實在沒有理由用表示「定指」與「全稱」的 'the'；而①b句裏的 'the windows' 卻是通的，因為說話者的意思是所有的窗戶是破的（「全稱」而且「定指」）。①b的 'a window' 表示有一個窗戶是破的，聽話者並不知道究竟是那一個窗戶（「非定指」），但是知道除了這一個窗戶以外其餘的窗戶都沒有破（「偏稱」），所以用無定冠詞 'a(n)'。①b的 'ϕ windows' 可以通，表示不確定複數的窗戶是破的；①b的 'some windows' 也可以通，表示有若干個窗戶是破的。①c的 'the roof' 是通的，因為一棟房屋只有一個屋頂，說話者表示這棟房屋的屋頂（「定指」而且「全稱」）會漏水。但是①c的 'a roof' 與 'some roof'（'some' 讀做

重讀的〔sʌm〕，並做「殊指」的'某一個'解）卻不通，因爲這兩種說法都暗示除了這個漏水的屋頂外還有其他不漏水的屋頂（「偏稱」）。同樣的，②a的'the bridemaid'表示「唯一的伴娘」、'a bridemaid'表示「（其中）一位伴娘」、'the bridemaids'表示「所有的伴娘」，'φ bridemaids'與'some bridemaids'表示「（其中）一些伴娘」；因爲一般婚禮裏可以有好幾位伴娘，所以都可以通。但是②c卻只能用'the bride'，因爲按照道理只有一位新娘，所以應該用「定指」而「全稱」的'the'。如果說話者堅持要用'a bride'，那麼就可能表示這是一場集團結婚的婚禮，同時有好幾位新娘在場。

〔重　點〕

　　過去討論英語冠詞的意義與用法，只強調「定指」與「非定指」的區別，而忽略了「全稱」與「偏稱」的差異，因而無法幫助學生領悟「有定冠詞」與「無定冠詞」的意義與用法。其實，「全稱」與「定指」之間，以及「偏稱」與「非定指」之間，在指涉意義上都有密切的關係。「全稱」包括指涉對象的全體成員，所以纔能「定指」；「偏稱」只能指涉部分成員，所以無法「定指」。

　　有定冠詞'the'的「定指」與「全稱」意義，可以說明爲什麼名詞前面有'only, sole, same, very'以及「最高級形容詞」等修飾語出現的時候，必須與'the'連用。因爲這些修飾語在語意上都表示「定指」與「全稱」，所認定的指涉對象總共只有這一個（用'the＋單數名詞'表示）或總共只有這幾個（用'the＋複數名詞'表示），例如：

③ a. *The only girl* at the party was Jane.

b. *The only girls* at the party were Jane and Sue.

c. *The sole responsibility* for this job is yours.

④ a. The word is *the same,* but it has two different spellings.

b. This is *the very pen* he used when he was writing the book.

⑤ a. I've met *the most beautiful girl,* Sue.

b. I've met *the most beautiful girls,* Sue and Jane.

⑥ a. John bought *the biggest dog* of the five.

（'五隻狗中最大的一隻'，只有一隻：「全稱」）

b. John bought *the bigger dog* of the two.

（'兩隻狗中最大的一隻'，也只有一隻：「全稱」）

c. John bought *a bigger dog* than this one.

（'比這隻狗還要大的狗'，不只一隻：「偏稱」）

但是在下面例句的用法中，'only, similar, most, beautiful'卻沒有表示「全稱」，所以不用'the'而用'a(n)'。試比較：

⑦ I was *an only child.*

（天下的「獨生子」不只一個，別家也有：「偏稱」）

⑧ I've met *a most*（＝very, extremely）beautiful girl at the party.

（'非常漂亮的女孩子'，可能不只一個：「偏稱」）

⑨ a. The two Indians spoke *the same language.*

（'同樣的語言'，只有一種：「全稱」）

b. The two Indians spoke *a same language.*

（‘相似的語言’，可能不只一種：「偏稱」）

〔第六問〕

下面四個對話或句子裏都留有一個空白。在這些空白裏應該填進 ‘it’ 還是 ‘one’？並請說明名詞指涉與代詞 ‘it、one’ 的照應關係。

①　A：Have you ever seen a panda?

　　B：Yes, I saw ＿＿＿ in Washington.

②　A：I saw a panda last week.

　　B：Where did you see ＿＿＿ ?

③　John wants to buy a new car; he will buy ＿＿＿ tomorrow.

④　John didn't buy a new car yesterday, and Tom didn't buy ＿＿＿ either.

〔解　答〕

在①到④的例句裏所出現的無定名詞組 ‘a panda’ 與 ‘a new car’ 都含有無定冠詞 ‘a(n)’，因此在指涉上都屬於「非定指」。但是①的 ‘a panda’ 表示「任指」，說話者並沒有指出特定的熊貓來，在語意上與 ‘any panda’ 相近；聽話者當然也就無法認定這個指涉對象，因而用「無定代詞」（indefinite pronoun）‘one’ 來照應。另一方面，②的 ‘a panda’ 則表示「殊指」，指說話者上星期所看到的那一隻熊貓，在語意上與 ‘a certain panda’ 相近，因而用「人稱代詞」（personal pronoun）‘it’ 來照應。③的 ‘a new car’ 可以做「殊指」解，也可以做「任指」解。如果做「殊

指」解，那就表示'John'在心目中已經決定要買一部特定的新車，所以應該用'it'來照應。如果做「任指」解，那就表示'John'並沒有特定的新車要買，所以應該用'one'來照應。至於④的'a new car'則出現於否定句中，事實上並沒有這麼一部新車的存在（'There existed no new car such that John bought it'）。這是所謂「未指」的用法，即指涉對象並不存在，不能用表示「指涉相同」的'it'來照應，只能用表示「詞義相同」的'one'來照應。根據以上的討論，①與④的空白只能填進'one'，②的空白只能填進'it'，而③的空白則可以填進'one'或'it'。

〔重　點〕

「無定冠詞」'a(n)'與'φ'表示「非定指」，而「非定指」又可以分為「殊指」、「任指」與「未指」。「殊指」表示說話者雖然有特定的指涉對象，聽話者卻無法認定這個指涉對象。「任指」表示說話者並沒有特定的指涉對象，說話者也就自然無法認定這個指涉對象。而「未指」則表示指涉對象根本不存在。

　　無定名詞組的「殊指」、「任指」與「未指」，主要是屬於語意解釋上的問題。我們先應該問：這個無定名詞組的指涉對象究竟存在不存在？如果指涉對象不存在，那麼這個無定名詞組在指涉上屬於「未指」（non-referring）。例如，在下面例句⑤裏出現於補語位置的無定名詞組（'a physicist, a doctor, a fish, φ mammals'）都只表示身份、職業、類目等「屬性」（attribute），而並不指涉對象。

⑤　a. Julius is *a physicist*.

　　b. Jane is *a doctor*.

        c. A trout is *a fish*.

        d. ϕ Whales are ϕ *mammals*.

這一些「未指」的無定名詞組都只表示屬性而不指涉對象，因而不能用人稱代詞'he, she, it, they'等來照應。例如在⑥句裏出現的無定名詞組'a fool'與'ϕ very queer animals'都解釋為表示屬性的「未指」，在語意上分別相當於形容詞'foolish'與'very queer'，可以用「指示詞」'that'來照應。

    ⑥ a. John is *a fool* 〔=foolish〕 but he doesn't always look *that*.

        b. "They must be ϕ *very queer animals* 〔=very queer〕." "Sure, they are *that*."

下面⑦的例句更顯示：表示屬性的無定名詞組不能用人稱代詞來照應。

    ⑦ John is *a fool,* and his wife, *another* 〔=is another fool=is also a fool=is also foolish〕.

又⑧句裏的'a physicist'可以解釋為表示屬性（身分）的「未指」，也可以解釋為表示特定指涉對象（'某一位物理學家'）的「殊指」。如果解釋為「未指」，那麼⑧句就可以做為⑨a問句的答句；如果解釋為「殊指」，那麼⑧句就可以做為⑨b問句的答句。試比較：

    ⑧ I talked with *a physicist*.

    ⑨ a. *Who* did you talk with this morning?

        b. *What kind of person* did you talk with this morning?

　　另一方面，如果無定名詞組的指涉對象存在，我們就應該問：說話者有沒有特定的指涉對象？如果說話者有特定的指涉對象，那麼這個無定名詞組是「殊指」，可以用人稱代詞來照應；如果說話者沒有特定的指涉對象，那麼這個無定名詞組是「任指」，只能用不定代詞來照應。例如，在⑩的例句裏，無定名詞組 'a blonde' 可能是「殊指」（John 心目中早就有一個特定的對象），也可能是「任指」（John 心目中並沒有固定的對象，現在正在找對象）。如果是「殊指」，那麼就可以用⑪a的人稱代詞 'she' 來照應；如果是「任指」，那麼就只能用⑪b的不定代詞 'one' 來照應。試比較：

⑩　John wants to marry *a blonde*.

⑪　a. And *she* 〔＝the blonde〕 is a nurse.

　　b. But he hasn't found *one* 〔＝a blonde〕 yet.

同樣的，⑫a的 'a doctor' 是「殊指」（說話者認識這麼一位醫生，卽心裏頭有一個特定的指涉對象），所以可以用人稱代詞 'he' 來照應；而⑫b的 'a doctor' 是「任指」（說話者需要一位醫生，但是心裏頭並沒有特定的指涉對象），所以不能用 'he' 來照應。

⑫　a. I know *a doctor*. *He* is a specialist in obstetrics.

　　b. I need *a doctor*. **He* is a specialist in obstetrics.

〔第七問〕

　　英語裏表示「泛指」的說法共有三種：(a) 'a(n)＋單數可數名詞'，(b) 'the＋單數可數名詞'，(c) 'φ＋複數可數名詞或單數不可數名詞'。下面十個例句裏以「花括弧」（braces）包括起來

・ 23 ・

的名詞組都是表示「泛指」的名詞組，那些說法可以用，那些說法不可以用？並根據這些例句，說明英語表示「泛指」的說法(a)、(b)、(c)中各有那些限制？

① {*A tiger/The tiger*} is a dangerous animal.

② {*A beaver and an otter/The beaver and the otter*} build dams.

③ Dams are built by {*a beaver/the beaver*}.

④ {*A beaver/The beaver*} built dams in prehistoric times.

⑤ {*A beaver/The beaver*} has been building dams for thousands of years.

⑥ {*A dinosaur/The dinosaur*} is extinct.

⑦ Monkeys do not use {*an instrument/the instrument*}.

⑧ {*A good porkchop/The good porkchop*} is tender.

⑨ {*A unicorn/The unicorn*} each has a single horn.❸

⑩ John reads {*a book/the book*} after dinner.

〔解　答〕

在①的例句裏(a)與(b)的說法都可以用，但是在②到⑥的例句裏卻只有(b)的說法可以用。這是因為㈠(a)的說法不能用對等連詞'and'來連接（如②句）；㈡(a)的說法可以出現於主動句主語的位置，卻不能出現於介詞'by'賓語的位置（如③句）；㈢(a)

---

❸ 我們也不能說成'*Each* of {*a unicorn/the unicorn*} has a single horn'。

的說法只能出現於「現在式」(present tense)、「單純貌」(simple aspect)，不能出現於「過去式」(past tense，如④句)或「完成貌」(perfective aspect)、「進行貌」(progressive aspect)、「完成進行貌」(perfective-progressive，如⑤句)。又(a)的說法在形態上與語意上都是單數；而(b)的說法雖然在形態上是單數，但在語意上卻是複數。因此，'be extinct, be common, abound, increase, die out'等要求複數主語的述語都不能以(a)的說法爲主語，卻能以(b)的說法爲主語。至於，(c)的說法則可以出現於①到⑥的例句。試比較：

① *ϕ Tigers* are dangerous animals.

② *ϕ Beavers and ϕ otters* build dams.

③ Dams are built by *ϕ beavers*.

④ *ϕ Beavers* built dams in prehistoric times.

⑤ *ϕ Beavers* have been building dams for thousands of years.

⑥ *ϕ Dinosaurs* are extinct.

另一方面，在⑦與⑧的例句裏則只能用(a)的說法，而不能用(b)的說法。這是因爲並不是所有的名詞都可以出現於(b)的說法。例如，'過於一般'(too general)而不具有「上位概念」(superordinate concept)的名詞(如'person, object, bird, animal'以及⑦句的'instrument'等)、沒有明確形狀或輪廓的物質名詞(如⑧句的'porkchop'等)以及生物學裏「類」(species)以上的概念(如'ruminant''反芻類')等都不能出現於(b)的說法。另外，(a)與(b)的說法都不能出現於⑨與⑩的例句。這是由

於以(a)與(b)的說法為句子的主語時不能與表示分配的‘each’連用（如⑨句），而以(a)與(b)的說法為動詞的賓語時也常不能做「泛指」解（如⑩句）。但是在這些例句裏，(c)的說法仍然可以出現。試比較：

⑦ Monkeys do not use φ instruments.

⑧ φ Good porkchops are tender.

⑨ φ Unicorns each have a single horn. ❹

⑩ John reads φ books after dinner.

〔重　點〕

英語表示「泛指」的說法共有三種。其中，以冠詞‘φ’與「複數可數名詞」或「單數不可數名詞」的連用來表示「泛指」的說法是最常用的說法，在用法上幾乎沒有什麼限制。冠詞‘φ’與複數可數名詞連用時在形態上與語意上都屬於複數，所以用複數人稱代詞‘they’來呼應。另一種以冠詞‘the’與「單數可數名詞」的連用來表示的說法，在形態上是單數（所以用單數人稱代詞‘he, she, it’等來照應），而在語意上卻指涉整個集合而常表示複數；但並不是所有名詞都可以與冠詞‘the’連用而表示「泛指」。最後一種以冠詞‘a(n)’與「單數可數名詞」的連用來表示「泛指」的說法是限制最嚴的說法；通常只能出現於主語的位置，不能用對等連詞‘and’來連用，不能做為在語意上表示複數的主語，只能出現於現在單純貌。

〔第八問〕

---

❹ 我們也可以說成‘Each of unicorns has a single horn’。

下面四個例句在語用或語氣上有什麼差別？並簡要說明英語的時制、動貌與語氣間的關係。

① a. I *wonder* if you *will* give us some advice.

　b. I'*m wondering* if you *will* give us some advice.

　c. I *wondered* if you *would* give us some advice.

　d. I *was wondering* if you *would* give us some advice.

〔解　答〕

在 ① 的例句裏越是下面的句子在說話的語氣上越客氣。 在①a的例句裏，動詞'wonder'用的是現在單純式。 英語的「現在單純式」(present simple) 常表示「泛時式」(generic tense) 或「一切時」(timeless present)，其所指示的時間常兼及過去、現在與未來，因而常給人生硬而冷淡的感覺，甚至含有強制的意味而使對方感到壓迫。在①b的例句裏，動詞'am wondering'用的是現在進行式。英語的「進行貌」(progressive aspect) 含有'暫時'(temporary) 與'未完成'(uncompleted) 的意思，所以常能表示說話者猶豫遲疑的態度，允許對方有推卻的餘地。因此，①b的現在進行式比①a的現在單純式更能表示客氣的語氣。在①c的例句裏，動詞'wondered'用的是「過去單純式」(past simple)。「過去單純式」與現在單純式不同，並不指示現在或未來的時間，表示現在並不堅持句子裏所敍述的觀點，可以視對方的觀點而有所改變。 因此，①c的說法比①b'間接'(indirect)而'客氣'(polite)。在①d 的例句裏，動詞'was wondering'不但用「過去式」而且用「進行貌」，可以說是雙重的客氣，因而比①a、b、c的例句更客氣。

〔重　點〕

英語動詞的「時制」（tense）與「動貌」（aspect）不僅與行動或事態發生的「時間」（time）與「貌相」（aspect and phase）有關，而且也與說話語氣的「客氣」（politeness）有關。一般說來，「現在進行式」比「現在單純式」更能表達客氣的語氣。試比較：

②　a. We $\begin{Bmatrix} are\ hoping \\ hope \end{Bmatrix}$ you will help us.

　　b. You $\begin{Bmatrix} are\ forgetting \\ forget \end{Bmatrix}$ the moral arguments.

　　c. $\begin{Bmatrix} I'm\ telling \\ I\ tell \end{Bmatrix}$ you (that) honesty pays.

而「過去單純式」比「現在單純式」更能表示客氣的語氣。試比較：

③　a. $\begin{Bmatrix} Did \\ Do \end{Bmatrix}$ you want me?

　　b. I $\begin{Bmatrix} hoped\ you'd \\ hope\ you'll \end{Bmatrix}$ lend me a dollar.

　　c. I $\begin{Bmatrix} thought\ I\ might \\ think\ I\ may \end{Bmatrix}$ come and see you later.

下面④的例句表示說話者另外有事，無法與對方見面。總共四種說法中，越是下面的句子越客氣。④d的例句更告訴我們，用「過去進行式」的動詞比用「現在進行式」或「過去單純式」的動詞更客氣。試比較：

④　Are you busy this evening?

a. Yes, I am. I'm going to the concert.

b. Well, I *think*. I'm going to the concert.

c. Well, I'*m thinking* of going to the concert.

d. Well, I *was thinking* of going to the concert.

在下面⑤的對話裏，也是越下面的說話越客氣。試比較：

⑤　A："Is Mr. Lee in?"

　　B："I'm sorry. I'm afraid he's out."

　　A：

a. "I *expect* to see him."

b. "I'*m expecting* to see him."

c. "I *was expecting* to see him."

在下面⑥的例句裏，出現於「情態助動詞」後面的「進行貌」也比「單純貌」更能表達客氣的語氣。

⑥　Will you $\begin{Bmatrix} be\ coming \\ come \end{Bmatrix}$ too, Mr. Lee?

⑦　I'll $\begin{Bmatrix} be\ waiting \\ wait \end{Bmatrix}$ for you in front of the library building.

〔第九問〕

下面兩對例句裏，那些句子可以通？那些句子不能通？並簡要說明英語「情態形容詞」的意義與用法。

①　a. He is *sure* to succeed.

　　b. He is *bound* to succeed.

②　a. He is *not sure* to succeed.

b. He is *not bound* to succeed.

〔解　答〕

一般英美人士對於上面的例句有兩種不同的反應。有些人認為①a與①b的例句都可以通，而②a與②b的例句卻不能用。但也有些人認為②b的例句可以通，至少比②a的例句好。我們先討論為什麼②a的例句不通，然後再討論②b的例句。

形容詞‘sure’在①a與②a的例句裏當「情態形容詞」(modal adjective) 用。情態形容詞，與「情態助動詞」(modal auxiliary，如‘will, may, can, must, should’等) 及「情態副詞」(modal adverb) 一樣，都表示說話者對於事情發生的可能性、或然性、必然性等看法，因而一般都以「命題」(proposition) 或「句子」(sentence) 為其陳述的對象或修飾的範域。因此，①a的句子可以改寫為③a、b、c的句子，在這些改寫的例句裏‘sure(ly)’陳述或修飾的範域及於整個句子。

③　a. *Surely* 〔he will succeed〕.

　　b. It is *sure* 〔＝certain〕〔that he will succeed〕.

　　c. I'm *sure* 〔＝certain〕〔that he will succeed〕.

③a的句子還可以改寫成④的句子而表示相同的語意。這些例句顯示「情態副詞」(modal adverb)‘surely’屬於「整句副詞」(sentential adverb)。

④　a. He will *surely* succeed.

　　b. He will succeed, *surely*.

可能性’、‘或然性’、‘確定性’都是「肯定」(positive) 的概念，而不是「否定」(negative) 的概念。因此，英語與漢語的詞彙有

'possibility'（'可能性/率'）、'possibly'（'可能'）、'probabili-ty'（'或然性/率'）、'probably'（'很可能'）、'certainty'（'必然性'）、'certainly'（'一定'）、'surety'（'確實性'）、'surely'（'一定'），卻沒有與此相對的'impossibility'（'不可能性／率'）、'impossibly'（'不可能'）、'improbability'（'不或然性／率'）、'improbably'（'不太可能'）、'uncertainty'（'不必然性'）、'uncertainly'（'不一定（地）'）、'unsurety'（'不確實性'）、'unsurely'（'不一定（地）'）❺。試比較：

⑤ a. There's $\left\{\begin{array}{l} a\ possibility \\ {}^*an\ impossibility \end{array}\right\}$ that he'll succeed.

b. There's $\left\{\begin{array}{l} a\ probability \\ {}^*an\ improbability \end{array}\right\}$ that he'll succeed.

c. There's $\left\{\begin{array}{l} no\ certainty \\ {}^*(an)\ uncertainty \end{array}\right\}$ that he'll succeed.

⑥ a. $\left\{\begin{array}{l} Possibly \\ {}^*Impossibly \end{array}\right\}$ he will succeed.

b. $\left\{\begin{array}{l} Probably \\ {}^*Improbably \end{array}\right\}$ he will succeed.

c. $\left\{\begin{array}{l} Certainly \\ {}^*Uncertainly \end{array}\right\}$ he will succeed.

---

❺ 英語裏雖有'impossibility'，'improbability'，'uncertainty'，'unsurety'等詞彙，但是分別做'不可能的事物'、'未必有的事物'、'不確定的事物'、'缺乏信心'解。英語裏雖也有'impossibly''improbably'，'uncertainly'等詞彙，但也只能分別做'令人難以相信的'、'不太可能發生的'、'無法確知的'解，而且無法修飾整句。

d. $\left\{\begin{array}{l} Surely \\ *Unsurely \end{array}\right\}$ he will succeed.

①a與②a的句子分別與⑦a與⑦b的句子同義， ⑦b的不合語法也就說明了②a的不合語法。

⑦　a. *Surely* he will succeed. （＝①a）

b. * $\left\{\begin{array}{l} Unsurely \\ Not\ surely \end{array}\right\}$ he will succeed. （＝②a）

另一方面，例句①b與②b的‘bound’是由及物動詞‘bind’的過去分詞‘bound’轉化而來的形容詞，含有下列幾種意義：（i）‘負有義務或責任的，be obliged’；（ii）‘（下）決心的，be determined’；（iii）‘一定的、必然的’，與‘be certain/sure’的含義相似。由於其所表達的「情態」意義與‘sure’相似，所以有些英美人士認為：表示‘一定’的‘bound’，與‘sure’一樣，多用於肯定式，而很少人用於否定式。這些人就傾向於判斷②a與②b的句子都不合語法。另一方面，‘bound’做‘負有義務的’或‘（下）決心的’解時，則可以出現於否定式。例如遠東英漢大辭典 50 頁‘bound’的‘adj.’項即在‘負有義務的’注解下舉出下面⑧的例句。

⑧　I was *not bound* to believe all his wonderful stories.
這個‘not bound’也可以做‘不一定要’解，因而做‘一定的、必然的’解時也可以出現於否定式。持有這種看法的人就傾向於判斷②b的句子可以通。Quirk et al.（1972）的 *A Grammar of Contemporary English* 375 頁也認為②a的句子不能用，但是②b的句子則可以通。

〔重　點〕

英語的「情態助動詞」、「情態副詞」、「情態形容詞」等「情態詞」都表示說話者的「情態」。所謂「情態」（mood, 或 modality）表示‘說話者對於自己所說的話所持的情態’❻或‘說話者對於自己所敍述的事情可能發生的機率所做的估計，或說話者對於這些事情認為是「自明的道理」的程度’❼；而所謂「情態詞」（modals）是指說話者對於所敍述的事情，就其發生的可能性、或然性、必然性表示個人觀點或看法所用的詞語。

英語裏與‘sure’同類的「情態形容詞」有‘certain, possible, probable, likely, apparent, evident, obvious’等，並且可以分別出現於下面的句式。

㈠在這些情態形容詞後面附上副詞詞尾‘-ly’所形成的「情態副詞」可以出現於句前、句中、句尾三種位置來修飾整句（參③a，④a、b以及⑥a、b、c、d的例句）。其中‘likely’的情態形容詞與情態副詞在形態上相同；因此，做為情態副詞使用時，常在前面加上‘most, very, quite’等「加強詞」，例如：‘*Most likely* he will succeed’。

---

❻ John Lyons (1968) *Introduction to Theoretical Linguistics* 307-308 頁對於「情態」（mood）提出了如下的定義：“the attitude of the speaker toward what he is saying”。

❼ M. A. K. Halliday (1970) “Functional Diversity in Language as Seen from a Consideration of Modality and Mood in English” (*FL*, 6:3, 322-61) 在328頁也對於「情態」提供了如下的定義：“the speaker's assessment of the probability of what he is saying, or the extent to which he regards it as self-evident”。

(二)這些情態形容詞都可以出現於 'It is…that S' 的句式，例如：'It is {*certain/possible/probable/likely/apparent/evident/obvious*} that he will succeed'。

(三)'certain, likely, sure' 可以出現於 '主語 Be Adj to V…' 的句式，例如：'{*He/She/Your plan*} is {sure/certain/likely} to succeed'。

(四)'possible, probable, certain, likely' 改為名詞 'possibility, probability, certainty, likelihood' 後可以出現於 'There is N that S' 的句式，例如：'There is a {*possibility/probability/certainty/likelihood*} that he will succeed' ❽ 。

(五)'certain, sure' 可以出現於 '（屬人）主語 Be Adj that S' 的句式。但這個時候，不表示說話者的「情態」，而表示主語的「情態」，例如：'{*I'm/He's/She's*} {*sure/certain*} that he will succeed'。

又英語裏與 'bound' 同類或用法相近的有 'obliged, determined, resolved, prepared, inclined, entitled, allowed, scheduled; able, apt, prone, liable, free' 等。這些形容詞都可以出現於 '主語 Be Adj to V…' 的句式，而且一般說來肯定與否定都可以用。

〔第十問〕

---

❽ Halliday (1970:331) 認為 'There is *a certainty* that (you are right)' 這類句子可以通。但是 L. R. Horn (1976) *On the Semantic Properties of Logical Operators in English* (Indiana University Linguistics Club) 112 頁卻認為不能用，不過他認為否定式 'There is *no certainty* that (he will succeed)' 則可以通。

在下面兩組例句裏，那些句子可以通，那些句子不能通？並簡要說明英語的「that 子句」、「不定子句」、「疑問子句」、「動名詞組」、「名詞組」的結構與用法。

① I was surprised

    a. at *that Jim could swim very far.*

    b. at *to find Jim underwater.*

    c. (at) *how far Jim could swim.*

    d. at *Jim's swimming like that.*

    e. at *the news.*

② It was a pity

    a. *that John had decided to leave school.*

    b. *for John to have decided to leave school.*

    c. *how soon John had decided to leave school.*

    d. *John's having decided to leave school.*

    e. *John's decision to leave school.*

〔解　答〕

在上面兩組例句裏，(a)句含有「that子句」(*that*-clause)、(b)句含有「不定子句」(infinitival clause)、(c)句含有「疑問／感嘆子句」(*wh-clause*)、(d)句含有「動名詞組」(gerund phrase)、而 (e) 句則含有「名詞組」(noun phrase)。「that子句」、「不定子句」、「疑問／感嘆子句」、「動名詞組」都可以分析為由句子經過「名物化」(nominalization) 而得來的。其「名物化」的過程分別是：(a)「that子句」在「限定子句」(finite clause) 前面加上「補語連詞」(complementizer) 'that' 而得來

（如'John could swim very far⇒*that* John could swim very far'）；(b)「不定子句」把句子的主語改為介詞'for'的賓語，並把句子的述語動詞改為不定式而得來（如'John has decided to leave school⇒*for John to have* decided to leave school'）；但如果「不定子句」的主語指涉一般不特定的人，或與母句的主語或賓語指涉相同，那麼不定子句的主語可以省略❾（如①b）的不定子句'to find him underwater'是以母句主語的'I'為其語意上或邏輯上的主語）；(c)「疑問／感嘆子句」把句子中的某一個成分以與此相對的「疑問詞組」（wh-phrase）代替以後把這個疑問詞組移到句首而成（如'Jim could swim *so far*⇒*how far* Jim could swim; Jim had decided to leave school *so soon*⇒*how soon* Jim had decided to leave school'）；(d)「動名詞組」把句子的主語名詞組改為「所有格」（possessive case），並把述語動詞改為動名詞（如'Jim swam like that⇒*Jim's swimming* like that; John had decided to leave school⇒*John's having* decided to leave school'）。但是這些「名物化的結構」（nominalized construction）與(e)的純粹名詞組「類似或接近名詞的程度」（'nouniness'）並不相同。最接近純粹名詞組的是(d)的「動名子句」，其次是（c）的「疑問／感嘆子句」，離開純粹名詞組最遠的是(a)的「that子句」與(b)的「不定子句」。

---

❾ 也可以說，在這種情形下「不定子句」是以不具語音形態的人稱代詞（即「大代號」（PRO））為主語的。這個「大代號」可能「任指」（arbitrary），也可能受母句主語或賓語的「義務控制」（obligatory control）。

在①的例句裏，（c、d、e）是正確的句子，而（a、b）是錯誤的句子。因為只有比較接近純粹名詞組的「動名詞組」與「疑問／感嘆子句」纔可以當介詞的賓語。離開純粹名詞組較遠的「that子句」與「不定子句」都不能當介詞的賓語，因而必須把這些子句前面的介詞加以省略，所以①a與①b的句子必須分別改為①′a與①′b的句子。試比較：

① ′ I was surprised

    a. that Jim could swim very far.

    b. to find Jim underwater.

①c的例句告訴我們：「疑問／感嘆子句」前面的介詞常可以省略，也可以不省略。可見這兩種子句沒有「動名詞組」那樣接近純粹名詞組，卻比「that子句」與「不定子句」更接近純粹名詞組。

其次，例句②的五個句子可以分析為分別由②′的五個句子產生。試比較：

② ′ a. That John had decided to leave school was a pity.

    b. For John to have decided to leave school was a pity.

    c. How soon John had decided to leave school was a pity.

    d. John's having decided to leave school was a pity.

    e. John's decision to leave school was a pity.

由②′的句子變成②的過程是把這些句子的主語移到'was a pity'後面句尾的位置，並以「填補詞的'it'」（'pleonastic' it，或

'expletive' *it*）來充當句子的主語；這樣的變形就叫做「移尾變形」（Extraposition），因爲這個變形把句子的主語移到句尾的位置來。'be a pity'表示'多麼可惜'，通常都用來評估一件事情的發生，而事情大都用句子來敍述，所以常用「that子句」或「不定子句」爲主語。因此，在②′的例句裏，(a、b) 兩句比 (c) 句通順，而(c)句又比 (d、e) 兩句通順。在②的例句裏，「移尾變形」也只能適用於「比較接近句子」（'sentency'）的「that子句」、「不定子句」、「疑問／感嘆子句」，卻不能適用於「動名詞組」與「純粹名詞組」。因此②a、②b、②c都可以通，而②d、②e卻不能用。

再看下面③的例句。在這些例句裏，母句都是'I think〔that…〕'，而賓語子句則分別以 (a)「that子句」、(b)「不定子句」、(c)「疑問／感嘆子句」、(d)「動名子句」、(e)「純粹名詞組」爲主語。試比較：

③　I think that

　　a. *〔*that we stayed on*〕* was deplorable.

　　b. ?〔*for us to stay on*〕 was deplorable.

　　c. 〔*how long we stayed on*〕 was deplorable.

　　d. 〔*our staying on*〕 was deplorable.

　　e. 〔*our behavior*〕 was deplorable.

從這些例句裏，我們可以看出：越是「接近句子」的(a)與(b)越差，而越是「接近純粹名詞組」的 (d) 與(e)越好。要補救③a與③b，只得把母句的補語連詞'that'加以省略，例如：

③′ a. I think 〔〔that we stayed on〕 was deplorable〕.

b. I think 〔〔for us to stay on〕 was deplorable〕.

更看下面④的例句：

④　a. I thought 〔that you were a spy〕.

b. We were hoping 〔for the Red Sox to win〕.

c. I knew nothing about 〔which side he supported〕.

d. I objected to 〔their being so ill-tempered〕.

e. We objected to 〔his plan〕.

我們可以把④裏用方括弧圍起來的部分做爲「分裂句」（cleft sentence）'It is…that…'的「信息焦點」，而改爲④′的句子。試比較：

④′ a. ??It was 〔that you were a spy〕 that I thought (of).

b.? It was 〔for the Red Sox to win〕 that we were hoping (for).

c. It was 〔which side he supported〕 that I knew nothing about.

d. It was 〔their being so ill-tempered〕that I objected to.

e. It was 〔his plan〕 that we objected to.

從④′的例句，我們也可以看出：越是「接近句子」的(a)與(b)越差，而越是「接近純粹名詞組」的(c)與(d)越好。但是如果把④′的例句改爲④″裏'What…is…'的「準分裂句」(pseudo-cleft sentence)，那麼(a)與(b)的例句似乎都可以通。可見在「準分裂句」裏，各種「名物句」(nominalized sentence)與名詞組都

可以成爲「信息焦點」。

④″ a. What I thought of was 〔that you were a spy〕.

　b. What we were hoping for was 〔for the Red Sox to win〕.

　c. What I knew nothing about was 〔which side he supported〕.

　d. What I objected to was 〔their being so ill-tempered〕.

　e. What we objected to was 〔his plan〕.

最後看⑤的例句，並把⑤的例句改爲⑤′與⑤″的疑問句。

⑤ a. 〔That Mary is seeing her former boy friend〕 irritates John.

　b. 〔For Mary to see her former boy friend〕 will irritate John.

　c. 〔When Mary saw her former boy friend〕 was still a puzzle.

　d. 〔Mary's seeing her former boy friend〕 irritated John.

⑤′ a. *Does 〔that Mary is seeing her former boy friend〕 irritate John?

　b. *Will 〔for Mary to see her former boy friend〕 irritate John?

　c. *Was 〔when Mary saw her former boy friend〕 still a puzzle?

d. Did 〔Mary's seeing her former boy friend〕 irritate John?

⑤″ a. Does it irritate John 〔that Mary is seeing her former boy friend〕?

b. Will it irritate John 〔for Mary to see her former boy friend〕?

c. Was it still a puzzle 〔when Mary saw her former boy friend〕?

d. *Did it irritate John 〔Mary's seeing her former boy friend〕?

以上的例句顯示：「動名詞組」主語與一般名詞組主語一樣，可以用主語與助動詞倒序的方式形成疑問句；但是「that子句」主語、「不定子句」主語與「疑問／感嘆子句」主語則必須先適用「移尾變形」改爲'it…that…'或'it…(for…) to V…'的句型以後纔能改爲疑問句。

〔重　點〕

從以上的分析與討論，我們可以獲得下面的結論：

㈠各種「名物結構」與「句子」以及「名詞（組）」的關係，可以用下面的公式表示：

「句子」＞「that子句」＞「不定子句」＞「疑問／感嘆子句」＞「動名詞組」＞「名詞（組）」。

越靠近左端「句子」的「名物結構」，在句法功能上越接近或類似「句子」；越靠近右端「名詞（組）」的「名物結構」，在句法功能上越接近或類似「名詞（組）」。

(二)「介詞」不能出現於「句子」、「that子句」、「不定子句 」的前面；可以出現，但也可以不出現於「疑問／感嘆子句」的前面；可以出現於「動名詞組」與「名詞（組）」的前面。

(三)「that子句」、「不定子句」、「疑問／感嘆子句 」可以適用「移位變形」而移到句尾，並以「填補語'it'」為主語；而「動名詞組」與「名詞（組）」則不能適用「移尾變形」。

(四)「that子句」與「不定子句」不能成為「分裂句」的信息焦點；「動名詞組」與「名詞（組）」可以成為「分裂句」的信息焦點。

(五)以「動名詞組」或「名詞（組）」為主語的句子，可以直接用主語與助動詞倒序的方式形成疑問句；以「that子句」、「不定子句」或「疑問／感嘆子句」為主語的句子，必須先經過「移尾變形」把這些子句移到句尾改為'it…{that/for}…'的句式以後纔能改為疑問句。

〔第十一問〕

在下面(a)與(b)的兩個例句中，那一個句子的'want to'可以簡寫成'wanna'而讀做/'wɑnə/，那一個句子的'want to'不能如此簡寫或讀法？並提出一個簡單明白的方式來說明'want to'在那種情形下可以簡寫成'wanna'而讀做/'wɑnə/?

①   a. Who did John *want to* meet?

     b. Who did John *want to* come?

〔解　答〕

只有①a的例句可以把'want to'簡寫成'wanna'或讀做/'wɑnə/。要了解其理由，應該先了解與①a與①b的「wh問句」相

對應的「直述句」分別是②a與②b。

②　　a. John wanted to meet *someone*.

　　　b. John wanted *someone* to come.

我們把②a與②b的‘somenone’改爲‘who’而移到句首，並改爲疑問句就變成①a與①b的「wh問句」。我們注意到‘someone’在②a與②b出現的位置不同：‘someone’在②a句裏出現於「補語子句」(complement sentence)裏賓語的位置（卽‘John was to meet *someone*’）而在②b句裏則出現於補語子句裏主語的位置（卽‘*Someone* was to come*’）。如果我們把‘someone’未移動前原來的位置用表示「痕跡」(trace)的符號‘t’來表示，那麼①a與①b就分別成爲③a與③b。

③　　a. *Who* did John want to meet *t*?

　　　b. *Who* did John want *t* to come?

在③a裏，‘want’與‘to’之間沒有什麼東西阻擋，所以可以連讀爲‘wanna’。在③b裏，‘want’與‘to’之間有「痕跡‘t’」在阻擋，表示這兩個詞本來並不連在一起，所以不能連寫爲‘wanna’或連讀爲/ˈwɑnə/。

同樣的，④的例句可以有兩種不同的解釋，而且可以有兩種不同的讀法。第一種解釋是‘你要離開誰？’，而這個時候句中的‘want to’可以讀做‘wanna’。第二種解釋是‘你要誰離開？’，而這個時候句中的‘want to’不能讀做‘wanna’。

④　　Who(m) do you want to leave?

做第一種解釋的時候，與此相對應的直述句是⑤a；而做第二種解釋的時候，與此相對應的直述句是⑥a。試比較：

⑤　　a. You want to leave *someone*.

　　　b. *Who* do you want to leave *t*?

⑥　　a. You want *someone* to leave.

　　　b. *Who* do you want *t* to leave?

在⑤b裏，‘want’與‘to’之間沒有「痕跡‘t’」的阻擋，所以可以連讀爲‘wanna’。在⑥b裏，‘want’與‘to’之間有「痕跡‘t’」的阻擋，所以不能連讀爲‘wanna’。同時，請注意：在中文的翻譯（‘你要離開誰？’與‘你要誰離開？’）裏，疑問詞‘誰’分別出現於不同的位置，也就是英語裏「痕跡‘t’」出現的位置。

　　〔重　點〕

　　在「wh問句」裏‘want’與‘to’能否連讀成‘wanna’，要看‘want’與‘to’之間是否有「痕跡‘t’」介入。如果沒有「痕跡‘t’」介入，就可以連讀成‘wanna’；如果有「痕跡‘t’」介入，就不能如此連讀。與④的例句相似，下面⑦的例句也可以有兩種不同的解釋與兩種不同的讀法。第一種解釋是‘你一定要吃什麼東西？’，而句中的‘have to’可以連讀爲/ˈhæftə/。第二種解釋是‘你有什麼東西可以吃？’，而句中的‘have to’不能連讀爲/ˈhæftə/。

　　⑦　What do you *have to* eat?

做第一種解釋的時候，與此相對應的直述句是⑧a，‘have to’在這裏連在一起並做‘must’解，所以可以連讀爲/ˈhæftə/。

　　⑧　　a. Do you have to eat *something*?

　　　　b. *What* do you *have to* eat *t*?

做第二種解釋的時候，與此相對應的直述句是⑨a，‘have to’在

這裏沒有連在一起不能做'must'解，所以不能連讀為/'hæftə/。

⑨　a. Do you have *something* to eat?

　　b. *What* do you *have t to* eat?

但是如果把我們的語料加以擴大，而考慮「wh問句」裏以外的'want to'是否能連讀為'wanna'，那麼我們可以提出下列⑩的原則❿。

⑩　'want to'可以連讀為'wanna'，如果

　　a. 'want'是母句動詞，而'to（V…）'是賓語子句的主要動詞；而且

　　b. 賓語子句的主語（以「大代號」'PRO'表示）與母句主語（NP）的指涉相同（即 NP$_i$＝PRO$_i$）。

根據這個原則，在下面⑪a到⑪c的例句裏出現的'want to'都可以連讀為'wanna'，而在下面⑫a到⑫i的例句裏出現的'want to'都不能如此連讀。試比較：

⑪　a. I$_i$ *want* [$_{s'}$ PRO$_i$ *to* look at the chickens].

　　b. *Which chickens$_j$* do you$_i$ *want* [$_{s'}$ PRO$_i$ *to* look at t$_j$]?

　　c. One$_i$ must *want* [$_{s'}$ PRO$_i$ *to* become an effective overconsumer].

⑫　a. *Who$_i$* do you$_j$ *want* [$_{s'}$ t$_i$ *to* look at the chickens]?

　　b. I *want, to* be precise, a yellow, four-door De

---

❿　以下的分析與例句參 P. M. Postal 與 G. K. Pullum (1982) "The Contraction Debate," *LI* 13:1, 122-138頁。

Ville convertible.

c. I *want* t_j *to* present themselves in my office $[_{NP}$ *all those students whose grade for Grammar 103 was lower than $A^+]_j$.

d. I_i don't *want* $[_{S'}$ $[_S$ PRO_j *to* flagellate oneself$_j$ in public$]$ to become standard practice in this mon- astery$]$.❶

e. It seems like $[_{S'}$ PRO_j to *want*$]$ $[_{S'}$ PRO_j *to* regret that one$_j$ does not have$]$. ❷

f. I don't want $[_{NP}$ anyone $[_{S'}$ who continues to *want*$]]$ *to* stop wanting.

g. One$_i$ must *want* $[_{S'}$ (in order) PRO_i *to* become an effective overconsumer. ❸

---

❶ ⑫d與e的例句裏的 'PRO' 是所謂「任指的大代號」（PRO of arbi-trary reference; PRO $_{arb}$），這裏暫以 'PRO_j' 來表示與母句主語名詞組的指涉不相同。

❷ ⑫e的例句是由 '$[_{S'}PRO_j$ to regret that one$_j$ does not have] seems like $[_{S'}$ PRO_j to want]' 的句子經過「移尾變形」而產生的。

❸ 'One must want to become an effective overconsumer' 這個例句可以有 '一個人必須願意有效而大量的消費'（「不定子句」做及物動詞 'want' 的賓語子句解）與 '一個人必須有所需要纔能有效而大量的消費'（「不定子句」做表示「目的」（purposive）的副詞子句解，與 'in order to V…' 同義）兩種解釋。但是 'want to' 連讀而變成 'One must *wanna* become an effective overcosumer' 時，只有第一種解釋（如⑪c句），而沒有第二種解釋（如⑫g句）。

h. I_i *want* [_s' PRO_i [*to* dance and *to* sing]]. **⓮**

i. Ii don't [need or *want*] [_s' PRO_i *to* hear about it]. **⓯**

在以上的例句裏，只有母句主語與賓語子句的「大代號」主語指涉相同，而母句主要動詞'want'與賓語子句主要動詞'to V…'介入「大代號」時（如⑪a、b、c），'want to'纔可以連讀爲'wanna'。如果'want'與'to V…'之間介入「疑問詞痕跡」（*wh*-trace，如⑫a句）、或沒有「大代號」介入（如⑫b、c句）、或雖有「大代號」介入但指涉不相同（如⑫d、e句）、或'want'不出現於母句而出現於子句（如⑫f句）、或'to V…'不出現於賓語子句而出現於副詞子句（如⑫g句）、或'want'與別的動詞或'to…'與別的不定詞組連接而無法單獨成爲母句或子句的主要動詞（如⑫h、i）時，句中的'want to'都無法連讀爲'wanna'。可見句子的「句法結構」（syntactic structure）不但與其「句法表現」（syntactic behavior）具有密切的關係，而且與其「語音形態」（phonetic shape）也常有很大的關係。

〔第十二問〕

何瑞元先生在聯合報'老外開講'裏說：英美人士把個人看得比家族重要，所以把「人名」（given name）放在「家姓」（family

---

⓮ 例句⑫h的基底結構可能是'I_i *want* [_s' PRO_i to dance] and I_i *want* [_s' PRO_i to sing]'。又此句似乎可以連讀爲'I *wanna dance* and *sing*'。

⓯ 例句⑫i的基底結構可能是'I_i don't need [_s' PRO_i to hear about it] or 'I_i don't want [_s' PRO_i to hear about it]'。

name）之前；而中國人把家族看得比個人重要，所以把家姓放在人名之前。這句話有沒有道理？語言與文化社會背景的關係是否如此密切不可分離？

〔解　答〕

語言是民族文化的產物。凡是民族文化的產物，無論是文物制度、風俗習慣或語言文字，都會受到這個民族的歷史背景與社會形態的影響。美國人類語言學家 Benjamin L. Whorf 曾提出一個假設（世稱「Sapir 與 Whorf 的假設」'Sapir-Whorf hypothesis'」，認為人類的語言不但受社會環境與文化背景的影響，而且語言也反過來影響人的思維與認知。

何瑞元先生所提出的有關英漢姓名排列次序與個人主義以及家族主義的關係是很有趣的假設，但是這個假設恐怕不容易證明為眞。我們不知道盎格魯撒克遜民族（the Anglo-Saxons）與漢民族的姓氏究竟起源於何時❶。但是我們幾乎可以確信，無論是

---

❶ 雖然我們知道先有「人名」纔有「家姓」，而且歐洲許多豪富地主的家姓都與他們所擁有的宅地的地形特徵有關（例如，英語的家姓 'Lake, Pond, Pool, Brook, Rivers, Bywaters, Underwood'、蘇格蘭語家姓 'Lock'、法語家姓 'Du Pont'），也有些家姓與所從事的行業有關（例如，英語家姓 'Shepherd＜sheep-herd, Coward＜cow-herd, Smith＜iron-smith'（參德語家姓 'Schmidt'、俄語家姓 'Kuznestov'、義大利家姓 'Ferraro'、波蘭家姓 'Kowal'））。諾曼人入侵英國（Norman invasion）以後，爲富人裁縫衣服的家族就以來自法語 'tailleur' 的 'Taylor' 爲家姓，而爲這些家族提供布料的窮人就仍然以英語的 'Spinner, Weaver' 爲家姓。另外中古時期（Middle Ages）北歐人（Scandinavians）與日耳曼人（Germans）的入侵也把這些人的語言帶到英語的家姓來；例如，從表示農莊（'farm, hamlet'）的 'horp(e)' 產生了 'Winthrop, Calthrop' 這些家姓，而從表示村落（'village'）的 'wick' 產生了 'Pickwick, Wickham, Wicksteed' 這些家姓。

益格魯撒克遜民族或漢民族，開始有姓氏的時候一定是在封建時代以前，而個人主義的抬頭卻是晚近的事情。而且我們有理由相信，家姓無論是出現於人名之前或後，都是固定不變的，不因為個人主義的抬頭或家族主義的式微而改變其前後次序。

那麼究竟什麼因素決定各個語言裏家姓與人名的排列次序？決定各個語言裏家姓與人名的前後次序的，不是使用這個語言的民族對於個人與家族的看法如何，而是在這個語言裏名詞的修飾語出現於名詞的前面或後面。如果在某一個語言裏名詞的修飾語出現於名詞的前面，那麼在這一個語言裏家姓就出現於人名之前。反之，如果在某一個語言裏名詞的修飾語出現於名詞的後面，那麼在這一個語言裏家姓就出現於人名之後。與何瑞元先生的假設不同，我們的假設很容易證明其真假。漢語名詞的修飾語，不管是單詞、詞組或子句修飾語，都出現於被修飾語名詞的前面；所以在‘林國華’這一個姓名裏，家姓‘林’出現於人名‘國華’的前面，表示‘林家的國華’。英語名詞的修飾語，除了單詞（包括複合詞）修飾語以外，詞組與子句修飾語都出現於被修飾語名詞的後面❼；所以在‘John Smith’這一個姓名裏，家姓‘Smith’出現於人名‘John’的後面，表示‘John of the Smith family’。換句話說，家姓與人名的出現次序，其實就是「名詞組」（NP）裏「修飾語」（modifier）與「被修飾語」或「主要語」（center，或 head）的出現次序；在語法結構上，家姓就是修飾語成分，而人名則是被修飾語成分。

---

❼ 關於英語名詞修飾語出現的位置，參湯（1988）"英語的「名前」與「名後」修飾語：結構、意義與功用"。

　　這個假設不但能說明漢語與英語裏家姓與人名出現的次序，而且應該能說明所有語言裏家姓與人名出現的次序。在我們所熟悉的幾十種語言裏，家姓與人名出現的次序都與該語言裏名詞修飾語與被修飾語名詞出現的次序相吻合，讀者也可以找其他語言來檢驗這個假設的眞僞。同時，這個假設還可以說明下列兩點漢語與英語詞序上的差異。

　　㈠漢語裏有關地址寫法的詞序與英語裏有關地址寫法的詞序正好相反。漢語的地址寫法是區域較大的地名在前，而區域較小的地名在後（例如，'中華民國臺灣省新竹市民族路113巷 6 號'）而英語的地址寫法是區域較小的地名在前，區域較大的地名在後（例如，'6 Lane 113, Mintsu Road, Hsinchu, Taiwan, ROC'）。這個詞序上的差異也來自漢語的名詞修飾語出現於被修飾語名詞的前面（比較：'中華民國的台灣省的新竹市的民族路的113巷的 6 號'），而英語的名詞修飾語出現於被修飾語的後面（比較：'6 *of* Lane 113 *of* Mintsu Road *of* Hsinchu *of* Taiwan *of* ROC'）。

　　㈡在漢語與英語裏，不但有關姓名與地址的寫法完全相反，而且有關日期的寫法也不相同。漢語的日期寫法是從較大的時間單位開始（如'1988年 2 月23日下午 7 點10分'），而英語的日期寫法大致是從較小的時間單位開始（如'7:10p.m., February 23❸，1988'）。這個詞序上的差異顯然也與漢語與英語裏名詞修飾語與被修飾語名詞出現的次序有關。

---

❸　可以讀做 'February the twenty-third' 或 'the twenty-third of February'。

〔**重　點**〕

語言與使用這個語言的民族之歷史、文化、社會背景之間，具有相當密切的關係❶。但是這種關係必須有經驗事實做根據，不能僅憑猜測做草率的判斷。而且語言裏受歷史、文化、社會背景等因素之影響的，多半屬於「詞彙」（lexicon）方面，「詞序」（word order）等句法結構較少受這些因素的影響。我們從名詞修飾語與被修飾語名詞的前後次序來說明這個語言裏家姓與人名的前後次序，比何瑞元先生所提出的家族主義與個人主義孰重孰輕的假設有下列三大優點：

㈠我們的假設，其內涵極為明確，很容易根據語言事實來證明其真偽。

㈡我們的假設，不但能說明漢語與英語裏家姓與人名的前後次序，而且能說明所有人類自然語言裏家姓與人名的前後次序。

㈢我們的假設，不但能說明各個語言裏姓名的寫法，而且能說明各個語言裏地址與日期的寫法。

以上三點考慮，在語言分析上非常重要。第一點考慮告訴我們：有關語言規律的假設必須明確的加以條理化（explicit and precise generalization），而且必須能檢驗其是否有效（verifiability 或 falsifiability）。第二點考慮告訴我們：有關語言規律的假設，其適用的語言對象越普遍越好（universality）。第三點考慮告訴我們：有關語言規律的假設，其適用的語言現象越廣泛越

---

❶ 關於漢語詞彙與漢民族歷史背景與文物制度的關係，參湯（1982）"國語詞彙的「重男輕女」現象"（收錄於湯（1988）漢語詞法句法論集59-65頁）。

好（independent motivation、或 independent evidence）。

〔第十三問〕

有關時間、處所與情狀副詞在句中出現的次序，英語與漢語恰好相反。例如，下面一對英語與漢語的句子，副詞部分正好成了詞序相反的「鏡像」（mirror image）。

①   a. He studied *diligently* *at the library* *yesterday.*

                     (i)   (ii)   (iii)

      b. 他昨天　在圖書館　認真的　讀書。

            (i)   (ii)   (iii)

為什麼在英語與漢語的詞序上會有如此大的差別？

〔解答〕

時間、處所、情狀等副詞常修飾動詞（或動詞與其補語），藉以表達動詞所表示的動作或事態在什麼時候、什麼地方、怎麼樣發生。因此，在①a英語的例句裏，動詞'studied'是主要語，而情狀副詞'diligently'修飾'studied'以表示'認真的讀書'、處所介詞組'at the library'修飾'studied diligently'以表示這個認真讀書的地點是圖書館。而時間副詞'yesterday'則修飾'studied diligently at the library'以表示在圖書館認真的讀書這件事發生於昨天。我們可以利用方括弧把這些副詞與主要語動詞的修飾關係表達出來。

②   He〔〔〔studied diligently〕at the library〕yesterday〕。我們也可以從②的分析裏看得出來：情狀副詞與主要語動詞的語意關係最為密切，所以最靠近動詞；處所副詞與主要語動詞的語意關係次之，所以出現於情狀副詞的後面；時間副詞與主要語動

詞的語意關係又比處所副詞更遠一層，所以出現於處所副詞的後面**⑳**。

　　同樣的，在①b漢語的例句裏，動詞‘讀書’是主要語；情狀副詞‘認眞的’修飾‘讀書’，處所副詞‘在圖書館’修飾‘認眞的讀書’，而時間副詞‘昨天’則修飾‘在圖書館認眞的讀書’。我們也可以用方括弧把漢語副詞與主要語動詞的修飾關係表達出來。

　　③　　他〔昨天〔在圖書館〔認真的讀書〕〕〕。

可見，就各種副詞與主要語動詞的語意關係而言，其親近或修飾次序在英語與漢語裏都是一樣的：情狀副詞與主要語動詞的語意關係最爲親近，處所副詞次之，而時間副詞則最爲疏遠。英語與漢語所不同的是：英語的副詞出現於主要語動詞的後面，而漢語的副詞則出現於主要語動詞的前面，因而在各種副詞的修飾次序上形成了詞序相反的「鏡像」。

　　英語的副詞可以出現於「句首」(sentence-initial)、「句中」(sentence-medial)、「句尾」(sentence-final)三種位置，而漢語的副詞則只能出現於「句首」與「句中」兩個位置。因此，我們的分析「預言」(predict)：副詞在句首的位置出現時，情狀、處所、時間副詞的出現次序在英語與漢語裏都是一樣的。在句首的位置出現的副詞是「修飾整句的副詞」(sentential adverb)，因此各種副詞出現的次序應該是(i)時間副詞（與主要語句子的語意關係最爲疏遠）、(ii)處所副詞（與主要語句子的語意關係較爲親

---

⑳　在兒童認知的過程中，處所觀念的認識比時間觀念的認識爲早。在兒童語言習得的過程中，處所副詞的學習也比時間副詞的學習爲早。又在許多語言裏許多時間介詞是由處所介詞轉用而來的。

近）、(iii)情狀副詞（與主要語句子的語意關係最為親近）❹。
下面④與⑤的例句似乎證實我們的預言是正確的❷。

④　a. *Last year in Japan* I came across an · old friend
　　　　　(i)　　　　　(ii)

　　　of mine.

　　b. 去年　在日本　我遇見了一位老朋友。
　　　·　　···
　　　(i)　　(ii)

⑤　a. *When, where* and *how* did he do it?
　　　　(i)　　(ii)　　　(iii)

　　b. 他是　什麼時候、在什麼地方、怎麼樣做的？
　　　·　　·····　··········　·····
　　　　　　(i)　　　　(ii)　　　　　(iii)

〔**重　　點**〕

　　以上的分析與討論顯示：無論在英語或漢語裏，各種副詞與
主要語動詞或句子的語意關係或親近次序基本上是一致的。但是
修飾語與主要語的前後次序（卽「主要語出現於修飾語的前面」
抑或「主要語出現於修飾語的後面」）以及句首、句中、句尾三
種不同的出現位置卻影響了這些副詞在兩種語言裏表面結構上的
出現次序。

----

❹　這是就「無標」（unmarked）的情形而言。在「有標」（marked）的
　　情形下，可能因為「強調」（emphasis）、「對比」（contrast）、「焦
　　點」（focus）、「節奏」（rhythm）等語用上的考慮而改變其次序。

❷　漢語的情狀副詞很少連同時間與處所副詞出現於句首的位置，所以在
　　④的例句只出現時間與處所副詞。又在⑤的例句裏，英語的疑問副詞
　　出現於句首而漢語的疑問副詞則出現於句中；但都分別出現於主要語
　　句子與主要語動詞的前面，所以各種疑問副詞的出現次序仍然一樣。

漢語的詞序基本上是「主要語在後」（head-final; head-last）或「修飾語出現於主要語前面」的語言❷，因而在詞序上具有下列幾點特徵。

㈠限定詞、數詞、量詞、領位名詞、形容詞、關係子句、同位子句等名詞修飾語都出現於主要語名詞的前面。

㈡表示時間、處所、工具、手段、情狀等副詞或狀語都出現於述語動詞或形容詞的前面。

㈢程度副詞或狀語出現於主要語形容詞或副詞的前面。

㈣從句出現於主句的前面。

㈤修飾整句的副詞或狀語出現於句子的前面（即句首）。相形之下，英語的詞序則兼有「主要語在前」（head-initial; head-first）與「主要語在後」兩種現象，因而在詞序特徵上較漢語為複雜。試比較：

㈠限定詞、數量詞、領位名詞、單詞形容詞、單詞名詞等出現於主要語名詞的前面；而時間副詞、處所副詞、介詞組、不定詞組、分詞詞組、關係子句、同位子句等則出現於主要語名詞的後面。

㈡表示情態與頻率的副詞出現於述語動詞的前面或後面（即句尾）；而表示時間、處所、工具、手段、情狀等副詞或狀語則出現於述語動詞或其補語的後面（即句尾）。

㈢程度副詞（即「加強詞」）出現於主要語形容詞或副詞的

---

❷ 關於漢語詞序的詳細討論，參湯（1986）"關於漢語的詞序類型"（收錄於湯（1988）漢語詞法句法論集（449–537頁））。

前面；而表示程度的詞組與子句則出現於主要語形容詞或副詞的
後面。

　　㈣修飾整句的從句出現於主句的前面；而修飾謂語的從句則
出現於主句（或謂語）的後面。

　　㈤修飾整句的副詞或狀語出現於句首的位置，但也可以在停
頓（常用逗號表示）之後出現於句中或句首的位置。

　　上面英漢兩種語言在「詞序類型」（word-order typology）
或「詞序特徵」上的差異可以說明下列英漢相對例句中詞序上的
異同。試比較：

⑥　a. He is *an extremely intelligent* boy.

　　b. 他 是 個 非常　　聰明的　小孩。

⑦　a. He is a kind of boy *that everyone likes*.

　　b. 他 是 那 種　　　人人 都喜歡的 小孩子。

⑧　a. The news *that Mr. Lee went bankrupt* surprised

　　b.　　　　　　李先生破產的　　　　　消息使人人

　　everyone.

　　都感到驚訝。

⑨　a. He *often* went jogging *with his wife*.

　　b. 他 常常　　　　　　跟他太太　去慢跑。

⑩　a. She opened the letter *carefully with a penknife*.

　　b. 她　用小刀　小心的　把信封拆開。

⑪　a. He is *as* tall *as you*.

　　b. 他 跟 你 一般 高。

⑫　a. She is *more* beautiful *than her younger sister.*

　　b. 她　比她妹妹　　更　　漂亮。

⑬　a. You happened to be out *when I called you yesterday.*

　　我昨天打電話的時候，你湊巧不在家。

⑭　a. She burst out crying *as soon as she saw me.*

　　b. 她　一看到我　　就突然大哭起來。

⑮　a. *Fortunately,* nobody was hurt.

　　a′. Nobody, *fortunately,* was hurt.

　　a″. Nobody was hurt, *fortunately.*

　　b. 好　在　　　沒有人受傷。

⑯　a. I would buy this house *if I had enough money.*

　　a′. *If I had enough money,* I would buy this house.

　　b. 如果我有足夠的錢，我就會買這棟房子。㉔

〔第十四問〕

下面兩對含有「主題」的例句，在意義與用法上有什麼差別？

①　a. *The play,* John saw yesterday.

　　b. *The play,* John saw *it* yesterday.

②　a. *Hotdogs,* I eat with mustard.

　　b. *As for hotdogs,* I eat *them* with mustard.

又英語與漢語的「主題句」，在結構與功用上有什麼異同？

㉔ 在比較歐化的漢語裏也可以說成'我會買這棟房子，如果我有足夠的錢（的話）'。

〔解　答〕

①與②的例句是所謂的「主題句」(topicalized　sentence)，在「認知意義」(cognitive　meaning)上分別與①′及②′的例句同義，甚或可以分析爲分別由①′與②′的例句把賓語名詞組'the play'與'hotdogs'移到句首的位置而產生的。

　　①′ John saw *the play* yesterday.

　　②′ I eat *hotdogs* with mustard.

在①a與②a的例句裏，出現於句首的「主題」(topic)，卽'the play'與'hotdogs'，在「信息結構」(information　structure)上充當談話的話題，而主題以外的部分（卽'John saw yesterday'與'I eat with mustard'），則在信息結構上充當「評述」(comment)，針對主題做適當的陳述或解釋。主題是談話者雙方共同的話題，通常代表「舊的」(old)或「已知的」(known)信息，只有在前面的談話裏已經出現的名詞組（或與此「同指涉」(coreferential)的有定名詞組）纔能成爲句子的主題。例如①a與②a的例句很可能是分別針對③與④這樣的談話或問句所做的回答。

　　③　"I'm inviting John and Mary to see *Romeo and Juliet*."

　　④　"What do you take on *hotdogs*?"

　　①b與②b的例句，與①a及②a的例句不同，在「評述」裏留有與主題同指涉的代詞'it'與'them'，有些語法學家把這類句型稱爲「向左轉位」(left　dislocation)。「向左轉位」的主題，與「主題句」的主題一樣，也都常代表舊的或已知的信息，因而①b與②b也可以分別做爲③與④的回應。但是「向左轉位」的主

題，與「主題句」的主題不一樣，有「創設主題」（topic-establishing）的功能。例如，針對著以 'John' 為主題的問句⑤，⑥a的「向左轉位」可以創設新的主題 'Bill' 來談論有關他的事情，並以此做為對⑤句的回應；但⑥b的「主題句」卻因為沒有創設主題的功能所以不能以 'Bill' 為新的主題，因而不能做為對⑤句的回應。試比較：

⑤ "What can you tell me about *John*?"

⑥ a. "Nothing. But *Bill* Mary kissed him."

　　b. *"Nothing. But *Bill* Mary kissed."

但是這並不表示，「向左轉位」所創設的新主題可以與前面的談話或「語言情景」（speech situation）毫無關係。以上面⑤與⑥的對話為例，談話者雙方都必須認識 'John' 與 'Bill'，而且知道這兩人之間有某種關係存在（例如談話的雙方都知道這兩人在追 'Mary'）。下面⑦的例句，也只有在⑦a的對話背景下⑦b的「向左轉位句」纔能視為合宜的回應。

⑦ a. "What happened to *John*?"

　　b. "*His car, it* broke down, and *he*'s depressed."

「向左轉位句」的主題常用 'as for, speaking of, concerning' 等介詞來引介（如②b的例句）。這可能是由於「向左轉位」常能創設新的主題，為了避免給談話的對方太突兀的感覺，纔用這些介詞來引介。因此，如果「向左轉位」的主題已經在前面的談話裏出現（如⑧的 'John'），就不宜再用這些介詞來引介（如⑨a句），甚至不宜用「向左轉位句」（比較⑨b句與⑨c句）。

⑧ "What happened to *John*?"

⑨　a. *"*As for John, he* left."

　　b. ?"*John, he* left."

　　c. "*He* left."

〔重　點〕

　　英語的「主題句」與「向左轉位句」多出現於「口語」，而
較少出現於「書面語」。這兩種句式都在句首含有主題。但是只
有「向左轉位句」在評述部分含有與主題同指涉的人稱代詞，而
且只有「向左轉位」的主題有引介新主題的功能，因而常用 'as
for, speaking of, concerning' 等介詞來引介，主題的「語調高
峯」(pitch peak) 也以較高的音高說出，例如：

⑩　As for Mr. Taylor, I met him .in New York.

主題通常都代表舊的或已知的信息，只有在前面的談話或文章裏
已經出現或有「確定指涉對象」(definite referent) 的「有定名
詞組」纔能成為主題，例如：❷

⑪　A: "You want to see *The Last Emperor*?"

　　B: "No. *The Last Emperor*, I saw φ yesterday."

⑫　I have *a recurring dream* in which… I can't remem-
　　ber what I say. I usually wake up crying. *This
　　dream*, I've had φ maybe three or four times.

⑬　*Mary*, I told φ that I wasn't chosen.

⑭　*You*, I didn't think φ would leave.

⑮　*Fried eels*, I like to eat φ.

---

❷ 我們用 'φ' 的記號來標示主題在評述中原有的位置。

「無指涉對象」（non-referential）的「填補詞」（如⑯的'it'與⑰的'there'）以及沒有確定指涉對象的「無定名詞組」（如⑱的'few books'與⑲的'someone'）不能成為主題。

⑯　*It, I resented φ that I was not chosen.

⑰　*There, I don't think φ would be a fight.

⑱　*Few books, I brought φ with me.

⑲　*Someone, I met φ in New York.

雖然是有定名詞組，但如果沒有在前面的談話或文章裏出現，因而不存在於「談話對方的意識領域」（the hearer's consciousness）裏，那麼這個有定名詞組也無法成為共同的話題，例如：

⑳　A："Why are you crying?"

　　B：*"The Last Emperor, I saw φ yesterday. It was very sad."

但是有一種「主題句」的主題似乎可以代表「新」（new）的「未知」（unknown）的信息。例如在下面㉑與㉒的對話裏(b)句的主題'fried eels'與'a book'都是代表新信息的無定名詞組。試比較：

㉑　A："What do you like to eat?"

　　B："Fried eels I like to eat φ."❷⓺

㉒　A："What did John give Mary?"

　　B："A book he gave her φ."

這一種主題句❷⓻也與一般主題句不同，在「語調輪廓」（intonation

---

❷⓺　有些語法學家把這種主題句稱為「焦點主題句」（focus topicalization）。

❷⓻　我們不妨把代表新信息的主題稱為「焦點主題」，並在這些主題後面不標逗號以區別於一般主題。

contour）上只含有一個「語調高峯」。試比較⑩與㉓兩句的語調
輪廓；並注意在㉓句裏只有主題具有信息價值，其他部分則沒有
什麼信息價值。

㉓ *Macadania nuts they're called* ϕ.

在下面 ㉔ 的例句裏出現的主題也都屬於代表新信息的 「焦點主
題」，在評述裏本來充當「主語補語」（subject complement）或
「賓語補語」（object complement）。在這些例句裏，主語名詞、
述語動詞、賓語名詞都不具有什麼重大信息，只有充當主題的補
語具有重要信息。

㉔ a. *Joe* his name is ϕ.

b. *An utter fool* I felt ϕ too.

c. *Relaxation* you call it ϕ.

「焦點主題」雖然代表新的信息，但是仍然要與前面的談話發生
某種聯繫，例如：

㉕ a. We have a newcomer in our class. *Joe* his name
is ϕ.

b. "I was very much embarrassed by your behavior,
dear." "*An utter fool* I felt ϕ too."

c. They just bought a dog. *Fido* they name it ϕ.

漢語裏也有相當於英語的「主題句」與「向左轉位句」；而且在
口語裏與書面語裏都相當頻繁的出現，例如：

㉖ a. 張先生，我認識ϕ。

b. 張先生，我認識他。

c. 魚，我很喜歡吃黃魚。

　　d. 中國，面積廣大，人口眾多。

　　e. 韓國人，我非常了解他們的歷史與文化背景。

漢語的主題也可以用‘關於、至於、提到’等介詞來引介，而且也都有引介新主題的功能，例如：

㉗　a. 關於婚姻的事，我自己做主。

　　b. 至於李太太，千萬別把這件事告訴她。

　　c. 提到林先生，你認不認識他太太？

與英語一樣，無確定指涉對象的無定名詞組不能成為主題。試比較：

㉘　a. 那一個人，我認識（他）。

　　b. 有一個人，我想你可以去找他。

　　c. *一個人，我跟他很熟。

「向左轉位」的主題並不限於賓語名詞，也可能是主語名詞；但是只有屬人名詞纔能「向左轉位」。試比較：

㉙　a. 張先生，我認識他。

　　b. 張先生，他的毛筆字寫得很好。

　　c. 張先生，他很健談。

　　d. *黃魚，我很喜歡吃牠（們）。

漢語也有類似英語的「焦點主題」。但是只有疑問詞（如‘誰、什麼、為什麼’等）以及其「任指」用法可以出現於句首❷，而補語名詞則不能成為焦點主題。試比較：

---

❷ 疑問詞可以出現於句首而獲得加強，但也可以不出現於句首而留在句中原來的位置。但是「任指」用法的疑問詞則非出現於句首的位置不可。

⑳ a. 誰你最喜歡 φ？

b. 為什麼你昨天 φ 沒有來？

c. （無論）誰我都不相信 φ。

d. 什麼東西我都不想吃 φ。

e. 哪裏我都不想去 φ。

f. *張三 我叫做 φ。

g. *小李子我們叫他 φ。

〔第十五問〕

下面有五個含有句型'too Adj to V…'的句子。其中那些句子是合語法的，那些句子是不合語法的？先把合語法的句子翻成國語，再把這些合語法的句子翻成含有句型'so Adj…that…'的英語。

① John is too clever to expect us to catch.

② John is too stubborn to expect anyone to talk to Bill.

③ John is too stubborn to expect anyone to talk to.

④ John is too stubborn to visit anyone who talked to Bill.

⑤ John is too stubborn to visit anyone who talked to

〔解 答〕

在以上五個例句中，①到④的例句都合語法，只有⑤的例句不合語法。我們先把①到④的例句翻成①′到④′裏(a)句的國語與(b)句含有句型'so Adj…that…'的英語。

①′ a. John 這個人太聰明了（任何人都）不能期望我們來

捉到他。

b. John is so clever that *no one* can expect us to catch *him* (=*John*).

②′ a. John 這個人太頑固了（他）不會｛期望／料想｝有人會跟 Bill 講話。

b. John is so stubborn that *he* (=*John*) doesn't expect anyone to talk to Bill.

③′ a. John 這個人太頑固了（｛你／我／一般人｝都）不能期望有人會跟他講話。

b. John is so stubborn that *no one* expects anyone to talk to *him* (=*John*).

④′ a. John 這個人太頑固了（他）不會去探望任何跟 Bill 講過話的人。

b. John is so stubborn that *he* (=*John*) won't visit anyone who talked to Bill.

　　乍看之下，這些例句難以了解，也不容易翻成國語。因為本來在英語的「that 子句」裏出現的名詞或人稱代詞（即英語的例句裏以斜體印刷的名詞‘John’或人稱代詞‘(no) one, he, him’，或國語的例句裏下面標有黑點的人稱代詞‘任何人、他、｛你／我／一般人｝’都在「不定子句」裏消失，所以我們應該設法把這些人稱代詞補回去。我們知道：動詞‘expect, catch, visit, talk to’都是及物動詞，都必須與主語名詞與賓語名詞連用；其中動詞‘expect’還可以帶子句為賓語，例如：❷

⑥　a. John is *expecting* [NP Mary] next week.

　　b. John is *expecting* [s′ that Mary will come next week].

　　c. John is *expecting* [s′ Mary to come next week].

⑦　a. John will *catch* Bill.

　　b. John will *visit* Bill.

　　c. John will *talk* to Bill.

現在我們把這些在「不定子句」裏消失的名詞或人稱代詞用表示「空號」(empty category) 或「空節」(empty node) 的符號 'e' 來標示，並把這個符號放進①到⑤例句中「不定子句」裏面去。

①″ John is too clever [s′ e_1 to expect us to catch e_2].

②″ John is too stubborn [s′ e to expect anyone to talk to Bill].

③″ John is too stubborn [s′ e_1 to expect anyone to talk to e_2].

④″ John is too stubborn [s′ e to visit anyone who talked to Bill].

⑤″ John is too stubborn [s′ e_1 to visit anyone who talked to e_2].

我們下一步工作是設法發現在不定子句裏出現的 'e' 究竟指的是誰。簡單的說，在不定子句裏出現的 'e' 可能指「母句」

㉙ 下面例句裏方括弧右下方的 'NP' 代表「名詞組」，'S′' 代表「子句」。

(matrix sentence，或 main clause）的主語名詞（如⑧句的母句主語‘John’）或賓語名詞（如⑨句的母句賓語‘Bill’），也可能泛指一般人（如⑩句的‘e’可以解釋爲泛指的‘one/you/we’）。試比較：

⑧　*John* expected [s' *e* to succeed in his business].

　　（比較：*John* expected [that *he* would succeed in his business.]）

⑨　John persuaded *Mary* [s' *e* to go out with him].

　　（比較：John persuaded *Mary* [s' that *she* should go out with him].)

⑩　It is important [s' *e* to practice English].

　　（比較：It is important [s, that {*one/you/we*}(should) practice English].)

一般說來，如果母句含有賓語，那麼在不定子句裏出現的‘e’就應該指涉這個賓語名詞（如⑨句）。如果母句不含有賓語，那麼不定子句裏的‘e’就應該指涉母句的主語名詞（如⑧與⑪句)❸⓪。

⑪　*John* is too old [s' for Mary to marry *e*].

如果母句裏沒有主語或賓語名詞可以指涉，那麼不定子句裏的‘e’就泛指一般人（如⑩與⑫句)。

⑫　[s' *e* to see] is [s' *e* to believe].

---

❸⓪　但在少數例外的情形下，不定子句裏的‘e’不指涉母句賓語而指涉母句主語，例如：*John* promised Mary [s' *e* to give her a necklace as her birthday present]. (比較：*John* promised Mary [s' that *he* would give her a necklace as her birthday present].).

同時應該注意：泛指一般人的 'e'（如⑩、⑫、⑬句）與指涉母句賓語的 'e'（如 ⑨ 與⑭句）只能出現於不定子句裏主語的位置（如⑧、⑪、⑬句）；而指涉母句主語的 'e' 則可能出現於不定子句裏主語、動詞賓語、介詞賓語等幾種位置（如⑧、⑪、⑮、⑯、⑰句）。試比較：

⑬　$[_{s'}$ *e* to understand$]$ is $[_{s'}$ *e* to forgive$]$.

⑭　John forced *Bill* $[_{s'}$ *e* to be examined by the doctor$]$.

⑮　*John* is clever enough $[_{s'}$ *e* to catch Bill$]$.

⑯　*John* is too clever $[_{s'}$ for Bill to catch *e*$]$.

⑰　*John* is too quick $[_{s'}$ for Bill to lay hands on *e*$]$.

　　有了以上的預備知識，我們就可以決定①″ 到 ⑤″ 的例句裏 'e' 的指涉對象是誰。在②″與④″的不定子句裏只含有一個 'e'，因此這個 'e' 應該指涉母句的主語名詞 'John'。 在①″與③″的不定子句裏含有兩個 'e'（即 'e$_1$' 與 'e$_2$'），因此其中一個 'e' 必須指涉母句主語名詞 'John'，而另外一個 'e' 則應該指涉無特定對象的一般人。因為泛指一般人的 'e' 只能出現於不定子句主語的位置；所以 'e$_1$' 應該指涉這個一般人，而出現於子句賓語位置的 'e$_2$' 則指涉母句主語的 'John'。 例句⑤″裏也含有兩個 'e'。第一個 'e$_1$' 出現於不定子句，因而應該解釋為指涉母句主語 'John'。但第二個 'e$_2$' 則出現於含有「限定動詞」(finite verb) 'talked' 的關係子句 'who talked to e$_2$' 裏面。 'e' 不能出現於關係子句賓語的位置❸，所以⑤″句不合語法，⑤句也就無法解釋或翻譯。

❸　但是 'e' 卻可以出現於「不定關係子句」(infinitival relative clause) 裏主語的位置（如 'Do you know $[_{NP}$ the day $[_{s'}$ on which *e* to leave$]]$?'）。

〔**重　點**〕

以上的分析與討論告訴我們，研究英語的語法，除了要注意在句子中出現而看得見的詞句以外，還得注意沒有在句子中出現而看不見的詞句，即「空號」或「空節」。在英語的語法中有幾種種類不同的「空號」。就「不定子句」而言，在不定子句裏出現的‘e’，可能指涉母句主語、母句賓語、或泛指一般人。指涉母句賓語與泛指一般人的‘e’只能出現於不定子句主語的位置，而指涉母句主語的‘e’則可能出現於不定子句的主語、動詞賓語、介詞賓語等位置。要決定不定子句裏‘e’的指涉對象，一般的原則是：(i)如果母句裏含有賓語，那麼‘e’就指涉母句賓語名詞；(ii)如果母句裏不含有賓語，那麼‘e’就指涉母句主語名詞；(iii)如果母句裏沒有主語或賓語名詞可以指涉，那麼‘e’就泛指一般人或根據談話時的「語言情境」（speech situation）來決定其指涉對象。下面的例句顯示這種‘e’也可以出現於「不定疑問子句」（wh-infinitive）裏面。例句中的符號‘ϕ’表示「wh 疑問詞」（如‘what, who’等）從「wh問句」中移到句首而留下來的「痕跡」（trace）。這一種痕跡也是在英語語法中出現的「空號」之一。

⑱　*I* don't know [$_{S'}$ what *e* to do ϕ].

⑲　I told *him* [$_{S'}$ who *e* to ask ϕ for help].

從『認知』的觀點分析
"this, that" 的意義與用法

一、前　言

　　「認知教學觀」（cognitive approach）傳到我國英語教學界的時間已經很久。大家對於這個教學觀也相當了解。「口說教學觀」（oral approach）認為，語言的學習只可'意會'而不可'言傳'，或不必'言傳'。但「認知教學觀」則認為，語言的學習不能期望學生靠自己'意會'，而要借助老師'言傳'。特別是有關英語虛詞的意義與用法，學生必須先經過'有知有覺'的學習，然後纔能'不知不覺'的運用。換句話說，老師應該把這些虛詞的意義

與用法清清楚楚的交代給學生，然後經過學生反覆不斷的練習與應用，最後纔能養成'不假思索'就可以'脫口而出'的語言習慣。

在英語的詞彙裏，this 與 that 是兩個不怎麼惹眼的虛詞，通常在國中英語第一册的第一課裏就出現。一般的英語老師都以國語的'這'與'那'來解釋這兩個虛詞，一般的學生也就理所當然的接受這種解釋，並以'以不變應萬變'的態度把這個解釋應用到所有 this 與 that 的用法上去。其實，如果我們仔細研究 this 與 that 的意義與用法，就會發現問題沒有這麼簡單。英語的 this 與 that，除了字面上的「言內之意」（literal meaning）以外，還有含蓄的「言外之意」（conveyed meaning），值得我們仔細分析與討論。

本文擬從「認知」的觀點探討英語限定詞 this, that 的意義與用法。所討論的例句盡量採自前人的文獻，而例句的的難度則針對國中、高中以及大專等各種程度不同的學生。又爲了節省篇幅與減少煩瑣的註解，不一一註明例句的來源。

二、一些有關的基本概念

在未談到正題之前，我們先把一些有關的基本概念交代清楚。我們在這裏所要討論的 this 與 that 都屬於英語的「限定詞」（determiner）。限定詞的主要功用是，在句法上與名詞組成名詞組，並在語意上限定這個名詞組的「指涉對象」（referent）。名詞的「指涉」（reference）與名詞的「語意」（meaning）不同。以 dog 這個英語單字爲例，dog 的「語意」是一種四隻腳的動

物，這個動物看了主人就會搖尾巴，見了生人就會汪汪叫，而其「指涉」卽是把 dog 這個語言符號所代表的動物與「現實世界」(the real world)或「可能世界」(the possible world) 裏所存在的特定的狗連繫起來。如果我說 my dog，那麼這隻狗不是隨便指那一隻狗，而是指我們家養的那一隻特定的狗。也就是說，dog 這個語言符號所代表的動物，因爲 my 這個限定詞而有一個特定的指涉對象。

指涉可以從幾個不同的觀點來觀察。靠「語言以外的情境」(extralinguistic situation) 來決定的指涉，叫做「情景照應」(situational reference) 或「境外照應」(exophora)。例如，指着門口的一部汽車叫"that car"，或指着手上的錶說"this watch"都是屬於境外照應的例子。靠前後的「語境」或「上下文」(linguistic text) 來決定的指涉，叫做「文意照應」(textual reference) 或「境內照應」(endophora)。「境內照應」中，靠著「上文」或「前面的文意」(the preceding text) 決定指涉的叫做「前向照應」(anaphora)；而靠著「下文」或「後面的文意」(the following text) 決定指涉的，叫做「後向照應」(cataphora)。例如，在下面①的例句裏，「人稱代詞」him 可以「指涉」(refers to) 出現於前面的名詞 John。這個時候我們說，John 是 him 的「前行語」(antecedent)，而 him 是 John 的「前向照應語」(anaphor)。我們也可以說，him 是「向前照應」(is anaphoric to) 其前行語 John。

① If *John* comes I will tell *him*.

另一方面，在下面②的例句裏，人稱代詞 he 可以指涉出現於後

面的名詞 John。這個時候我們說，John 是 he 的「後行語」❶，而 he 是 John 的「後向照應語」（cataphor）。 我們也可以說，he 是「向後照應」（is cataphoric to）其後行語 John。

② If *he* comes I will tell *John*.

有些語言學家把③這類句子的 he 也分析為「後向照應語」，因為這裏人稱代詞 he 的指涉對象要靠下文 "who helped me" 來決定。

③ *He* who helped me has gone.❷

三、this 與 that 的意義與用法

根據 *Longman Dictionary of Contemporary English*（以下簡稱 LDCE）1153 頁與 1146 頁，英語的限定詞 this 與 that 分別有下面④與⑤的意義與用法。

④ this:

   (1) being the one or amount stated, going to be stated, shown, or understood

   (2) being the one of 2 or more people or things that is nearer in time, place, thought, etc.

   (3) 〔informal〕 a certain

---

❶ 一般的語言學家並不使用「後行語」（postcedent）這樣的名稱，而仍然稱為「前行語」。這裏為大家了解的方便，杜撰了「後行語」這個術語。同樣的，「後向照應語」（cataphor）也不是一般常用的術語。

❷ Quirk et al. （1972: 862）認為這個句子'罕用而非常正式'（"rare and very formal"）。

⑤　that :

    ⑴　being the one or amount stated, shown, or under-stood

    ⑵　being the one of 2 or more people or things that is further away in time, place, thought, etc.

　　LDCE 是目前在國內所出售的英語辭典中內容最新穎、文字最簡易、最適合於一般高中與大專學生做自修之用的一種。但是上面所列舉的說明還是過於抽象玄虛，很少學生能靠這些說明確切了解 this 與 that 的意義與用法。也可能有人認為，LDCE 有關 this 與 that 的意義與用法的說明過於簡單，並不能包含所有的意義與用法。我們就從這些說明出發，逐步探討 this 與 that 的意義與用法。為了討論的方便，我們不特別注意「單數」(this, that) 與「複數」(these, those) 的區別，或「限定用法」(this N, that N) 與「代名用法」(this, that) 的區別。

三、一　this 與 that 的「空間」用法

　　this 與 that 可以用來指示空間距離的遠近。比較靠近「說話者」(the speaker) 的人或事物用 this 來指涉；而比較靠近「聽話者」(the addressee) 而遠離說話者的人或事物，或因為比較靠近「第三者」(the third party) 而遠離說話者與聽話者的人或事物，用 that 來指涉，例如：

⑥　*This* book is mine; *that* one is yours.

⑦　*This* room (we're in) is a lot warmer than *that* one (across the street).

⑧ You look in *this* box (here) and I'll look in *that* one (over there).

⑨ Do you see *that* woman crossing the street?

⑩ *This* is your book—let me give it to you.

⑪ Hello! *This* is Charles Hockett speaking.

⑫ "*This* is my sister." "How do you do?"

⑬ "Who's *that*?" "It's me."

this 與 that 所指涉的對象，並不限於具體的事物，也可以是行為、動作、態度、方式等，例如：

⑭ Do it like *this*.

⑮ Hurry up, *that's* a good boy.

this 與 that 的「空間」用法屬於「境外照應」，因為我們在例句的上下文裏找不到 this 與 that 的指涉對象，而必須往語言之外的情景裏去找。

從「空間」用法，可以引伸出三種有關的用法來。第一種是以 that 來表示「前者」（the former），而以 this 來表示「後者」（the latter）的用法。這一種用法，先在前文裏提到兩件事物（例如⑯的 work 與 play 以及⑰的 friends 與 books），然後在後文裏用表示近距離的 this 來指兩件事物中後提到的一件，因為這件事物（「後者」）離後文較近；而以表示遠距離的 that 來指兩件事物中先提到的一件，因為這件事物（「前者」）離後文較遠。

⑯ *Work* and *play* are both necessary to health; *this* (＝play, the latter) gives us rest, and *that* (＝work, the former) gives us energy.

⑰ *Friends* and *books* are valuale; *these* (＝books), perhaps,
more than *those* (＝friends).

引伸的另一種用法是以 this 來指‘說話者自己所說的話’，
而以 that 來指‘別人所說的話’❸。例如，有人說了⑱a的話。
如果這個人繼續說⑱b的話，那麼他就以 this 來指前面自己說的
話⑱a。但是，如果換由另外一個人來指不是自己說的話⑱a，那
麼他就用⑱c的 that。試比較：

⑱ a. There seems to have been a great deal of sheer
carelessness in coal-mining business lately.

   b. *This* is what I can't understand.

   c. *That* is what I can't understand.

引伸的第三種用法與引伸的第二種用法有密切的關係：以
this 來指「屬於說話者心理上的地盤」(psychological terri-
tory)，而以 that 來指‘不屬於說話者心理上的地盤’。例如，做
太太的可以指先生身上的領帶而說⑲a的話，但是換成別人就應
該改用⑲b的話。因為做太太的固然可以與先生認同而進入‘共同
的心理地盤’，所以用 this；沒有這種親密關係的第三者則只能
保持在這個心理地盤之外而用 that。

⑲ a. Are you wearing *this* necktie again today?

   b. Are you wearing *that* necktie again today?

---

❸ 這種用法也可以解釋為 this 與 that 的「前向照應」用法，以言談
中在前面所出現的話為前行語，並以 this 來表示說話者的關心。詳
見下文。

但是百貨公司裏賣領帶的女店員則可以指著正在試戴領帶的顧客說⑳a的話，而不必改說成⑳b的話。因為在尚未賣出去以前，顧客身上的領帶在她的心理地盤裏仍然屬於她的管轄。

⑳ a. *This* necktie is Italian-made and very becoming to you.

   b. *That* necktie is Italian-made and very becoming to you.

三、二　this 與 that 的「時間」用法

this 與 that 除了指空間距離的遠近以外，還可以用來指時間距離的遠近。that 指「過去時間」（past time），this 指「現在時間」（present time）或「未來時間」（future time）。試比較：

㉑ a. We *are going* to Japan *this* year.

   b. We *went* to Japan *that* year.

㉒ a. I *will be seeing* him one of *these* days.

   b. I *saw* him quite often in *those* days.

㉓ a. We *went* to the opera last night.

   That was our first outing for months.

   b. We *are going* to the opera tonight.

   This will be our first outing for months.

㉔ Somehow, *that* time and *that* war *were* more real to her than *this*.

其實，this 與 that 的「時間」用法，也可以看做是「空間」

用法的延伸。時間與空間本來是相對的，英語裏用來表示空間與時間的介詞，有很多（如 at, in, on, before, after 等）都是一樣的，而且基本上都表示相對或相同的概念。「過去」指那已逝不復返的時間，而「現在」與「未來」係指目前或卽將來臨的時間，其分別的標準在於離開「言談時間」（utterance time）的遠近。下面㉕a的"this exhibition"表示'我告訴你的現在正在舉行的展覽會'，因而問：'我們要不要一起去看?'。而㉕b的"that exhibition"則表示'你先前告訴過我的展覽會'，因而問：'你看了沒有?'。

㉕　a. What about *this* exhibition?

　　b. What about *that* exhibition?

三、三　this 與 that 的「情感」用法

this 與 that 除了表示與說話者在空間或時間上距離的遠近以外，還可以表示與說話者在心理上或情感上距離的遠近。例如，Quirk et al.（1972: 218）指出，this 在「非正式的說法」（infor-mal style）裏可以有「情感」用法（emotive use）而表示'說話者與聽話者所共同認識或知道的'（"we both know"）。例如：

㉖　You know *this* fellow Johnson ...

㉗　Then I saw *this* girl ...

㉘　It gives you *this* great feeling of open spaces and clean air.

這一種 this 的用法就是 LDCE 裏 this 的用法中 "(3)〔infor-mal〕a certain" 的用法。事實上，這一種 this 的用法，與「殊

指」(specific) 的 "a certain" 以及「定指」(definite) 的 "the" 的用法都有區別。例如，拿㉙與㉚裏的 the 與 this 的用法來比較，顯然的使用 the 的時候語氣比較正式而冷漠，而使用 this 的時候語氣卻比較隨便而親密。試比較：

㉙ Well, did you talk to $\begin{Bmatrix} the \\ this \end{Bmatrix}$ psychiatrist?

㉚ What is the name of $\begin{Bmatrix} the\ man \\ this\ guy \end{Bmatrix}$ she is marrying?

一般說來，that 常用來表示‘負面’的情感（如非難、輕蔑等），而 this 則可以用來表示‘正負’兩面（卽褒與貶）的情感。試比較：

㉛ Morning like *this*!

㉜ Don't mention *this* wretched business again!

㉝ For all their talk, they're no good, *these* foreigners!

㉞ Is he really going to marry *that* girl!

㉟ He hated *that* pride of hers.

㊱ *Those* godless dogs!

這一種「情感」用法的產生，似乎是由於說話者把所指涉的人或事物拉入自己的「心理地盤」(psychological territory) 而起的。this 的「褒義」似乎來自與說話者心理距離的親近，而 that 的「貶義」則似乎來自與說話者心理距離的疏遠。因此，this 與 that 的「情感」用法，可以說是「空間」用法的引伸。

三、四　this 與 that 的「境內照應」用法

以上所討論的用法，都與「情景」有關，而與「文意」無關，所以都是「境外照應」用法❹。下面的例句則說明 this 與 that 的「境內照應」用法。一般說來，英語常用 that 來表示「前向照應」，而常用 this 來表示「後向照應」。因為「前向照應」指已經出現（卽「過去」）的上文，所以用 that；「後向照應」指尚未出現（卽「未來」）的下文，所以用 this。試比較：

㊲　A: Where are you going?

　　B: To feed the fish.

　　A: *That's* what I was trying to remember to do just now.

㊳　The chap with a wart on his nose is in my class. *That* boy is extremely clever.

㊴　My uncle's profession is medicine and *that* is going to be mine, too.

㊵　The translation given him was *this*; ...

㊶　*These* were the verses the White Rabbit read; ...

㊷　*This* should interest you, if you are still keen on boxing. The world heavyweight championship is going to be held in Chicago next June, so you should be able to watch it live.

---

❹ 在空間的引伸用法中，第一種與第二種用法都牽涉到「文意」，所以可以包括在「境內照應」用法。請參照❸。

「前向照應」的 that 與「後向照應」的 this，常在同一個句子裏出現。例如電視影集'三人行'(*Three's Company*) 的男主角 Jack 有一次遇到女孩子自願奉獻，而他卻臨陣退卻。在下面㊸的話裏，that 指女孩子說的一句話 "I'm going to change into something more comfortable" 裏所表示的行為，而 this 則指 Jack 躡手躡腳逃出房間的意圖或動作。

㊸　You do *that,* and I'll do *this.*

又如，美國時代週刊（*Time*）有關去年洛杉磯奧運會開幕典禮的報導中出現了下面㊹的一段。在這一段話裏，that 指前面已經報導的開幕典禮實況；this 指後面所要報導的有關開幕典禮的內幕新聞。

㊹　*That* you saw. *This* you didn't：…

「前向照應」的 that，其前行語並不限於陳述子句，也可以是疑問子句、不定子句、動名子句，甚至於形容詞性詞語，例如：

㊺　Whether they'll write or not—*that's* what worries me.

㊻　To see you after such a long time, *that* was good.

㊼　Meeting you in London that day, *that* was pleasant.

㊽　A: Did I say that I don't like him?

　　B: You didn't say that, but you look *that.* ❺

---

❺　這是電視影集'愛之船'（*The Love Boat*）裏船長與他女兒的對話，這裏的 that 也可以解釋為 "that way" 的省略。

　　在前面的例句裏，「前向照應」都用 that，而「後向照應」都用 this。但是偶爾也見到用 that 來表示「後向照應」的例句。Quirk et al.（1972：702）認為，在表示「反語」（irony）的句子裏可以用 that 來表示「後向照應」，並舉了⑲的例句。

⑲　I like *that*. Bob smashes up my car and then expects me to pay for the repairs.

另外，Quirk et al.（1972：633）也列了⑳與㉑的例句，在這些例句裏 that 似乎是指後面的動名詞與不定詞。

⑳　*That's* a mistake, letting him go free.

㉑　*That's* a shame—to leave him without any money.

但是這些例句都在句中含有停頓，that 可以用 it 來代替，動名詞與不定詞也可以取代 that 而成為句子的主語，例如：

㉒　a. It's a mistake, letting him go free.

　　b. Letting him go free is a mistake.

㉓　a. It's a shame to leave him without any money.

　　b. To leave him without any money is a shame.

因此，似乎可以依照 Quirk et al.（1972：952）把這類例句分析為「分裂句」（cleft sentence）的一種。試比較：

㉔　$\left\{\begin{array}{l}That\\It\end{array}\right\}$ was firebomb they let off last night.

㉕　$\left\{\begin{array}{ll}Those & are\\It & is\end{array}\right\}$ my feet that you're stepping on.

　　另一方面，我們也常見到用 this 來表示「前向照應」的例

句，例如：

⑤ Seventy witnesses testified. $\left\{\begin{array}{l} That \\ This \end{array}\right\}$ is an unusually large number even for an important hearing.

⑤⑦ Because of inherited venereal disease, their population remains static. *This* worries the elders of the tribe.

⑤⑧ Students are free to select optional courses from any field that touches on American studies. *These* options are very popular.

「境外照應」的 this 與 that 經常都重讀。「境內照應」中「後向照應」的 this 與 that，都代表新信息，所以都重讀。但是「前向照應」的 this 與 that，通常都代表舊信息；所以除了表示「對比」（contrastive）的情形以外，並不重讀❻。例如，⑤⑨a的 this 是「後向照應」用法，應重讀，並且可以出現為「準分裂句」（pseudo-cleft sentence）的「焦點」（focus）。又這個例句並不表示「反語」，所以不能用 that 來代替 this。

⑤⑨ a. *This* is what worries me: I can't get any reliable information.

　　b.*That is what worries me: I can't get any reliable information.

　　c. What worries me is *this*: I can't get any reli-

---

❻ Halliday & Hasan (1976:69) 認為例句⑤⑦的 that 表示對比，所以重讀。

　　　　able information.

反之，⑥a的 this 是「前向照應」用法，而且並沒有表示對比的意思，所以不重讀，也不能出現爲「準分裂句」的焦點；但可以用 that 來代替 this。試比較：

⑥　a. I can't get any reliable information. *This* is what worries me.

　　b. I can't get any reliable information. *That* is what worries me.

　　c. *I can't get any reliable information. What worries me is *this*.

根據 *The American Heritage Dictionary of the English Language* 用詞評審委員會的調查，有百分之七十二的評審委員認爲在⑤⑥的例句裏可以用 this 來表示「前向照應」。Bryant（1962）與 Perrin（1972）甚至認爲用 this 來表示「前向照應」的人越來越多，有超過 that 的趨勢❼。例如，例句⑥與⑥裏的 this 與 that，從前多用 that，而現在則有人常用 this。

⑥　Upon $\begin{Bmatrix} this \\ that \end{Bmatrix}$, he turned on his heels and fled.

⑥　With $\begin{Bmatrix} this \\ that \end{Bmatrix}$, she left him and disappeared into darkness.

　　雖然 that 與 this 都可以用來表示「前向照應」，但是二者

---

❼ 但也有 Follet（1966）等採取比較保守的看法而持相反意見的人。

之間似乎在「人際意義」（interpersonal meaning）或「情感意義」（emotive meaning）上有些微妙的差別。this 的「前向照應」用法，似乎與 this 的「情感」用法有關。Quirk et al. (1972：218) 指出，在「親暱體」（very familiar style）的談話裏，表示「後向照應」的 this，可以含有親密的意思，並列了 ⑥⑬的例句。

 ⑥⑬ Well, I'll tell you a story. There was *this* inventor ...

而根據日本三省堂出版的 *Dictionary of Current English Usage* 931頁，這一種 this 的「情感」用法，多見於美式英語。例如，前面⑳與㉚有關 this「情感」用法的例句係分別採自 J. D. Salinger 的 "A Perfect Day for Bananafish" 與 "Just Before the War with the Eskimos"。美國人的國民性，一般都比英國人開放而熱情，所以可能比較喜歡用表示「情感」的 this。例如，在電話上問對方姓名的⑥⑭句中，英式英語多用 that，而美式英語則多用 this。試比較：

 ⑥⑭ Who is $\left\{\begin{array}{l} this \\ that \end{array}\right\}$, please?

以上的觀察顯示，that 與 this 的「前向照應」，除了在風格上有正式與非正式的區別以外，this 似乎常表示說話者（或說話者與聽話者雙方）的關心。這可以說是 this 的「情感」用法的引伸，而這個「情感」用法又是「空間」用法的引伸，與「空間」用法與「時間」用法都具有密切的關係。因此，this 的「前向照應」常表示說話者（或說話者與聽話者雙方）目前關心的對象；而 that 的「前向照應」則不一定有這種含義。用 that 表示「前

向照應」的時候，說話者可能不關心；就是關心，關心的時間也不是現在；或者關心的程度不如用 this 的顯著。作者所蒐集的例句，以及以英語為母語的人所做的合法度判斷與語意解釋，大都能支持這個結論。例如，在下面⑥⑤與⑥⑥的例句裏，大家都覺得用 this 比用 that 更能顯示說話者的關心。

⑥⑤ I can't get any reliable information.
$\begin{Bmatrix} This \\ That \end{Bmatrix}$ is what worries me.

⑥⑥ You've returned the money to the bank, and
$\begin{Bmatrix} this \\ that \end{Bmatrix}$ is the best proof of your honesty.

因此，我們的結論是：原則上「前向照應」用 that；而「後向照應」則用 this。但是例外的，在「反語」裏可以用 that 來表示「後向照應」，也可以在「前向照應」裏用 this 來表示說話者現在關心的對象。這就說明為什麼下面例句裏的 that 都不能改為 this。因為這些例句裏的 that 都是「前向照應」的習慣用法，而且是已經固定的習慣用法，所以無法代用 this 來表示說話者的關心。

⑥⑦ I'm busy now; *that* is (to say), I can't go to the movies with you.

⑥⑧ I won't go, and *that*'s *that*.

⑥⑨ Hold the ladder for me—*that*'s it.

⑦⓪ There's nothing more to come. You can have a boiled egg and *that*'s it.

⑦① Bill's seatmate on the plane was a girl and a pretty

one at *that*.

⑫ Ted was not quite satisfied with his haircut but let it go at *that*.

⑬ *That*'s all.

⑭ *That*'s right.

⑮ *That* did it

⑯ *That*'s none of your business.

⑰ *That* I don't know.

三、五　this 與 that 的其他用法

除了以上的用法以外，that 還有一些比較特殊的用法。在這些用法裏的 that，一般都不能用 this 來代替，同時這些用法都可以看做是 that「前向照應」用法的引伸。

（一）that 的「代名」用法

在這些用法裏的 that，指示在同一個子句裏前面出現的名詞。這一個用法，在基本上是「前向照應」用法的引伸；所以只能用 that，而不能用 this。

⑱ The population of China is much larger than *that* (＝the population) of Japan.

⑲ The ears of a rabbit are longer than *those* (＝the ears) of a dog.

⑳ When he read it his first emotion was *that* (＝the emotion) of a man sinking in a bog.

㉑ The people in cities live a much more complicated

life than *those* (=the people) in countryside.

又出現於關係代詞前面前行語裏面的 that，或做爲關係代詞前行語的 that，也可以看做是類似的用法。因爲關係子句裏的命題都表示「預設的」(presupposed) 信息，而這個「預設」(presupposition) 部分在語意功能上相當於「前向照應」that 的前行語部分。

⑫ He gave *that* profound chuckle which came from the very stomach of success.

⑬ Taking the forms, he carefully examined *that* (=the one) which was uppermost.

⑭ Be kind to *those* (who are) around (you).

⑮ *Those* who God loves die young.

⑯ What was *that* (which) you said to me?

(二) that 的「加强」用法

that 除了限定或修飾名詞以外，還可以修飾形容詞或副詞。這一種用法的 that 只能用單數形，不能用複數形，例如：

⑰ I was not *that* angry.

⑱ I can't think *that* far.

⑲ But is it all *that* different?

⑳ I usually don't get *that* intellectual about it.

㉑ I didn't expect *that* much.❽

這些例句裏的 that 都來自 that 的「前向照應」用法，在句法

---

❽ 在 "I know *this* much, that the thing is absurd" 的例句裏出現的 this，不是這裏所謂的「加強」用法，而是「後向照應」用法。

與語意功能上，與 "very, so, too" 等同屬於「加強詞」(inten-sifier) 或程度副詞。因為 that 的加強語氣相當重，所以可以出現於 ⑰、⑱、⑲ 等表示程度的句法結構。

⑰　He was wounded to *that* (= such a) degree that he resigned.❾

⑱　I'm *that* (= so) tired (that) I can hardly move.

⑲　They haven't had *that* (= so) good a time.

在非正式的口語裏，偶爾也可以看到把 this 當加強詞來修飾形容詞或副詞的例子。這一種用法的 this，似乎也是 this 的「情感」用法的引伸，例如：

⑮　I didn't know you are *this* good.

⑯　He'll know we're in *this* early.

㈢　關係代詞的 that 與連詞的 that

that 除了可以當做限定詞與代詞使用以外，還可以當做關係代詞或連詞使用。例如，在下例⑰到⑲的例句中，that 分別當關係代詞或連詞用。

⑰　The book *that* is on the desk is mine.

⑱　It was John $\begin{Bmatrix} that \\ who \end{Bmatrix}$ I saw yesterday.

⑲　I didn't know *that* he was here.

這些例句裏的 that 都不能用 this 來代替，而且⑰與⑱的 that 分別指涉 the book 與 John，很像 that 的「前向照應」用法。不過這一個問題還得更進一步研究 that 的句法功能與歷史淵

---

❾　在這個例句裏 that 所修飾的是名詞。

源，顯然超出了本文的討論範圍。

四、結　語

　　以上的分析與討論告訴我們，限定詞與代詞的 this 與 that 在意義上有「空間」、「時間」、「情感」、「境內照應」等用法。簡單的說，this 與說話者（I, we）以及說話者發言的時間（now）、處所（here）與他關心的對象（us）有關；而 that 則與說話者以外的人（you, he, she, it, they）、過去時間（then）、遠離說話者的處所（there）或遠離他關心的事物（them）有關。事實上，這些用法以及傳統文法上所謂的特殊用法或習慣用法，都可以歸納為一個基本的語意與語用原則。那就是：這些用法都與說話者在空間、時間、心理與語境上距離的遠近有關，而且這幾種不同的用法都有非常密切的交互作用。因此，只要能掌握這個基本的原則，所有個別的意義與用法都可以有系統而有關聯的引導出來。

　　傳統的文法書與文法教學，都沒有把握這個基本的規律與應用，所以不是把 this 與 that 的意義與用法過分的簡單化，就是把它們過分的複雜化。其實，限定詞 this 與 that 的意義與用法相當重要。因為這兩個虛詞，特別是 that，與英語虛詞中語意內容最虛靈、最複雜而出現頻率卻又最高的另一個虛詞 the 有關。學生如果能了解 this 與 that 的意義與用法，他們就不難了解 the 的意義與用法。而如果能夠了解定冠詞 the 的意義與用法，他們就很容易了解不定冠詞 a(n) 的意義與用法。

　　這篇文章並沒有談到如何把文章裏所分析或討論的結果應用

到實際的英語教學上面去。因爲要討論實際的教學，就必須先考慮教學的對象是誰、他們的學習程度如何、學習動機如何、學習興趣如何、學習能力如何、成果期望如何等各種因素。不過，無論在實際教學上如何設計教材或教法，其先決條件是充分了解有關的語言現象與確實掌握有關的語法規律。因此，老師本身必須首先掌握這些基本知識與觀念，然後纔能利用適當的例句與講解來幫助學生「認知」，也纔能設計有效的練習或作業來訓練學生「運用」。這就是說，有了「認知」，纔能「運用」，纔能「表情達意」。

參 考 文 獻

Bryant, M.M. 1962. *Current American Usage*. New York: Funk & Wagnalls.

Halliday, M.A.K. & Hasan, R. 1976. *Cohesion in English*. London: Longman.

Follet, W. 1966. *Modern American Usage*. New York: Hill & Wang.

Perrin, P.G. 1972. *Writer's Guide and Index to English*. Chicago: Scott.

Quirk, R., Greenbaum S., Leech G. and Svartvik J. 1972. *A Grammar of Contemporary English*. London: Longman.

* 原文以口頭發表於中華民國第二屆英語教學研討會 (1985)，並刊載於該會英語文教學論文集 (73—86 頁)。

英語冠詞 the，a(n) 與 φ 的意義與用法

一、前　言

　　我國學生學習英語詞彙的時候，常發現「虛詞」(function word) 的學習比「實詞」(content word) 的學習難得多，而在虛詞中對於出現頻率最高而詞義內涵最虛靈的冠詞尤其感到困難。冠詞（包括「有定冠詞」the、「無定冠詞」a(n) 與「零冠詞」φ) 的意義與用法，在以往偏重「被動認識」(passive recognition) 的英語教學中並未受到大家的重視，因為就「詞彙意義」(lexical meaning) 的了解而言，冠詞在詞彙意義中所扮演的角色並不十分重要。但是在注重「主動運用」(active manipulation) 與「溝通

功用」(communicative function) 的英語教學（例如對話、演講、中文英譯、作文等）中，如何正確使用英語冠詞這一個問題就變得非常重要。根據 Chiang (1981: 49) 的調查，在一百二十篇大專院校學生的英文作文中，有關冠詞的錯誤佔了全部錯誤的百分之八。換句話說，中國學生所犯的每十個錯誤中幾乎有一個錯誤是冠詞的錯誤。Liao (1985: 140) 更指出，英語教師與學生雙方面都應該對這個情形負責，因為這些錯誤都是來自教師的「教導不足」(underteaching) 以及學生的「學習不足」(underlearning) 與英語的「接觸不足」(underexposure to the target language)。過去的英文文法教科書，只是把冠詞的各種用法機械的加以羅列，而對於這些用法的來源、內容以及與語意或語用的關係則完全沒有提到。本文有鑒於此，擬從認知的觀點來檢討英語冠詞 the、a(n) 與 ϕ 的意義與用法。文中先介紹「指涉」、「指涉對象」、「境外照應」、「境內照應」、「前向照應」、「後向照應」、「定指」、「非定指」等有關指涉的基本概念，然後分別討論「有定冠詞」the、「無定冠詞」a(n) 與「零冠詞」ϕ 的意義與用法，包括「定指」、「殊指」、「任指」、「未指」與「泛指」等。所討論的例句盡量採自前人的文獻而避免自己造句，但例句的難度則針對國中、高中以及大專等各種不同程度的學生。又為了節省篇幅與減少瑣碎的註解，不一一注明例句的來源。

二、一些有關的基本概念

在未談到正題之前，我們先把一些有關「指涉」、「有定冠

詞」與「無定冠詞」的基本概念加以介紹。「冠詞」（articles: the, a(n), φ ）與「指示詞」（demonstratives: this, that, these, which）及「領屬詞」（possessives: my, your, our, his, her, its, their, one's, whose）同屬於「限定詞」（determiners）。限定詞的主要功用乃是在句法上與名詞組連用，而在語意上限制這個名詞組的「指涉對象」（referent）。❶ 指涉對象可以用幾種不同的方法來「認定」（identify）。靠「語言之外的情景」（extralinguistic situation）來認定指涉對象的，叫做「情景照應」（situational reference）或「境外照應」（exophora）。靠前後的「語境」或「上下文」（linguistic context）來認定指涉對象的，就叫做「文意照應」（textual reference）或「境內照應」（endophora）。在「境內照應」中，靠著「上文」或「前面的文意」（the preceding text）來認定指涉對象的，叫做「前向照應」（anaphora）；而靠著「下文」或「後面的文意」（the following text）來認定指涉對象的，就叫做「後向照應」（cataphora）。Tang（1985）曾利用這些概念，把英語指示詞 this 與 that 的意義與用法從認知的觀點加以相當詳細的討論。

從歷史演變的觀點而言，現代英語的「有定冠詞」（definite article）the 來自古代英語的指示代詞 sē 'that'，因此在意義與用法上仍然與指示詞 that 有許多類似的地方。例如，the 與 that 一樣，都有「境外照應」與「境內照應」兩種用法，而在「境內照應」中又可以有「前向照應」與「後向照應」兩種用法。另

---

❶ 關於「指涉」（reference）與「語意」（meaning）之間的差別，參 Tang（1985:26）。

外，the 也與 that 一樣，可以與「可數名詞」（count noun）與「非可數名詞」（noncount noun）連用。不過 the 與 that 不同，不因為後面名詞組的單複數而改變形態，也不因為指涉對象與說話者或聽話者在空間、時間、心理上等距離的不同而區別使用 this 與 that。我們可以用下面①的「屬性表示」（feature specification）來分別表示限定詞 the, that, this, which, whose 的區別：

① a. the〔±Count, ±Plural, ±Proximate, −Possessive −Interrogative〕

b. that〔±Count, −Plural, −Proximate, −Possessive −Interrogative〕

c. this〔±Count, −Plural, +Proximate, −Possessive −Interrogative〕

d. which〔±Count, ±Plural, ±Proximate, −Possessive, +Interrogative〕

e. whose〔±Count, ±Plural, ±Proximate, +Possessive, +Interrogative〕

另一方面，現代英語的「無定冠詞」（indefinite article）a(n) 則來自古代英語的數詞 ān 'one'，因此在意義與用法上與數詞 one 有許多相似的地方。例如，a(n) 與 one 一樣，只能與單數可數名詞連用，不能與複數可數名詞或單數不可數名詞連用。在下面②的例句裏，無定冠詞 a(n) 都可以用數詞 one 來代替。

② a. *A* bird in the hand is worth two in the bush.

b. *A* stich in time saves nine.

　　　　c. Rome was not built in *a* day.

但是無定冠詞 a(n) 的數量意義很輕微，在眞正表示數量意義的語境裏不能與數詞的 one 互爲代用。試比較：

③　a. He has a *ball,* not a *bowl.*

　　（對比焦點在無定冠詞後面的名詞上）

　　b. He has *one* ball, not *two* balls.

　　（對比焦點在數詞本身上）

④　a. It cost me about $\left\{ \begin{array}{c} \text{a} \\ \text{one} \end{array} \right\}$ hundred dollars.

　　b. It cost me exactly $\left\{ \begin{array}{c} \text{*a} \\ \text{one} \end{array} \right\}$ hundred dollars.

⑤　a. They'll stay there $\left\{ \begin{array}{c} \text{a} \\ \text{*one} \end{array} \right\}$ day or two.

　　b. They'll stay there $\left\{ \begin{array}{c} \text{*a} \\ \text{one} \end{array} \right\}$ or two days.

　　無定冠詞 φ（「零冠詞」）是從英語限定詞與名詞的連用分佈中分析出來的不具語音形態的冠詞，只能與複數可數名詞與單數不可數名詞連用。❷ 因而，在與名詞的連用上，與無定冠詞 a(n) 形成「互補分佈」（complementary distribution）的情形。我們可以用下面⑥的屬性表示來區別有定冠詞 the 與無定冠詞 a(n)，φ 的句法功能。

──────────

❷ 例外的情形是，在「泛指」的用法中，「零冠詞」φ 與單數可數名詞 man 或 woman 的連用。

⑥　a.　the 〔＋Definite, ±Count, ±Plural, ±Proximate,
　　　　　－Possessive, －Interrogative〕

　　b.　a(n) 〔－Defintite, ＋Count, －Plural, ±Proximate,
　　　　　－Possessive, －Interrogative〕

　　c.　ϕ 〔－Definite, －Count, （＋Count）＋Plural,
　　　　　±Proximate, －Possessive, －Interrogative〕

擬設「零冠詞」ϕ 的結果，❸ 英語的名詞不論「可數」或「不可數」、「單數」或「複數」都必須與一個限定詞連用，而且只能與一個限定詞連用，因而很有系統的說明了⑦的合語法、⑧的不合語法（同一個名詞與兩個以上的限定詞連用）與⑨的「雙重屬有」（double possessive，卽領屬性的限定詞不能與非領屬性的限定詞同時出現於名詞的前面，而只能由介詞 of 引介於名詞的後面）。試比較：

⑦　a.　*my* book/*a* book/ϕ books

　　b.　*John's* books/*these* books

　　c.　*my brother's* works

⑧　a.　*my a book/*a my* book

　　b.　**John's these* books/*these John's* books

---

❸　語法學者中也有把輕讀的 some 〔səm; sm̩〕分析爲無定冠詞的。但是這種 some 不但數量詞的意味較濃而且與其他冠詞不同，在疑問句、否定句與條件句中爲其變體 any 所取代。同時，根據Yotsukura（1970:56）的統計，some 的出現頻率（1％）遠比 the（38.6％），a(n)（13.1％）與 ϕ（47.3％）的出現頻率爲低，因此在本文裏不予討論。

   c. *_the Shakespeare's_ works/_Shakepeare's those_ works

⑨ a. _a_ book _of mine_

   b. _these_ books _of John's_

   c. _those_ works _of Shakespeare's_

　　有定冠詞 the 與名詞連用而形成「有定名詞組」(definite noun phrase)。有定冠詞 the 在語法意義上有兩種功用。第一種功用是表示「定指」(definite)；也就是說，說話者認為聽話者在他們共同的知識領域或「言談宇宙」(the universe of discourse)裏可以認定有定名詞組的指涉對象。例如，說話者用 the dog 這個有定名詞組，因為他認為聽話者必能知道他指的是那一隻狗。第二種功用是表示「全稱」(inclusive)或「全體」(total)；也就是說，要包括指涉對象的全體成員，不能有所遺漏。例如，the dog 這個有定名詞組，不但表示說話者認為聽話者知道他指的是那一隻狗，而且還表示他所指的狗只有一隻。同樣的，the dogs 這個有定名詞組，不但表示說話者與聽話者雙方都知道指的是那些狗，而且還把這些狗統統包括在一起。

　　另一方面，無定冠詞 a(n) 與 φ 則與名詞連用而形成「無定名詞組」(indefinite noun phrase)。無定冠詞 a(n) 與 φ 在語法意義上也具有兩種功用。第一種功用是表示「非定指」(indefinite 或 nondefinite)；也就是說，說話者與聽話者無法在他們共同的知識領域或言談宇宙裏認定無定名詞組的指涉對象。「非定指」，依照其內容的不同，可以再分為「殊指」(specific)、「任指」(nonspecific)與「未指」(non-referring)等，詳細的情形容後說明。第二種功用是表示「偏稱」(exclusive)或「部分」(part)；

也就是說，沒有提到指涉對象的全體成員，而只把部分成員指出來。例如，a dog 這個無定名詞組，不但表示說話者認爲聽話者無法知道他指的是那一隻狗，而且還表示除了這隻狗以外至少還有一隻狗的存在。同樣的，ϕ dogs 這個無定名詞組，不但表示這些不特定數目的狗無法由聽話者來認定其指涉對象，而且表示這些狗只是存在於談話者雙方共同的知識領域裏的狗的一部分或「眞子集」（a proper subset），另外還有其他狗的存在。

　　「全稱」與「定指」之間，以及「偏稱」與「非定指」之間，在指涉意義上都有密切的關係。「全稱」包括指涉對象的全體成員，所以纔能「定指」；「偏稱」只能指涉部分成員，所以無法「定指」。過去討論英語冠詞的意義與用法，只強調「定指」與「非定指」的區別，而忽略了「全稱」與「偏稱」的差異，因此常無法說明一些例句在語意與接受度上的差別。

⑩　I've just been to inspect a house. I didn't buy it because

$\left\{\begin{array}{l}\text{a. a window was}\\ \text{b. (some) windows were}\\ \text{c. the windows were}\end{array}\right\}$ broken and

$\left\{\begin{array}{l}\text{d. the roof}\\ \text{e. ? a roof}\end{array}\right\}$ was leaking.

⑪　That wedding was a disaster because Fred spilled wine on

a. a bridemaid.

b. bridemaids.

c. the bridemaids.

d. the bride.

e. ? a bride.

一棟房子通常有好幾個窗戶，但是只有一個屋頂。因此，在⑩的例句裏，(a)的 a window、(b)的 (some) windows 與(c)的 the windows 都可以用，並分別表示這個房子‘有一個窗戶’、‘(有些) 窗戶’、‘所有的窗戶都’破了。但是我們卻只能用 (d) 的 the roof，而不能用(e)的 a roof，因為一個房子只有一個屋頂，既然是「定指」而且是「全稱」，就應該用有定冠詞 the。同樣的，在一般的婚禮裏可以有好幾位 bridemaids‘伴娘’，卻只有一位 bride「新娘」。因此，在⑫的例句裏，可以用(a)的 a bridemaid (b)的 bridemaids、(c)的 the bridemaids 來分別表示‘(其中)一位伴娘’、‘(其中)一些伴娘’、‘所有的伴娘’。但是新娘卻因為只有一位所以必須是「全稱」，只能用(d)的 the bride，而不能用(e)的 a bride。如果說話者一定要用(e)的 a bride，那麼就可能表示這是一場集團婚禮，同時有好幾位新娘在場，而 Fred 竟然把酒潑在其中一位新娘身上。

有定冠詞 the 的「定指」與「全稱」意義，也說明爲什麼名詞前面有 only, sole, same, very，以及最高級形容詞等修飾語出現的時候，必須與有定冠詞連用。因爲這些修飾語在語意上都表示「定指」與「全稱」，所認定的指涉對象總共只有這一個(用「the＋單數名詞」表示)或總共只有這幾個(用「the＋複數名詞」表示)，例如：

⑫ a. *The only girl* at the party was Jane.

      b. *The only girls* at the party were Jane and Sue.

⑬ a. I've just seen *the same twin.*

     b. I've just seen *the identical twin.*

⑭ a. I've met *the most beautiful girl,* Sue.

     b. I've met *the most beautiful girls,* Sue and Jane.

⑮ a. John bought *the biggest dog of the five.*

     （'五隻狗中最大的一隻'，只有一隻）

     b. John bought *the bigger dog of the two.*

     （'兩隻狗中較大的一隻'，也只有一隻）

     c. John bought *a bigger dog than this one.*

     （'比這隻狗還要大的狗'，不只一隻）

但是在下面例句的用法中，only, similar, most beautiful 卻沒有表示「全稱」，所以不必用有定冠詞 the。試比較：

⑯ I was *an only child.*

    （天下的'獨生子'不只一個，別家也有）

⑰ I've met *a most* (＝very, extremely) *beautiful girl* at the party.

    （'非常漂亮的女孩子'，可能不只一個）

⑱ a. The two Indians spoke *the same language.*

      （'同樣的語言'，只有一種）

     b. The two Indians spoke *a similar language.*

      （'相似的語言'，可能不只一種）

三、「有定冠詞」the 的意義與用法

三・一　有定冠詞 the 的「境外照應」用法

　　如前所述，有定冠詞的基本含義是「定指」與「全稱」，而指涉對象的是否「定指」與「全稱」，主要靠上下文的「語境」（linguistic context）或語言以外的「情境」（extralinguistic situation）來認定。其中靠「語境」來認定指涉對象的，叫做「境內照應」（endophoric anaphor）；靠「情境」來認定指涉對象的，叫做「境外照應」（exophoric anaphor）。

　　英語的有定冠詞 the，與指示詞 that 一樣，兼有「境內照應」與「境外照應」兩種用法。所謂有定冠詞 the 的「境外照應」用法，是指說話者與聽話者不靠文章或談話的上下文而靠雙方所處的言談情況或背景來認定有定名詞組「the＋名詞」的指涉對象。例如，在下面⑲的例句裏，說話者認為聽話者可以從他們雙方所共處的言談情景來認定有定名詞組 the door 與 the bell 的指涉對象：the door 一定是指他們談話時所在的房間的門口，而 the bell 也一定是指他們談話時所聽到的鈴聲。

⑲　There's someone at *the door*. Don't you hear *the bell?*
在下面⑳的兩個例句裏，有定名詞組 the butter 與 the dog 也要靠談話時的情景來認定指涉對象。

⑳　a. Pass me *the butter*, please.

　　b. Don't go in there, chum. *The dog* will bite you.

有些語法學家把這一種 the 的「境外照應」用法，叫做「表示情境的 the」（"situational" the）或「直指的 the」（"deictic" the）。❹「直指 the」的指涉對象只要在談話者雙方共同的知識領域裏存在就夠了，不一定要能看得到或聽得到。例如⑳ b 的 the dog '狗'，說話者與聽話者可能看得到，也可能看不到。因此，我們也可以在家裏的門外豎立㉑的招牌來警告'閒人免進'。

 ㉑ Beware of *the dog*.

 又在下面㉒的例句裏，談話者雙方認爲有定名詞組 the earth '地球'與 the sun '太陽'在他們共同的知識領域裏只有一個特定的指涉對象，因而用有定冠詞 the 來表示。

 ㉒ *The earth* moves round *the sun*.

同樣的，在㉓的例句裏 the President 通常是指談話者雙方所屬的國家的總統，所以也用有定冠詞 the。

 ㉓ *The President* has just resigned.

有些語法學家把這一種 the 的「境外照應」用法叫做「專指的 the」（"unique" the）。❺一般常見的「專指」用法如下：

 ㉔ the world, the earth, the equator, the sun, the moon,
   the heaven, the universe, the stars, the sea, the cli-

---

❹ 參 Christophersen（1939）「情景基礎」（situational basis）的觀點。Hawkins（1978）把這一種用法稱爲 "Immediate Situation Uses"（「直接情境用法」）。

❺ Hawkins（1978）把這一種用法稱爲 "Larger Situation Uses"（「廣泛情境用法」）；Quirk et al.（1972:156）把這一種用法稱爲 "Indexical *the*"。

mate, the government, the President, the Queen, the Prime Minister, the baby, the church, the present, the past, the future

「直指的 the」所要考慮的情境，以直接與談話有關的情境為限；而「專指的 the」則需要考慮到更廣泛的情境，與談話者雙方的社會文化背景有更密切的關係。例如，在㉕的前兩句（＝⑲句）裏所出現的 the door 與 the bell 是「直指」的用法，直接與談話的情境有關；而 the milkman 與 the postman 則是「專指」的用法，與更廣泛的生活背景有關。

㉕ There's someone at *the door*. Don't you hear *the bell?* Perhaps it's *the milkman*. No, it's *the postman*.

又如在㉖句裏 the paper，the chair，the radio 等有定名詞都是「專指」的用法，因為根據一般西方家庭的生活背景而言，每一家都訂有報紙，備有家具與收音機。

㉖ John came home from work. First he read *the paper,* than he got up from *the chair* and turned on *the radio.*

又同一個指涉對象可以從幾種不同的觀點來加以指涉。例如在下面㉗的例句裏，the sun 可以解釋為「專指」（在談話者雙方共同的知識領域裏只有一個太陽）或「直指」（談話者於談話時面對著太陽），而 the rising sun 是「直指」用法（談話者望著正在東升的太陽談話）。但是 a setting sun（西下的太陽）卻不在眼前，而且並非指太陽本身而指太陽的'某一種情況'而言，所以與無定冠詞 a(n) 連用。如果在吃中飯的時候討論'東升的太陽'與

'西下的太陽'那一個較大，就可以用㉘的例句。試比較：

㉗ *The sun* is rising above the mountains. *The rising sun* looks bigger. *A setting sun* looks bigger, too.

㉘ Which do you think looks bigger, *a rising sun* or *a setting sun?*

三・二　有定冠詞 the 的「前向照應」用法

　　英語的有定冠詞 the，除了「境外照應」用法以外，還可以有「境內照應」用法。「境內照應」用法有「前向照應」與「後向照應」兩種用法。在「前向照應」用法裏，有定冠詞所引介的名詞組以在前面的談話或文章裏所出現的名詞組爲「前行語」（antecedent）而與此照應。例如在㉙句裏，在後面出現的有定名詞組 the book 與在前面出現的無定名詞組 a book，都指的是同一本書。

㉙ John ordered *a book* and *the book* has just arrived.

同樣的，㉚句的 the man 與 a man, the hat 與 a hat, the feather 與 a feather 都分別指涉同一個對象。這一種 the 的境內照應用法，叫做「前向照應」或「再指」的用法（"anaphoric" use）。

㉚ I saw *a man. The man* has *a hat. The hat* has *a feather* on it. *The feather* was green.

在前面出現的無定名詞組可能含有無定冠詞（如㉛a 的 a(n) 與㉛b 的 *φ*），也可能含有不定數量詞（如㉛c 與㉛d 的 some）。但是如果在前面出現的是有定名詞組，那麼通常都用人稱代詞來照

應（如③ e 句）。試比較：

③ a. John brought me *a bucket*, but *the bucket* had a hole in it.

b. John was wearing φ *trousers*, but *the trousers* had a big patch on them.

c. John brought me *some buckets*, but *the buckets* had holes in them.

d. John brought me *some water*, but *the water* was dirty.

e. John brought me *the bucket*, but $\left\{ \begin{matrix} the\ bucket \\ it \end{matrix} \right\}$ had a hole in it.

關於有定冠詞 the 的前向照應用法，有下列幾點要注意：

(一)前向照應的有定名詞組與其前行語不一定要以相同的名詞為「主要語」（head），也可能是「同義詞」（synonym）或「近義詞」（near synonym），包括「上位名詞」（superordinate noun）或「一般名詞」（general noun），試比較：

③ a. John was wearing φ *trousers*, but *the* $\left\{ \begin{matrix} trousers \\ pants \end{matrix} \right\}$ had a big patch on them.

b. Bill was working at *a lathe* the other day. All of a sudden *the* $\left\{ \begin{matrix} lathe \\ machine \end{matrix} \right\}$ stopped.

c. There's *a boy* climbing that tree.

$$\text{The} \begin{Bmatrix} boy \\ lad \\ child \\ idiot \end{Bmatrix} \text{is going to fall if he doesn't take}$$

care.

$$\text{d. I turned to } \textit{the ascent} \text{ of the peak. } \textit{The} \begin{Bmatrix} ascent \\ climb \\ task \\ thing \end{Bmatrix}$$

is perfectly easy.

(二)前行語不一定非名詞組（NP）不可，有定名詞組也可能指前面的謂語（VP）裏所敍述的動作（如㉝句），也可能指前面的談話（S）裏所表達的言語行為（如㉞句）。試比較：

㉝ a. Fred *swore*. *The oath* embarrassed his wife.

　 b. Fred *traveled to Munich*. *The journey* was long and tiring.

㉞ a. "*What's the time?*" asked Bill. John didn't answer *the question*.

　 b. "*Come here, boy!*" roared the teacher. *The command* almost knocked the poor lad over.

(三)語意上屬於複數的有定名詞組還可能有兩個以上的前行語。例如㉟句的有定名詞組 the couple 在例句裏指前面的 a 90-year-old man 與 an 80-year-old woman。

㉟ *A 90-year-old man* and *an 80-year-old woman* were

sitting on the park bench. *The couple* were quarreling.

(四)主要語相同的有定名詞組與無定名詞組不一定能成立照應關係。例如㊱a 句的 the red rose 不能以 a rose 為前行語。而㊱b 句的 the man you know 也不能以 a man 為前行語。因為在這些例句裏 the red rose 與 the man you know 都含有修飾語（red 與 you know），都是「後向照應」的 the（後詳），而不是「前向照應」的 the，所以不能與前行語照應。

㊱　a. I see *a rose*. *The red rose* is lovely.

　　b. I see *a man*. *The man you know* wears a hat.

可見，重要的不是前後兩個名詞組的主要語是否相同，而是前後兩個名詞組能否指涉同一個對象。例如，把例句㊱的「限制性修飾語」（restrictive modifier）改為例句㊲的「非限制性修飾語」（nonrestrictive modifier），或者把前後兩個名詞組的修飾語與主要語都改為相同（如㊳句），那麼 the rose 與 the man 就可以分別與 a (red) rose 與 a man (you know) 照應。試比較：

㊲　a. I see *a rose*. *The rose,* which is red, is lovely.

　　b. I see *a man*. *The man,* whom you know, wears a hat.

㊳　a. I see *a red rose*. *The (red) rose* is lovely.

　　b. I see *a man you know*. *The man (you know)* wears a hat.

(五)有定名詞組與其前行語之間常有「聯想」（association）的關

係。例如在下面㊴的例句裏，出現於後面的有定名詞組都在
「整體」與「部分」、「主機」與「附件」、「著作」與「作
者」等聯想下與出現於前面的前行語名詞組發生照應關係。
Hawkins（1978）把這一種照應稱爲「聯想的照應用法」
（"associative" anaphoric use）。這一種照應關係的成立，與
其說是靠語意的，不如說是靠語用的，因此我們也可以稱爲
「語用上的照應」。

㊴　a. I tried to adjust my *TV set*, but I couldn't find
　　　 the vertical hold.

　　b. When my new *refrigerator* arrived, *the inside light*
　　　 was broken.

　　c. When having a baked *potato* for dinner, I always
　　　 eat *the peel*.

　　d. Fred was discussing an interesting *book* in his
　　　 class. He is friendly with *the author*.

「聯想的照應」與「境外照應」的「專指」用法一樣，與說話者
雙方的社會文化背景有密切關係。例如在下面㊵的例句裏與書
籍、汽車、婚禮、基督教、棒球有關的一些名詞都在英美民族的
社會文化背景下發生聯繫。❻

㊵　 a. a book: the author, the pages, the content, the

---

❻ 有定冠詞 the 的有些習慣用法（例如在 'He caught *me* by *the
arm and looked *me* in *the face*' 裏 the arm, the face 與 me
的照應）都可以歸入這類用法。這些都是冠詞的用法與語意、語用發
生聯繫的地方，也就是中國學生需要特別指導的地方。

dust jacket,...

b. a car: the steering wheel, the clutch, the ignition key, the gear-lever, the seats, the passenger, the make, the exhaust fumes,...

c. a wedding: the bride, the bridegroom, the bride-maids, the minister, the·cake,...

d. the Christian religion: the devil, the apostles, the faith, the Bible,...

e. a baseball game: the pitcher, the catcher, the batter, the umpire, the homebase, (take) the mound, the diamond, the first base (coach), the infield(er), the outfield(er), the dugout, the left/ right fielder, the score, the inning(s),...

(六)有定名詞組與其前行語的照應，必須符合有定冠詞 the 的「全稱」含義。例如下面④的例句，不能用⑫a 的例句而只能用⑫b 與⑫c 的例句來前後照應。因爲一根繩子有兩個端，所以⑫b 表示「偏稱」的 an end（'隨便一端'）與⑫c 表示「全稱」的 the ends（'兩端'）都可以與④句的 a rope 發生「聯想的照應」。但是⑫a 裏「全稱」的 the end 卻因爲表示'唯一的一端'而與事實不符。

④ There was *a rope* lying on the ground.

⑫ a. ? John took *the end,* and Bill took *the end,* and they both tugged away at the rope.

b. John took *an end,* and Bill took *an end,* and they

both tugged away at the rope.

c. John took *the ends* and tied a knot in the rope.

(七)「前向照應」與「境外照應」兩種可能性同時出現時，在一般通常情形下「前向照應」優先於「境外照應」。更精確的說，「境內照應」通常優先於「境外照應」。例如，有人在倫敦 St. Paul Cathedral 前面說出下面㊸句的時候，句裏的有定名詞組 the tower 應該解釋為指的是 York Minster Cathedral 的教會鐘樓，而不是 St. Paul Cathedral 的教會鐘樓。❼

㊸ I hear you were at *York Minster* last week. Did you visit *the tower?*

三・三　有定冠詞 the 的「後向照應」用法

有定冠詞 the 的「境外照應」用法，包括「直指」與「專指」用法，都是在談話或文章裏第一次出現的名詞組前面加上 the 來表示這個名詞組的「定指」，無法在前面的談話或文章裏找出這個名詞的前行語。因此，有些語法學家把這一種有定冠詞的用法稱為「初次出現的 the」（"first-mention" the）。另一方面，有定冠詞 the 的「前向照應」用法則必須在前面的談話或文章裏有前行語可以照應，而在第二次出現的名詞組前面加上 the 來表示這個名詞組的「定指」。因此，有些語法學家把這一種有定冠詞的用法稱為「再次出現的 the」（"second-mention" the）。

---

❼ 參 Cruse (1980:312)。

有定冠詞 the 的「後向照應」用法與「境外照應」相似，屬於「初次出現的 the」，但與「境外照應」不同，不是靠「情境」而是靠「語境」來認定指涉對象。有定冠詞的「後向照應」用法與「前向照應」相似，都要靠「語境」來認定指涉對象；但「前向照應」係因為名詞組前面有與此指涉相同的前行語可以照應而加上表示「定指」的 the，而「後向照應」則因為名詞組後面有限制這個名詞組的修飾語而加上表示「定指」的 the。例如下面⑭的(a)句可以用(b)句來「解義」(paraphrase)。這個解義關係表示：⑭a 的 girl 是由於關係子句 John loves now 的修飾而認定其指涉對象，因而加上了表示「定指」的 the。

⑭a. She is *the girl John loves now.*

b. John loves *a girl* now, and she is *the very girl.*

這一種由於關係子句等修飾語的存在而認定指涉對象的情形，在專有名詞與關係子句的連用中更加顯著。例如 ⑮ 的兩個例句表示：如果談話的雙方都知道 Mary 指的是誰，就不需要修飾語來加以認定，所以只能用「非限制性的關係子句」（如⑮a 句）；否則，就要用「限制性的關係子句」如⑮b 句來認定指涉對象，並在 Mary 的前面加上表示「定指」的 the。

⑮ a. *Mary, whom John loves,* is blind in one eye.

b. *The Mary whom John loves* is blind in one eye.

在下面⑯與⑰的例句裏，在(a)句出現的 problem 與 warmth 通常都只允許與無定冠詞 a(n) 或 φ 連用，而不允許與有定冠詞 the 連用。但是在(b)句加上關係子句以後，卻可以允許有定冠詞 the 出現。試比較：

⑯　a. In England there was never $\left\{ \begin{array}{c} a \\ *the \end{array} \right\}$ problem.

　　b. In England there was never *the problem that there was in America.*

⑰　a. He greeted me with $\left\{ \begin{array}{c} \phi \\ *the \end{array} \right\}$ warmth.

　　b. He greeted me with *the warmth that was expected.*

可見「後向照應」是由於名詞組的修飾語含有足夠的信息內容來認定這個名詞組的指涉對象，所以在這個初次出現的名詞組前面加上「定指」的 the。❽

　　在有關「後向照應」的討論中，最重要的問題乃是：如何判定名詞組的修飾語含有足夠的信息內容來認定其指涉對象，因而可以在這個名詞組前面加上表示「定指」的 the。例如前面⑭句的 the girl 表示'目前 John 所愛的女孩子只有一個'；但是如果目前 John 所愛的女孩子不只一個的話，就要改說為⑱　句，並且可以解義為⑱ b 句。試比較：

⑱　a. She is *a girl John loves now.*

　　b. John loves some girl or other now, and she is *one such girl.*

⑭與⑱的例句告訴我們：名詞組後面有修飾語的存在，並不能就保證這個名詞組是「定指」而可以加上 the。能否加上 the 全看

---

❽ Hawkins (1978) 把這一種用法稱為 the 的 "unfamiliar" use (「非熟悉」用法)。

這些修飾語所包含的信息內容有沒有滿足有定冠詞 the 的「定指」與「全稱」的含義，特別是「全稱」的含義。例如在㊾的例句裏，一座山通常只有一個'山峯'(summit of the mountain)這一個山峯不僅是特定的山 (the mountain) 的山峯（「定指」），而且是唯一的山峯（「全稱」），所以應該用有定冠詞 the。再如在㊾ 的例句裏，一支香煙也只有一根'煙蒂'(butt of the cig-arette)，所以也是「定指」而「全稱」，應該用有定冠詞 the。

㊾ a. He climbed *the summit of the mountain*.

　　b. She put *the butt of the cigarette* in the ashtray.

同樣的，㊿ 的 sweet little child (that) Mary used to be 指的就是 Mary 本人，因為只有一人而表示「全稱」，所以非用有定冠詞 the 不可。但是㊿ 的 sweet little child (that) Mary used to be like 指的是'像往常的 Mary 那樣可愛的小孩子'，可能指 Mary 以外的許多可愛的小孩子，所以可以用無定冠詞 a(n)。試比較：

㊿ a. I remembered $\left\{ \begin{array}{c} the \\ *a \end{array} \right\}$ *sweet little child Mary used to be*.

　　b. I remembered $\left\{ \begin{array}{c} the \\ a \end{array} \right\}$ *sweet little child Mary used to be like*.

　　因此，在英語冠詞的用法中最使中國學生感到困擾的，就是在「後向照應」的用法中究竟選擇有定冠詞 the 抑或無定冠詞 a(n) 與 φ 的問題。關於這一點，有下列幾點應該注意：

㈠所謂「後向照應」的修飾語不一定出現於主要語的後面，也可能出現於主要語的前面。在名詞的各種修飾語中，(1) 處所狀語（如 boy *outside,* girl *upstairs*）、(2) 時間狀語（如 meeting *tomorrow,* party *last night*）、(3) 詞組修飾語（包括 (a) 介詞組，如 boy *in the next room*；(b) 不定詞組，如 girl *(for you) to watch*；(c)形容詞組，如 man *tall enough to touch* the ceiling；(d) 現在分詞組，如 baby *sleeping in the cradle*；(e) 過去分詞組，如 soldier *wounded by a bullet* 等）、(4) 子句修飾語（包括 (a) 關係子句，如 woman *who looks happy*；(b) 同位子句，如 the fact *that the earth is round* 等）通常都出現於主要語的後面，但是其他單詞修飾語（包括複合形容詞）則通常出現於主要語的前面：例如，*tall* man, *sleeping* baby, *wounded* soldier, *happy-looking* woman。出現於主要語名詞前面的修飾語，叫做「名前修飾語」(prenominal modifier)；而出現於主要語名詞後面的修飾語，叫做「名後修飾語」(postnominal modifier)。

在名前修飾語中，'only, sole，最高級形容詞，first, last, same, identical, very, whole, entire, total, right, wrong, proper, aforementioned, following, present'等形容詞都含有「全稱」的意義，所以由這些形容詞修飾的主要語名詞通常都與有定冠詞 the 連用，例如：

⑸ a. *The only* water round here is filthy.

b. *The sole* responsibility for this job is yours.

c. *The muddiest* water round here is in that pond over there.

d. *The first* person to sail to America was an Icelander.

e. He's *the last* person I thought would come!

f. My wife and I share *the same* secrets.

g. It's *the identical* coat that was stolen from me.

h. This is *the very* pen he used when he was writing the book.

i. Tell me *the whole* story.

j. The walls supported *the entire* weight of the roof.

k. What is *the total* amount of the bill?

l. *The right* man for the job is John.

m. She wore *the wrong* dress to the party.

n. *The proper* place to put books is in the library.

o. *The aforementioned* reference will come in useful.

p. *The following* person is elected: Archibald Hill.

q. *The present* writer dislikes this book.

但是做爲'很、非常'(very, extremely)解釋的 most、在一些慣用語裏出現的最高級形容詞、以及 similar, subsequent 等形容詞並不表示「全稱」的意義，所以可以與無定冠詞 a(n) 或 ϕ 連用，例如：

(52) a. He thanked his host for *a most* enjoyable party.

b. *a best* buy (俏貨，便宜貨)，*a first* lesson in English (英語的初步課程)

c. *an only* child〔son/daughter〕(獨生子)

   d. She bought *a whole* set of dishes.

   e. The two men wore ϕ *similar* suits.

   f. The machine is discussed in *a subsequent* chapter
   of the book.

序數 second, third, fourth, fifth 等通常亦與有定冠詞 the
連用。但是如果用序數來表示'另外一個'(another)，就可以與
無定冠詞 a(n) 連用。例如在㊼的例句裏，一共有四個人；前三
個人表示「偏稱」，所以與 a(n) 連用；第四個人是最後一個
人，表示「全稱」，所以用 the。

   ㊼   *A* man...; *a second* man...; *a third* man...; and *the*
   fourth man...

另外有一些形容詞，如 mere, utter 等，通常都與無定冠詞
a(n) 或 ϕ 連用，例如：

   ㊾   a. $\left\{ \begin{array}{c} A \\ *The \end{array} \right\}$ *mere* two miles isn't too far to walk.

   b. $\left\{ \begin{array}{c} An \\ *The \end{array} \right\}$ *utter* denial will deal him a final blow.

㈡名後修飾語中，出現於 fact, news, information, conclusion,
realization, knowledge 等名詞後面的「that 子句」❾常與有定

---

❾ 這些「that 子句」是「同位子句」(appostive clause) 或「名詞組補
語」（NP complement），而不是「關係子句」。因此，在子句裏找
不到由於關係代詞移動而留下的「空缺」(gap)，連詞 that 也不能
用關係代詞 which 來代替。

冠詞 the 連用 ❿，例如：

(55) a. John is amazed by {*the* / **a*} *fact* that there is so much life on earth.

b. {*The* / **A*} *fact* is that there is so much life on earth.

(56) a. Bill came to {*the* / **A*} *conclusion* that language did not exist at that time.

b. {*The* / **A*} *conclusion* was that language did not exist at that time.

含有這些同位子句的名詞組不能出現於「there 結構」，例如：

(57) a. *There is a fact that there is so much life on earth.

b. *There was an (inevitable) conclusion that language did not exist at that time.

在下面(58)與(59)兩個例句裏所出現的「that 子句」並不是同位子句；而是從主語的位置經過「移外變形」(Extraposition) 移到句尾的位置。試比較：

---

❿ 但也有一些語法學家（如 Inoue et al. (1985:451)）認爲可以與無定冠詞 a(n) 連用。對於這些人而言，出現於同位子句前面的主要語名詞就不必如此分爲兩類。

⑱　a. It is a fact that there is so much life on earth.

　　b. That there is so much life on earth is a fact.

⑲　a. It was an inevitable conclusion that language did not exist at that time.

　　b. That language did not exist at that time was an inevitable conclusion.

由形容詞 mere 修飾的名詞組通常與無定冠詞連用（參⑭a 的例句），但是如果含有同位子句就必須與有定冠詞連用，例如：

⑳　$\left\{ \begin{array}{c} The \\ *A \end{array} \right\}$ *mere fact* that she went surprised me.

另一方面，在 rumor, report, estimate 等後面出現的同位子句則可以與有定冠詞或無定冠詞連用。❶但是如果出現於主語的位置，則必須與有定冠詞運用。試比較：

㉑　a. Fleet Street has been buzzing with $\left\{ \begin{array}{c} the \\ a \end{array} \right\}$ *rumor*

　　that the Prime Minister is going to resign.

　　b. $\left\{ \begin{array}{c} The \\ *A \end{array} \right\}$ rumor is that the Prime Minister is going

---

❶ Inoue et al. (1985:451) 把㉑a裏有定名詞組與無定名詞組在語意上的差別用下列方式來解義：

　(i) They say that the Prime Minister is going to resign. Fleet Street has been buzzing with *the very rumor*.

　(ii) Fleet Street has been buzzing with *a rumor*: namely, that the Prime Minister is going to resign.

to resign.

這一類名詞的另外一個特點是可以出現於「there 結構」，而且不能經過「移外變形」。試比較：

⑥ a. There is a rumor that the Prime Minister is going to resign.

b. *It's a rumor that the Prime Minister is going to resign.

㈢除了「that 子句」可以做同位語以外，名詞也可以做同位語用。例如在⑥的例句裏，seven 與 red 分別是 the number 與 the color 的同位語。

⑥ a. $\left\{ \begin{array}{c} The \\ *A \end{array} \right\}$ number seven is my lucky number.

b. I don't like $\left\{ \begin{array}{c} the \\ *A \end{array} \right\}$ color red.

但是在⑥的例句裏 age seven 與 page ten 卻不能與 the 連用。試比較：

⑥ a. $\left\{ \begin{array}{c} *The \\ \phi \end{array} \right\}$ age seven is an awkward age.

b. $\left\{ \begin{array}{c} *The \\ \phi \end{array} \right\}$ page ten is a good place to start.

⑥與⑥裏有關有定冠詞與無定冠詞不同的選擇，反映了這些例句裏主要語與同位語或修飾語之間語意關係的差別。⑫ 例句⑥的主

---

⑫ 同時也注意，page ten 另有 the tenth page 的說法。因此，就句法關係來說，page 與 ten 的關係是主要語與修飾語的關係，而不是主要語與同位語的關係。請參照下面⑥與⑦的例句。

要語與同位語可以改寫為⑥，但是例句⑭的主要語與同位語或修飾語卻不能改寫為⑥。

⑥ a. The number is seven; Seven is a number.

　　 b. The color is red; Red is a color.

⑥ a. *The age is seven; *Seven is an age.

　　 b. *The page is ten; *Ten is a page.

因此，我們可以利用這一種語意關係來判斷在同位結構裏有定冠詞 the 與無定冠詞 ϕ 的選擇，例如：

⑥ a. I like $\left\{\begin{array}{c} the \\ *\phi \end{array}\right\}$ name Julius.

　　 b. The name is Julius; Julius is a name.

⑥ a. I'm looking forward to $\left\{\begin{array}{c} the \\ *\phi \end{array}\right\}$ year 2000.

　　 b. The year is 2000 (A. D.); 2000 (A. D.) is a year.

⑥ a. We've studied $\left\{\begin{array}{c} *the \\ \phi \end{array}\right\}$ Lesson Eleven.

　　 b. *The lesson is eleven; *Eleven is a lesson.

⑦ a. They live in $\left\{\begin{array}{c} *the \\ \phi \end{array}\right\}$ Room 200.

　　 b. *The room is two hundred; *Two hundred is a room.

㈣關係子句與冠詞的關係比較複雜，可以分為幾點來討論。⓭

⓭ 這一部分的討論有許多分析來自 Harada (1971)。

（I）主要語是普通名詞的時候，有定冠詞與無定冠詞都可能出現，但在語意上卻有差別。例如在⑦的例句裏。(a)句的 the book 表示說話者「預設」（presuppose）或預先認爲確實有這麼一本書的存在，而(b)句的 a book 卻沒有這樣的預設。試比較：

⑦ a. He bought *the book* which sold very well.

b. He bought *a book* which sold very well.

這一種有關指涉對象存在的預設，在⑦的否定句⑫裏更加清楚。在⑫a 裏'他買了暢銷書'這個事實雖被否定，但是暢銷書的存在卻沒有被否定；而在⑫b 裏卻與⑦b 句一樣，不必以暢銷書的存在爲前提。

⑫ a. He didn't buy *the book* which sold very well.

b. He didn't buy *a book* which sold very well.

有定冠詞 the 的使用必須以說話者認爲有指涉對象的存在爲前提，這一點可以從下面⑬裏 a、b 兩句的比較中看出。在⑬a 裏主語的 she 已經結婚，所以用有定名詞組 the husband；在⑬b 裏主語的 she 還沒有結婚，所以用無定名詞組 a husband。

⑬ a. She was now desperate; her father commented that *the husband* was to blame.

b. She was now desperate; her father suggested that *a husband* would be advisable.

同樣的，在下面⑭的例句裏情態助動詞 might 表示說話者談的是「不確定的假設」，而不是「確定的事實」。表示「確定事實」的關係子句，其主要語可以與有定冠詞連用；表示「不確定假設」的關係子句，其主要語只能與無定冠詞連用。因此，⑭句的

brother 與 cousin 都不能與 the 連用，而只能與 a(n) 連用。

⑦ ..., but she might have $\begin{Bmatrix} a \\ *the \end{Bmatrix}$ brother or $\begin{Bmatrix} a \\ *the \end{Bmatrix}$

cousin who might read serious books.

在下面⑦的例句裏，我們也只能用無定冠詞的 a(n) 而不能用有
定冠詞的 the，因爲在今日而言‘第三次世界大戰’只是一個「不
確定的假設」。

⑦ We must do everything we can to avoid $\begin{Bmatrix} a \\ *the \\ *\phi \end{Bmatrix}$

World War III.

有定冠詞 the 的使用不僅必須以說話者認爲有指涉對象的
存在爲前提，而且必須由說話者認爲聽話者在他們所共有的知識
領域裏可以認定這個指涉對象。下面⑦與⑦兩句在解義上的區別
可以說明這個語意上的差異。❹

⑦ a. John read *a book*.

   b. There exists a book, and John read it.

⑦ a. John read *the book*.

   b. There exists a book, *and the speaker assumes the hearer knows which one*, and John read it.

另外，「全稱」與「偏稱」的區別也很重要，在⑦a 的例句裏，
‘她出生的城市’只有一個，所以必須用表示「全稱」的 the。相

---

❹ 參 Givón (1978:71)。

反的，在⑦⑧ 的例句裏，'她從前訪問過的城市'則可能只有一個，也可能不只一個，所以「全稱」的 the 與「偏稱」的 a(n) 都可以用。試比較：

⑦⑧　a. She returned to $\begin{Bmatrix} \text{the} \\ \text{*a} \end{Bmatrix}$ city in which she was

　　　born.

　　b. She returned to $\begin{Bmatrix} \text{the} \\ \text{a} \end{Bmatrix}$ city which she visited

　　　before.

同樣的，在下面⑦⑨的例句裏，聽話者可以從(a)句'昨天晚上跟他約會的女人'認定其指涉對象，所以可以用表示「全稱」的 the（他昨天晚上只跟一個女人約會），也可以用表示「偏稱」的 a(n)（他昨天晚上不只跟一個女人約會）；但聽話者卻無法從(b)句'來自南方的女人'認定其指涉對象，所以只能用表示「偏稱」的 a(n)。試比較：❶⑤

⑦⑨　What's wrong with John?

　　a. Oh, $\begin{Bmatrix} \text{the} \\ \text{a} \end{Bmatrix}$ woman he went out with last night

　　　was nasty to him.

　　b. Oh, $\begin{Bmatrix} \text{*the} \\ \text{a} \end{Bmatrix}$ woman who was from the south was

---

❶⑤ 當然，如果聽話者預先知道 John 有一位女朋友來自南方，那麼⑦⑨b 的句子也可以用 the woman。

　　　　nasty to him.

　　（Ⅱ）主要語是抽象名詞的時候，冠詞的使用情形就更為複雜，可以分開下列幾點來討論。

　　　　（A）主要語與關係子句出現於由介詞 with 所引介的「情狀狀語」（manner adverbial）時，絕少使用無定冠詞 ϕ。至於究竟應該使用有定冠詞 the 或無定冠詞 ϕ，則要看（i）關係子句內動詞「時制」（tense）、「動貌」（aspect）與主要子句內動詞時制、動貌的先後次序，（ii）關係子句內是否含有表示「認知」的情態助動詞（epistemic modal auxiliary），（iii）關係子句是否表示否定，（iv）關係子句內的述語動詞屬於那類動詞等因素而定。

　　　　如果關係子句內所敘述的事情發生於主要子句內所敘述的事情之前，那麼關係子句的主要語必須與有定冠詞 the 連用。例如在下面⑧的例句裏，關係子句內的動詞用過去完成式，而主要子句內的動詞則用過去單純式。這就表示：關係子句內所敘述的事情在主要子句內所敘述的事情發生之前已發生而成為「確定的事實」，因此主要語 regularity 前面要用有定冠詞 the。

⑧　The amateurs *defeated* the pros with $\begin{Bmatrix} \text{the} \\ \text{*a} \\ \text{*}\phi \end{Bmatrix}$

　　　regularity that *had been*

　　　$\begin{cases} \text{characteristic of this group of amateurs.} \\ \text{surprising for a long time. ⑯} \end{cases}$

────────────────

　⑯　我們在這些例句裏並列「意中」（如 characteristic 與 expect）與「意外」（如 surprise）兩類述語動詞（有關這兩類述語動詞的區別後詳）來說明在某種情形下這兩類述語動詞的區別與冠詞的選擇無關。

但是在下面⑧的例句裏，關係子句敍述未來時間而主要子句則敍述現在時間，表示主要子句內所敍述的事情發生時關係子句內所敍述的事情尚未發生而成爲「不確定的假設」，因此主要語 regularity 前面要用無定冠詞 a(n)。

⑧　The amateurs *defeat* the pros with $\left\{\begin{array}{l}\text{*the}\\ \text{a}\\ \text{*}\phi\end{array}\right\}$

regularity that will be

$\left\{\begin{array}{l}\text{characteristic of this group of amateurs.}\\ \text{surprising.}\end{array}\right.$

如果關係子句內含有「認知用法」的情態助動詞（"epistemic" modal auxiliary），那麼這個關係子句就敍述「不確定的假設」。主要語前面只能用無定冠詞 a(n)。❼

---

❼　下面 (i) 的例句並不構成這個結論的反例，因爲在這個例句裏情態助動詞 can, may, must 可以做「認知用法」(epistemic use) 解，也可以做「義務用法」(deontic use) 解。做「認知用法」(may'或許' can'可能'，must'必定'，should'照理應該') 解時，與無定冠詞a(n)連用；做「義務用法」(may'可以'，can'能够、可以'，must'必須'，should'應該') 解時，與有定冠詞 the 連用。

(i) The amateurs defeat the pros with $\left\{\begin{array}{l}\text{the}\\ \text{a}\\ \text{*}\phi\end{array}\right\}$ regularity that

$\left\{\begin{array}{l}can\\ may\\ must\end{array}\right\}$ be expected.

在下面(ii)的例句裏，(a)句的 must'必須' 是「義務用法」，而(b)句的 must'必定' 是「認知用法」。試比較。

(ii) a. He *must* do this work by four this afternoon.
　　 b. He *must* be a student.

⑧ The amateurs defeat the pros with $\begin{Bmatrix} \text{*the} \\ \text{a} \\ \text{*}\phi \end{Bmatrix}$

regularity that $\begin{Bmatrix} can \\ may \end{Bmatrix}$ be

$\begin{cases} \text{characteristic of this group of amateurs.} \\ \text{surprising.} \end{cases}$

如果關係子句內出現否定詞 not，那麼關係子句內所敍述的事情也變成不確定，主要語也只能與無定冠詞 a(n) 連用，例如：

⑧ a. The amateurs defeated the pros with $\begin{Bmatrix} \text{*the} \\ \text{a} \\ \text{*}\phi \end{Bmatrix}$

regularity that had *not* been $\begin{cases} \text{expected.} \\ \text{surprising.} \end{cases}$

b. The amateurs defeat the pros with $\begin{Bmatrix} \text{*the} \\ \text{a} \\ \text{*}\phi \end{Bmatrix}$

regularity that $\begin{Bmatrix} \text{will} \\ \text{may} \\ \text{can} \end{Bmatrix}$ *not* be $\begin{cases} \text{expected.} \\ \text{surprising.} \end{cases}$

另一方面，在下面⑧的例句裏，主要子句與關係子句內的動詞都用過去單純式，表示這兩個子句內所敍述的事情之間並沒有時間先後的關係。這個時候就要看關係子句內的述語動詞是屬於

第一類表示「意中」的動詞（如 expect, characteristic, display, see, anticipate, hope for 等）還是屬於第二類表示「意外」的動詞（如 surprise, surprising, puzzling, frightening, incredible 等）。如果關係子句內的動詞是屬於「意中」類，主要語的前面要用有定冠詞 the；如果關係子句內的動詞是屬於「意外」類，主要語的前面用無定冠詞 a(n)。試比較：

⑧④ a. The amateurs *defeated* the pros with $\begin{Bmatrix} \text{the} \\ *\text{a} \\ *\phi \end{Bmatrix}$

regularity that *was characteristic* of this group of amateurs.

b. The amateurs *defeated* the pros with $\begin{Bmatrix} *\text{the} \\ \text{a} \\ *\phi \end{Bmatrix}$

regularity that *was surprising*.

綜合以上的討論，我們可以知道：㈠如果關係子句表示否定或含有認知用法的情態助動詞，那麼由於關係子句敍述不確定的事情而主要語必須與無定冠詞 a(n) 連用；㈡如果關係子句內所敍述的事情發生於主要子句內所敍述的事情之前，那麼由於關係子句內敍述已確定的事情而主要語必須與有定冠詞 the 連用；㈢如果沒有前面㈠與㈡的區別，那麼含有「意中」動詞的關係子句主要語與有定冠詞 the 連用，含有「意外」動詞的關係子句的主要語與無定冠詞 a(n) 連用。

(B)除了在由介詞 with 所引介的情狀狀語裏出現的抽象名

詞主要語與關係子句受有比較複雜的限制以外，在其他地方出現
的抽象名詞主要語與關係子句都相當自由的與有定冠詞 the 或
無定冠詞 a(n) 連用。例如在下面⑧的例句裏，抽象名詞主要語
與關係子句分別在主語（(a)句）與賓語（(b)句）的位置出現。

⑧ a. $\begin{Bmatrix} \text{The} \\ \text{An} \\ *\phi \end{Bmatrix}$ impression that had been surprising to

everyone was that he is reading a complicated
formula.

b. He gave me $\begin{Bmatrix} \text{the} \\ \text{an} \\ *\phi \end{Bmatrix}$ impression that had been sur-

prising to everyone.

⑧到⑧的例句也顯示，雖然關係子句內出現現在式動詞、過去式
動詞、完成貌動詞（如⑧句），或出現認知用法的情態助動詞、否
定詞（如⑧句），或關係子句的述語是「意中」類動詞或「意外」
類動詞，主要語都可以與 the 或 a(n) 連用。

⑧ $\begin{Bmatrix} \text{The} \\ \text{An} \\ *\phi \end{Bmatrix}$ impression that $\begin{Bmatrix} is \\ was \\ had\ been \end{Bmatrix}$ surprising to

everyone is that he is reading a complicated formula.

⑧ $\begin{Bmatrix} \text{The} \\ \text{An} \\ *\phi \end{Bmatrix}$ impression that $\begin{Bmatrix} will \\ can \\ may \end{Bmatrix}$ (not) be surprising

to everyone is that he is reading a complicated
formula.

⑧⑧ $\left\{\begin{array}{l}\text{The}\\\text{An}\\*\phi\end{array}\right\}$ impression that is $\left\{\begin{array}{l}\textit{characteristic}\\\textit{surprising}\end{array}\right\}$ is that he

is not out of mind.

可見在這些例句裏，決定冠詞選擇的重要因素並不是「確定的事
實」與「不確定的假設」的區別，而是「全稱」與「偏稱」的區
別。例如在⑧⑤到⑧⑧的例句裏，如果所談的是'唯一的印象'(「全
稱」)，那麼無論關係子句內所敍述的是「確定的事情」或「不確
定的事情」，主要語都要用 the；否則，就要用無定冠詞 a(n)。
又如在下面⑧⑨的例句裏，關係子句的主要語 care 必須與 the 連
用，因爲關係子句裏所敍述的各項內容包括了說話者之所以要向
人道謝的所有理由(「全稱」)。

⑧⑨ I would like to express my thanks to him for $\left\{\begin{array}{l}\text{the}\\*a\\*\phi\end{array}\right\}$

care he has devoted to reading, and commenting on,
various papers of mine ...

㈤處所狀語、時間狀語、介詞組修飾語、現在分詞組修飾語、
過去分詞組修飾語等各種修飾語都可以分析爲由關係子句修
飾語衍生。試比較：

⑨⓪ a. $\left\{\begin{array}{l}\text{the}\\a\end{array}\right\}$ boy outside

b. $\begin{Bmatrix} \text{the} \\ \text{a} \end{Bmatrix}$ boy who is outside

(91) a. $\begin{Bmatrix} \text{the} \\ \text{a} \end{Bmatrix}$ girl upstairs

b. $\begin{Bmatrix} \text{the} \\ \text{a} \end{Bmatrix}$ girl who is upstairs

(92) a. $\begin{Bmatrix} \text{the} \\ \text{a} \end{Bmatrix}$ meeting tomorrow

b. $\begin{Bmatrix} \text{the} \\ \text{a} \end{Bmatrix}$ meeting which will take place tomorrow

(93) a. the party last night

b. the party which we attended last night

(94) a. $\begin{Bmatrix} \text{the} \\ \text{a} \end{Bmatrix}$ boy in the next room

b. $\begin{Bmatrix} \text{the} \\ \text{a} \end{Bmatrix}$ boy who is in the next room

(95) a. the books on the top shelf

b. the books that are on the top shelf

(96) a. the man to go and see ⓲

b. the man for you to go and see

(97) a. the baby sleeping in the cradle

b. the baby who is sleeping in the cradle

⓲ 有些語法學家把這一種不定子句稱為「不定關係子句」(infinitival relative)。

⑱　a. the man bitten by a snake

　　b. the man who was bitten by a snake

既然這些修飾語都可以由關係子句衍生，那麼由這些修飾語所修飾的主要語與冠詞的連用也可以比照前面(四)裏所討論的關係子句主要語與冠詞連用的情形來決定，這裏不再贅述。

　　㈥詞組修飾語與主要語冠詞的連用，除了上面(五)的說明以外，還有下列幾點要注意。

　　(A)由介詞 of 所引介的介詞組修飾語比其他介詞所引介的介詞組修飾語限制性較強（more restrictive），因此其主要語常與有定冠詞連用，例如：

⑲　a. Mrs. Nelson adores $\begin{Bmatrix} \text{the} \\ *\phi \end{Bmatrix}$ glass *of* Venice.

　　b. Mrs. Nelson adores $\begin{Bmatrix} \text{the} \\ \phi \end{Bmatrix}$ glass *from* Venice.

這一種由 of 介詞組所修飾的有定名詞組常表示「有限制的泛指」（limited generic reference），例如：❶

⑳　He likes the $\begin{Bmatrix} \text{wine(s)} \\ \text{music} \\ \text{lakes} \end{Bmatrix}$ of France.

但是如果主要語僅表示「偏稱」而不表示「全稱」，就只能用無定冠詞。試比較：

㉑　a. $\begin{Bmatrix} *\text{The} \\ \text{A} \end{Bmatrix}$ member of Parliament has just died.

---

❶　參 Quirk et al. (1972: 153)。

b. We are going to see $\left\{\begin{array}{l}\text{*the} \\ \text{an}\end{array}\right\}$ opera of Verdi's.

c. $\left\{\begin{array}{l}\text{The principal} \\ \text{A student} \\ \text{The students}\end{array}\right\}$ of this school donated 1000 dol-

lars to our organization.

　(B)如果主要語名詞與介詞賓語名詞之間有「聯想照應」或「不可轉讓的屬有」(inalienable possession) 關係，那麼這個主要語通常都要用 the，例如：

⑩ a. *The ashtray* in *my car* is full.

b. *The waves* of *the sea* were high.

c. There was a funny story on *the front page* of *The Washington Post* this morning.

d. *the nose* of the girl; *the color* of the *ink*

　(C)由同位子句所衍生的 of 詞組，其主要語亦常用 the。試比較：

⑩ a. *the* idea that we are going to have a picnic

b. *the* idea of (our) having a picnic

⑩ a. *the* knowledge that he has arrived

b. *the* knowledge of his arrival

主要語名詞與介詞 of 的賓語名詞之間具有「同位」(apposition) 的關係時，其主要語也常用 the，例如：

⑩ the *month* of *May*; the *city* of *Taipei*; the *news* of *the team's victory*; the *concept* of *education*; the *joy* of *his return* ❷⓪

(D)「行動動名詞」(actional gerundive nominal) 通常都與有定冠詞 the 連用。試比較：

⑩⑥　a. The university turned away 800 student requests.

　　b. *the* turning away of 800 student requests (by the university)

⑩⑦　a. Someone obtained a suitable example.

　　b. *the* obtaining of a suitable example

但是如果行動動名詞組表示「偏稱」，那麼就可以與無定冠詞 a(n) 連用，例如：

⑩⑧　I have never seen *a* filming of a motion picture.

下面⑩⑨也都是含有行動動名詞組的例句。

⑩⑨　a. *The climbing of Mt. Vesuvius by a lone hiker* is an impossible feat.

　　b. *The loud snoring of her husband* kept Mary awake.

　　c. *The melting down of the silver* tired him out.

不含有 of 介詞組的動名詞組通常都不與有定冠詞 the 連用，而與無定冠詞 φ 連用，例如：

⑩⑩　a. *Cheating people* is wrong.

---

❷⓪　但是在下面表示比喻的說法裏可以「偏稱」，因而 the 與 a(n) 都可以用：$\begin{Bmatrix} an \\ the \end{Bmatrix}$ angel of a girl (= angelic girl); $\begin{Bmatrix} a \\ the \end{Bmatrix}$ fool of a policeman (= foolish policeman)。

    b. No one enjoys *working overtime every day*.

    c. His favorite pastime is *playing practical jokes*.

    d. We're tired of *being treated like children*.

(E)「衍生名物詞組」(derived nominal)❷的主要語如果來自形容詞或不及物動詞，那麼通常都與有定冠詞 the 連用。試比較：

⑪ a. Style is important.

    b. *the* importance of style

⑫ a. The students are active.

    b. *the* activity of the students

⑬ a. The aircraft arrived early.

    b. *the* early arrival of the aircraft

⑭ a. Our efforts succeeded.

    b. *the* success of our efforts

⑮ the advantage of a dictionary; the function of a dictionary

如果衍生名物詞組的主要語來自及動物詞，那麼可以與有定冠詞 the，無定冠詞 ϕ 以及領屬詞連用。試比較：

⑯ a. We accept such a policy.

    b. $\begin{Bmatrix} \text{the} \\ \phi \\ \text{our} \end{Bmatrix}$ acceptance of such a policy (is unlikely)

---

❷ 又叫做「實體名物詞組」(substantive nominal)。

⑪⑰ a. You consult a dictionary.

b. $\begin{Bmatrix} \text{the} \\ \phi \\ \text{your} \end{Bmatrix}$ consultation of a dictionary (is permis-

sible in this test)

⑪⑱ $\begin{Bmatrix} \text{the} \\ \phi \\ \text{your} \end{Bmatrix}$ use of a dictionary; $\begin{Bmatrix} \text{the} \\ \phi \\ \text{our} \end{Bmatrix}$ study of style

在⑪到⑮的例句裏，介詞 of 後面的賓語名詞組在語意上充當主要語的主語；而在⑯到⑱的例句裏，介詞 of 後面的賓語名詞組在語意上充當主要語的賓語。這個語意上的主語是否在衍生名物詞組出現，似乎影響有定冠詞 the 與無定冠詞 φ 的選擇。試比較：

⑪⑲ a. Some children possess the pills.

b. The pills came into *the possession of some children.*

c. Some children came into *φ possession of the pills.*

⑫⓪ a. The landlord will withdraw his consent.

b. $\begin{Bmatrix} \text{The} \\ *\phi \end{Bmatrix}$ *withdrawl of his consent by the landord will* greatly affect our plan.

c. $\begin{Bmatrix} \text{The} \\ \phi \end{Bmatrix}$ *withdrawl of his consent will greatly affect* our plan.

除了語意上的主語是否出現以外，「全稱」與「偏稱」的區別也影響衍生名物詞組與冠詞的選擇。關於這一點，前面已經詳述，這裏不再重述。

三·四　有定冠詞 the 的其他特殊用法

英語的有定冠詞 the，除了前面所討論的「境外照應」、「前向照應」、「後向照應」等主要用法以外，還有一些零碎的特殊用法。這一些特殊而例外的用法，比較不容易條理化，所以只舉例句並做簡單扼要的說明。

㈠有定冠詞 the 可以與單數（可數或不可數）名詞連用來表示 "理想的、典型的、最傑出的"（the best, the preeminent, the typical）等意義。這一種 the 必須重讀〔ði:〕，因此可以稱爲 the 的「強調用法」（"emphatic" the）。這一種 the 的用法也可以說是「專指的 the」的引申用法。

⑿　a. He is *the* pianist of the day.

　　b. Beer is *the* drink for hot day.

　　c. There are Americans in plenty, but *the* American does not exist.

　　d. He is quite *the* gentleman.

　　e. "*The* wretch!" exclaimed the spinster. ㉒

㈡有定冠詞 the 也可以與單數普通名詞連用來表示抽象名詞。這一種 the 的用法可以稱爲「比喩用法」（"metaphorical"

㉒ 有些人把 'The wretch！' 這種用法稱爲 the 的「感嘆用法」。

the）例如：

⑫ a. The brave do not fear *the grave* (＝death).

b. He forgot *the judge* in *the father*.

㈢有定冠詞 the 還可以與形容詞連用來表示抽象名詞，例如：

⑬ a. *The beautiful* (＝Beauty) is higher than *the good* (＝goodness).

b. He went from *the extremely sublime* to *the extremely ridiculous*.

㈣有定冠詞 the 也可以與形容詞、現在分詞、過去分詞等連用來表示普通名詞。這一種 the 用法與後述「泛指的 the」的用法相似，例如：

⑭ a. the rich (＝ rich people); the extremely old (＝ extremely old people); the wiser (＝ wiser people); the wretched (＝ wretched people)

b. the living (＝ those who are/were living)

c. the wounded (＝ those who are/were wounded)

d. the accused (＝ the accused person(s)), the departed (＝ the departed person(s)); the deceased (＝ the deceased person(s))

㈤英語有些專有名詞含有定冠詞 the，但是這些 the 應該分析爲專有名詞不可分割的一部分，而不是 the 與專有名詞的連用。因爲離開了有定冠詞 the，這些專有名詞就不能存在。㉓這

㉓ 因此，有些語法學家把這一種 the 稱爲「約定俗成的 the」("conventional" the)。

些含有 the 的專有名詞必須像記人名與地名一樣，一一加以記住。我們在這裏做些歸納性的整理，以減輕學生的記憶負擔。

(a)公共建築物、醫院、旅館、戲院等名稱通常都含有 the；車站（Paddington Station）、航空站（Kennedy Airport）、街道（Oxford Street）、公園（Hyde Park）等名稱通常不含有 the。但也有 the Mall（倫敦街道名）、the Pennsylvania Turnpike 等例外。

(b)大學的名稱通常有 the University of London 與 London University 這兩種說法，以前一種說法較爲正式。但是含有人名的大學名稱卻只有後一種說法，如 Yale University, Brown University, Harvard University 等。

(c)英國國內的醫院、敎會、皇宮等名稱（如 Westminster Abbey, Buckingham Palace）通常不含有 the，但是外國的寺院、敎會、神社、皇宮等名稱（如 the Riverside Church, the Horyuji Temple（法隆寺）、the Meiji Shrine（明治神社）、the Imperial Palace 等）則常含有 the。

(d)河流（the Thames, the Potomac）、運河（the Suez Canal, the Panama Canal）、海洋（the Pacific Ocean, the Black Sea）、海峽（the English Channel, the Taiwan Strait）、沙漠（the Sahara）等常含有 the，但也有 Jordan（約但河）、Niagara River 等例外。又海灣與湖泊通常不含有 the（如 Mexico Bay, Tonkin Gulf, Lake Michigan），但可以有 the Bay of Mexico 這樣的說法。

(e)報章名稱（*The Times, The Bosten Globe*）通常含有 the；

雜誌等定期刊物名稱（*Time, Language*）通常不含有 the，但也有
The English Review, (*The*) *Spectator* 等例外。書名與辭典有加
the 的（如 *The Pocket Oxford Dictionary, A Modern English
Grammar*），也有不加 the 的（如 *Encyclopaedia Britanica*）。

(f)船隻（the Queen Elizabeth）、列車（the Oriental Ex-
press）、鐵路（the Pennsylvania Railroad）等的名稱常含有 the。
航空公司的名稱，單數形的常含有 the（如 the Trans-Pacific
Line），複數形的常不含 the（如 United Air Lines）。

(g)羣島（the Pescadores, the Hawaiian Islands）、山脈（the
Alps, the Rocky Mountains）、國家（the United States, the
Netherlands）、家人（the Johnsons）等複數專有名詞常含有 the。

(h)地名，例如大陸（Europe）、國家（China）、州、省、縣
（Texas, Taiwan, Hsinchu）、都市城鎮（New York, Taipei）等
名稱都不含有 the，但也有 the United Kingdom, The Hague,
the Ruhr, the Bronx 等例外。

(i)人名通常都不加 the，但是如果含有「表示人物特性的形
容詞」（epithet adjective）則可以加上 the；例如，Alexander
the Great, the ambitious Napoleon, the immortal Shakespeare。
又如果形容詞是表示一般屬性的形容詞（如 old, young, little,
dear, poor, good, honest, cruel, proud 等）則通常不加 the（如
old Johnson, Cruel Nero），但也有 the young Shakespeare（年
輕時候的莎士比亞）、the early Mozart（早年的莫札特）等用
例。

四、無定冠詞 a(n) 與 φ 的意義與用法

四・一　無定名詞組的「殊指」與「任指」意義

　　有定冠詞與名詞連用而形成有定名詞組，而無定冠詞則與名詞連用而形成無定名詞組。有定名詞組在指涉上表示「定指」，而無定名詞組則在指涉上表示「非定指」，包括「殊指」、「任指」與「未指」。❷ 所謂「殊指」(specific)，是指說話者雖然有特定的指涉對象，但是聽話者卻無法在他的知識領域裏認定這個指涉對象，在語意上與 ‘(a) certain (＝ particular)’ 相似。而所謂「任指」(nonspecific)，則指說話者並沒有特定的指涉對象，聽話者當然也就無法認定這個指涉對象，在語意上與 ‘any’ 相近。例如在下面⑭的例句裏，無定名詞組 a panda 並沒有指涉特定的熊貓，所以是「任指」，對方可以用表示「詞義相同」(identity of sense) 的不定代詞 one 來照應。❷ 但在⑭的例句裏，無定名詞組 a panda 指涉說話者見過的某一隻熊貓，所以是「殊指」，對方可以用表示「指涉相同」(identity of reference)的人稱代詞 it 來照應。試比較：

---

❷ 有定名詞組與無定名詞組另有「泛指」用法，擬在後面詳述。

❷ Givón (1978:72) 把這種 one 稱為「詞義相同代名」(identity of sense pronominalization)，而別於人稱代詞 it 的「指涉相同代名」(identity of reference pronominalization)。試比較：‘John saw a snake last night, and Mary saw $\left\{\begin{array}{l} one \\ it \end{array}\right\}$, too’。

⑫ a. Have you ever seen *a panda?*

    b. Yes, I saw *one* in Washington.

⑫ a. I saw *a panda* last week.

    b. Where did you see *it?*

有時候同一個無定名詞組可以解釋爲有特定指涉對象的「殊指」，也可以解釋爲無特定指涉對象的「任指」。例如在下面⑫的例句裏(a)句的無定名詞組 a new car 可以解釋爲「殊指」而以 it 來照應，也可以解釋爲「任指」而以 one 來照應。

⑫ a. John wants to buy *a new car.*

    b. He will buy *it* tomorrow.

    c. He will buy *one* tomorrow.

無定名詞組的「殊指」與「任指」，主要是屬於語意解釋上的問題，而且問題相當複雜。例如在⑫句的前半句 John wants to catch a fish 可以解釋爲「殊指」，也可以解釋爲「任指」。但在後半句 eat (that) fish 裏卻必須以 John 抓到魚爲前提（即必須假設 there is a fish that John has caught）纔能談到吃這一條魚，所以必須以「殊指」的 it 來照應。

⑫ John wants to catch *a fish* and eat $\left\{ \begin{matrix} it \\ *one \end{matrix} \right\}$.

又如在下面⑫有關過去「不可能的假設」(counter-factual conditional) 的敘述裏，John 在事實上並沒有看書，因此句中的無定名詞組 a book 可以說是「任指」用法。但在假設中必須以 John 看過書爲前提（即必須假定 there is a book that John (has) read）纔能談到他會不會覺得這一本書有趣，所以也用表示「殊

指」的 it 來照應。

⑫ If John had read *a book*, he would have found $\left\{ \begin{array}{c} it \\ *one \end{array} \right\}$ interesting.

再如在⑬a 的例句裏，說話者還不知道對方是否要買一盒巧克力。在未買以前，這一盒巧克力只能算是「任指」，所以用 one 來照應。但在⑬b 的例句裏，說話者假定對方已經有一盒巧克力，所以用表示「殊指」的 it 來照應。試比較：

⑬ a. If you want *a box of chocolates*, you can get $\left\{ \begin{array}{c} *it \\ one \end{array} \right\}$ at the corner shop.

   b. If you have *a box of chocolates*, let me have a look at $\left\{ \begin{array}{c} it \\ *one \end{array} \right\}$.

爲了辨別無定名詞組的「殊指」與「任指」用法，應該注意下列幾點：

㈠在敍述「已經發生或正在發生的事情」的語境裏所出現的無定名詞組常可以解釋爲「殊指」；而在敍述「尚未發生或不確定發生的事情」的語境裏所出現的無定名詞組常可以解釋爲「任指」。敍述「已經發生或正在發生的事情」的語境可以叫做「透明的語境」（transparent context），因爲在這一種語境裏說話者對所用的無定名詞組有特定的指涉對象。敍述「尚未發生或不確定發生的事情」的語境可以叫做「含混的語境」（opaque context），因爲在這一種語境裏說話者所用的無定名詞組沒有特定

的指涉對象。

㈠「透明的語境」敍述已經發生或正在發生的事情，而這些事情常用動詞的過去式（past tense）、完成貌（perfective aspect）或進行貌（progressive aspect）來敍述。例如下面⑬的例句分別以過去式、完成貌、無行貌動詞敍述，而在這些例句裏出現的無定名詞組都可以解釋為「殊指」，都可以用 it 來照應。

⑬　a. John caught *a fish*.

　　b. John has bought *a new car*.

　　c. John is reading *a book*.

㈡「含混的語境」敍述尚未發生或不確定發生的事情。因此，在疑問句或祈使句裏出現的無定名詞組都常解釋為「任指」，都可以用 one 來照應，例如：

⑬　a. Did John catch *a fish*?

　　b. Has John bought *a new car*?

　　c. Is John reading *a book*?

⑬　a. Give me *a hot dog*, please.

　　b. Pass me *a piece of chalk*.

㈣表示‘願望、需求、意圖’的動詞（如 want, look for, seek (for), search for, hunt for, wish for, hope (for), try (for), plan (for), yearn (for), wait for, intend, attempt, request, propose, suggest 等）、表示‘信念、期望、可能’等「非事實動詞」（non-factive verbs: 如 believe, think, expect, possible, likely 等）以及表示認知或未來時間的情態助動詞（如 will, may 等）都分別可以解釋為含有「未實現」（unrealized）、「可能性」

(possibility)、「未來」(futurity) 等「情態運符」(modal operator)。在這些「情態運符」的「作用領域」(scope) 裏出現的無定名詞組可以解釋爲「殊指」而用人稱代詞照應，也可以解釋爲「任指」而用 one 來照應。試比較：

⑬ a. John *wants* to marry *a blonde*.

b. But he hasn't found *one* yet.

c. And *she* (＝the blonde) is a nurse.

⑬ John is $\begin{Bmatrix} expected \\ likely \end{Bmatrix}$ to buy *a new car*.

⑬ John $\begin{Bmatrix} will \\ may \end{Bmatrix}$ take *a girl* to the party.

另一方面，「事實動詞」(factitive verbs: 如 know, regret, realize 等)「含蘊動詞」(verbs of implicature: 如 manage, happen 等) 以及表示'屬有、存在'的動詞 (如 have, own, there is 等) 都可以分析爲含有「已實現」(realized) 這個情態運符。在這個情態運符的作用領域裏所出現的無定名詞組常都解釋爲「殊指」而以人稱代詞照應。試比較：

⑬ a. I *know a doctor*. *He* (＝The doctor) is a specialist in obsterics.

b. I *need a doctor*. **He* (＝The doctor) is a specialist in obsterics.

⑬ John has *managed* to buy *a new car*. *It* is a fourdoor Sedan.

⑬ Mary *owns a house* in the countryside. *It* has four

bedrooms.

⑭⓪ *There is a gentleman* outside. *He* wants to see you.

四・二 無定名詞組的「未指」意義

無定冠詞除了可以解釋為「殊指」與「任指」以外，還可能解釋為「未指」❷。所謂「未指」（non-referring），是指無定名詞組只表示「屬性」（attribute），而並不指涉對象。例如，在⑭①句裏充當主語補語的 a student, a doctor, a fish, mammals 等無定名詞組都不指涉人或動物，而只表示身份、職業、類目等屬性。因此，有些語法學家把這一種無定冠詞的用法叫做「分類的用法」（"classificatory" use）。

⑭①   a. Jane is *a student*.

       b. Julius is *a doctor*.

       c. A trout is *a fish*.

       d. Whales are *mammals*.

這一些「未指」的無定名詞組都只表示屬性而不指涉對象，因而不能用不定代詞 one 或人稱代詞 he, it, they 等來照應。在⑭②句裏出現的無定名詞組 a fool 與 very queer animals 也都解釋為表示屬性的「未指」，在語意上分別相當於形容詞 foolish 與 very queer，可以用指示詞 that 來照應。

⑭②   a. John is *a fool* (＝foolish) but he doesn't always

         look *that*.

---

❷「未指」（non-referring; nonreferential）亦可譯為「虛指」。

b. "They must be *very queer animals* (＝very queer)."
"Sure, they are *that*."

除了充當主語補語的無定名詞組以外，充當賓語的無定名詞組也可能解釋為「未指」。例如下面⑭的(a)句裏出現的無定名詞組 a logician 可以解釋為表示特定指涉對象的「殊指」與表示屬性的「未指」，而分別做為問句(b)與(c)的答句。試比較：

⑭ a. I talked with *a logician*.

b. *Who* did you talk with this morning?

c. *What kind of person* did you talk with this morning?

如前所述，過去式及物動詞的無定賓語名詞組通常都解釋為「殊指」。但是同樣的無定賓語名詞組在否定句裏卻只能解釋為「未指」，不能解釋為「殊指」。這一點可以從下面⑭與⑭的例句(a)與其解義(b)的比較裏看得出來。

⑭ a. John read *a book*.

b. There exists a book, and John read it.

⑭ a. John didn't read *a book*.

b. There exists no book such that John read it.

⑭ 句的無定名詞組 a book，只能解釋為「未指」，不能解釋為「殊指」。因此，只能用表示「詞義相同」的 one 來照應，不能用表示「指涉相同」的 it 來照應，例如：㉗

㉗ 這是根據 Givón (1978: 72) 的語意判斷。但是 Baker (1973) 卻認為雖然「創造動詞」(creation verb) 的無定賓語名詞組不能解釋為「殊指」(如 John didn't *write a letter*)，但是「知覺動詞」(perception verb) 的無定賓語名詞組卻可以解釋為「殊指」(如 John didn't *see a misprint*)。

⑭⑥　John didn't read *a book* yesterday, and Tom didn't

read $\left\{ \begin{array}{c} *it \\ one \end{array} \right\}$ either.

但是如果無定名詞組後面帶有語意內涵足夠的修飾語，那麼無定
名詞組也可以例外的在否定句裏表示「殊指」，例如：

⑭⑦　a. "What's happened to Mary?" "Well, she didn't
　　　　read *a book that was put on the required list,* and as
　　　　a result she failed her exam."

　　　b. John doesn't love *a woman who his father wants
　　　　him to marry.* ㉘

如果無定名詞組沒有這樣的修飾語而表示「殊指」，就常用 '(a)
certain' 做限定詞，例如：

⑭⑧　a. John didn't read *a certain book.*

　　　b. There exists a (certain) book, and John didn't
　　　　read it.

　　無定名詞組不僅在否定句賓語的位置很少解釋為「殊指」，
而且在否定句主語的位置也不容易解釋為「殊指」。因為英語
的句子出現於主語位置的名詞組常在言談功用上充當「主題」
(topic)，所以必須由代表舊信息的「定指」或「殊指」名詞組來
擔任。下面⑭⑨的例句顯示，無定名詞組可以在肯定句充當主語而
表示「殊指」，但在否定句裏則多由不定代詞 someone 等來表示
「殊指」。試比較：

㉘　根據 Givón（1978：73）有關英語小說文章的統計，否定句裏無定賓
　　語名詞組表示「殊指」的實例絕少僅有。

⑭ a. *A man* came into my office yesterday and ...

b. ? *A man* didn't come into my office yesterday and ...

c. $\left\{ \begin{array}{l} Someone \\ A\ certain\ man \end{array} \right\}$ didn't come into my office yesterday and ...

四‧三 無定冠詞與「照應」用法

　　無定冠詞除了表示「殊指」、「任指」、「未指」而與表示「定指」的有定冠詞不同以外，在「境內照應」的方式也與有定冠詞有別。無定冠詞 a(n) 與 ϕ 在原則上沒有「前向照應」用法，因此在下面⑮的例句裏的有定名詞組 the book 與 the girl 分別可以與前行語 a book 與 a girl 照應，但是無定名詞組 a book 與 a girl 卻無法如此照應而各自指涉不同的書或女孩子。試比較：

⑮ a. John ordered *a book*, and $\left\{ \begin{array}{l} the \\ a \end{array} \right\}$ book has just arrived.

b. Yesterday Bill kissed *a girl with blue eyes.*

$\left\{ \begin{array}{l} The \\ A \end{array} \right\}$ girl called the police.

但是如果前後兩個名詞組之間有「聯想的照應」或「語用上的照應」，那麼就可能由於「聯想」（association）或「語用上的預設」（pragmatic presupposition）而發生某一種語意上的照應，例如：

⑮ a. "Can I get any money at all for *this car*?"

"You can sell $\begin{Bmatrix} a\ tyre \\ some\ tyres \end{Bmatrix}$ maybe."

b. *That wedding* was a disaster. Fred spilled wine

on $\begin{Bmatrix} a\ bridemaid \\ bridemaids \end{Bmatrix}$.

無定名詞組也不可能有「後向照應」用法。因為無論修飾語的語意內涵多麼豐富，無定名詞組充其量也只能有「殊指」用法，而不可能有「定指」用法。但是許多本來不能與無定冠詞 a(n) 連用的抽象名詞卻可以因修飾語的存在加上 a(n)，例如：

⑮ a. $\begin{Bmatrix} A\ knowledge\ of\ history \\ *A\ knowledge \end{Bmatrix}$ is important for all

of us.

b. He exhibited $\begin{Bmatrix} a\ courage\ that\ surprised\ me. \\ *a\ courage. \end{Bmatrix}$

根據以上的分析與討論，我們可以更進一步用⑮的屬性表示來區別有定冠詞與無定冠詞的用法：

⑮ a. the 〔+Definite, +Specific, +Anaphoric, +Cataphoric〕

b. a(n)/φ 〔−Definite, ±Specific, −Anaphoric, −Cataphoric〕

四·四　無定冠詞 a(n) 的其他特殊用法

英語的無定冠詞 a(n)，除了前面所討論的「殊指」、「任

指」、「未指」等主要用法以外，還有下面一些特殊用法。

㈠無定冠詞 a(n) 可以與單數可數名詞連用來表示‘如此，這般的，如此美妙的’（such a, such a wonderful）等意義。這一種a(n) 必須重讀〔ei；æn〕，可以稱為 a(n) 的「強調用法」，例如：

⑮ a. He is *a man* that must be treated kindly.

b. It was *a sight* that would make angels rejoice.

c. She has *a voice*.

㈡無定冠詞 a(n) 也可以與物質名詞連用而表示‘產品、種類、部分的斷片、特定的分量’等，例如：

⑮ a. He is writing *a paper* on English articles.

b. This is *an excellent tea*.

c. He picked up *a stone* near a house built of stone.

d. Give me *a coffee* (＝a cup of coffee), please.

㈢無定冠詞 a(n) 還可以與抽象名詞連用而表示‘種類、事件、具體的事例’等，例如：

⑮ a. Temperance is *a virtue*.

b. Walking is *a good exercise*.

c. It was *a pity* that he failed the exam.

d. He was ready to do anyone *a kindness*.

e. *A* (＝Some) *knowledge* of history is important to all of us.

f. I'm speaking, too, of *a time* more than forty years ago.

g. *An education* which prepares the student for his role in life is the best kind of education.

h. I'm writing *a composition.* Composition isn't easy for me.

㈣無定冠詞 a(n) 除了可以與物質名詞、抽象名詞連用而把這些名詞「普通名詞化」以外，還可以與動詞、動名詞連用而把這些動詞「名詞化」，例如：

⑮⑦ a. There was *a loud knock* at the door.

b. He likes *a smoke* after dinner.

c. She gave the child *a wash.*

d. Sit down here and have *a warm.*

e. *A knocking* at the door was heard.

f. This was *a delightful hearing.*

㈤無定冠詞 a(n) 可以與表示「專指」的名詞連用而表示'狀態、種類'等，例如：

⑮⑧ a. The rising sun looks bigger. *A setting sun* looks bigger, too.

b. *a* red/bright *sun*; *a* beautiful/new/full/clear *moon* a blue *sky*; *a sky* of winter

c. What *a sky/moon/sea!*

無定冠詞 a(n) 也可以與專有名詞連用而表示'(a)國家、家族、團體的一員，(b)作品，(c)某人，(d)像某人那樣的人'等，例如：

⑮⑨ a. His grandmother is *a Swiss/a Lin/a Democrat.*

b. He bought *a genuine Rembrandt/a new Cadillac.*

c. A (＝A certain/A person named) *Mr. Smith* came to see you during your absence.

d. He is *an Edison/a Goethe in China.*

e. *A Mary* would know what it's like to be a namesake of the mother of Jeaus; but how could *an Elizabeth* understand?

㈥無定冠詞 a(n) 在表示度量衡的單位名詞之前常做'每一'(each, per) 解，在由介詞 of 引介的形容詞性詞組（特別是在格言或諺語）裏常做'同一'(one and the same) 解，例如：

⑯a. I have my hair cut twice *a month.*

b. Butter is sold ten dollars *a pound.*

c. The cousins are of *an age.*

d. Birds of *a feather* flock together.

e. Two of *a trade* seldom agree.

f. No two men are of *a mind.*

四・五　無定冠詞 ∮ 與冠詞的省略

無定冠詞 ∮ 的意義與用法，在基本上與無定冠詞 a(n) 的用法相似：都表示「非定指」與「偏稱」，而且都有「殊指」、「任指」與「未指」用法。所不同的，主要是無定冠詞 a(n) 與單數可數名詞連用而表示「單數」，而無定冠詞 ∮ 則與複數可數名詞或單數

不可數名詞連用而表示「不特定數量」❷。另外，無定冠詞 *φ* 的「偏稱」意義不如輕讀的 some 那麼顯著，其「殊指」意義也沒有重讀的 some（＝certain）那麼顯著。因此，在下面⑯的例句裏，some 比 *φ* 更能表達「偏稱」或「部分」的意義；在下面⑯的例句裏，some 也比 *φ* 更能表示「殊指」的意義。試比較：

⑯ a. You must be careful with my stuffed birds. Other-

wise $\left\{ \begin{array}{c} some \\ \phi \end{array} \right\}$ *feather* may fall off.

b. Fred lost $\left\{ \begin{array}{c} some \\ ?\ \phi \end{array} \right\}$ *hairs* in the war.

⑯ a. I want to buy $\left\{ \begin{array}{c} some \\ ?\ \phi \end{array} \right\}$ *new books.*

b. There are $\left\{ \begin{array}{c} some \\ \phi \end{array} \right\}$ gentlemen who want to see

you.

c. $\left\{ \begin{array}{c} Some \\ *\ \phi \end{array} \right\}$ *gentlemen* want to see you.

除了這一些差別以外，有關無定冠詞 a(n) 的「非定指」、「偏稱」、「殊指」、「任指」、「未指」意義與用法在原則上都可以應用到無定冠詞 *φ* 上面來。

至於無定冠詞 *φ* 的特殊用法，把普通名詞轉爲抽象名詞，則與無定冠詞 a(n) 的特殊用法，把抽象名詞轉爲普通名詞，正好

---

❷ 因此，對中國學生而言，能够了解並辨別英語「可數名詞」與「不可數名詞」的區別，是學習英語冠詞的先決條件。

相對。這一種從普通名詞轉用的抽象名詞常帶有形容詞的意味，
例如：

⑯ a. She was more ϕ *mother* (＝motherly) than ϕ
   wife (＝wifely).

 b. She was ϕ *woman* (＝womanly) enough to ap-
   preciate his personal refinement.

 c. He was more ϕ *victim* than ϕ *criminal*.

 d. If I were ϕ *scientist* to the degree you say I
   am,...

在下面⑭的例句裏所出現的用法，也可以分析為由普通名詞轉為
抽象名詞的用法。因為在這些用法裏，原來表示處所、建築物、
人物、事物等普通名詞都轉成表示活動、身份、手段等抽象名
詞。

⑭ a. go to ϕ {*school, college, town, bed, hospital,
   church, prison, market, mass, war, bank, court,
   sea, ...*}

 b. in ϕ {*bed, town, prison, jail, ...*}

 c. at ϕ {*school, college, sea, table, desk, ...*}

 d. turn/go ϕ {*socialist, communist, linguish, traitor,
   ...*}

 e. play ϕ {*chess, bridge, golf, basketball, baseball,
   house, ...*}

 f. make ϕ {*bed, war, way, ...*}

 g. by ϕ {*car, bus, train, plane, steamer, ship, boat, land, rail, river, sea, foot, telephone, radio, ...}*

　　另外，我們似乎應該區別無定冠詞 φ 的使用與冠詞的省略。
無定冠詞 φ 與複數可數名詞、物質名詞、抽象名詞、集合名詞
以及人名、地名等專有名詞連用。這些名詞本來就與無定冠詞 φ
連用，或因爲與無定冠詞 φ 連用而從普通名詞轉爲抽象名詞。
反之，冠詞的省略係本來含有無定冠詞 a(n) 或有定冠詞 the，
後來由於出現於一定的語法或語用環境而省略這些冠詞。有時候
這些冠詞仍可以保留，但有時候卻非省略不可。但是無論冠詞省
略或不省略，名詞本身的含義或性質都不改變。這一種冠詞省略
的情形包括：(a) 名詞做「呼語」(vocative) 用、(b) 名詞做
感嘆詞用、(c) 在一些句法結構裏出現於句首的名詞 ❸、(d) 兩
個相同的名詞用介詞連起來、(e) 兩個相對或相關的名詞用連詞
或介詞連起來、(f) 在否定句或帶有否定意味的句子裏出現的名
詞、(g) 出現於補語位置表示獨一無二或比較特殊的職位、身份
等的名詞、(h) 出現於同位語位置或介詞 as (＝in the capacity
of) 後面的表示職位或身份的名詞、(i) 稱呼自己家裏成員或親
屬的名詞等，例如：

⑯　*Young man,* tell me your name.

⑯　*Idiot!* Why couldn't she take a hint!

⑯　a. *Boy* $\begin{Bmatrix} as \\ though \\ that \end{Bmatrix}$ he was, he was very wise.

　　b. *(A) scientist* he will never be.

---

❸　這是所謂的「句首語省略」(prosiopesis)。

c. *(A) teacher* I am and *(a) teacher* I expect to remain.

d. *(The) coach* is ready, sir.

e. *(The) question/fact/trouble* is ...

f. (It's *a) pleasure* to see you.

⑯ *step* by *step, day* after *day,* from *door* to *door,* ...

⑯ (the) father and (the) mother, (the) brother and (the) sister, (the) doctor and (the) patient, (the) east and (the) west, (the) poor and (the) rich, from morning till night, from hand to mouth, ...

⑰ a. Never was *(a) man* so happy than this gentleman.

b. There are *(a) few mistakes* in his composition.

c. Had ever *(a) pupil* so patient a teacher?

⑰ a. John is *(the) captain* of the team.

b. $\begin{Bmatrix} \text{They elected Kennedy} \\ \text{Kennedy was elected} \end{Bmatrix}$ *(the) President* of the United States.

c. He is *(a) cousin* of the Prince.

d. They promoted her to *(a) member* of the Committee of Six.

⑰ a. Mr. Young, *late Professor* of English

b. *Professor* Young

c. Captain Madison, $\begin{Bmatrix} the \\ a \end{Bmatrix}$ company commander

d. $\left\{ \begin{array}{c} the \\ a \end{array} \right\}$ company commander, Captain Madison

e. He entered the bank as (*a*) *manager*.

f. Tennyson succeeded Wordsworth as (*the*) poet laureate.

⑰ a. *Father* {*Daddy/Dad*} is here.

b. *Uncle* will come on Saturday.

c. *The father* was the tallest in the family.

五、有定冠詞與無定冠詞的「泛指」意義

英語的有定冠詞與無定冠詞除了分別表示「定指」與「非定指」（包括「殊指」、「任指」、「未指」）以外，還可以表示「泛指」。所謂「泛指」（generic reference）是說指涉的對象超越個別的成員或特定的數量而涉及整個集合或類目。在「泛指」的說法裏常就整個類的通性、特徵或趨向做一般性的陳述。英語裏表示「泛指」的說法，主要有三種：(a) 有定冠詞 the 與單數可數名詞連用，(b) 無定冠詞 a(n) 與單數可數名詞連用，(c) 無定冠詞 φ 與複數可數名詞或單數不可數名詞連用。例如：

⑰ a. *The tiger* is a dangerous animal.

b. *A tiger* is a dangerous animal.

c. *φ tigers* are dangerous animals.

d. *φ blood* is thicker than *φ water*.

e. *φ honesty* is the best policy.

以下分別討論這三種「泛指」的說法。

(一)以無定冠詞 a(n) 與單數可數名詞的連用來表示「泛指」的說法，從個別的成員來指涉整個集合，任取一個成員做為整個集合的代表 (a(ny) member of the set X)，但並不以其指涉對象的存在為前提。❸ 因此，這一種「泛指」的說法用單數人稱代詞來照應，在意義與用法上與 any 相近，卻不相同。試比較：

⑰ a. $\left\{ \begin{array}{c} A \\ Any \end{array} \right\}$ dog is a carnivore, but *it* also eats vegetables.

b. $\left\{ \begin{array}{c} A \\ *Any \end{array} \right\}$ *whale* suckles its young.

在英語裏三種「泛指」的說法中，這一種說法所受的限制最嚴。通常只能出現於主語的位置，並且還受下面幾種限制。

(A) 不能把兩個以上的這種「泛指」名詞組用對等連詞 and 來連接 ❸。試比較：

⑰ a. *The beaver and the otter* build dams.

b. *Beavers and otters* build dams.

c. **A(ny) beaver and a(ny) oteer* build dams. ❸

---

❸ 因此，⑭b 的例句在語意上與 'To be a tiger is to be a dangerous animal' 相同。

❸ 但是可以用對等連詞 or 來連接，例如：'*A beaver* or *an otter* builds dams'。

❸ 在這個例句以及以下的例句裏，用 'a(ny)' 來表示無定冠詞 a(n) 與限定詞 any 所受的限制相同。

(B)這種「泛指」名詞組只能出現於主語的位置，所以不能把這種「泛指」主語名詞組改爲被動句，試比較：

⑰ a. Dams are built *by the beaver*.

 b. Dams are built *by beavers*.

 c. *Dams are built *by a(ny) beaver*.

(C)這種「泛指」名詞在語意上屬於單數，所以不能做爲語意上表示複數的述語（如 be common, be extinct, be found, abound, increase 等）的主語。試比較：

⑱ a. *The beaver* is extinct.

 b. *Beavers* are extinct.

 c. *A(ny) beaver* is extinct.

(D)這種「泛指」名詞組原則上出現於表示「泛時」(generic time) ㉞的現在單純式，很少出現於過去式、完成貌或進行貌的句子。試比較：

⑲ a. *The beaver* built dams in prehistoric times.

 b. *Beavers* built dams in prehistoric times.

 c. *A(ny) beaver* built dams in prehistoric times.

⑱⓪ {
a. *The beaver* has
b. *Beavers* have
c. *A(ny) beaver* has
} been building dams for thousands of years.

⑱① {
a. *The beaver* is
b. *Beavers* are
c. *A(ny) beaver* is
} building dams these days.

㉞ 「泛時」(generic time) 也可以譯爲「一切時」或「過現未」（這兩個詞都是佛經用語）。

但是如果把⑱句的特指時間狀語 these days 改爲泛指時間狀語 at this time of year，就可以允許這種「泛指」名詞的出現，例如：

⑱ $\left\{\begin{array}{l} a.\ The\ beaver\ is \\ b.\ Beavers\ are \\ c.\ A\ beaver\ is \end{array}\right\}$ building dams at this time of year.

(E)這種「泛指」名詞組不能出現於 'say of that ...' 的結構裏。試比較：

⑱ a. I said of *the beaver* that it builds dams.

b. I said of *beavers* that they build dams.

c. *I said of *a(ny) beaver* that it builds dams.

(F)這種「泛指」名詞組只能以表示一般固有屬性的動詞或形容詞爲述語。試比較：

⑱ $\left\{\begin{array}{l} a.\ The\ madrigal\ is \\ b.\ Madrigals\ are \\ c.\ A\ madrigal\ is \end{array}\right\}$ polyphonic.

⑱ $\left\{\begin{array}{l} a.\ The\ madrigal\ is \\ b.\ Madrigals\ are \\ c.\ ?\ A(ny)\ madrigal\ is \end{array}\right\}$ popular.

(二)以有定冠詞 the 與單數可數名詞的連用來表示「泛指」的說法，着眼於整體而指涉整個集合 (the set of X)，並且以指涉對象的存在爲前提。這種「泛指」名詞組在形態上是單數（因此用單數人稱代詞來照應），但在語意上卻常表示複數。這種「泛指」名詞組的出現，所受的限制較寬。

(A)這種「泛指」名詞組必須以指涉對象的存在爲前提，所以不能用來指涉事實上不存在或不大可能存在的東西。試比較：

⑱ a. $\left\{\begin{array}{l} Dwarfs \\ Hobgoblins \end{array}\right\}$ are a popular theme in literature.

　 b. $\left\{\begin{array}{l} The\ dwarf \\ ?\ The\ hobgoblin \end{array}\right\}$ is a popular theme in literature.

⑱ John believes in $\left\{\begin{array}{l} \text{a. } a\ UFO. \\ \text{b. } UFOs. \\ \text{c. ? } the\ UFO. \end{array}\right.$

但是如果把⑱的 UFO（幽浮）假想爲存在的東西，那麼就可以用這種「泛指」名詞組來指涉，例如：

⑱ $\left\{\begin{array}{l} \text{a. } A\ UFO\ \text{is} \\ \text{b. } UFOs\ \text{are} \\ \text{c. } The\ UFO\ \text{is} \end{array}\right\}$ a more or less imaginative object.

(B)這種「泛指」名詞組常用來指涉人類、動物、植物、寶石的種類、工業產品、發明物、樂器、衣類、舞蹈的名稱、文學藝術的部門、度量衡的計算單位等。但是過於一般而不具有上位概念的名詞（如 instrument, object 等）、沒有明確輪廓的物質名詞（如 porkchop 等）、生物界裏「類」（species）以上的概念（如 ruminant‘反芻類’等）等都不能用這種方法來「泛指」。試比較：

⑱ Monkeys do not use $\left\{\begin{array}{l} \text{a. } an\ instrument. \\ \text{b. } φ\ instruments. \\ \text{c. } *the\ instrument. \end{array}\right.$

⑲⓪ $\left\{\begin{array}{l} \text{a. } \textit{A good porkchop} \\ \text{b. } \phi \;\; \textit{Good porkchop} \\ \text{c. } \textit{*The good porkchop} \end{array}\right\}$ is tender.

(三)以無定冠詞 ϕ 與複數可數名詞或單數不可數名詞的連用表示「泛指」的說法，從不定數目的成員（members of the set X）、不定分量的物質或不定程度的屬性來指涉整體，並就這些成員、分量、程度爲代表做統計上的一般性陳述。這種「泛指」名詞組在形態上與語意上都屬於複數（因此用複數人稱代詞來照應），並且不以指涉對象的存在爲前提。這種「泛指」只要有關大多數成員的一般性陳述就可以用，因此可以允許少數的例外而與「全稱量詞」（universal quantifier）'all' 的意義與用法不同。試比較：

⑲① $\left\{\begin{array}{l} \phi \;\; \textit{Dogs} \\ \textit{*All dogs} \end{array}\right\}$ give milk to their young.

在英語裏三種「泛指」的說法中，這種用法所受的限制最寬，幾乎可以不受什麼特別的限制。

(A)只有這種「泛指」名詞組可以使用或含蘊「分配量詞」'each'。試比較：

⑲② a. ϕ *Unicorns* (each) have a single horn.

b. *A unicorn* (*each) has a single horn.

c. *The unicorn* (*each) has a single horn.

(B)只有這種「泛指」名詞組可以不問名詞的性質或種類而出現於句中任何位置來表示「泛指」。試比較：

⑲㊂ *John reads*
{
a. *books*
b. **a book*（不表示「泛指」）
c. **the book*（不表示「泛指」）
}
after
dinner.

⑲㊃
{
a. *φ Wolves* get
b. **A wolf* gets
c. **The wolf* gets
}
bigger as you go north from
here.

（C）這種「泛指」名詞組可以與「泛時」的現在單純式動詞連用而表示日常的習慣，但是並不排除其他的習慣。例如，⑲㊄ a 的例句可以表示‘貨車司機常喝啤酒，但也可能常喝威斯忌等其他酒’，但是⑲㊄ b 與⑲㊄ c 的例句卻只能表示‘（喝酒類的時候，）貨車司機總是喝啤酒’。試比較：

⑲㊄ a. *φ Teamsters* drink beer.

b. *A teamester* drinks beer.

c. *The teamster* drinks beer.

又在⑲㊅的例句裏，(a)句表示一般性的勸告，而(b)句卻有責怪 John 的含意。試比較：

⑲㊅ a. John! *Gentlemen* open doors for ladies.

b. John! *A gentleman* opens doors for ladies.

除了以上三種表示「泛指」的說法以外，英語裏有兩個單數可數名詞 man‘人（類）；男人’與 woman‘女人’可以與無定冠詞 φ 連用而表示「泛指」，例如：

⑲㊆ a. *φ Man* is mortal.

b. *φ Man* is fire, *φ woman* tow.

另外，英語裏有些表示民族的專有名詞有兩種稱呼的方式

（如 English, Englishman; French, Frenchman; Dutch, Dutchman）。這一種專有名詞必須以前一種稱呼與有定冠詞 the 連用的方式來表示「泛指」，而必須以後一種稱呼與有定冠詞 the 連用的方式來表示「定指」，例如：

⑱ a. *The English* (*people*) drink beer in pubs.

b. *The Englishmen* are just now drinking beer in the garden.

英語裏也有些表示民族的專有名詞（如 German(s), American(s), Chinese, Japanese）。這一種專有名詞的複數形可以與有定冠詞 the 連用來表示「泛指」與「定指」，例如：

⑲ a. *The Germans* $\begin{cases} \text{drink beer in beer halls.} \\ \text{are just now drinking beer in the garden.} \end{cases}$

b. *The Chinese* $\begin{cases} \text{drink tea in teahouses.} \\ \text{are just now drinking tea in the garden.} \end{cases}$

表示「泛指」的 the 仍然殘留着 the 的「定指」意義，因此在下面⑳的例句裏 Samoans 泛指一般的薩摩亞人，而 the Samoans 則特指住在南加州一帶的薩摩亞人。試比較：

⑳ The climate of southern California is ideal for $\begin{cases} \text{a. } \phi \text{ } Samoans. \\ \text{b. } the \text{ } Samoans. \end{cases}$

除了表示民族的複數專有名詞以外，表示家族（如 the Browns）、團體（如 the Democrats）的複數專有名詞以及由形容詞轉來的名

詞的複數形（如 the *ancients* and the *moderns*）也都可以與有定冠詞 the 連用來表示「泛指」。在半學術性的文章裏也偶爾可以看到以有定冠詞 the 與複數普通名詞連用的方式來表示「泛指」，例如：

⑳ *The owls* have large eyes and soft plumage.

英語名詞組的「泛指」與其他種類的指涉一樣，與其說是句法結構上的問題，不如說是語意與語用上的問題；因此，必須考慮前後的語境或上下文，包括社會文化背景與一般常識。簡單的說，「泛指」必須就一般的成員，在一般的時間、一般的處所，就其一般的特徵做一般性的陳述。這裏僅就(a)時制（tense）與動貌（aspect）、(b) 述語的性質與種類、(c) 副詞或狀語的性質與種類來扼要討論有關「泛指」的意義與用法。

（A）「泛指」名詞組通常都與表示「泛時」的現在單純式連用，但現在單純式不一定能表示「泛時」（如⑳句）、敍述過去的事實時也可以用過去式來表示「泛指」（如⑳句）。

⑳ a. There *goes a taxi*.

　　b. *Bees swarm* about in the garden.

　　c. *The book* sells well.

⑳ a. *Young women wore* mini skirts at that time.

　　b. *The dinosaur* was *a friendly beast*.

現在進行式動詞所敍述的事情，如果所涉及的時間較長（如⑳句）或表示'越來越……'的意義（如⑳句）❸，那麼也可以表示「泛

---

❸ 也就是 Carlson (1977) 所謂的「表示比較的進行式」（comparative progressive）。

指」，例如：

⑳ *Ostriches are* fast *decreasing* in numbers (these days).

⑳ a. *Kids are getting* smarter.

　　b. *Parisians* are wearing their hair shorter.

　　(B)出現於表示「泛指」的句子裏的述語名詞多半與「定義」或「分類」有關（如 animal, mammal, fish 等）；述語形容詞多半以複數名詞爲主語（如 common, rare, extinct, indigenous to..., be in short supply, be increasing/decreasing in numbers, be fast disappearing 等）或表示一般常恒的屬性（permanent property; 如 intelligent, beautiful, boring, crazy, tall, fat, insane等），而不表示一時短暫的事態(temporary state; 如 ready sick, hungry, tired, alert, clothed, naked, drunk, closed, open, available 等)❸❻ ；而述語動詞則多表示常習的動作（如 jog habitually 等）。

　　(C)在表示「泛指」或「泛時」的句子出現的副詞或狀語多表示比較廣泛的時間（如 always, generally）或廣泛的處所。例如在下面⑳的例句裏，如果加上了括弧內的副詞或狀語就無法解釋爲「泛指」。試比較：

⑳ a. *The opossum* hangs by its tail (**this afternoon*).

　　b. *The rhinoceros* is destroying the crops (**in our garden*).

---

❸❻ 請注意只有表示「短暫事態」的形容詞纔能出現於「there 結構」。

　　試比較：There are doctors $\begin{cases} *intelligent/\ tall. \\ ready/\ available. \end{cases}$

至於時間與處所廣泛的程度究竟應該如何，只能根據個別句子的句義內涵具體的決定。

六、結　語

　　以上就英語冠詞的意義與用法做了相當詳細的分析與討論。但是仍然由於篇幅的限制，還有許多細節未能充分的探討。本文的主要目的在於從認知的觀點來分析英語冠詞 the，a(n)與 φ 的意義與用法，好讓英語老師徹底的了解這三個不起眼的虛詞（很多人還以爲英語裏只有兩個冠詞）的意義與用法並不如一般人所想像那樣的簡單。至於應該如何教英語冠詞的意義與用法，本文只提供零碎的提示，而沒有做具體而有系統的教學設計。不過，無論在實際教學上如何設計教材或教法，其先決條件是充分了解有關的語言現象並確實掌握有關的語法知識。因此，老師本身必須首先掌握這些基本觀念與知識，然後纔能利用適當的例句與講解來幫助學生「認知」，也纔能設計有效的練習或作業來訓練學生「運用」。這也就是說，有了「認知」，纔能「運用」，纔能「表情達意」。

參 考 書 目

Baker, C. L. 1973. "Definiteness and indefiniteness in English," the Indiana Univ. Linguistics Club.

Bolinger, D. 1977. "Syntactic diffusion and the indefinite article," the Indiana Univ. Linguistics Club.

Burton-Roberts, N. 1976. "On the generic indefinite article," *Lg.* 52. 2, 427–48.

Carlson, G. 1977. *Reference to kinds in English.* Ph. D. dissertation, Univ. of Massachusetts at Amherst.

Chiang, Tai-hui. 1981. *Error analysis: A study of errors made in written English by Chinese students.* M.A. thesis, N.T.N.U.

Christophersen, P. 1939. *The articles: A study of their theory and use in English.* Copenhagen: Einar Munksgarrd.

Cruse, D. 1980. "Review of J. Hawkins, *Definiteness and indefiniteness: A study in reference and grammaticality prediction* (1978)," *JL* 16. 2, 308–16.

Givón, T. 1978. "Negation in language: Pragmatics, Function ontology," in *Syntax and Semantics, Vol. 9: Pragmatics,* Peter Cole. (ed.) 69–112. New York: Academic Press.

Harada, K. (原田かづ子) 1971.「冠詞と關係節の相互關係」英語學　第 6 號開拓社。

Hawkins, J. 1978. *Definiteness and indefiniteness: A study in reference and grammaticality prediction.* London: Croom Helm.

Ikeuchi, M.（池內正幸）1985. **名詞句の限定表現**大修館書店。

Inoue, et al.（井上和子・山田洋・河野武・成田一）1985. **現代の英文法 6：名詞**研究社。

Lawler, J. 1973. *Studies in English generics,.* Ph.D. dissertation, The Univ. of Michigan.

Liao, T. S. 1985. *A study of article errors in the written English of Chinese college students.* Taipei: Crane Book. Co.

Milsark, G. 1974. *Existential sentences in English,* Ph.D. dissertation, M. I. T.

Nunberg, G. and C. Pan 1975. "Inferring quantification in generic sentences," *CLS* 11, 412-22.

Perlmutter, D. 1970. "On the article in English," in *Progress in Linguistics,* M. Bierwisch and K. Heidolph (eds.) 233-48. The Hague: Mouton.

Quirk, R., S. Greenbaum, G. Leech, and J. Svartvik. 1972. *A grammar of contemporary English.* New York: Seminar Press Inc.

Stockwell, R., P. Schachter, and B. Partee. 1973. *The major syntactic structures of English.* New York: Holt, Rinehart and Winston

Tang T. C.（湯廷池）1985.「從認知的觀點分析 this, that 的意義與用法」**中等教育** 36.6: 26-34

Thrane, T. 1980. *Referential-semantic analysis: Aspects of a theory of linguistic reference.* Cambridge: Cambridge Univ. Press.

Van der Auwera (ed.) 1980. *The semantics of determiners.* London: Croom Helm.

Werth P. 1980. "Articles of association: Determiners and context," in Vander Auwera (ed.) 1980, 250-89.

Yotsukura, S. 1970. *The ariticles in English: A Structural analysis of usage.* The Hague: Mouton.

英語動詞的語意屬性與句法功能

壹、前　言

　　就語意內涵與句法功能而言，動詞 ❹ 可以說是句子的核心，其重要性遠超過其他的句子成分。如果我們能夠知道某一個動詞的語意內涵，就常能推測這個動詞的句法功能。以英語動詞 hit '打'為例，這個動詞在「語意上選擇」(semantically-select)「主事者」(agent) 為「主語」(subject)，並且選擇「客體」(theme) 為「賓語」(object)。「主事者」，即動作'打'的主體，必須是表

---

❹ 本文裏對於「動詞」一詞採取廣義的解釋，除了狹義的動詞以外還包括「述語形容詞」(predicative adjective) 與「述語名詞」(predicative noun)。

示人的「屬人名詞」(human noun) ❷；而「客體」,卽動作‘打’
的對象,則必須是‘人、狗’等「有生名詞」(animate noun) 或
‘桌子、牆壁、樹木’等「具體名詞」(concrete noun)。所以動詞
hit「在詞類上選擇」(categorially-select)「屬人名詞組」(human
NP) 爲表示主事者的主語,而選擇「具體名詞組」(concrete NP)
爲表示客體的賓語。除了這些「域內論元」(internal argument,
在此卽賓語)與「域外論元」(external argument,卽主語)以
外,動詞還可以選擇「情狀」(manner)、「工具」(instrument)、
「處所」(location)、「時間」(time)等「狀語」(adverbial) 爲
「語意論元」(semantic argument) 或「可用論元」(optional ar-
gument) 而形成‘John hit the desk violently with his hand
in the classroom yesterday’等例句。再以英語動詞 convince
‘使(人)相信’爲例,這個動詞在語意與詞類上選擇屬人名詞組爲
主事者(如‘John, my father’)或抽象名詞組的「起點」(source)
或「原因」(cause)(如‘his words, his sincerity’)爲主語,選
擇屬人名詞組的「受事者」(patient) 或「經驗者」(experiencer)
(如‘her, me’)爲賓語,並且選擇「子句命題」(clausal propo-
sition) 的「終點」(goal)或「結果」(result)(如‘that the
meeting is important’, ‘that he was innocent’)或這些命題
的「名物化」(nominalization)(如‘the importance of the
meeting’, ‘his innocence’)爲「補語」(complement)。因此,
我們就可以造出‘John convinces me {that the meeting is

---

❷ 我們暫且不考慮‘*The bullet* hit him in the arm.’這種例句。

important/of the importance of the meeting}', 'His sincerity convinces her {that he is innocent/of his innocence'}❸ 等例句來。可見動詞的語意內涵與句法功能之間存有極其密切的關係。

英語動詞的分類，有從「論元結構」(argument structure) 的觀點，把動詞分為「一元述語」(one-place predicate)、「二元述語」(two-place predicate)、「三元述語」(three-place predicate) 的；也有從「句法結構」(syntactic structure) 或「(嚴密的)次類畫分」((strict) subcategorization) 的觀點，把動詞分為「不及物」(intransitive) 與「及物」(transitive) 兩大類，再把這兩大類細分為「小類」(subcategory) 的 ❹；更有從「語意結構」(semantic structure) 或「主題關係」(thematic relation) 的觀點，把動詞根據與其連用的名詞組所扮演的「語意角色」(semantic role) 或「θ 角色」(θ-role) 加以分類的。❺ 有關這些英語動詞的分類，國內一般英語老師都或多或少的了解一點，因此本文擬介紹另一種英語動詞的分類方法。依照這一種分類方法，我們可以把英語動詞根據其「語意屬性」(semantic feature) 分為「動態」與「靜態」，「事態」、「行動」、「完成」與「終結」，

---

❸ 「名物化」的命題（如'the importance of the meeting, his innocence'）前面必須加上介詞'of'。根據「管轄・約束理論」(Government-Binding Theory)，這是由於「名詞子句」不必分派「格位」(Case)，而「名詞組」則非分派格位不可；所以必須安插「無標」(unmarked) 的介詞'of'來把「賓位」(accusative Case) 分派給這些名物化的命題。

❹ 有關這方面的英語動詞分類，請參考 Tang (1968, 1969, 1979)。

❺ 有關國語動詞這方面的分類，請參 Tang (1975)。

「事實」與「非事實」,「斷定」與「非斷定」,「含蘊」與「非含蘊」,「情意」與「非情意」等,並且討論這些語意屬性在「句法功能」(syntactic function) 或「表現」(syntactic behavior) 上的不同。本文在英語語法的理論與分析方面曾參考 Ryle (1949)、Kenny (1963)、Lakoff (1965)、Vendler (1967)、Chafe (1970)、Kiparsky & Kiparsky (1970)、Karttunen (1970, 1971)、Quirk et al. (1972)、Dowty (1972, 1979)、Dillon (1973, 1977)、Hooper (1975) 等論著,文中所採用的例句也盡量從這些論著中引用,但是為了行文的流暢,不一一在文中詳細註解。

貳、「靜態動詞」與「動態動詞」

英語的動詞可以根據其語意屬性分為「靜態」(stative),如'know',與「動態」(actional,或 dynamic),如'run, build',兩種。這兩種動詞的分類在英語語法裏可以說明下列幾點句法表現上的不同。

(一)只有「動態動詞」可以出現於「祈使句」(imperative);「靜態動詞」不能出現於祈使句。試比較：

①   a. *Run*!

    b. *Build* a house!

    c. *Know the answer!

(二)只有「動態動詞」可以與'deliberately, carefully, enthusiastically, reluctantly, on purpose'等「取向於主語的情狀副詞」(subject-oriented manner adverb) 連用;「靜態動詞」

不能與這種副詞連用。試比較：

②   a. John *ran enthusiastically*.

     b. John *carefully built* a house.

     c. *John *deliberately knows* the answer.

也只有「動態動詞」可以成爲'foolish, brave, noble, kind, cruel, clever, rash, tactful'等表示主觀評價的「情意形容詞」(emotive adjective 或 evaluative adjective) 的「不定詞補語」(infinitive complement)，例如：

③   a. John is *foolish* to *run* (away).

     b. John is *kind* to *build* a house (for his sister).

     c. *John is *clever* to *know* the answer.

(三)只有「動態動詞」可以在「進行貌」(progressive aspect) 中出現；「靜態動詞」不能在進行貌中出現。試比較：

④   a. John {is/has been/will be} running.

     b. John {is/has been/will be} building a house.

     c. *John {is/has been/will be} knowing the answer.

(四)只有「動態動詞」可以出現爲'tell, permit, remind, persuade, order, force'等「使役動詞」(causative verb) 的補語；「靜態動詞」不能充當使役動詞的補語。試比較：

⑤   a. John *forced* Mary to run.

     b. John *persuaded* Mary to build a house.

     c. *John *told* Mary to know the answer.

(五)只有「動態動詞」可以成爲「準分裂句」(pseudo-cleft sentence) 的「焦點」(focus)；「靜態動詞」不能成爲「準分裂

句」的焦點。試比較：

⑥　a. What John did was (to) run.

　　b. What John did was (to) build a house.

　　c. *What John did was (to) know the answer.

(六)只有「動態動詞」可以用'do so'❻來連接；「靜態動詞」不能如此連接。試比較：

⑦　a. John ran, and Mary did so too.

　　b. John built a house, and Mary did so too.

　　c. *John knew the answer, and Mary did so too.

(七)只有「動態動詞」可以與表示「受惠者」(benefactive)的'for 介詞組'連用；「靜態動詞」不能與受惠者介詞組連用。試比較：

⑧　a. John ran for Mary.

　　b. John built a house for Mary.

　　c. *John knew the answer for Mary.

(八)只有「動態動詞」可以與表示「許可」(permission)與「可能性」(possibility)的「情態助動詞」(modal auxiliary)'may'連用；「靜態動詞」只能與表示「可能性」的'may'連用。試比較：

⑨　a. John may (＝is {likely/allowed} to) run.

　　b. John may (＝is {likely/allowed} to) build a house.

---

❻ 'do so'與'so do'不同：前者只能替代「動態」動詞，而後者則可以替代「動態」與「靜態」動詞，例如：

John knew the answer, and *so did* Mary.

c. John may (＝is {likely/*allowed} to) know the answer.

（九）「動態動詞」常出現於‘try to (V), in order to (V), forget to (V), decide to (V), mean to (V), hasten to (V), instead of (V-ing), rather than (V/V-ing)’等後面當補語用；「靜態動詞」則常出現於‘seem to (V), happen to (V), be said to (V), be known to (V), come to (V), get to (V)’等後面當補語用。試比較：

⑩ a. John {meant/*seemed} to run.

b. John {meant/*seemed} to build a house.

c. John {*meant/seemed} to know the answer.

⑪ a. John {walked instead of running/ran instead of walking}.

b. John {rent an apartment instead of building a house/built a house instead of renting an apartment}.

c. *John {looked up a dictionary instead of knowing the answer/knew the answer instead of looking up a dictionary}.

d. John {looked at/*saw} the painting instead of {listening to/*hearning} the music.

但是如果「動態動詞」以「進行貌」或「完成貌」的形式出現，那麼這些動詞就可以出現於‘seem to (V), be said to (V)’等

後面做補語。❼ 這似乎表示「進行貌」（Be V-ing）與「完成貌」（Have V-en, Have been V-ing）具有「靜態動詞」的性質。❽ 試比較：

⑫　a. John {seemed/was said} to {*run/be running/have run/have been running}.

　　b. John {seemed/was said} to {*build/be building/have built/have been building} a house.

（一〇）「動態動詞」以「現在時單純貌」出現時，常表示「經常性」的（frequentative）或「習慣性」（habitual）的動作，因而常可以與'sometimes, often'等「頻率副詞」（frequency adverb）連用；「靜態動詞」的「現在時單純貌」則沒有這種含義或用法。試比較：

⑬　a. John {sometimes/often} runs.

　　b. John {sometimes/often} recites a poem.

　　c. John {??sometimes/??often} knows the answer.

英語動詞的敘述內容包括「事態」（state）、「事件」（event）

---

❼ 'come to (V), get to (V)'在語意上表示「起始貌」（inchoative aspect），因此後面不能用「進行貌」或「完成貌」動詞。

❽ 這樣的分析似乎也可以說明為什麼「進行貌」與「完成貌」的動詞不能出現於祈使句，例如：

(i) *Be walking right now!

(ii) *Have left the room by the time I get back.

但是有些 Be 動詞似乎可以出現於祈使句，例如：

(iii) Be (=Get) moving!

(iv) Be gone from this room by the time I get back.

與「行動」（activity 或 action）。「事態」通常用形容詞（如⑭a
與 b 的例句）或動詞的被動式（如⑭ c 與 d 的例句）來表示，例
如：

⑭　a. The earth *is round*.

　　b. John *is quiet*.

　　c. Mary *is married*.

　　d. The glass *is broken*.

形容詞也可以有「動態形容詞」（如‘careful, cautious, diligent,
quiet’等）與「靜態形容詞」（如‘tall, short, fat, Chinese’等）的
區別❾。試比較：

⑮　a. Be careful!

　　b. *Be tall!

⑯　a. I'm just being careful.

　　b. *I'm just being tall.

⑰　a. John told me to be careful.

　　b. *John told me to be tall.

⑱　a. (?) What I am doing is just being careful.

　　b. *What I am doing is just being tall.

---

❾　名詞也可以有「動態」（如‘hero, gentleman, lady, man（做‘大丈
夫’解）等’）與「靜態」（如‘student, teacher, boy, girl, man（做
‘男人’解）等’）的區別。試比較：

(i)　Be a {hero/gentleman/*student/*boy/a good boy}.

(ii)　John is just being a {gentleman/*student}.

(iii) Father told me to be a {gentleman/*student}.

(iv) John tried to be a {gentleman/*student}.

⑲　a. John tried to be careful.

　　b. *John tried to be tall.

「事件」表示由一個「事態」轉變成另外一個「事態」；但是與「行動」不同，並不表示主語名詞「積極的參與」(active participation) 或「主事」(agency)。英語的「事件」通常用「靜態動詞」(及物或不及物動詞)（如⑳ a 到 i 的例句）或動詞的被動式（如⑳ j 的例句）來表示，例如：

⑳　a. Something strange *happened* last night.

　　b. My license *expired*.

　　c. John *got* sick.

　　d. John *got* a call from Mary.

　　e. We *had* a storm last night.

　　f. They *heard* some noise.

　　g. Mary *inherited* a large fortune.

　　h. You'll *recognize* her immediately.

　　i. She *learned* of it just now.

　　j. He *was* born in Taipei.

有時候同一個動詞或形容詞可以兼做「動態」與「靜態」用，但二者的意義與用法稍有差別。試比較：

㉑　a. "Don't forget to *admire* the doctor's garden."

　　"I've already *admired* it."

　　(admire 做「動態動詞」‘誇獎’解)

　　b. "He is said to *admire* the doctor's garden."

　　"I *admired* it too, until today."

(admire 做「靜態動詞」'羨慕'解)

㉒　a.　He tried to be *careful* (in what he said).

(careful 做「動態形容詞」'(做事)小心'解)

　　b.　He seemed to be (a) careful (person).

(careful 做「靜態形容詞」'(生性)謹慎'解)

㉓　a.　He was told to be {quiet/*tall}.

(be quiet 做「動態」的'不要做聲'解)

　　b.　He was said to be {quiet/tall}.

(be quiet 做「靜態」的'沉默寡言'解)

　　一般說來，就動詞而言，「動態」是「無標」(unmarked) 的屬性，而「靜態」是「有標」(marked) 的屬性。但是，就形容詞而言，「靜態」是「無標」的屬性，而「動態」是「有標」的屬性。換句話說，動詞大多數都屬於「動態動詞」，而只有少數的例外是「靜態動詞」；形容詞則大多數都屬於「靜態形容詞」，而只有少數的例外是「動態形容詞」。我們也可以一方面區別「靜態」(stative) 與「非靜態」(non-stative)，另一方面區別「動態」(actional 或 dynamic) 與「非動態」(non-actional 或 non-dynamic)。「靜態動詞」一定是「非動態動詞」，但是「非靜態動詞」卻可能是「動態動詞」或「非動態動詞」，因而把動詞分為「靜態、非動態」、「非靜態、非動態」、「非靜態、動態」三種。⑩依照這種分類，英語動詞'receive, arrive'等屬於「非靜態、非

⑩　請參照後面有關「靜態」與「非靜態」、「動態」與「非動態」的討論。

動態動詞」，不能出現於祈使句（如'*Receive my message'），但是可以出現於「進行貌」（如'They *are receiving* my message'）。**⑪**

英語裏表示「事態」或「事件」的「靜態動詞」有：'exist; stink, itch; be rumored; love, hate, dislike, know, have; resemble, equal, be; mean, prove, show, indicate, suggest, imply; involve, concern; see, hear, smell, taste, feel, perceive; understand, believe, doubt, regret; please, surprise, worry, astonish, dismay; need, want, desire, fear'等。**●**

叁、「行動動詞」與「完成動詞」

英語的「動態動詞」又可以分為「行動動詞」（activity verb）與「完成動詞」（accomplishment verb）。「行動動詞」表示「行動」（activity）或「動作」（action），而這些行動或動作都由主語名詞所指涉的人物積極參與或受其意志的左右而發生的。英語裏有許多動詞可以表達行動，但也可能不表達行動；例如在下面㉔

---

⑪ 這裏的「進行貌」並不表示'They are in the process of receiving my message'，而表示'They are about to receive my message'或'They haven't received my message yet'。又「非靜態、非動態動詞」雖然可以出現於「進行貌」，卻不能出現於「完成進行貌」，例如：'*They have been receiving my message'。

⑫ 這些動詞裏有些動詞在非正式的口語或某些方言裏可能出現於「進行貌」，例如：'I'm *feeling* fine'。

到㉗的例句裏，a 句都表示行動，b 句都不表示行動，而 c 句則可以解釋爲表示行動，也可以解釋爲不表示行動。試比較：

㉔　a. John *stood* boldly on a picnic table. （'站立'）

　　a'.John *stood* on a picnic table and made a speech. （'站立'）

　　b. The antimacassar *stood* on a picnic table. （'安放'）

　　b'.My house *stands* by the river. （'坐落'）

　　c. She *stood* where no one could see her. （'站立'或'位於'）

㉕　a. John *hit* the barn energetically. （'敲打'）

　　a'.John *hit* the barn with a hammer. （'敲打'）

　　b. The ball *hit* the barn with a thud. （'擊中'）

　　b'.John *hit* the barn with a thud. （'撞上'）

　　c. John *hit* Bill's car. （'敲打'或'撞上'）

㉖　a. The doctor *felt* her ankle carefully. （'摸'）

　　b. The doctor *felt* her ankle rubbing his. （'感覺到'）

　　c. He *felt* her ankle. （'摸'或'感覺到'）

㉗　a. His secretary *reminded* him tactfully of his mother's funeral. （'提醒'）

　　b. The flowers *reminded* him of his mother's funeral. （'使(他)想起'）

　　c. His secretary *reminded* him of his mother's funeral. （'提醒'或'使(他)想起'）

從以上的例句可以知道，「行動動詞」常以「有生名詞」（如

例句裏的'John, the doctor, his secretary'等）為主語，並且
常帶有「情狀副詞」（如例句裏的'boldly, energetically, care-
fully, tactfully'等）或「工具副詞」（如例句裏的'with a
hammer'）。㉔a'的例句更顯示，與另一個「行動動詞」（'made
a speech'）的連用，也決定'stand'的「行動動詞」用法。有些
語言學家，除了以「有生名詞」為主語的動詞以外，把以表示
「原因」（cause）或「自然力」（natural force）的「無生名詞」
（inanimate noun）為主語的動詞也視為表示「行動」的動詞，
例如：

㉘　a. The crash *drew* a large crowd.

　　b. The rotting fish is *attracting* flies.

　　c. The river *overflooded* the village.

也有些語言學家，把以無「主事」（agency）意味的有生名詞為主
語的動詞（如㉙句），或以含有「控制」（control）意味的有生名
詞為主語的動詞（如㉚句），視為表示「行動」的動詞，例如：

㉙　John {*sneezed/tripped/stumbled/threw up*}.

㉚　a. He *floated* down the river to elude the search
　　　party.

　　b. The diver *rose* forty feet at a time to avoid the
　　　bends.

這些動詞不常出現於祈使句，卻可能出現於進行貌，所以似乎可
以與'receive, reach, arrive at, get to'等一起分析為「非靜
態、非動態」動詞。因此，我們可以把動詞根據「靜態、非靜
態」與「動態、非動態」分為㉛的三類動詞：「靜態動詞」必須是

「非動態動詞」，而「非靜態動詞」則可能是「動態動詞」，也可能是「非動態動詞」：只有「動態動詞」(一)可以出現於祈使句、(二)可以與取向於主語的情狀副詞連用、(三)可以做爲使役動詞的補語、(四)可以成爲準分裂句的焦點、(五)可以與受惠介詞組連用、(六)可以與表示許可的'may'連用；而只有「非靜態動詞」(一)可以出現於進行貌、(二)可以用'do so'來連接。❸

㉛

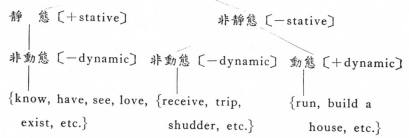

動詞〔+V〕

靜　態〔+stative〕　　　非靜態〔−stative〕

非動態〔−dynamic〕　非動態〔−dynamic〕　動態〔+dynamic〕

{know, have, see, love,　{receive, trip,　　{run, build a

　exist, etc.}　　　　　　shudder, etc.}　　　house, etc.}

「動態動詞」除了「行動動詞」以外，還包括「完成動詞」。「完成動詞」(accomplishment verb)表示動作的完成或結果的產生，通常與表示「結果」(goal, result 或 factitive)的賓語名詞組出現，例如：

㉜　a. John *painted* a picture.

　　b. They *made* a chair.

　　c. The minister *delivered* a sermon.

---

❸　關於「非靜態、非動態動詞」之能否以'do so'來連接，英美人士的合法度判斷互有出入。不過一般都認爲「動態動詞」比「非動態動詞」好，而「非靜態動詞」則比「靜態動詞」好。

d. Mary *drew* a circle.

表示行動的「行動動詞」（如'run, push a cart'）與表示完成的「完成動詞」（如'paint a picture, build a house'）在句法表現上有下列幾點差異。

（一）「行動動詞」常與表示「期間」(a duration of time) 的'for 介詞組'連用，而「完成動詞」則常與表示「期限」(a boundary of time) 的'in 介詞組'連用。試比較：

㉝ a. John ran *for* an hour.

b. ? John ran *in* an hour.

（比較：John ran four miles in an hour.）

㉞ a. ? John painted a picture *for* an hour.

（比較：John has been painting a picture for an hour.）

b. John painted a picture *in* an hour.

（二）「行動動詞」只能出現於'人 spend 時間 V-ing'的句型，而不能出現於'it take 人 時間 to V'或'it take 時間 for 人 to V'的句型；「完成動詞」則這幾種句型都可以出現。試比較：

㉟ a. John spent an hour running.

b *It {took John an hour/took an hour for John} to run.

㊱ a. John spent an hour painting a picture.

b. It {took John an hour/took an hour for John} to paint a picture.

(三)過去式「行動動詞」與表示期間的'for 介詞組'連用時，表示這個動作在這一個期間內的任何時間都發生；但是過去式「完成動詞」與'for 介詞組'的連用卻沒有這樣的含義。在下面的例句中，符號'→'表示「含蘊」(entail(ment) 或 imply (-ication)) ❹，即如果第一個句子的命題是「真」(true) 的話，第二個句子的命題必也是「真」的；而'↛'的符號則表示「不含蘊」，即縱然第一個句子的命題是真的，第二個句子的命題也未必是真的。試比較：

㊲　a. John ran for an hour.

　　　　→ John ran (at any time during that hour).

　　b. John painted a picture for an hour.

　　　　↛ John painted a picture (at any time during that hour).

(四)進行貌「行動動詞」表示這個動作已經發生（'have V-en'或'V-ed'）；進行貌「完成動詞」則表示這個動作尚未完成（'have not (yet) V-en'或'did not finish V-ing yet'）。試比較：

㊳　a. John is (now) running.

　　　　→ John has run.

---

❹　在語言學的論著裏常用'⊩'的符號來表示「語意上的含蘊」(semantic entailment)，而用'⊃'的符號來表示「邏輯上的含蘊」(logical entailment)。我們在這裏暫且不做這樣嚴格的區別，而以'→'的符號來涵蓋「含蘊」(entail 或 imply)，包括後述的「含意」(implicate)。

　　　　b. John is (now) painting a picture.

　　　　　　→ John has not yet painted a picture.

　　　　　　⊣ John has painted a picture.

㊴　a. John was running.

　　　　→ John ran.

　　　b. John was painting a picture.

　　　　　→ John did not finish painting yet.

　　　　　⊣ John painted a picture.

　　(五) 「行動動詞」與 'begin, start, continue, stop, cease' 等「動貌動詞」(aspectual verb) 連用時，表示這個動作已經發生；但是「完成動詞」與動貌動詞的連用卻沒有這樣的含義。試比較：

㊵　a. John {began/started/continued/stopped/ceased} running.

　　　　→ John ran.

　　　b. John {began/started/continued/stopped/ceased} painting a picture.

　　　　⊣ John painted a picture.

但是如果「行動動詞」不以「現在分詞」 'V-ing' 的形式，而以「不定詞」 'to V' 的形式與 'start, begin' 連用時，則沒有這樣的含蘊，卽並不表示這個動作已經發生。試比較：

㊶　John {started/began} *to run.*

　　　⊣ John ran.

　　　(比較：John started {*to run*/**running*} but checked

1m and remained where he stood.)

himself and remained where he stood.)

（六）「動貌動詞」'finish'不能與「行動動詞」連用，而只能與「完成動詞」連用。試比較：

㊷ a. *John finished walking.

（比較：John finished walking four miles in an hour and a half.）

　　b. John finished painting a picture.

（七）與程度副詞'almost'連用的「行動動詞」表示這個動作並沒有發生；但是與'almost'連用的「完成動詞」則除了表示這個動作並沒有發生以外，也可能表示這個動作雖然開始卻沒有完成。試比較：

㊸ a. John almost ran.

　　→ John did not run.

　　b. John almost painted a picture.

　　　（i） → John had the intention of painting a picture but changed his mind and did nothing at all.

　　　（ii） → John did begin work on the picture and he almost but not quite finished it.

（八）與表示期間的'for介詞組'連用的「行動動詞」（如'ride a horse'）常表示這個動作在某一段期間內「反復」（repetitive）發生；與'for介詞組'連用的「完成動詞」（如'jail my neighbor'）則除了表示這個動作在某一段期間內反復發生以外，也可能表示這個動作只發生了一次並繼續了一段期間。試比較：

㊹ a. The sheriff rode a white horse for four years.

'警長騎白馬前後騎了四年。'

b. The sheriff jailed my neighbor for four years.

'警長在過去四年裏把我們鄰居前後關進了幾次牢。'

'警長把我們鄰居關進了牢，一關就是四年。'

有時候「行動動詞」與「完成動詞」的界限並不十分明確，因為有些「行動動詞」與表示「距離」（extent 或 path）或「終點」（goal）的副詞連用以後，就會具有「完成動詞」的句法功能。例如，'run'是「行動動詞」，但是如果與表示距離的副詞（如'a mile'）或終點的副詞（如'to the park'）連用以後，就 (i) 可以與表示期限的副詞連用、(ii) 可以出現於'it take 人 時間 to V'或'it take 時間 for 人 to V'的句型、(iii) 可以與「動貌動詞」'finish'連用、(iv) 其進行貌並不含蘊動作的完成。試比較：

㊺ a. John ran {a mile/to the park} {in/*for} an hour.

b. It took {John an hour/an hour for John} to walk {a mile/to the park}.

c. John finished running {a mile/to the park}.

d. John was running {a mile/to the park}.

╶╂ John ran {a mile/to the park}.

因此，英語裏有許多動詞可以兼當「行動」與「完成」動詞用，因而可以與表示期間的'for介詞組'或表示期限的'in介詞組'連用，例如：

㊻ a. John read a book {for/in} an hour.

　　 b. Mary combed her hair {for/in} five minutes.

又「完成動詞」的賓語名詞，如果是複數可數名詞或不可數名詞的話，其指涉對象必須是「有定」（definite）的。因為如果以無定複數名詞組或不可數名詞組爲賓語，那麼這些動詞就具有「行動動詞」的句法表現。試比較：

㊼　 a. John built *these houses* {in/*for} a year.

　　 b. John built *houses* {*in/for} a year.

㊽　 a. It took John a year to build {these/*ϕ} houses.

　　 b. John finished (building) {these/*ϕ} houses.

　　 c. It took an hour for John to finish drinking {his/the/*ϕ} orange juice.

　　英語裏主要的「完成動詞」有：'shape up, grow up; draw (a picture), knit (a sweater), dig (a hole); make, build, create, construct, erect; destroy, obliterate, raze NP; melt (an iceberg), erase (a word), eat (a sandwich); kill NP, cook (a turkey), paint (a house), tan (leather); paint (a landscape), photograph (a senator), record (a conversation), transcribe (a lecture); sing (a song), recite (a poem), prove (a theorem), produce (a play); listen to (a symphony), watch (a play), attend· (a course), read (a book); bring about that S; make NP VP, cause NP to VP; turn NP into a NOUN, put NP to sleep, drive NP to drink, read oneself to sleep; hammer NP flat, wipe NP clean; elect NP (president), appoint NP (chairman); take NP out, chase NP away; turn NP off; go out, run away, sit down, dry out ⑮ ’，等。

肆、終結動詞

　　Vendler（1967）把動詞所敍述的語意內涵分爲「事態」(state)、「行動」(activity)、「完成」(accomplishment）與「終結」(achievement) 四種。所謂「終結動詞」(achievement verb) 是指‘notice, recognize, realize, find, lose, win, reach, land, faint, die’等表示「變化」而且有「固定終點」(“changes that have an intrinsic end-point”) 的動詞。Quirk et al. (1972) 把這種動詞稱爲「演變動詞」(“transitional event verb”), Chafe（1970）把這種動詞稱爲「絕對變化動詞」(“absolute process verb”)，而 Dillon (1973) 與 Ryle (1949) 則分別稱之爲「完結動詞」(“completive verb”) 與「無任務的成就動詞」(“achievement without an associated task”)。「終結動詞」與其他動詞在句法表現上有下列幾點差別。

　　（一）「終結動詞」一般都不能與表示「程度」(degree) 的副詞（如‘a little, somewhat, slightly, considerably’等）連用，例如：

　　㊾　a. John *fainted* (? *a little*).

---

　⑮　Bolinger (1971) 曾指出幾乎所有含有「介副詞」(adverbial particle) 的「雙字動詞」(two-word verb 或 verb-particle combination) 都屬於「完成動詞」，而介副詞（如‘clean up’的‘up’）常用來強調動作的完成。

b. The plane *landed* (?*slightly*).

c. He {*lost/won*} the election (? *somewhat*).

d. She *reached* the top (? *considerably*).

(二)「終結動詞」不能與表示「期間」的'for介詞組'連用，只能與表示「期限」的'in介詞組'連用。試比較：

⑤ John *noticed* the painting {*in/*for*} a few minutes.

(三)「終結動詞」可以出現於'it take 人 時間 to V'或'it take 時間 for 人 to V'的句型，但不能出現於'人 spend 時間 V-ing'的句型。試比較：

㉑ a. It took {John a few minutes/a few minutes for John} to notice the painting.

b. ??John spent a few minutes noticing the painting.

以上三點表示「終結動詞」與「完成動詞」在句法表現上相似的地方，而以下五點則表示「終結動詞」與「完成動詞」在句法表現上相異的地方。

(四)與表示期限的'in 介詞組'連用的過去式「完成動詞」含蘊這個動作在那一段時間內進行。但是與'in介詞組'連用的過去式「終結動詞」卻沒有這樣的含蘊。試比較：

㉒ a. John *painted* a picture in an hour.

→ John was painting a picture during that hour.

b. John *noticed* the painting in a few minutes.

⊣ John was noticing the painting during these few minutes.

(五)「完成動詞」可以與「動貌動詞」'finish'連用，而

「終結動詞」則不能如此連用。試比較：

53　John finished {*painting/*noticing*} a picture.

（六）「完成動詞」與「行動動詞」都可以與「動貌動詞」'stop'連用而表示'停止原來已開始進行的動作'或'不再繼續進行這個工作'；「終結動詞」很少與'stop'連用，就是連用的時候也只能表示'不再一再的去做這個動作'。試比較：

54　John stopped {*running/painting* a picture/(*) *noticing* the picture}.

（七）「終結動詞」與程度副詞'almost'連用時也不會產生「完成動詞」那樣的「歧義」(ambiguity)。試比較：

55　a. John almost *noticed* the picture.

　　→ John did not notice the picture.

　b. John almost *painted* a picture.

　　(i) → John had the intention of painting a picture but changed his mind and did nothing at all.

　　(ii) → John did begin work on the picture and he almost but not quite finished it.

（八）進行貌「行動動詞」與「完成動詞」表示這個動作'正在進行'('be in process of V-ing')；但是進行貌「終結動詞」則表示這個動作'還沒有發生'('have not yet V-en')或'快要發生'('be about to V')。而且，有些「終結動詞」（如表示「認知」(cognition) 的動詞'notice, see, catch sight of, hear, taste, feel, lose sight of' 等）不能出現於進行貌。❶

⑤⑥ a. John is (in process of) *running*. (「行動動詞」)

b. John is (in process of) *painting* a picture. (「完成動詞」)

c. John is *arriving* (tomorrow).

→ John has not yet arrived. (「終結動詞」)

d. John is *dying* (＝about to die). (「終結動詞」)

e. *John is *noticing* the painting. (「終結動詞」)

（九）大多數「終結動詞」也與「事態動詞」一樣，(i) 不能出現於祈使句、(ii) 不能與取向於主語名詞的情狀副詞或情意形容詞連用、(iii) 不能充當使役動詞的補語、(iv) 不能成為準分裂句的焦點、(v) 不能用 'do so' 來連接、(vi) 不能與表示受惠者的 'for 介詞組' 連用、(vii) 不能與表示許可的 'may' 連用，例如：

⑤⑦ a. *{Die/Notice the painting}!

b. *John {courageously died/carefully noticed the painting}.

c. *John told her to {die/notice the painting}.

d. *What John did was (to) {die/notice the painting}.

---

❶ 這個事實顯示「終結動詞」中的「認知動詞」屬於「靜態動詞」，也顯示「動態、靜態」的區別與「事態、行動、完成、終結」的區別是可以「交叉分類」（cross-classify）的。參考下面（九）的討論。

> e. *John {died/noticed the painting}, and Bill did so too.
>
> f. John {??died/*noticed the painting} for Mary.
>
> g. *John may {die/notice the painting}.

「終結動詞」中'fade, swell, rise, grow'等動詞所表達的動作並沒有固定而明確的終點，因而可以持續一段時間，Chafe (1970) 與 Dillon (1977) 分別稱這類動詞為「相對變化動詞」 "relative-process verb") 與「程度起始動詞」("degree-inchoative verb")。這類動詞與一般「終結動詞」不同，(i)可以與程度副詞連用，(ii)可以與表期間的'for介詞組'連用，而(iii)進行貌則常表示'變得更…'（'become more Adj'），例如：

⑱　a. The colors *faded a little*.

　　b. Her finger *swelled {slightly/considerably}*.

　　c. Prices *rose for two months*.

　　d. Her finger is *swelling*.

因此，Dillon (1977:35-36) 把「終結動詞」分為三種：(i)「急速終結動詞」（"sharp achievement verb"），如'reach, faint, die'等；(ii)「逐漸終結動詞」（"gradual achievement verb"），如'age, recover, wake up, separate'等；(iii)「程度起始動詞」("degree-inchoative verb")，如'fade, swell, rise, grow'等。(ii)、(iii) 兩類「終結動詞」的動作變化進行得比較緩慢，因而比較接近「完成動詞」的性質；而(ii)類「終結動詞」則可以有

「終結」與「完成」兩種用法。⑰試比較：

⑤ a. The wine *ages* {in six months/completely} in the cask. (「終結」用法)

b. The wine *ages* {for six months/somewhat} before being bottled. (「完成」用法)

英語裏主要的「終結動詞」有：'reach, leave, arrive at, land on, depart from, fall from NP; melt, freeze, die, be born, ignite, explode, collapse; turn into a N, turn to N, become Adj; darken, warm, cool, sink, improve; become A-er; begin, start, resume, stop, end, cease; notice, see, spot, hear; {catch/lose} sight of, taste, smell; realize, recognize, understand, detect, remember, forget; awaken, fall asleep' 等。

伍、「事實動詞」與「非事實動詞」

英語的動詞除了可以從語意內涵的觀點分為「事態」、「行動」、「完成」、「終結」等動詞以外，還可以從「說話者的預設」(the speaker's presupposition) 的觀點分為「事實動詞」與「非事實動詞」兩種。所謂「說話者的預設」，是指說話者對於自己所敍述的內容是否事實所做的認定。在以各種子句為主語或賓語的動詞中，如果說話者「預設」(presuppose，即預先認定) 這些子

---

⑰ 可見這些動詞的分類或語意屬性的界限，不是'截然畫分'(clear-cut) 的，而是'逐漸區別'(gradient) 的。這一點在後面各種動詞分類的討論中也應該留意。

句中所敍述的內容爲事實（即所敍述的「命題」是「眞」的），那麼這些動詞就叫做「事實動詞」（factive verb）；而沒有這種預設（即說話者不預先認定子句中所敍述的命題爲眞）的動詞，就叫做「非事實動詞」（non-factive verb）。**⑱** 例如，在下面⑥有關「事實動詞」'know'的例句裏，說話者預設賓語子句中所敍述的命題'Tokyo is the capital of Japan'是事實，而且這個命題的「眞假值」（truth-value）不因爲句式的改變而受影響：無論是在「否定句」（如(b)句)、「疑問句」（如(c)句)，或「條件句」（如(d)句）中，其子句命題'Tokyo is the capital of Japan'的眞假值都是眞，都是事實。我們也可以說，以「事實動詞」爲母句述語的句子，其「補語子句」（constituent sentence）表示說話者的「預設」，而其「母句」（matrix sentence）則表示說話者的「斷言」（assertion）。試比較：

⑥ a. John knows that Tokyo is the capital of Japan.

　 b. John doesn't know that Tokyo is the capital of Japan.

　 c. Does John know that Tokyo is the capital of Japan?

　 d. If John knows that Tokyo is the capital of Japan, ...

另一方面，在下面⑥有關「非事實動詞」'think'的例句裏，說

---

⑱ 這一種預設屬於特定的動詞或個別的「詞項」（lexical entry），所以稱爲「固有預設」（inherent presupposition）或「詞彙預設」（lexical presupposition）。

話者對於賓語子句中所敍述的內容是否事實，不做任何認定。無論母句句式是肯定、否定、疑問或條件，說話者都沒有預設其補語子句命題的真假值。我們也可以說，以「非事實動詞」爲母句述語的句子，其母句與子句都表示說話者的「斷言」。

⑥①   a. John thinks that Tokyo is the capital of Korea.

       b. John doesn't think that Tokyo is the capital of Korea.

       c. Does John think that Tokyo is the capital of Korea?

       d. If John thinks that Tokyo is the capital of Korea, ...

「事實動詞」與「非事實動詞」之間有關「說話者的預設」上的差別，可以說明爲什麼⑥②a 的例句不合語法 ，而⑥②b 的例句則合語法。因爲⑥②a的「事實動詞」（'know'）表示說話者（'I'）認定'東京是日本的首都'是事實，而'don't know'的現在式動詞否定式又表示說話者現在還不知道這個事實，顯然是「語意矛盾」（internally contradictory）的句子。而⑥②b 的'didn't know'的過去式動詞否定式，則表示說話者本來不知道'東京是日本的首都'，但現在卻知道了，在語意上並不矛盾。試比較：

⑥②   a. *I *don't* know that Tokyo is the capital of Japan.

       b. I *didn't* know that Tokyo is the capital of Japan.

這種「說話者的預設」上的差別，也可以說明 ⑥③a 的例句暗示說話者（'I'）跟主語名詞'John'一樣 ，並不知道'東京不是韓國的首都'；而 ⑥③b 的例句則沒有這樣的暗示。換句話說，在 ⑥③a「事實動詞」的例句裏，說話者與主語名詞都誤認'東京是韓國的

首都'；而在⑥b「非事實動詞」的例句裏卻只有主語名詞有這樣
的誤解。試比較：

⑥ a. John knows that Tokyo is the capital of Korea.

b. John thinks that Tokyo is the capital of Korea.

因此，說話者可以在⑥b 的例句後面用⑥的例句來糾正主語名詞
'John'的誤解。 但是說話者卻不能用⑥的例句來糾正⑥a 表同樣
的錯誤，因爲在這一句裏 「事實動詞」'know'表示說話者與
John 都不知道自己的錯誤。

⑥ But he (＝John) is wrong. In fact, Tokyo is the

capital of Japan.

這一種「事實子句」（factive clause）與「非事實子句」（non-
factive clause）之間的區別，不僅見於述語動詞而且見於述語形
容詞 （如⑥與⑥的例句），不僅見於賓語子句而且也見於主語子
句 （如⑥與⑥的例句）。試比較：

⑥ a. John was {glad/proud/lucky} to see his old friends.

b. John wasn't {glad/proud/lucky} to see his old
friends.

c. Was John {glad/proud/lucky} to see his old friends?
→ John saw his old friends.

⑥ a. John was {ready/willing/eager} to see his old
friends.

b. John wasn't {ready/willing/eager} to see his old
friends.

c. Was John {ready/willing/eager} to see his old

friends?

→+ John saw his old friends.

⑥⑦ That John saw his old friends is *strange*.

(＝It is *strange* that John saw his old friends.)

→ John saw his old friends.

⑥⑧ That John saw his old friends is *possible*.

(＝It is *possible* that John saw his old friends.)

→+ John saw his old friends.

「事實動詞」與「非事實動詞」不僅在說話者的預設上有如上的區別，而且在句法表現上也有如下差異。

（一）「事實動詞」後面的‘that 子句’常可以用‘the fact that 子句’來代替；而「非事實動詞」後面的‘that 子句’卻不能用‘the fact that 子句’來代替。試比較：

⑥⑨ a. John *regretted* (the fact) that you had refused the offer.

b. John *thought* (*about the fact) that you would refuse the offer.

而且，只有「事實動詞」（如‘resent, mind’等）後面可以帶上‘it that 子句’，而「非事實動詞」（如‘claim, suppose’等）後面卻不能帶上‘it that 子句’來代替。⑲ 試比較：

⑦⑩ a. John {*resents/doesn't mind*} (*it*) that you haven't

---

⑲ 因而這一種‘it that 子句’似乎可以分析爲由‘the fact that 子句’而來。

invited him to your party.

b. John {*claims/supposes*} (**it*) that you haven't invited
him to your party.

（二）「事實動詞」後面的'that 子句'常可以用「事實動名子
句」（factive gerundive nominal）❷ 或「衍生名物句」（derived
nominal）❷ 來代替；而「非事實動詞」後面的'that 子句'，卻
不能用「事實動名子句」或「衍生名物句」來代替。試比較：

⑦ John *regretted* (the fact of) your {*having refused/refu-
sing*} the offer. (＝⑩a)

⑦ a. (The fact) that the dog barked during the night
{*bothers* me/is *significant*}.

b. (The fact of) *the dog's barking during the night*
{bothers me/is significant}.

⑦ a. I want to *make clear* that I intend to participate.

b. I want to make clear *my intention to participate*.

⑦ a. That Mary visits her parental home frequently
bothers John.

b. *Mary's frequent visit to her parental home* bothers
John.

---

❷ 「動名子句」（gerundive nominal）可以分爲「事實動名子句」
（factive gerundive）與「行動動名子句」（actional gerundive）兩
種。參 Tang (1983:49-54)。

❷ 「衍生名物句」在結構上與「動名子句」頗爲相似，不過不用「動名
詞」而用實質的「名詞」，所以又稱「實質名物句」（substantive
nominal）。參後面⑦b與⑦b的例句。

又一般而言，「事實動詞」常與「(事實)動名子句」連用，而「非事實動詞」則常與「不定子句」(infinitival clause) 連用。有些動詞 (如'report, remember'等) 似乎可以兼當「事實動詞」與「非事實動詞」用，因而可以與「動名子句」連用，也可以與「不定子句」連用。但是這個時候「動名子句」常表示「事實」(fact)，而「不定子句」則常表示「可能性」(possibility)。試比較：

⑦⑤ a. They reported *the enemy's having suffered a decisive defeat*. (事實)

b. They reported *the enemy to have suffered a decisive defeat*. (可能性)

⑦⑥ a. I remembered *his being bald* (, so I brought along a wig and disguised him). (事實)

b. I remembered *him to be bald* (, so I was surprised to see him with long hair). (非事實) ㉓

同樣的，出現於主語位置的「動名子句」常表示「事實」，而「不定子句」則只表示「可能性」。試比較：

⑦⑦ a. *Mary's seeing her old boy friend* bothers John. (事實)

b. *For Mary to see her old boy friend* will bother John. (可能性)

(三)「事實動詞」後面的賓語子句常可以用「名詞組替代

㉒ 與'remember'相對的'forget'則只能與「動名子句」連用，而不能與「不定子句」連用。試比較：'I forget {*his being bald/*him to be bald*}'。

語」（pro-NP）'it'來指涉，卻不能用「句子替代語」（pro-S）'so'來代替。「非事實動詞」的賓語子句一般都用'so'來代替，但也有可以用'it'來指涉的情形。試比較：

⑱ a. John *regrets* that you have refused the offer.

　　b. You have refused the offer, and John regrets {*it*/*so}.

⑲ a. John doesn't *think* that you will refuse the offer.

　　b. Mary says you will refuse the offer, but John doesn't think {*it/*so*}.

⑳ a. Harry hopes he will get the scholarship, and I *hope* {*it/*so*} too.

　　b. Mary said John is going to leave her, but I don't *believe* {*it*/*so*}. ❷

（四）「非事實動詞」（如 'think, believe, expect, suppose, imagine, be sure'等）後面賓語子句中的否定詞'not'常可以移

----

❷ 這裏的'believe it'做'我不相信 Mary 的話'解，而'believe so'則做'我不認為 Mary 的說法對'解。因此，嚴格說來，只有第二種用法的'believe'纔是「非事實動詞」。又「非事實動詞」的賓語否定子句可以用'not'來代替；例如'I think John will not leave Mary'這一句話可以說成'I think *not*'。另外'It {is possible/bothers me} that John is leaving Mary'裏面的「填補語it」（pleonastic 'it' 或 expletive'it'）是由於'*That John is leaving Mary* {is possible/bothers me}'裏面「that 子句」的「移外」（Extraposition）而填補進去的「假主語」，與這裏所討論的「句子替代語」'it'不同。

到母語子句中來 ❷；而「事實動詞」後面賓語子句中的否定詞‘not’卻不能這樣移位。試比較：

⑧ a. I *think* (that) he *won't* come.

　 b. I *don't think* (that) he *will* come. (＝⑧a)

⑧ a. I *know* (that) he *won't* come.

　 b. I *don't know* (that) he will come. (≒⑧a)

(五)「非事實動詞」後面賓語子句中的句子成分常可以用「wh詞」代替後移到母句句首來形成「wh問句」❷；而「事實動詞」後面賓語子句中的句子成分卻不能這樣移位。試比較：

⑧ a. I think (that) John cannot help doing *something*.

　 b. *What* do you think (that) John cannot help doing?

⑧ a. I know (that) John cannot help doing *something*.

　 b. *What do you know (that) John cannot help doing?

⑧ a. I {*think/know*} *someone* will win the election.

　 b. *Who* do you {*think/*know*} will win the election?

(六)只有「非事實動詞」(如‘seem, appear, happen, remain, tend, turn out; certain, sure, (un)likely, liable’等) 後面「不定子句」的主語名詞纔能移到母句裏面來代替‘it’而成為母句主

---

❷ 這是變形語法所謂的「否定詞提升」(Negative Raising)、「否定詞漂移」(Negative Floating) 或「否定詞轉移」(Negative Transportation)。

❷ 這是變形語法所謂的「wh詞移首」(WH Fronting)。

語。㉖

㊌ a. It is *certain* that *he* will succeed.（「非事實動詞」）

    b. *He* is certain to succeed.

㊍ a. It is *strange* that *he* should have succeeded.

    （「事實動詞」）

    b. *He is strange to have succeeded.

㊎ a. It *seems*（to me）that *John* is intelligent.

    （「非事實動詞」）

    b. *John* seems（to me）to be intelligent.

㊏ a. It *makes sense*（to me）that John is intelligent.

    （「事實動詞」）

    b. *John makes sense（to me）to be intelligent.

也只有「非事實動詞」（如'believe, assume, think, expect, find, perceive, imagine, understand, show, proclaim, prove'等 ㉗）後面的賓語子句可以改爲「不定子句」。㉘試比較：

㉖ 這是變形語法所謂的「主語提升」（Subject Raising）、「代詞取代」（Pronoun Replacement）或「It 取代」（It-Replacement）。這一個變形在「管轄約束理論」（Government-Binding Theory）下已由更爲條理化的「移動 α」（Move α）的規律所取代。

㉗ 動詞'know'與'acknowledge'可以有「事實動詞」（卽'know that S'與'acknowledge that S'）與「非事實動詞」（卽'know for-to-S'與'acknowledge for-to-S'）兩種用法，所以後面可以帶上「不定子句」。

㉘ 這是變形語法所謂的「從主語到賓語的提升」（Subject-to-Object Raising），但是「管轄約束理論」並不承認這樣的變形規律，而用「例外格位的標誌」（Exceptional Case-marking）的概念來處理。

⑨⓪ a. They *believe* that {*John/he*} *is a genius.*

（「非事實動詞」）

b. They believe {*John/him*} *to be a genius.*

⑨① a. They *regret* that {*John/he*} is no genius.

（「事實動詞」）

b. *They regret {*John/him*} *to be no genius.*

（七）「非事實動詞」後面的賓語子句必須遵守「時制一致」
(sequence of tense) 的原則，卽子句動詞的時制必須與母句動詞
的時制一致。因此，如果母句「非事實動詞」是過去式，那麼賓
語子句的動詞也一定要用過去式。另一方面，雖然母句「事實動
詞」是過去式，但如果賓語子句是表示不變的眞理、事實或現在
的習慣，那麼其動詞仍然可以用現在式。試比較：

⑨② a. I *believed* that John {*lived/*lives*} in Taipei.

b. I *realized* that John {*lived/lives*} in Taipei.

（八）「事實動詞」後面賓語名詞組的無定冠詞'a(n)'與
'some'表示「殊指」(specific)；而「非事實動詞」後面賓語名
詞組的無定冠詞'a(n)'卻可能表示「殊指」，也可能表示「任指」
(indefinite)。例如，在下面⑨③a 的例句裏 ，'an ant'預設事實上
有這麼一隻螞蟻存在，而在⑨③b 的例句裏卻沒有這樣的預設。試
比較：❷⑨

⑨③ a. I *ignore* {*an ant/some ants*} on my plate.

---

❷⑨ 這些例句顯示「事實性」(factivity) 與「特殊性」(specificity 或
specific reference) 之間的語意關係。又補語子句在句子中出現→

（「事實動詞」）

→ There {was an ant/were some ants} on my
　　plate.

b. I imagined {*an ant/some ants*} on my plate.

（「非事實動詞」）

⫫ There {was an ant/some ants} on my plate.

　(九)否定式「非事實動詞」可以與賓語子句裏面的「否定性
詞語」(negative polarity word) 如‘any, ever’等前後互應。這
種前後互應的情形，如果中間沒有「事實動詞」的介入，可以跨
越好幾個「非事實動詞」。試比較：

⑭　a. The man didn't {*believe/say/claim/prove*} that *any*
　　of the policemen had *ever* harmed him. （「事實動
　　詞」）

的位置似乎與這個子句之屬於「事實」(＋Factive)或「非事實」(－
Factive) 這個語意解釋有關。例如，動詞‘report’在下面(i)到(iii)
的例句裏兼充「事實」與「非事實」動詞。補語子句 (‘John Smith
had arrived’) 出現於(i)與(ii)裏句尾的位置時，其所敍述的命題不
一定表示事實；但出現於(iii)裏句首的位置時，其所敍述的命題卻表
示事實。試比較：

(i)　The UPI reported *that John Smith had arrived.*
(ii) It was reported by the UPI *that John Smith had arrived.*
(iii) *That John Smith had arrived* was reported by the UPI.
這似乎與「從舊到新」(‘From Old to New’) 的「功用原則」
(functional principle) 有關；卽代表舊的已知爲事實的信息的句子
成分常出現於句首的位置，而代表新的尚未知爲事實的信息的句子成
分則常出現於句尾的位置。

b. *The man didn't {*take (it) into account/resent it*} that *any* of the policemen had *ever* harmed him. (「非事實動詞」)

⑨⑤ a. The man *said* that it wasn't *likely* that *any* of the policemen had *ever* harmed him.

b. *The man *said* that it wasn't *significant* that *any* of the policemen had *ever* harmed him.

（一〇）「事實動詞」（如'seem, appear, happen, chance, turn out'等）以子句爲主語時，子句主語可以留於句首主語的位置；也可以移到句尾的位置，並以「塡補語」'it'充當句法上的主語（grammatical subject）❸⓿；「非事實動詞」以子句爲主語時，子句常要移到句尾來。試比較：

⑨⑥ a. *That John doesn't want to go makes sense* to me.

b. *It* makes sense to me *that John doesn't want to go.*

⑨⑦ a. **That John doesn't want to go seems* to me.

b. *It* seems to me *that John doesn't want to go.*

從以上的討論，我們似乎可以假設「事實動詞」以「事實子句」（factive clause）爲賓語或主語，而「非事實動詞」則以「非事實子句」（non-factive clause）爲賓語或主語，例如：

⑨⑧ a. John regrets {*(the fact) that she has refused the offer/(the fact of) her having refused the offer*}.

b. We are not aware {*(of the fact) that she has*

---

❸⓿ 這是變形語法所謂的「移外變形」（Extraposition）。

> refused the offer/of (the fact of) her having refusing
> the offer}.
>
> c. {(The fact) that she has refused the offer/(The fact
> of) her having refused the offer} is significant.
>
> d. (The fact) that he gave you this ring doesn't prove
> that he intends to marry you. ㉛

⑨⑨ a. John thinks that she has refused the offer.

b. We are not sure that she has refused the offer.

c. That she has refused the offer is possible.

以「事實子句」為賓語的「事實動詞」有'regret, grasp, comprehend, take into consideration 〔account〕, bear in mind, ignore, make clear, mind, forget, deplore, resent, care (about), be aware (of)'等；以「事實子句」為主語的「事實動詞」有'make sense, count, matter, amuse (someone), bother (someone), strange, odd, tragic, exciting, significant, relevant'等。以「非事實子句」為賓語的「非事實動詞」有'think, suppose, believe, figure, fancy, conjecture, assume, intimate, deem, conclude, assert, allege, claim, charge, maintain, suggest, prove, indicate, imply, be sure (of)'等；以「非事實子句」為主語的「非事實動詞」有'seem (to be the case), appear (to

---

㉛ 這些例句並不表示所有「事實子句」都可以冠上'the fact'，卻表示只有「事實子句」纔可以冠上'the fact'（如⑨⑧d的主語子句），而「非事實子句」則不能冠上'the fact'（如⑨⑧d的賓語子句）。又這裏的'prove'做'表示'解，而不做'證明'解。

be the case), chance (to be the case), happen (to be the
case), turn out (to be the case),❷ possible, likely, true, false'
等 。也有些動詞（如 'anticipate, acknowledge, suspect, report,
remember, emphasize, announce, admit, deduce'）等可以以
「事實子句」為賓語，也可以以「非事實子句」為賓語。

又前面有關「事實動詞」與「非事實動詞」句法功能差異的
討論中，(一)到(三)的差異顯示：「事實子句」是不折不扣的名
詞組❸，所以 (i) 可以用「名詞組替代語」'it'來指涉，(ii) 常
可以擴展為 'the fact that' 的「複合名詞組」(complex NP)，
(iii) 也常可以改為「動名子句」❹。從(四)到(七)以及(九)的差
異更顯示：「事實子句」與「複合名詞組」一樣，形成句法上的
「孤島」((syntatic) island) ❺，所以這個子句裏面的否定詞

---

❸ 'happen, chance, turn out' 這些動詞常含蘊主語子句所敍述的命題
　為眞。但是一般語法學家都把這些動詞歸類為「非事實動詞」，在句
　法功能上也與「非事實動詞」相似（例如「that 子句」可以改為「不定
　子句」，「不定子句」的主語可以提升為母句主語等）。或許這些動詞
　的主語子句在語意內涵上屬於「事實子句」，但是因為在動詞的語意
　上含有 '湊巧發生' 或 '結果（＝最後纔）判明' 等「非事實」意味，所
　以具有「非事實動詞」的句法功能。

❸ 也就是說，在「詞組結構」(constituent structure) 上受「名詞組」
　(NP) 的支配。

❹ 也就是說，「事實子句」原則上以 'that' 與 'Poss-ing' 為「補語連詞」
　(complementizer)，而「非事實子句」則以 'that' 與 'for-to' 為補
　語連詞。

❺ 這就是 Ross (1967) 的「複合名詞組的限制」(Complex NP Con-
　straint)。

‘not’、「wh 詞」、主語名詞組都不能移到母句上面去，子句動詞的時制不一定要與母句動詞的時制一致，在子句裏面出現的「否定性詞語」也不能與母句否定動詞相互應。另一方面，「非事實子句」就不一定是名詞組 ❸⑥，不能擴展爲‘the fact that’，也不能改爲「動名子句」，只能改爲「不定子句」。❸⑦ 因此，「非事實子句」不一定能用「名詞組替代語」‘it’來指涉 ❸⑧，卻常可以用「句子替代語」‘so’或‘not’來指涉。又「非事實子句」與「事實子句」不同，不形成句法上的「孤島」❸⑨，所以這個子句裏面

---

❸⑥ 也就是說，在詞組結構上不受名詞組的支配。

❸⑦ 在句法功能上，「動名子句」比「不定子句」更接近「名詞(組)」，例如：(一)介詞可以出現於「動名子句」之前，卻不能出現於「不定子句」之前；(二)「動名子句」可以成爲「分裂句」的「信息焦點」；「不定子句」不能成爲分裂句的信息焦點；(三)以「動名子句」爲主語時可以直接以主語與助動詞倒序的方式形成「疑問句」，而「不定子句」則必須改爲‘it... for...to V’的句型以後始能改爲疑問句；(四)「動名子句」與「名詞(組)」都不能經過「移外變形」，而「不定子句」與「that 子句」都可以經過「移外變形」。又‘remember’後面用「動名子句」是「事實動詞」用法，用「不定子句」是「非事實動詞」用法(試比較：‘John didn’t remember *mailing* the letter’與‘John didn’t remember *to mail* the letter’.)。

❸⑧ 「非事實動詞」如‘think, guess, suppose, hope’等只能以子句爲賓語，所以只能用「子句替代語」‘so’或‘not’來指涉賓語；而‘believe, expect’等則可以兼以名詞組與子句爲賓語，所以可以兼用‘it’或‘so, not’來指涉賓語。

❸⑨ 嚴格說來，只有「斷定非事實動詞」後面的賓語子句纔不形成「孤島」，「斷定事實動詞」後面的賓語子句仍然形成「孤島」，詳如後述。

的否定詞‘not’、「wh 詞」、主語名詞組常可以移到母句上面去，子句動詞的時制要受到母句動詞時制的控制而與此一致，在子句裏面出現的「否定性詞語」也可以與母句否定動詞互應。至於動詞‘report, remember, announce, acknowledge, know’等可以同時具有「事實動詞」與「非事實動詞」兩種句法功能，是因爲這些動詞兼屬「事實」與「非事實」兩種動詞而可以帶上「事實」與「非事實」兩種子句。❹

　　除了「事實動詞」與「非事實動詞」的分類以外，還可以根據語意內涵從「事實動詞」中分出「準事實動詞」（semi-factive verb, 如‘discover, realize, notice’等）來，並另外加上「反事實動詞」（counter-factive verb, 如‘dream, imagine, pretend’等）這一類。「事實動詞」的‘regret’在下面⑩a的條件句裏表示說話者預設或承認他事實上並沒有說實話，而「準事實動詞」的‘discover’在⑩b的條件句裏卻表示說話者只承認他有可能沒有說實話。試比較：

⑩　a. If I *regret* later that I have not told the truth,

　　　I’ll confess to everyone.

　　　→ I have not told the truth.

---

❹ 一般說來，這些動詞後面的「事實子句」表示「事實」（fact），而「非事實子句」則表示「可能性」（possibility）。例如，‘know’與「that子句」的連用表示‘確知爲事實’（＝‘know for sure that ...’），而‘know’與「不定子句」的連用則表示‘據所知’（＝‘know ...to be the case’）。又如‘remember’與「動名子句」的連用做‘記得（已經）’（＝‘call back into the mind’）解，而‘remember’與「不定子句」的連用則做‘記住（要）’解。

b. If I *discover* later that I have not told the truth, I'll confess to everyone.

＋ I have not told the truth.

至於「反事實動詞」，說話者卻預設賓語子句中所敍述的命題不是事實（not true），例如：

⑩ I {*dreamed/imagined*} that I was dancing with Princess Diana.

→ I was *not* dancing with Princess Diana.

我們也可以把「事實子句」與「非事實子句」的區別推廣到其他句式；例如表示「目的的子句」（purpose clause）可以分析爲「非事實子句」，而表示「結果的子句」（result clause）則可以分析爲「事實子句」。其他如「條件子句」（conditional clause）與「讓步子句」（concessive clause）也可以視爲「非事實子句」。同時，「情態助動詞」（modal auxiliary）的介入也可能改變子句命題的事實性（factivity）。例如，「動名子句」通常都屬於「事實子句」，但是情態助動詞 'would' 的出現，卻可以把「動名子句」改爲「反事實子句」（counter-factive clause）。

⑩ a. John's eating them *would* amaze me. (＝If {John were to eat them/it were a fact that John will eat them}, it would amaze me.)

b. I *would* like John's doing so. (＝I would like it if John were to do so.)

陸、「斷定動詞」與「非斷定動詞」

「事實動詞」與「非事實動詞」的區別，雖然可以說明不少有關英語動詞有趣的句法事實，但是這個分類之下句法功能上的區別，仍然有些例外的現象。因此，Kiparsky & Kiparsky（1970：143-145）與 Hooper（1975:92ff）更進一步把「事實動詞」與「非事實動詞」再分為「斷定動詞」與「非斷定動詞」兩種。「斷定動詞」（assertive verb）如 'think, believe, agree, assert, be clear, be likely; know, discover, learn, realize, remember' 等表示說話者對於補語子句命題內容肯定、正面或積極的看法，而「非斷定動詞」（non-assertive verb）如 'doubt, deny, be false, be unlikely; regret, resent, amuse, bother, forget, be strange, be odd' 等則表示說話者對於補語子句命題內容否定、反面或消極的看法。

「斷定動詞」與「非斷定動詞」的區別，可以更清楚的說明「事實動詞」與「非事實動詞」之間句法表現上的差異。例如，在「非事實動詞」之中，只有「斷定非事實動詞」（如 'think, believe, agree, assert' 等）的賓語子句可以提前移到句首 ❹ ，也只有「斷定非事實動詞」（如 'think, believe' 等）賓語子句中的否定詞 'not'、「wh詞」與主語名詞組可以移到母句上面來；

---

❹ 這是變形語法所謂的「補語子句提前」（Complement Preposing，或 Shifting）。

「非斷定非事實動詞」後面的賓語子句不能提前移到句首，這些
賓語子句中的否定詞'not'、「wh詞」與主語名詞組也不能移到
母句。試比較：

⑩⑬ a. I think (that) *John has (not) written a paper on
　　Shifting.

　　b. *John has written a paper on Shifting*, I think. ❷

　　c. I *don't* think (that) John has written a paper on
　　Shifting. (＝⑩⑬a)

　　d. *What* do you think (that) John has written a
　　paper on? ❸

　　e. *Who* do you think (*that) has written a paper on
　　Shifting?

　　f. *John* is thought to have written a paper on
　　Shifting.

⑩④ a. I doubt (that) *John has (not) written a paper on
　　Shifting.

---

❷ 'think, believe, assume'等「斷定非事實動詞」還可以出現於補語
子句裏面做為「挿入語」(parenthetical expression) 用，例如：
'John, *I think,* has written a paper on Shifting', 'John has
written, *I think,* a paper on Shifting'。

❸ ⑩⑬d裏以補語子句賓語名詞組改為「wh詞」而移首的例句裏「補語連
詞」'that'可以保留，而⑩⑬e裏以補語子句主語名詞組改為「wh詞」
而移首的例句裏'that'卻非省略不可。這是所謂「主語與賓語之間的
非對稱性」(Subject-Object Asymmetry) 或「that痕跡效應」
(*that*-trace effect) 的問題，在此不詳論。

b. *_John has written a paper on Shifting,_ I doubt.

c. *I _don't_ doubt (that) John has written a paper on Shifting. (≒⑩a)

d. *_What_ do you doubt (that) John has written a paper on?

e. *_Who_ do you doubt (that) has written a paper on Shifting?

f. *_John_ is doubted to have written a paper on Shifting.

同樣的，在「事實動詞」之中，只有「斷定事實動詞」（如 'realize, discover, know, remember, find out' 等）的賓語子句可以提前移到句首來，也只有這類動詞（如 'remember, show, find out, be sure' 等）賓語子句中的「wh 詞」可以移到母句的句首來；「非斷定事實動詞」（如 'regret, resent, forget, be surprised' 等）的賓語子句不能提前移到句首，而且這類賓語子句中的「wh詞」也不能移到母句的句首 ❹ 。試比較：

⑩ a. He _realized_ that _John didn't tell the truth._

b. _John didn't tell the truth,_ he realized.

---

❹ 有許多英美人士認為只有「斷定非事實動詞」賓語子句的「wh詞」纔可以移到母句句首，「斷定事實動詞」賓語子句的「wh詞」則不能移到母句句首。這種合法度判斷上的差別可能牽涉到「方言差異」（dialectal difference）甚或「個別差異」（idiolectal difference），因此在⑩b句的前面用 '(?)' 的符號標示這種差異。這個符號也表示一般英美人士都認為⑩d, e 的句子比⑩b的句子好，而⑩b的句子又比⑩d, e 與⑩b的句子好。

⑩⑥ a. He *regretted* that *John didn't tell the truth.*

b. **John didn't tell the truth,* he regretted.

⑩⑦ a. She was *sure* that *John gave her ten dollars.*

b. *John gave her ten dollars,* she was sure.

⑩⑧ a. She was *surprised* that *John gave her ten dollars.*

b. **John gave her ten dollars,* she was surprised.

⑩⑨ a. I {*remember/am sure*} that he gave me *something.*

b. (?) *What* {do you remember/are you sure} (that) he gave you ϕ?

⑩⑩ a. She {*regretted/was surprised*} that he gave her *something.*

b. **What* {did you regret/was she surprised} (that) he gave her ϕ?

可見，除了「事實動詞」與「非事實動詞」的分類以外，我們還需要「斷定動詞」與「非斷定動詞」的分類來說明賓語子句之能否提前以及賓語子句中否定詞‘not’、「wh詞」與主語名詞組等之能否移入母句。因此，我們可以把動詞分為「斷定非事實」(assertive and non-factive)、「非斷定非事實」(non-assertive and non-factive)、「斷定事實」(assertive and factive) 與「非斷定事實」(non-assertive and factive) 四類。

⑪⑪ a. 「斷定非事實動詞」：agree, appear, believe, be certain, be clear, decide, declare, expect, explain, hope, hypothesize, imply, insist, be obvious, say, seem, state, suppose, be sure, tell, think, write, etc.

b.「非斷定非事實動詞」：deny, doubt, be false, be impossible, be improbable, be unlikely, etc.

c.「斷定事實動詞」：discover, find out, know, learn, notice, realize, remember, reveal, see, show, etc.

d.「非斷定事實動詞」：amuse, bother, be exciting, forget, be interesting, be odd, regret, be strange, suffice, surprise, etc.

不過這裏應該注意，「斷定動詞」的否定式在句法功能上相當於「非斷定動詞」。因此，⑩a裏肯定式「斷定事實動詞」'realize' 的賓語子句可以提前移到句首，而⑫a的否定式「斷定事實動詞」 'not realize'的賓語子句卻不能提前移到句首。試比較：

⑫　a. He did*n't realize* that John didn't tell the truth.

　　b. *John didn't tell the truth, he didn't realize.

同樣的，⑬a裏肯定式「斷定非事實動詞」'think'的賓語子句可以提前移到句首，而其否定式'not think'的賓語子句則不能如此移位。試比較：

⑬　a. I *think* the door is closed.

　　b. The door is closed, I think.

⑭　a. I do*n't think* the door is closed.

　　b. *The door is closed, I don't think.❹❺

---

❹❺　同樣的，否定式'not think'也不能出現於補語子句中做「插入語」用，例如'*The door, *I don't think,* is closed'。參 Jackendoff (1972:17)。

但是如果⑭a的‘not think’是由於賓語子句裏「否定詞」‘not’的提升而產生（卽如果⑭a＝⑮b是由⑮a而來），那麼把賓語子句改爲否定句以後仍然可以提前。試比較：❻

⑮　　a. I think the door isn't closed.

　　　b. I do*n't* think the door is closed.

　　　c. The door is *not* closed, I *don't think*.

　　　　＝I *don't* think the door is closed.

　　　　＝I think the door is*n't* closed.

　　　　≠I *don't* think the door is*n't* closed.

另一方面，⑯a裏「非斷定動詞」‘doubt’的賓語子句不能提前，而其否定式‘not doubt’的賓語子句卻可以提前。試比較：

⑯　　a. I (*don't*) *doubt* you'll succeed.

　　　b. *You'll succeed, I *doubt*.

　　　c. You'll succeed, I do*n't* doubt. ❼

---

❻ 類似的用法例如：‘He has *no* money, I do*n't* believe (＝I do*n't* believe he has money)’ (Ross, 1973:155); ‘He is*n't* coming, I do*n't* suppose (＝I do*n't* suppose he is coming)’ (Bolinger, 1977: 65); ‘It isn't big enough, I don't think (＝I do*n't* think it's big enough)’ (Bolinger, 1972:64); ‘John wo*n't* arrive today, I don't believe (＝I don't believe John will arrive today)’ (Stockwell et al., 1977:93)。

❼ Stockwell et al. (1977: 93) 認爲⑯c的例句合語法，卻認爲‘He had been there, I did*n't deny*’不合語法。由於‘doubt’與‘deny’都屬於「非斷定非事實動詞」，所以我們無法用「斷定、非斷定」或「事實、非事實」的區別來說明這裏合法度判斷上的差異，可能需要把動詞更進一步加以分類。參 Hooper & Thompson (1973) 與 Hooper (1975)。

Hooper（1975）更認為，'think'與'conclude'都屬於「斷定非事實動詞」，但是'conclude'與'think'不同：如果'conclude'是肯定式，那麼其賓語子句不論是肯定句或否定句都可以提前；反之，如果'conclude'是否定式，那麼其賓語子句不論是肯定句或否定句都不能提前。試比較：

⑾ a. The door *is* closed, I *think*.

 b. ?The door is*n't* closed, I *think*. ❹

 c. *The door *is* closed, I don't *think*.

 d. *The door is*n't* closed, I don't *think*.

⑾⑧ a. The door *is* closed, I *conclude*.

 b. The door is*n't* closed, I *conclude*.

 c. *The door *is* closed, I don't *conclude*.

 d. *The door is*n't* closed, I don't *conclude*.

因此，Hooper（1975:92）主張把「斷定非事實動詞」再細分為「強斷定非事實動詞」（strong assertive non-factive verb; 如'assert, conclude, insist, report, say, suggest, hope; be afraid, be certain, be sure, be obvious, be evident'等）與「弱斷定非事實動詞」（weak assertive non-factive verb; 如'think, believe, suppose, expect, imagine, guess, seem, appear'等）兩類。從這

---

❹ 這裏的合法度判斷根據 Hooper（1975:107）。但是 Stockwell et al.（1977:93）卻認為'John won't come, I *believe*'合語法，賓語子句之肯定抑或否定似乎並不影響賓語子句之能否提前。可見有關賓語子句提前的合法度判斷，英美人士之間亦互有出入，可能牽涉到「方言差異」與「個別差異」的問題。

個分類我們可以看出，「弱斷定非事實動詞」都 (i) 可以做「插入動詞」(parenthetical verb) 用、(ii) 後面可以帶上「句子替代語」'so' 或 'not'、(iii) 賓語子句的否定詞 'not' 可以移到母句、(iv) 賓語子句的「wh詞」與主語名詞組也大都可以移入母句，足見這一個分類比前面的分類更爲細緻。不過「強斷定非事實動詞」中的 'hope, be afraid' 後面也可以帶上「句子替代語」的 'so' 或 'not' ❹，'say' 後面也可以帶上 'so'，而 'hope, be afraid, say' 這些動詞的「斷定」意味也似乎比同類動詞的 'assert, insist, conclude' 等爲弱，而比 'think, believe' 等爲強。❺ 可見這兩類動詞的分類，並不是黑白分明、截然畫開 (clear-cut) 的區別，而是逐漸增減 (gradient) 的變化；動詞的語意屬性與句法功能之間的例外現象，也必須從這個觀點來加以觀察。

---

❹ Hooper (1975:109) 也認爲 'hope' 與 'be afraid' 可能單獨成一類。他也指出動詞 'know' 與 'say' 可以例外的帶上 'so'，例如：
   (i) I don't just think so, I *know* {*so/?it*}.
   (ii) Bradley wants to run for mayor, but he won't *say* {*so/?it*}.

❺ 另外，「強斷定非事實動詞」中 'be certain, be sure' 等形容詞後面的「不定子句」主語可以提升爲母句主語，而 'be obvious, be evident' 後面的「不定子句」主語卻不能提升爲母句主語，例如：
   John is {*certain/sure/*obvious/*evident*} to succeed.
   在這些形容詞裏 'certain, sure' 比較傾向主觀的推測，而 'obvious, evident' 則比較偏向客觀的認定，前者的「斷定」意味也似乎比後者爲強。

柒、「含蘊動詞」與「非含蘊動詞」

英語的動詞，除了可以以「that 子句」為賓語以外，也可以以「不定子句」為賓語。Karttunen（1971）把以「不定子句」為賓語的動詞分為「含蘊動詞」（implicative verb; 如'manage, remember, bother, get, dare, care, venture, condescend, happen, see fit, be careful, have the {misfortune/sense/foresight}, take the {time/opportunity/trouble}, take it upon oneself, be {clever/kind/lucky} enough' 等）與「非含蘊動詞」（no-implicative verb; 如'agree, decide, want, hope, promise, plan, intend, try, be lucky, be eager, be ready, have in mind' 等）。肯定式「含蘊動詞」表示「不定子句」中所敍述的命題是事實，因而與「事實動詞」相似；但是否定式「含蘊動詞」表示「不定子句」中所敍述的命題不是事實，而在疑問句與條件句則沒有這樣的含蘊，因而與「事實動詞」不同 ❺ 。試比較：

---

❺ 「含蘊」（implicate; implicature）與「預設」（presuppose; presupposition）不同。「預設」是句子命題成為眞的前提或先決條件，而「含蘊」是句子命題成為眞以後的後果。「預設」是由說話者來認定補語子句內所敍述的命題是事實，而「含蘊」是由聽話者（或一般讀者）根據一般語意理論的「推斷規律」（rule of inference）來推斷補語子句內所敍述的命題在某種情形下必然是事實。我們在這裏用「含蘊」而不用「預設」，因為動詞'manage to V...'雖然「預設」'it is not easy to V...'，卻並不「預設」而只「含蘊」'to V...'是事實。因此，如下所述，「含蘊動詞」補語子句命題的眞假值在否定句、疑問句與條件句中都會有所改變。

⑲　a. John *managed* to solve the problem.

　　→ John *solved* the problem.

　b. John did*n't manage* to solve the problem.

　　→ John did*n't solve* the problem.

　c. *Did* John *manage* to solve the problem?

　　⊬ John {*solved/didn't solve*} the problem.

　d. *If* John *managed* to solve the problem, ...

　　⊬ John {*solved/didn't solve*} the problem.

另一方面，「非含蘊動詞」則沒有含蘊「不定子句」中所敍述的命題是事實。試比較：

⑳　a. John *hoped* to solve the problem.

　　⊬ John *solved* the problem.

　b. John did*n't hope* to solve the problem.

　　⊬ John {*solved/didn't solve*} the problem.

　c. *Did* John *hope* to solve the problem?

　　⊬ John {*solved/didn't solve*} the problem.

　d. *If* John *hoped* to solve the problem, ...

　　⊬ John {*solved/didn't solve*} the problem.

因此，含有肯定式「非含蘊動詞」的句子，可以附上否定句來否定其不定子句命題；而含有肯定式「含蘊動詞」的句子則不能做這樣的否定。試比較：

㉑　a. John *hoped* to solve the problem, but he {*didn't/won't*} solve it.

　b. *John *managed* to solve the problem, but he {*didn't/

won't} solve it.

另一方面，含有否定式「非含蘊動詞」的句子，可以附上肯定句來肯定其不定子句命題；而含有否定式「含蘊動詞」的句子則不能做這樣的肯定。試比較：

⑫　a. John *didn't hope* to solve the problem, but he *solved* it anyway.

　　b. *John *didn't manage* to solve the problem, but he *solved* it anyway.

「含蘊動詞」與「非含蘊動詞」，除了上面語意內涵上的區別以外，還有下列語意與句法功能上的差異。

（一）在含有「含蘊動詞」的疑問句（如⑬a）裏，問話者的發問及於不定子句（如⑬b句），甚至以不定子句爲「發問的焦點」（focus of questioning）。因此，無論答話是肯定句（'Yes, he did'）或否定句（'No, he didn't'）都同時回答了⑬a與⑬b的問話。

⑬　a. Did John manage to lock his door?

　　b. Did John lock his door?

另一方面，在含有「非含蘊動詞」的疑問句（如⑭a句）裏，問話者的發問不及於不定子句（如⑭b句），無論答話是肯定句或否定句，都只回答⑭a的問話，而沒有回答⑭b的問話。

⑭　a. Did John *hope to* lock his door?

　　b. Did John lock his door?

（二）部分「含蘊動詞」與「非含蘊動詞」都可以與不定子句連用來形成祈使句。這個時候，「含蘊動詞」似乎只有加強命令

語氣的作用，而「非含蘊動詞」則形成命令的主要內容。試比較：

⑫ a. {*Remember/Be careful*} to lock your door!

(＝Lock your door!)

b. {*Promise/Be ready*} to lock your door!

(≠Lock your door!)

(三)與「情態助動詞」（modal auxiliary）連用時，助動詞的「情態意義」（modality）越過「含蘊動詞」而及於不定子句，卻只及於「非含蘊動詞」。試比較：

⑫ a. John {*ought to/must/should*} *remember* to lock his door.

→ John {ought to/must/should} lock his door.

b. John {ought to/must/should} *prepare* to sell his house.

⊣ John {ought to/must/should} sell his house.

(四)「含蘊動詞」的不定子句，其子句動詞的時制在語意上必須與母句含蘊動詞的時制一致；而「非含蘊動詞」的不定子句動詞則沒有這樣的限制。試比較：

⑫ a. John {manag*ed*/remember*ed*} to lock his door {*yesterday/*tomorrow*}. ⑫

b. John *will* {manage/remember} to lock his door

---

⑫ 如果把「未來時間副詞」（future-time adverb）'tomorrow'改為「過去時間副詞」（past-time adverb）'the next day'或'the following day'，這句就可以通。

{*tomorrow*/*yesterday}. ❺❸

⑫ a. John {agreed/planned} to lock his door {*yesterday*/ *tomorrow*}.

b. John will {agree/plan} to lock his door {*tomorrow*/ *yesterday}. ❺❸

(五)修飾「含蘊動詞」的時間或處所副詞，同時也修飾其不定子句；但是修飾「非含蘊動詞」的時間或處所副詞卻不一定修飾其不定子句。試比較：

⑫⑨ a. *Yesterday*, John *managed* to solve the problem.

→ John solved the problem yesterday.

b. *Yesterday*, John hoped to solve the problem.

⫫ John solved the problem yesterday.

⑬⓪ a. *Since last year*, John hasn't *bothered* to write to Mary.

→ John hasn't written to Mary since last year.

b. *Since last year*, John hasn't *promised* to write to Mary.

⫫ John hasn't written to Mary since last year.

⑬① a. *At the door*, John *saw fit* to apologize.

→ John apologized at the door.

---

❺❸ 我們不能‘記住’(remember)、‘設法’(manage)、‘答應’(agree)、‘計畫’(plan) 或‘希望’(hope) 去做過去裏已經發生的事情，因此「非過去時制」(non-past tense) 的「含蘊動詞」或「非含蘊動詞」都不能與「過去時制」(past tense) 的不定子句連用。

    b. *At the door,* John *had in mind* to apologize.

    ─┼─ John apologized at the door.

又「含蘊動詞」與其不定子句之間不能各自含有互相矛盾的時間或處所副詞；而「非含蘊動詞」與其不定子句之間則沒有這種限制。試比較：

  ⑬ a. **Yesterday,* John *managed* to lock his door *tomorrow.*

    b. *Yesterday,* John *agreed* to lock his door *tomorrow.*

  ⑬ a. **On the sofa,* John *managed* to sleep *in the bed.*

    b. *On the sofa,* John *decided* to sleep *in the bed.*

除了「含蘊動詞」與「非含蘊動詞」的區別以外，Karttunen (1971) 還提出「否定含蘊動詞」(negative implicative verb; 如 'fail, forget, neglect, decline, avoid (V-ing), refrain (from V-ing)'等) 的概念來與前面所討論的「肯定含蘊動詞」(positive implicative verb) 加以區別。「否定含蘊動詞」的肯定式含蘊補語子句裏所敍述的不是事實，而其否定式則含蘊補語子句裏所敍述的是事實。試比較：

  ⑬ a. John $\{forgot/failed\}$ to mail the letter.

    → John did*n't mail* the letter.

    b. John did*n't* $\{forget/fail\}$ to mail the letter.

    → John *mailed* the letter.

肯定式「否定含蘊動詞」'forget'與否定式「含蘊動詞」'not remember'同義。❸ 這一點可以從下面⑬句的比較中看得出來。

---

  ❸ 'fail' 則可以視為與 'not do' 或 'not succeed (in V-ing)' 同義。

⑬ a. John {*forgot*/did*n't* *remember*} to lock his door.

    → John did*n't* *lock* his door.

b. John {did*n't* *forget*/remembered} to lock his door.

    → John *locked* his door.

c. John {*forgot*/did*n't* *remember*} *not* to lock his door.

    → John *locked* his door.

⑬c與⑬a同義是由於出現於母句的肯定式「否定含蘊動詞」('for-get')及否定式「含蘊動詞」('not remember')的否定作用分別與出現於補語子句的否定式動詞（'not to lock'）的否定作用互相抵銷的結果。

有些「肯定含蘊動詞」（如'choose, be able, can, be in the position, have the {time/opportunity/chance/patience} ❺，be Adj enough'等）與「否定含蘊動詞」（如'refuse, be too Adj'等）可以兼做「含蘊動詞」與「非含蘊動詞」使用。例如，在下面有關'choose, be able, refuse'的例句裏，(a)句做「含蘊動詞」解，而(b)句則做「非含蘊動詞」解。試比較：

⑬ a. Twice before, John has *chosen* to ignore (＝has deliberately ignored) my request.

    → John has ignored my request.

b. John has *chosen* (＝decided) to become the best

---

❺ 'have the {right/authority/permission/orders/instruction}' 等並不屬於「含蘊動詞」，例如：

Bill did not have the authority to remove the sign, but he did so anyway.

student next semester.

↛ John won't become the best student next semester.

⑬⑦ a. In the last game, the quarterback was *able* to complete only two passes. ❺❻

→ The quarterback completed only two passes.

b. Ten years ago, John was *able* to seduce any woman in our town.

↛ John seduced any woman in our town.

⑬⑧ a. John *refused* to believe that he was sick.

→ John didn't believe that he was sick.

b. John *refused* to come to Mary's party tomorrow.

↛ John won't come to Mary's party tomorrow.

同樣的，在下面'be Adj enough'與'be too Adj'的例句裏，(a)句做「含蘊動詞」解，而(b)句則做「非含蘊動詞」解。試比較：❺❼

---

❺❻ 肯定式'able'後面可以用否定句來打消前面的肯定（例如'John *was able* to come but he *didn't*'），但是否定式'able'後面卻不能用肯定句來打消前面的否定（例如'*John *wasn't able* to come but he *did*'）。其他'have the {time/opportunity/chance/patience}'等說法也具有與'be able'同樣的句法特徵。

❺❼ 形容詞'clever'與'stupid'單獨使用時都做「事實動詞」解。這一點可以從下面的例句看得出來：'It wasn't {*clever/stupid*} of John to leave early' → 'John left early'。又'be Adj enough'與'be too Adj'的「含蘊」用法與「非含蘊」用法似乎與不定子句動詞的「動態」（「含蘊」用法）與「靜態」（「非含蘊」用法）有關。

⑬ a. John was *clever enough* to leave early.

　　→ John left early.

　b. John was *clever enough* to learn to read.

　　⇥ John learned to read.

⑭ a. John was *stupid enough* not to call the cops.

　　→ John didn't call the cops.

　b. John was *stupid enough* to be called an idiot.

　　⇥ John was called an idiot.

⑭ a. John was *too stupid* to call the cops.

　　→ John didn't call the cops.

　b. John was *too stupid* to be a regent.

　　⇥ John didn't become a regent.

　另外有些「含蘊動詞」（包括「肯定含蘊動詞」如'cause, make, have, force'等使役動詞❺）與「否定含蘊動詞」（如'prevent (from V-ing), dissuade (from V-ing)'等）與'ask, order, advise, request'等動詞❻不同。前一類動詞的肯定式表示補語子句裏所敍述的事情已發生或會發生，而後一類動詞的肯定式則並不表示補語子句裏所敍述的事情已發生或會發生。試比較：

⑭ a. John *forced* Mary to stay home.

　　→ Mary stayed home.

　b. John *asked* Mary to stay home.

---

❺ J. Austin 稱這些動詞為「逐意動詞」（perlocutionary verb）。

❻ J. Austin 稱這些動詞為「表意動詞」（illocutionary verb）。

　　　　　 ┼ Mary stayed home.

但是這兩類動詞的否定式都不表示補語子句所敍述的事情沒有發
生或不會發生。試比較：

⑭　　a. John *won't force* Mary to stay home.

　　　　 ┼ Mary won't stay home.

　　　　b. John won't ask Mary to stay home.

　　　　 ┼ Mary won't stay home.

　　Karttunen (1970, 1971) 認爲，如果一個句子裏含有「含蘊
動詞」（'v'）與其補語子句 （'S'），那麼在整個句子 （'v (S)'）
與補語子句（'S'）之間具有下面 (i) 的含蘊關係：

　　(i)　a. v (S) → S

　　　　b. not v (S) → not S

而「否定含蘊動詞」（如 'forget, fail, neglect, decline, avoid,
refrain' 等）與其補語子句之間卻有下面 (ii) 的含蘊關係：

　　(ii)　a. v (S) → not S

　　　　b. not v (S) → S

'cause, force, have, make, make sure, bring about, see to it,
see, hear, feel' 等動詞只滿足 (ia) 的條件，即只有肯定式時纔能
含蘊其補語子句的命題爲眞；而 'discourage, dissuade, prevent,
keep from, be unable, be impossible' 等動詞則只滿足 (iia) 的條
件，即只有肯定式時纔能含蘊其補語子句的命題爲假。 另一方
面，'be able, in the position, have the {time/opportunity/
chance/patience}' 等動詞只滿足 (ib) 的條件， 即只有否定式時纔
能含蘊其補語子句的命題爲假 ； 而 'hesitate' 等動詞則只滿足

(iib)的條件，即只有否定式時纔能含蘊其補語子句的命題爲眞。Karttunen（1970）並把(i)與(ii)這兩類同時滿足(a)與(b)兩個條件的動詞稱爲「雙向含蘊動詞」（two-way implicative verb），而把只滿足(a)或(b)一個條件的動詞稱爲「單向含蘊動詞」（one-way implicative verb）。在「單向含蘊動詞」中滿足條件(a)的動詞，稱爲「if動詞」（if verb）；滿足條件(b)的動詞，則稱爲「only-if動詞」（only-if verb）。

捌、「情意動詞」與「非情意動詞」

除了「事實動詞」與「非事實動詞」的分類以外，Kiparsky & Kiparsky（1970）還提出了「情意動詞」與「非情意動詞」的區別。所謂「情意動詞」（emotive verb），或「評價動詞」（evaluative verb），是表示說話者主觀的情意或評價的述語，如‘bother, alarm, fascinate, nauseate, exhilarate, suffice, defy comment, surpass belief, important, crazy, odd, relevant, instructive, sad, a tragedy, no laughing matter’（以上以子句爲主語，並兼屬「事實動詞」）❻；‘improbable, unlikely, urgent, vital, a piped dream’（以上以子句爲主語，並兼屬「非事實動詞」）；‘regret, resent, deplore’（以上以子句爲賓語，並兼屬「事實動詞」；‘intend, prefer, reluctant, anxious, willing, eager’（以上以子句爲賓語，並兼屬「非事實動詞」）等。「非情意動詞」（non-

---

❻ ‘no loughing matter, *im*probable, *un*likely’等含有否定意味的述語屬於 E. Klima 所謂的「情緒述語」（affective predicate）。

emotive verb)，或「認知動詞」(cognitive verb)，則指不代表說話者主觀的情意或評價，而表示客觀的認知的述語， 如'well-known, clear, obvious, evident, self-evident, go without saying'（以上以子句為主語，並兼屬「事實動詞」）；'probable, likely, turn out, seem, imminent, in the works'（以上以子句為主語，並兼屬「非事實動詞」）；'aware (of), bear in mind, make clear, forget, take into account'（以上以子句為賓語，並兼屬「事實動詞」）；'predict, anticipate, forsee, say, suppose, conclude'（以上以子句為賓語，並兼屬「非事實動詞」）等。「情意」與「非情意」這兩種動詞的分類，對於下列句法功能的了解有所幫助。

（一）一般說來，「情意動詞」比「非情意動詞」更容易與「不定子句」（卽「for-to子句」）連用。這可能是由於「that子句」含有時制，而「不定子句」則不含有時制；前者比後者更適合於表達客觀的事實 ❻ 。試比較：

⑭ a. I *resent for John to go out with a married woman.*

   b. *I *suppose for John to go out with a married woman*

---

❻ 在經過「從主語到賓語的提升」(Subject-to-Object Raising) 的補語子句裏，表示主觀評價的形容詞（如'honest, trustworthy, dependable'等）前面的'to be'也比表示客觀認知的形容詞（如'tall, fat, American, Chinese'等）前面的'to be'更容易省略。試比較：
(i) I believe John (to be) {*honest/trustworthy*}.
(ii) I believe John *(to be) {*tall/American*}.
參 Tang (1984b:430)。

⑭ a. I *regret for you to be in this fix.*

　 b. *I *conclude for you to be in this fix.*

⑭ a. It is *odd for John to have told you this.*

　 b. *It is *clear for John to have told you this.* ❻❷

(二)「情意動詞」的補語子句常可以帶上表示「虛擬」(sub-junctive) 的「情意助動詞」'should'，或者把這個'should'加以省略而使主要動詞保持其「原形」(root form, 或 bare infin-itive)；而「非情意動詞」則沒有這種用法。這似乎也表示不含時制的子句比含時制的子句更適合於表示主觀的情意或評價。試比較：

⑭ a. It is {*strange/interesting*} that he *should* have be-haved like this.

　 b. *It is {*clear/well-known*} that he *should* have be-haved like this.

⑭ a. {I'm *anxious*/It's *urgent*} that she (*should*) be found.

　 b. {I'm *aware*/It's *clear*} that she *(should*) be found.

(三)「情意動詞」常可以與表示感嘆的程度副詞 (exclama-

---

❻❷ 一般的形容詞如果前面帶上「加強詞」(intensifier) 'too'或在後面帶上加強詞'enough'，也可以與「不定子句」連用，例如：'John is *too clever for me to deal with*'；'Mary is *rich enough for John to fall in love with*'。這也可能是由於這些加強詞的使用而帶上了「情意」或「評價」的色彩。另外，我們可以說'John is *impossible* to deal with'，卻不能說'*John is *possible* to deal with'。這裏'impossible'（「情意形容詞」）與'possible'（「非情意形容詞」）的區別，似乎也與形容詞的情意或評價色彩有關。

tory degree adverb）如‘so, such, at all’等連用；而「非情意動詞」則沒有這種用法。試比較：

⒁ a. I *regret* that you are in *such* a fix.

b. *I *conclude* that you are in *such* a fix.

⒂ a. It's {*strange/interesting*} that he came *at all*.

b. *It's {*clear/well-known*} that he came *at all*.

(四)「關係代詞」（relative pronoun）‘as’只能含有「非情意動詞」，不能含有「情意動詞」。試比較：

⒂ a. *As* is {*well-known/clear* from the report}, John is in India.

b. **As* is {*important/strange* to you}, John is in India.

(五)以子句為主語的形容詞中可以表示「人的屬性」（epithet）而且可以修飾「行為」（act）的「情意形容詞」（如‘foolish, stupid, clever, smart, brave, noble, kind, rude, cruel, tactful, careless, rash’等），必須以「動態動詞」為補語（如⒂a句），並且可以出現於⒂裏幾種句式。以子句為賓語的形容詞中只能表示「人的屬性」（如‘an anxious person’）而不能修飾行為（如‘*an anxious act’）的「情意形容詞」（如‘anxious, eager, proud, reluctant, willing’等 ❻），可以以「動態」或「靜態」動詞為補語（如⒂b句），但不能出現於⒂的句式，而只能出現於⒂的句式。試比較：

⒂ a. He was {*foolish/brave/rash/tactful*} to {destroy the

---

❻ 這些形容詞都屬於「非含蘊形容詞」。

letter/*be born in April/*have been hit by a car/
*get sick/*get a call/*have that happen to her/*see
the manager leave}.

b. He was {*anxious/eager/reluctant/willing*} to {destroy
the letter/leave his home/get a call/inherit a
castle/recover from his melancholy}.

⑮ a. He *destroyed* the letter, and that was *foolish* (*of
him*).

b. For him *to destroy* the letter was *foolish*.

c. *To destroy* the letter was *foolish* (*of him*).

d. It was *foolish* (*of him*) *to destroy* the letter.

e. How *foolish of him to destroy* the letter!

f. He was *foolish to destroy* the letter.

g. He was *foolish in destroying* the letter.

h. He did *foolishly* {*to destroy/in destroying*} the letter.

i. He *foolishly destroyed* the letter.

j. *Foolishly* he *destroyed* the letter.

⑭ a. John was *anxious* for his mother to meet Mary.

b. John was *anxious* to meet Mary.

（六）以「非事實子句」為主語的「非情意形容詞」（如 'pos-
sible, probable, likely, certain, sure' 等 ❻ ）可以出現於⑮a、b、
c 的句式；以「非事實子句」為主語的「情意形容詞」（如 'im-

---

❻ 這些形容詞都屬於「非含蘊形容詞」。

possible, unlikely, improbable'等）可以出現於⑮a、b、d 的句式；而只有表示較高「可能性」的'likely, certain, sure'纔能出現於⑮e 的句式 ❻ 。試比較：

⑮ a. That she will come here is {*possible*/impossible}.

b. It is {*possible/impossible*} that she will come here.

c. {*Possibly/*Impossibly*} she will come here. ❻

d. It is {??*possible/not possible/impossible*} for her to come here. ❻

e. She is {(*un)likely/certain/sure*} to come here.

　　(七)以「非事實子句」爲主語的形容詞中表示難易的「情意形容詞」（如'difficult, hard, tough, impossible ❻ ，easy, dangerous'等） ❻ 可以出現於下面⑯的句式。

⑯ a. *To convince* her is *difficult (for him)*.

b. It is *difficult (for him) to convince* her.

c. She is *difficult (for him) to convince*.

　　(八)以「事實子句」爲賓語的「情意形容詞」（如 'furious, angry, glad, delighted, pleased, disappointed, sorry'等） ❼ 可

---

❻ 形容詞'sure'單獨做謂語時常用'a sure thing'。

❻ 形容詞'likely'做副詞用時常用'very likely, most likely'的形式來與形容詞'likely'在形態上加以區別。

❻ 在否定句與疑問句裏出現的「非情意形容詞」'possible, likely'似乎可以視爲「情意形容詞」。

❻ 'possible'屬於「非情意形容詞」，所以不能出現於⑯的句式。

❻ 這些形容詞都屬於「非含蘊形容詞」。

❼ 這些形容詞都屬於「肯定含蘊形容詞」。

以出現於下面⑤的句式。

⑤ a. She *heard* about the news, and that *made* her furious.

b. *To hear* about the news *made* her *furious*.

c. It *made* her *furious to hear* about the news.

d. She was *furious to hear* about the news.

（九）以「事實子句」爲主語的「情意形容詞」（如'strange, odd, important'等）與「非情意形容詞」（如'apparent, evident, obvious'等）都可以出現於下面⑤a、b、c、d 的句式，但是只有「情意形容詞」可以出現於⑤e、f 的句式。試比較：

⑤ a. That John has lied is {*strange/obvious*}.

b. It is {*strange/obvious*} that John has lied.

c. {*Strangely/Obviously*} John has lied.

d. John has lied, {*strangely/obviously*}.

e. It is {*important/*obvious*} that John (*should*) *practice* English.

f. It is {*important/*obvious*} for John to practice English.

玖、結　語

　　從以上的分析與討論，我們可以明白動詞的語意內涵與其句法功能之間具有相當密切的關係，而這個關係可以用相當具體的語意屬性來加以「條理化」（generalize）。這個事實也告訴我們，

今後的語法分析與語法教學再也不能把動詞視爲不可分割的整體（an unanalyzable entity），而應該分析爲由許多語意屬性與句法屬性滙集而成的複合體（a complex of semantic and syntactic features）。這些語意與句法屬性包括〔±靜態〕、〔±動態〕、〔±事實〕、〔±斷定〕、〔±含蘊〕、〔±情意〕等，而這些屬性在英語動詞裏不同的組合情形常能說明這些動詞不同的句法功能。

無可否認的，經過以上的討論之後，動詞的語意屬性與句法功能之間仍然有一些不合規則的例外現象。這些例外現象可能是由於我們有關動詞語意屬性的分析還不夠明確或細緻，也可能是由於有些動詞就某一種屬性具有正負兩值的用法，也可能是受了「方言差異」（dialectal difference）的影響。❼ 其他如輕重音、音高、停頓等「節律成素」（prosodic feature）上面的差別也可能影響句子合法度的判斷。❼

---

❼ 例如 Inoue (1974) 指出美國有些方言裏允許下面'remember'與'forget'的用法：

　　Before he left school, John *remembered* to call Mary, but since he couldn't find any telephone then, he postponed it until he got back. He never *forgot* to call her, but since he met her on his way home, he didn't call her after all.

　　在這種方言裏，'John remembered to call Mary'與'He never forgot to call her'都不含蘊'John called Mary'。

❼ 例如，根據 Karttunen 的分析，'have the courage' 屬於「only-if 動詞」，其否定式含蘊補語子句的命題爲假。但是如果把用大寫字母印刷的部分加以強調，就可以肯定補語子句命題：

Mary DID NOT HAVE THE COURAGE to reject it. She rejected it without realizing.

　　英語動詞語意屬性的分析以及動詞語意屬性與句法功能之間關係的研究，不僅可以幫助我們了解「如何」（how）運用英語與「爲何如此」（why）使用英語，而且更告訴我們學習英語語法應該以思考、推理與了解來代替囫圇吞棗的強記死背。與其'不知不覺'、'暗中摸索'的學習，不如'有知有覺'、'舉一反三'的學習，然後經過不斷的練習與應用養成'習焉不察'的習慣與'表達情意'的能力。

參 考 文 獻

Bolinger, D. L. (1972) *Degree Words (Janua Linguarum, Series Major, 53)*, Mouton, the Hague.

＿＿＿＿(1977) *Meaning and Form,* Longman, London.

Chafe, W. L. (1970) *Meaning and the Structure of Language,* Chicago University Press, Chicago.

Dillon, G. L. (1973) '*Perfect and Other Aspects in a Case Grammar of English,*' *JL.,* 9:271-279.

＿＿＿＿(1977) *Introduction to Contemporary Linguistic Semantics,* Prentice-Hall, Englewood Cliffs, New Jersey.

Dowty, D. R. (1972) *Studies in the Logic of Verb Aspect and Time Reference in English (Studies in Linguistics),* Department of Linguistics, University of Texas, Austin.

＿＿＿＿(1979) *Word Meaning and Montague Grammar,* Dordrecht, Holland.

Hooper, J. B. (1975) 'On Assertive Predicates,' Kimball, J. P. (ed.) Syntax and Semantics, 4:91-124.

_____and S. A. Thompson (1973) 'On the Applicability of Root Transformations,' LI. 4:465-497.

Inoue, M. (1974) 'A Study of Japanese Predicate Complement Constructions,' Diss. of Univ. of California.

Karttunen, L. (1970) 'On the Semantics of Complement Sentences,' CLS., 6:328-339.

_____(1971) 'Implicative Verbs,' Lg., 47:340-358.

Jackendoff, R. S. (1972) Semantic Interpretation in Generative Grammar, The University of Chicago Press, Chicago.

Kenny, A. (1963) Actions, Emotion, and Will, Humanities Press.

Kiparsky, P. and C. Kiparsky (1970) 'Fact,' Bierwisch, M. and K. E. Heidolph (eds.) Progress in Linguistics, 143-173.

Lakoff, G. (1965) On the Nature of Syntactic Irregularity, Diss. of Indiana Univ. (Published by Holt, Rinehart, & Winston as Irregularity in Syntax, (1970)).

Quirk, R., S. Greenbaum, G. Leech, J. Svartvik (1972) A Grammar of Contemporary English, Longman, London.

Ross, J. R. (1967) Constraints on Variables in Syntax, Diss. of MIT.

Ryle, G. (1949) The Concept of Mind, Barnes and Noble, London.

Stockwell, R. P., D. E. Elliott, M. C. Bean (1977) *Workbook in Syntactic Theory and Analysis,* Prentice-Hall, Englewood Cliffs, New Jersey.

Tang, T. C. (湯廷池) (1968) *A New Approach to English Grammar,* Haikuo Book Co., Taipei.

_____(1969) *A Transformational Approach to Teaching English Sentence Patterns,* Haikuo Book Co., Taipei.

_____(1975) *A Case Grammar Classification of Chinese Verbs,* Haikuo Book Co., Taipei.

_____(1979) 最新實用高級英語語法，海國書局。

_____(1984a) 英語語言分析入門：英語語法教學問答，台灣學生書局。

_____(1984b) 英語語法修辭十二講：從傳統到現代，台灣學生書局。

Vendler, Z. (1967) *Linguistics in Philosophy,* Cornell University Press, Ithaca, New York.

   * 原文以口頭發表於中華民國第四屆英語文教學研討會 (1987)，並刊載於該會英語文教學論集 (1-46 頁)。

英語詞句的「言外之意」：「功用解釋」

一、前　言

　　近三十年來語法理論與語法分析的內容有了日新月異的進展。現代語法理論的建立以闡釋人類「自然語言」（natural languages）的「語言本領」（linguistic competence）的眞相與探求幼兒「習得語言」（language acquisition）的奧秘爲目標。語法分析也不再以表相（superficial）而部分（partial）的「觀察上的妥當性」（observational adequacy）爲已足，而更進一步要求「描述上的妥當性」（descriptive adequacy）與「詮釋上的妥當性」（explanatory adequacy）。當前語法研究的對象，包括「音

韻」（phonology）、「詞法」（morphology）、「句法」（syntax）、「語意」（semantics）與「語用」（pragmatics）；語法研究的範圍，也從句子本位的「句子語法」（sentence grammar）邁進「言談語法」（discourse grammar）與「篇章分析」（text analysis的領域。就是語法的記述也擯棄了已往籠統定義與機械分類的方法，而注重語法規律的「條理化」（generalization）與「形式化」（formalization），因而要求語法記述的「完整性」（completeness）「精確性」（preciseness）與「清晰性」（explicitness）。

可是，語言理論的進步，並沒有立即對語言教學發生了作用。因爲一般理論語言學家，對於語言教學都沒有多大的興趣，不願意‘浪費’時間去討論語言理論與語言教學的關係，或語言分析對語言教學的應用。就是應用語言學家的研究，也都偏重抽象的「教學觀」（teaching approach）與「教學法」（teaching method），至於更具體的「教學技巧」（teaching technique）則很少有人做有系統的分析或提出條理化的結論。另一方面，一般語文老師也覺得，現代語法理論的內容莫測高深，簡直無法進入其門。有些語文老師，甚至因而對於現代語法理論採取敵視的態度，認爲語法理論或語法分析對語文教學毫無幫助。這實在是極爲不幸的現象。理論與實際，本來是一體的兩面，理應相輔相成，密切配合。依現代人的眼光來看，‘學而不思則罔，思而不學則殆’的古訓實可以做爲語言教學上理論與實際之間關係的最佳註解。語文教學，特別是外語教學，如果一味的依賴個人的主觀與個別的經驗，而拒絕接受別人的智慧與國外的新知，包括語法理論的啓示與語法分析的貢獻，那麼結果無異是閉門造車、故

步自封，必然阻碍自己的進步。

在本文裏，筆者擬將英語語法的討論範圍，從「句子語法」的「言內之意」推廣到「言談語法」的「言外之意」。這裏所謂「言內之意」（literal meaning），係指句子的「認知意義」（cognitive meaning）與文字字面上的「詞彙意義」（lexical meaning）。而所謂「言外之意」（conveyed meaning），即指「認知意義」與「詞彙意義」以外的「人際意義」（interpersonal meaning）、「情感意義」（emotive meaning）或「比喻意義」（figurative meaning）等。這種與語法、語意、語用有關的「言外之意」，是國內的語法研究與傳統的英語教學所忽略的。本文擬從「功用解釋」（functional explanation）與「語用解釋」（pragmatic explanation）這兩個觀點來研究英語詞句的「言外之意」，提出表達與了解這些「言外之意」的基本原則，並且討論這些基本原則對於英語教學（包括閱讀、造句、作文、修辭與翻譯）的實際應用。本文的內容主要分爲兩部分。第一部分，「言外之意」與「功用解釋」，討論句子的「信息結構」（information structure）與「信息焦點」（information focus）、「預設」（presupposition）與「斷言」（assertion）以及句子的「形態變化」（transformation）與句子的「表達功用」（communicative function）之間的關係。第二部分，「言外之意」與「語用解釋」，討論「談話含蘊」（conversational implicature）、「同語反復」（tautology）、「反語」（irony）、「暗喻」（metaphor）等。前後兩部分所討論的主題，雖有密切的關係，但其論點與論述的方法並不相同，因而分開寫成兩篇文章。

二、「言外之意」與「功用解釋」

　　英語的「教學法」或「教學觀」，從傳統的「文法•翻譯法」
（grammar-translation method）經過「口說教學觀」（oral approach）與「認知教學觀」（cognitive approach），演變至最近的「表達教學觀」（communicative approach）與「功用教學觀」
（functional approach）。「表達教學觀」與「功用教學觀」認為，語言教學不能以「模仿」（imitation）與「運用」（manipulation）的訓練為已足，還要發揮「表情達意」（communication）的功用。我國已往的英語教學，過分重視發音、拼字、用詞與句法的正確，而忽視了「句子」（sentence）與「言談」（discourse）或「篇章」（text）。影響所及，學生只能模仿別人所說的句子，卻不能利用這些句子來表達自己的意思。學生雖然會代換或變換句型，卻不知道應該在什麼時候或什麼場合使用這些句型。

　　「模仿」、「認知」、「運用」與「表情達意」，都是語言教學上不可缺少的因素。有關「模仿」在聽音、發音、句型練習等教學上的功能，已經有很多人加以討論。關於「認知」與「運用」在變形語法與變換練習所扮演的角色，筆者也做了不少的介紹。❶ 在本文裏，筆者擬從「功用解釋」（functional explanation）的觀點，來討論語法教學與表情達意的關係。過去有關「功用教學

---

❶ 參湯廷池（1977）英語教學論集、（1981）語言學與語文教學、（1984
　a）英語語言分析入門：英語語法教學問答、（1984b）英語語法修辭
　十二講、（1978-1979）最新實用高級英語語法。

觀」或「表達教學觀」的討論，都偏重於語言情況的設定、詞彙的選擇，或語言體裁的辨別等，卻很少有人從語法的觀點來有系統的討論句型與表達功用的關係。而且英語詞句裏有些含義無法直接從字面意義去了解，而必須往字面意義以外的「言外之意」去探求。如果說，在語法教學上以「模仿」與「反復」來練習造「什麼」（what）句型，而以「認知」與「運用」來學習「怎麼樣」（how）造句型，那麼「功用解釋」可以說是用來說明「為什麼」（why）要用這一個句型而不用別的句型。英語裏有許多句義相同而形態卻不相同的句型，例如：

① a. John hit Mary.

b. Mary was hit by John.

② a. John gave the book to Mary.

b. John gave Mary the book.

③ a. John called up Mary.

b. John called Mary up.

這些句子無法從認知意義（cognitive meaning）來區別其語意，而只能從「表達功用」（communicative function）來辨別其功用。這也就是說，英語的語法教學除了以句子為本位的「句子語法」（sentence grammar）以外，還要兼顧導向於言談或篇章的「言談語法」（discourse grammar）或「篇章語法」（text grammar）。例如，就「句子語法」的觀點而言，④句裏的‘his’與‘John’不可能指同一個人。但是從「言談語法」❷ 的觀點來說，④是⑤

---

❷ 以下我們以「言談語法」一詞來兼指言談與篇章。

a 的問句「合語法」（well-formed，acceptable 或 appropriate）的答句，卻是⑤b的問句「不合語法」（ill-formed，unacceptable 或 inappropriate）的答句。因為④的人稱代詞 his 可以與⑤a的「前行語」（antecedent）'John' 照應而建立「指涉相同」（coreference）的關係，卻無法在⑤b裏找到這樣的前行語。❸

④ His_i brother is visiting $John_i$.

⑤   a. Whose brother is visiting John?

      b. Who is visiting who?

本文先在第三節裏提出一些有關功用解釋的基本原則，並詳細舉例說明這些原則的內容與特點。然後在第四節裏根據這一些原則，針對英語語法的主要變形逐一討論其表達功用。討論的重點，在「教學」（pedagogy）而不在「理論」（theory），並且盡量採用在前人的文獻上已經出現的英語例句與合法度判斷❹做為本文討論的根據。

三、有關功用解釋的幾個基本原則

英語的句法結構與表達功用之間的關係，可以利用幾個基本的「言談原則」（discourse principle）來說明。這些基本原則，包括㈠「從舊到新」的原則，㈡「從輕到重」的原則，㈢「從低到高」的原則。❺這三個獨立的言談原則，彼此交互作用，決定

❸ 參 Kuno（1978:11）。

❹ 為了節省篇幅，我們並不一一註明資料來源。

❺ 此外還可能有「從遠到近」與「從親到疏」的原則，但是由於篇幅的限制，本文不準備討論這兩個原則。

句子的「信息結構」（information structure）與「功用背景」（functional perspective）。

三・一　「從舊到新」的原則

　　句子成分在句子裏出現的位置，依照從左到右的線列次序，可以分為「句首」（sentence-initial）、「句中」（sentence-medial）與「句尾」（sentence-final）三個位置。在這三個位置裏，句尾是句子裏最顯著、最重要的位置，其次是句首的位置，而句中的位置則無足輕重。「從舊到新」的原則（"From Old to New" Principle）表示，就「一般通常的情形」（in unmarked cases）而言，代表「舊的已知信息」（old information）的句子成分出現於代表「新的重要信息」（new information）的句子成分的前面。結果代表舊信息的句子成分常出現於句首的位置，而代表新信息的句子成分則常出現於句中或句尾的位置。例如下面⑥a與⑥b兩個句子在認知內容上都以擺在桌子上的一本書為其敍述的對象，但在句法結構上卻有不同的表面形態。

　　⑥　a. The book is on the desk.

　　　　b. There is a book on the desk.

⑥a的主語'the book'是有定名詞組，代表舊的信息，是言談當事人談話的「主題」（topic 或 theme）。謂語'is on the desk'代表新的信息，是有關主題的「評論」（comment 或 theme）。其中'(on the) desk'代表評論中最重要的信息，稱為信息焦點（information focus）。可見，⑥a裏句子成分出現的次序正符合「從舊到新」的原則。另一方面，⑥b的'a book'是無定名詞組，

代表新的重要的信息；在句子裏並不擔任主題的角色，而成為信息焦點。⑥b是典型的「引介句」(presentative sentence)，其用意在於向聽話者引介桌子上的一本書，因為'a book'代表新的信息，所以避免於句首的位置出現，而移到句中動詞'be'的後面來。

　　我們有理由相信，上面有關⑥a與⑥b兩個句子的信息結構以及表達功用的分析是大致正確的。因為凡是代表舊信息的事物名詞，無論是用專有名詞(*Time*)、代詞('it')、有定名詞組('John's book, your book, that book')或全稱數量名詞組('every book, all the books')來表達，都只能出現於⑥a的句型；而代表新信息的無定名詞組（如'books，no books，several books，many books'）則多出現於⑥b的句型。試比較：

⑦　a. { *Time/John's book/Your book/That book/Every book*} is on the desk.

　　b. * There is {*the book/Time/John's book/your book/ that book/every book*} on the desk.

⑧　a. ?{ *Books/No books/Several books/Many books*} are on the desk.

　　b.　There are {*books/no books/several books/many books*} on the desk.

⑨的例句更告訴我們，⑨a的'some books'只能解釋為代表舊信息的「殊指名詞組」(specific NP，語意上等於'certain books' 而讀音如／sâm búks／)，而⑨b的'some books'則只能解釋為代表新信息的無定名詞組（語意上等於'several books'，而讀音

如／sə́m búks／）。試比較：

⑨ a. *Sóme* books are on the desk.

b. There are *sŏme* books on the desk.

其次，⑥a只能做爲⑩a的答句，卻不能做爲⑩b的答句，因爲⑥a的信息焦點'on the desk'正好與⑩a的疑問詞'where'搭配。相反的，⑥b則只能做爲⑩ b 的答句，卻不能做爲⑩a的答句，因爲⑥b的信息焦點 'a book' 正好與⑩b的疑問詞'what'搭配。

⑩ a. Where *is* the book?

b. What *is* (*there*) on the desk?

同時，在⑥a的答句裏「句重音」(sentence stress) 落在信息焦點'desk'上面，而在⑥b的答句裏句重音則落在信息焦點 book 上面。另外⑥b句首的'there'是「虛詞」或「填補語」的'there' (expletive 或 pleonastic 'there')，而非表示處所的'there' (locative 'there')。這一點可以從 there 在讀音上的區別 (/ðɚ/ 與／ðɛr／)，以及可以在句尾另外帶上處所副詞'here'或'there' 這個事實上看得出來，例如：

⑪ *There* is a book *here* 〔*there*〕.

本來應該於句首主語的位置出現的事物名詞組 'a book'，因爲代表新信息而移到句中動詞的後面去，結果把主語的位置騰出來。英語是不能沒有主語的語言，所以就用虛詞 there 來填補這個空出來的位置，成爲形式上的主語。有趣的是，國語裏也有在句法結構與表達功用上相當於英語⑥a、b的句子⑫a、b，而句子成分的排列次序也是遵守「從舊到新」的原則。試比較：

⑫ a. 書在桌子上。

b. 桌子上有書。

除了 Be 動詞之外，含有表示「存在」、「出現」、「發生」與「開始」的動詞如'exist，live，occur，happen，arise，rise，ensue，result，begin'等的句子，也可以經過「there 加插」(There-Insertion) 的變形，而成爲⑬到㉑的句子。**❻** 在這些例句裏，信息焦點與句重音都落在動詞後面的無定名詞組，在表達功用上都屬於引介句。

⑬　There *is* a ghost.

⑭　There *are* seven days in a week.

⑮　There *are* three students waiting outside.

⑯　There *was* a demonstrator killed by a policeman.

⑰　There *exists* a good argument for that.

⑱　There *arose* a controversy on that subject.

⑲　There *ensued* a wild melee.

⑳　There *resulted* a big discrepancy between their testimony and ours.

㉑　Once upon a time there *lived* a king who⋯.

---

❻ 另一方面，表示「消失」或「結束」的動詞卻不能以'there'爲主語。試比較：

(i)　a. There *began* a riot.

　　b. There *rose* a green monster from the lagoon.

　　c. There *ran* a man from the building.

(ii)　a. * There *ended* a riot.

　　b. * There *sank* a green monster into the lagoon.

　　c. * There *ran* a man around the track.

在上面「there 加插」這個變形裏，無定名詞組從句首主語的位置向右移位，移到句中的位置來。但是在下面「主題變形」(Topicalization) 的例句㉒b裏，有定名詞組 'Mr. Taylor' 卻從句中賓語的位置向左移位，移到句首主題的位置來；並且主題與評論之間常有「停頓」(pause)，各自形成一個獨立的「語調單元」(tone unit)。我們可以用㉒c的「語調輪廓」(tone contour) 表示出來。

㉒　a. I met *Mr. Taylor* in New York.

　　b. *Mr. Taylor*, I met in New York.

　　c.　⌒＿＿＿＿⌒＿＿＿＿⌒

在㉒b裏，主題名詞組 'Mr. Taylor' 代表舊的信息，而評論 'I met (him) in New York' 則代表新的信息，其排列的次序正符合「從舊到新」的原則。這個原則也說明，為什麼㉓a裏代表新信息的無定名詞組 'someone' 或 'a man' 不能移到句首而變成㉓b的句子。

㉓　a. I met *someone* 〔*A man*〕 in New York.

　　b. **Someone* 〔*A man*〕, I met in New York.

同樣的，㉔a與㉕a裏句子成分出現的次序符合「從舊到新」的原則，所以合語法；而㉔b與㉕b的句子則違背這個原則，所以不合語法。

㉔　a. As for *Mr. Taylor*, I met him in New York. ❼

　　b. *As for *someone* 〔*a man*〕, I met him in New York.

---

❼ 有些語法學家把用介詞 'as for'、分詞片語 'speaking of' 等引介的主題稱為「有標的主題」(marked topic)，以別於不用這些介詞、分詞片語引介的「無標的主題」(unmarked topic)。

㉕　　a. Speaking of *my friends*, I let them stay.

　　　b. *Speaking of *many friends*, I let them stay.

下面㉖到㉘的b句，也都是從a的基底結構經過「主題變形」而得來的。在這些例句裏，名詞組'macadamia nuts，dates，invalids'移到句首的結果，b句裏出現於句尾的動詞'called, remember'或動詞片語'have no use for'就要變成信息焦點而重讀，與原來a句裏以句尾名詞組'macadamia nuts，dates，invalids'為信息焦點而讀重音的情形不同。❽

㉖　　a. They're called *macadamia nuts*.

　　　b. *Macadamia nuts* they're called.

　　　c. ⌢‿⌢‿

㉗　　a. I could never remember *dates*.

　　　b. *Dates* I could never remember.

㉘　　a. We have no use for *invalids*

　　　b. *Invalids* we have no use for.

㉖到㉘的主題名詞組出現於單句，這種句子多見於非正式的口語。在㉙與㉚的例句裏主題名詞出現於合句，這種句子常出現於較為正式的書面語。㉙b把後半句裏因重複出現而代表舊信息的'spinach'移到句首的結果，不僅符合了「從舊到新」的原則，而且還避免了'spinach'機械單調的在前後兩個子句的句尾出現，

---

❽　嚴格說來，㉖到㉘b的例句與前面㉒到㉕b的例句並不完全相同。㉖到㉘b句的主題名詞組在指涉上是「泛指」（generic）的，因而比㉒到㉕b句的「定指」（definite）主題名詞組更能代表較新或較重要的信息，而在語音上也如㉖c所示只含一個「語調單元」。有些語法學家把這些主題句稱為「焦點主題句」（focus topicalization）。「焦點主題句」多用來表示「對比」或「強調」，如㉙到㉟的b句。

並且把句尾的動詞‘ate’改為信息焦點而重讀。又⑩b把前半句的‘excuses’移到句首而成為主題的結果，與句尾的‘reasons’形成了顯明的對比，格外的加強了全句的語氣。

29　a. My father grew spinach, so we ate *spinach*.

　　b. My father grew spinach, so *spinach* we ate.

30　a. She gave me *excuses,* but (she did) not (give me) reasons.

　　b. *Excuses* she gave me, but not reasons.

「主題變形」一方面把句子成分移到句首而加強其重要性（fore-grounding），一方面把信息焦點移到新近出現於句尾的句子成分（end-focusing），結果有同時加強出現於句首與句尾兩個句子成分的效果。因此，在比較注重修辭效果的文章裏，常把「合句」（compound sentence）裏前後兩個子句中相對的句子成分各自移到各個子句的句首。結果不但產生了修辭學上所謂的「對稱」（parallelism），而且在句首與句尾同時形成了兩個「對比」（con-trast），獲得了「強調」（emphasis）的效果。試比較：❾

31　a. She liked *caramels*; she adored *taffy*.

　　b. *Caramels* she liked; *taffy* she adored.

32　a. She may be *rich*, but she certainly is not *happy*.

　　b. *Rich* she *may be*, but *happy* she *certainly is not*.

33　a. I am not fond of *his face*, but I despise *his character*.

---

❾　嚴格說來，㉜與㉞並不屬於「主題變形」的例句，但是仍列在這裏供參考。

b. *His face* I am *not fond of*, but *his character* I despise.

㉞ a. As I was born *Chinese,* so you might as well call me *Chinese.*

b. *Chinese* as I *was born,* so *Chinese* you might as well *call* me.

㉟ a. I was born *in China,* and I'll die *in China.*

b. *In China* I was *born,* and *in China* I'll *die.*

除了「向右移位」（如「there 加插」）與「向左移位」（如「主題變形」）的變形以外，英語裏還有同時「向左與向右移位」的變形。例如下面㊱b的句子，可以分析爲從㊱a的基底結構經過「方位副詞提前」（Directional Adverb Preposing）的變形，把句首的主語名詞‘John’移到句尾，而把句尾的方位副詞‘here’移到句首來。

㊱ a. *John* comes *here.*

b. *Here* comes *John.*

在㊱a裏，‘John’是主語兼主題，代表舊的信息；而‘comes here’是評論，也是信息焦點，代表新的信息。㊱b卻是含有驚嘆意味或加強語氣的句子，在文章裏常於句尾加上驚嘆號，在說話時也常用驚嘆語調。❿方位副詞‘here’要重讀，句重音也落在句首的‘here’上面。⓫這是由於㊱b是表示驚嘆或促人注意的句子，全

---

❿ 參 Hooper and Thompson (1973:469-470) 與 Hornby (1959:72-73)。

⓫ 參 Rutherford (1968:51)。

句的句子成分都代表新的信息。「從舊到新」的原則可以說明這兩個句子在表達功用上的差別，而且也可以說明，爲什麼㊲a的基底結構只能產生㊲b，而不能產生㊲c。因爲㊲a的主語是人稱代詞‘he’，人稱代詞在本質上代表已知的舊信息，所以不能出現於句尾成爲信息焦點。

㊲ a. *He* goes *there*.

b. *There he* goes.

c. **There* goes *he*.

下面㊳到㊷的 b 句也都是從 a 的基底結構經過「方位副詞提前」而得來的。與「there 加接」不同，由於「方位副詞提前」而移到句尾的主語可能是無定名詞組，也可能是有定名詞組。但是如果主語是代詞的話，就不能出現於句尾的位置（參㊳c與㊵c）。

㊳ a. *A policeman* came *in*.

b. *In* came *a policeman*.

c. *In* he came (and *out* she went).

㊴ a. *The dog* trotted *up the street*.

b. *Up the street* trotted *the dog*.

㊵ a. *The car* went *away* like a whirlwind.

b. *Away* went *the car* like a whirlwind.

c. *Away* it went like a whirlwind.

㊶ a. *An old cart* rumbled *ahead* along the path.

b. *Ahead* rumbled *an old cart* along the path.

㊷ a. *The sun* went *in* and *the rain* came *down*.

b. *In* went *the sun* and *down* came *the rain*.

除了方位副詞以外，處所副詞也可以有同樣的變形。

㊽ a. *Trophies* were *in the case.*

b. *In the case* were *trophies.*

㊹ a. *An old man* was *in the doorway.*

b. *In the doorway* was *an old man.*

㊺ a. *A portrait of his wife* hangs *on the wall.*

b. *On the wall* hangs *a portrait of his wife.*

㊻ a. *A man* stood *outside* waiting.

b. *Outside* stood *a man* waiting.

這一種倒序的句子，多半出現於比較富有戲劇性或文學意味較濃的文章中，而且通常都與上下文的銜接有密切的關係。例如㊽b與㊳b的例句，很少出現於「言談的起頭」（discourse-initial），而可能分別出現於㊼與㊿的上下文。

㊼ I found *a glass case* on the table. *In the case* were *trophies.* (Fukuchi, 1983)

㊿ *The door opened. In* came *a policeman.* (Fukuchi, 1983)

㊼裏出現於後一個句子的‘the case’，指出現於前一個句子的‘a glass case’，是代表舊信息的句子成分，所以句子成分的排列次序仍然遵守「從舊到新」的原則。㊿裏的後一個句子也以前一個句子‘The door opened’的敍述與‘Someone came in’的假設為前提，所以‘in came’並不代表新的信息，而‘a policeman’卻是最重要的新信息，也就符合了「從舊到新」的原則。又這一種倒裝句似乎只出現於「肯定直述句」而不出現於「否定句」、「疑問

句」或「條件句」。⓬試比較:

⑭ a. *In came no policeman.

b. No policeman came in.

⑮ a. *Did in come a policeman? (Hooper and Thompson, 1973)

b. Did a policeman come in?

㊽ a. *In came the policeman, didn't he?

b. The policeman came in, didn't he?

㊼ a. *What on the wall hangs? (Hooper and Thompson, 1973)

b. What hangs on the wall?

㊼ a. *If in came a policeman,...

b. If a policeman came in,...

　句子的信息結構，不僅與句子成分的移位有密切的關係，而且與句子重音出現的位置也有直接的影響。如果我們以'O'來代表含有舊信息的句子成分，以'N'來代表含有新信息的句子成分，而以重音符號' ' '來代表句重音，那麼句子的「信息結構」與「句重音」的搭配在理論上有下列八種可能性。但是事實上，只有 a、c、e、g 是可能的排列組合，而 b、d、f、h 卻是

⓬ 也就是說，出現於 Quirk et al. (1972) 所謂的「斷言句」(assertive sentence)，而不出現於「非斷言句」(non-assertive sentence)。另外 Hooper and Thompson (1973) 也指出這一種倒裝句與「斷言句」(asserted sentence) 的關係。但是他們所稱的'asserted sentence'與我們這裏所謂的'assertive sentence'，含義不盡相同。

不可能的排列組合。

(54) a. O-Ń　b. *Ó-N　c. Ń-O　d. *N-Ó

e. Ń-N　f. *N-Ń　g. O-Ó　h. *Ó-O

以(55)的例句為例，如果這一句話是問句(56)的答句，那麼'John'與'hit'代表O，'May'代表N，句重音Ń落在'Mary'上面。這是一般最常見的情形（＝(54)a），符合「從舊到新」的原則。⓭

(55) John hit Mary.

(56) Who did John hit?

但如果(55)是問句(57)的答句，那麼'hit'與'Mary'代表O，'John'代表N，句重音Ń落在'John'上面。這是與「從舊到新」的原則不相符的情形，因為句子的線列次序不足以交代信息的新舊，所以用句重音的移動來指示信息焦點的所在。在前面所討論的例句裏，④('his')、⑥b（'a book'）、⑧b（'books, etc.'）、⑪（'a book'）以及⑬到㉑「there 引介句」的句重音都落在句首或句中的句子成分，都屬於這一種情形（＝(54)c）。

(57) Who hit Mary?

如果(55)是問句(58)的答句，那麼'John hit Mary'都代表N，句重音Ń落在'John'上面。這也是與「從舊到新」的原則不相符的情形，因而用句重音的移位來表示信息焦點的範域。在前面的例句裏，(36)b與(37)b屬於這一種情形（＝(54)e）。

(58) What happened?

⓭ 實際上代表舊信息的'John'在答句中會改為人稱代詞'he'而變成'He hit Mary'。但是為了討論的方便，我們暫時不考慮這些因素。

又如果(55)是出現於(59)的上下文，那麼'John hit Mary'都代表O，句重音Ó落在從句尾數起第一個實詞的'Mary'上面。這是屬於(54)g的情形。⓮

(59) Is it true that John hit Mary?

「從舊到新」的原則，除了與句子成分的移位以及句重音出現的位置有密切的關係以外，還可以說明有關句子成分刪略的一些現象。例如，問句(60)a的答句(60)b可以省略時間副詞'in 1960'而變成(60)c，但是問句(61)a的答句(61)b卻不能如此省略而變成(61)c。

(60) a. Were you still a small boy in 1960? (Kuno, 1978)

b. Yes, I was still a small boy in 1960.

c. Yes, I was still a small boy.

(61) a. Were you born in 1960? (Kuno, 1978)

b. Yes, I was born in 1960.

c. *Yes, I was born.

根據 Kuno (1978:16-20) 的解釋，在(60)裏'still a small boy'是疑問句的「疑問焦點」(focus of question)，代表較新、較重要的信息，而'in 1960'是「主題副詞」(thematic adverb)，代

⓮ 如果(55)是問句'Who hit who?'的答句，那麼'John'與'Mary'都代表N，都要重讀；但是句重音Ń落在'hit'（代表O）後面的'Mary'上面。這是 N-O-Ń 的情形，可以視爲(54)a O-Ń 的延伸。又如果(55)是問句'Did John hit Mary?'的答句，那麼通常都會改爲'(Yes,) he hit her (或 he did)'或'(No,) he didn't (hit her)'。在這些答句裏，'he、her（甚至 hit）'都代表O，而'hit'與'did'（表示肯定）或'didn't'（表示否定）則代表N，句重音Ń就落在這些句子成分上面。這是 O-Ń-O 的情形，可以視爲(54)c Ń-O 的延伸。

表較舊、較不重要的信息。但是在⑥裏謂語副詞 'in 1960' 是疑問焦點，代表較新、較重要的信息，而謂語動詞 'born' 卻代表較舊、較不重要的信息。下面⑥與⑥的例句表示，代表舊信息的主題副詞可以移到句首，也可以在答句裏用時間代詞 'then' 來代替；但是代表新信息的謂語副詞卻沒有這種用法。試比較：

⑥ a. In 1960, were you still a small boy? (＝⑥a)

b. Yes, I was still a small boy then. (＝⑥b)

⑥ a. In 1960, were you born? (≒⑥a)

b. Yes, I was born then. (≒⑥b)

Kuno (1978:29) 更指出，謂語補語 'still a small boy' 與主題副詞 'in 1960'，在句法結構上並沒有形成「單一的詞組成分」（single constituent），所以不能同時移到句首而成為⑥a。但是謂語補語 'born' 與謂語副詞 'in 1960' 卻形成單一的詞組成分，所以可以相偕移到句首而變成⑥b。

⑥ a. *Still a small boy in 1960 though John was, he was already beginning to show his interest in politics.

b. Born in 1960 though John was, he was quite familiar with what happened in World War II.

(Kuno, 1978)

下面⑥到⑥的例句也表示，我們可以保留代表新信息的句子成分而刪略代表舊信息的句子成分，卻不能保留代表舊信息的句子成分而刪略代表新信息的句子成分。

⑥⑤ a. Were you *robbed in New York*? (Kuno, 1978)
                N   O

    b. Yes, I was robbed (in New York).

⑥⑥ a. Were you *born in New York*? (Kuno, 1978)
               O   N

    b. Yes, I was born *(in New York). ❺

⑥⑦ a. Were you *already born in 1960*? (Kuno, 1978)
               N   O

    b. Yes, I was already born (in 1960).

⑥⑧ a. Did you publish your first paper *in 1960*?
                                N

    (Kuno, 1978)

    b. Yes, I published it *(in 1960).

⑥⑨ a. Did you publish many papers *in 1960*? (Kuno, 1978)

    b. Yes, I published many papers (in 1960).

⑦⓪與⑦①的例句也顯示，後半句裏因重複出現而代表舊信息的句子
成分（即‘came’與‘yesterday’）可以省略或由‘did’取代。但是
沒有重複出現而代表新信息的句子成分（即表示肯定的‘did’與
表示否定的‘didn't’），則不能省略。同樣的⑦②與⑦③的例句顯示，
後半句代表舊信息的‘came yesterday’與‘didn't come yesterday’
可以分別由‘did so’與‘did neither’取代後移到句首。但是代表

---

❺ 括弧前面的星號表示，如果不含有括弧裏面的句子成分，這個句子就
不合語法。

新信息的'I'，則不能省略而必須出現於句尾成爲信息焦點。

⑦ a. You didn't come yesterday, but *I* came yesterday.

   b. You didn't come yesterday, but *I* did.

⑦① a. You came yesterday, but I *didn't* come yesterday.

   b. You came yesterday, but I *didn't*.

⑦② a. You came yesterday, and *I* came yesterday, too.

   b. You came yesterday, and so did *I*.

⑦③ a. You didn't come yesterday, and *I* didn't come yesterday either.

   b. You didn't come yesterday, and neither did *I*.

Kuno（1978:63）還指出，⑦④a的句子在理論上可以分析爲從⑦④b或⑦④c的基底結構中，把後半句裏重複出現的句子成分加以刪略而得來。但是事實上，⑦④a只能解釋爲與⑦④b同義，而不能解釋爲與⑦④c同義。根據 Kuno（1978）的功用分析，這是由於在⑦④b後半句裏代表新信息的'Bill'比較靠近句尾的位置出現，而且因爲離前半句的賓語較近所以在理解上比較容易解釋爲後半句的賓語。反之，⑦④c的'Bill'則離句尾較遠，而且要解釋爲與離得較遠的前半句主語'John'相對，在理解上比較困難。

⑦④ a. John hit Mary with a baseball bat, and Bill with a bicycle chain.

   b. John hit Mary with a baseball bat, and *John hit*
                                O

    Bill with a bicycle chain.
    N

　　c. John hit Mary with a baseball bat, and *Bill*

　　　　　　　　　　　　　　　　　　　　　　　　N

　　hit Mary with a bicycle chain.

　　　　O

同樣的，Kuno（1978）認爲⑦a是不合語法的句子，因爲此句只能解釋爲與⑦b同義，而不能解釋爲與⑦c同義。

⑦　a. *Mary wanted Bill to wash himself, and Jane to shave himself.

　　b. *Mary wanted Bill to wash himself, and *Mary wanted Jane* to shave himself.

　　　　　　　　　　　　　　　　　　　　O　　　　　　N

　　c. Mary wanted Bill to wash himself, and *Jane*

　　　　　　　　　　　　　　　　　　　　　　　　　　　　N

　　wanted Bill to shave himself.

　　　　O

三・二　「從輕到重」的原則

　　第二個有關功用解釋的基本原則是「從輕到重」的原則（'From Light to Heavy' Principle）。這一個原則表示，份量（weight）越重的句子成分越要靠近句尾的位置出現。決定句子成分份量輕重的主要因素有二：㈠句子成分所包含的字數越多，其份量越重；㈡句子成分在句法結構上越接近句子，其份量越重。因此，「that子句」與「wh子句」的份量比「不定子句」與「動名子句」的份量重，而「不定子句」與「動名子句」的份量又比「介詞組」或「名詞組」的份量重。在下面⑦的例句裏，副詞

'angrily'、介詞組'into the hotel'、從屬子句'when the clock struck two'係按其份量的輕重，依次出現：

⑯ They walked *angrily into the hotel when the clock struck two.*

「從輕到重」的原則，在英語語法裏面的應用，有下列幾種情形。首先，英語的句子不喜歡「主語長而謂語短」（front-heavy）的結構，而喜歡「主語短而謂語長」（end-weighty）的結構。因此，英語的句子常有避免使用單字動詞，而盡量加上賓語、副詞、介副詞、助動詞等以便加長謂語的趨勢。Quirk et al. (1972:968) 稱這種現象爲「結構補償」（structural compensation），例如：

⑰ a. He *sang.*

b. He *sang a song* [*sang well/was singing/sang away*].

其次，如果句子的主語或賓語是名詞子句，那麼爲了避免「頭重腳輕」（front-heavy）的句子❶，常把這個主語或賓語名詞子句移到句尾，並且用虛詞'it'來塡補主語或賓語移位後所空下來的位置。這一種句式上的變化，語法上叫做「移尾變形」（Extraposition）。下面⑱到⑱的例句，分別說明「that 子句」、「wh子句」、「wh片語」、「不定子句」與「動名詞組」的移尾。

⑱ a. [*That John forgot the key*] irritated Mary.

b. *It* irritated Mary [*that John forgot the key*].

---

❶ 以名詞子句爲主語的句子通常只出現於較爲正式的文章或談話裏，參 Hooper and Thompson (1973:472)。

⑦ a. [That she finished her job all by herself] seems impossible.

　 b. It seems impossible [that she finished her job all by herself].

⑧ a. I think [that she finished her job all by herself] impossible.

　 b. I think it impossible [that she finished her job all by herself].

⑧ a. [What you do] doesn't matter.

　 b. It doesn't matter [what you do].

⑧ a. [Whether you succeed or fail] doesn't interest me.

　 b. It doesn't interest me [whether you succeed or fail].

⑧ a. They left [when to hold the next meeting] undecided.

　 b. They left it undecided [when to hold the next meeting].

⑧ a. [For Mary to go to Europe this summer] will be difficult.

　 b. It will be difficult [for Mary to go to Europe this summer].

⑧ a. [To read so many magazines] is a waste of time.

　 b. It is a waste of time [to read so many magazines].

⑧ a. I think [for you to try to help your friends] right.

　 b. I think it right [for you to try to help your

friends].

⑧⑦ a. I must leave [*to decide whether you should come or not*] to your own judgment.

b. I must leave *it* to your own judgment [*to decide whether you should come or not*].

⑧⑧ a. [Getting the equipment loaded] was easy.

b. It was easy [getting the equipment loaded].

⑧⑨ a. [Trying to catch the bus] is useless.

b. It is useless [trying to catch the bus]. ❶❼

這些例句都把份量較重的句子成分，從句首主語的位置或句中賓語的位置移到句尾來。如此，不但符合「從輕到重」的原則，而且原先出現於句首或句中的主語或賓語子句也因出現於句尾而得到加強，所以又符合「從舊到新」的原則。下面⑨⑩到⑨①的例句也顯示，份量最重的「that 子句」可以出現於句子裏兩個比較重要的位置即句首與句尾，卻不容易出現於句中的位置。這似乎是由於出現於句中的「that 子句」容易引起「理解上的困難」(per-

---

❶❼ Ross（1973）以下面的例句與合法度判斷來指出，越是「接近句子」(sentency) 的句子成分越容易經過「移尾變形」，越是「接近名詞」(nouny) 的句子成分越不容易經過「移尾變形」。

It was a shame $\begin{cases} \text{?} & \text{Max getting arrested.} \\ \text{?*} & \text{Max's getting arrested.} \\ \text{*} & \text{Joan's unwillingness to sign.} \end{cases}$

又⑧⑧與⑧⑨的 b 句，在動名詞前面有明顯的停頓常可以標逗號。因此，有些語法學家認爲在這些例句裏，動名詞組是主語 'it' 的「同位語」(appositive)，並不一定要經過「移尾變形」而得來。

ceptual difficulty），聽話的人不容易辨認「that子句」所致。

⑨ a. 〔That income tax will be abolished〕 is in the paper.

　b. *Is 〔that income tax will be abolished〕 in the paper?

⑨ a. It is in the paper 〔that income tax will be abolished〕.

　b. Is it in the paper 〔that income tax will be abolished〕?

⑨ a. I shall explain that to him.

　b. *I shall explain 〔that he is wrong〕 to him.

　c. I shall explain to him 〔that he is wrong〕.

Creider（1979:9）更指出，原來代表舊信息或「預設」（presupposition）的「that子句」移到句尾以後就變成「斷言」（assertion）而代表新信息。因此，針對着詢問可能性的問句⑨a，我們可以用⑨a句來回答；但是對於詢問後果的問句⑨b則只能以經過移尾的⑨b句來回答。

⑨ a. Is there anything we can count on with these machines?

　b. What will happen when we go on line?

⑨ a. *That the interface between the interactional software will go down while we are on line* is virtually certain.

　b. It is virtually certain *that the interface between the interactional software will go down while we are on* line.

「移尾變形」的另外一個功用是減少句子的「結構深度」(structural depth)，把「結構較深、較複雜的句子」(deeply embedded structure) 變成「結構較淺、較簡單的句子」(flat structure)，用以減輕理解上的困難或「短期記憶」(short-term memory) 的負擔。例如下面⑨⑤a是較難理解的「自我包孕結構」(self-embedding)，但是經過兩次「移尾變形」以後就變成比較容易了解的「向右分枝結構」(right-branching)。

⑨⑤　a. [ₛ̄That [ₛ[ₛ̄that [ₛthe boy is intelligent]] is obvious]] is well known.

　　b. It is well-known [ₛ̄ that [ₛit is obvious [ₛ̄that [ₛthe boy is intelligent]].

英語的「移尾變形」還有一種情形，那就是從名詞組裏把關係子句、同位子句、不定詞組、分詞組、介詞組等份量較重的修飾語移出來，移到句尾的位置。這種變形稱為「從名詞組的移尾」(Extraposition from NP)。下面⑨⑥到⑩②的例句，說明各種修飾語成分從名詞組裏移尾的情形。

⑨⑥　a. [A gun [*which I was cleaning*]] went off.

　　b. [A gun] went off [*which I was cleaning*].

⑨⑦　a. [That loaf [*that you sold me*]] was stale.

　　b. [That loaf] was stale [*that you sold me*].

⑨⑧　a. [The rumor [*that Mary has eloped with John*]] is going about.

　　b. [The rumor] is going about [*that Mary has eloped*

with John].

⑨⑨ a. 〔The problem 〔(*of*) *what contribution the public should pay*〕〕 arose.

b. 〔The problem〕 arose 〔(*of*) *what contribution the public should pay*〕.

⑩⑩ a. 〔The time 〔*to decorate the house for Christmas*〕〕 has come.

b. 〔The time〕 has come 〔*to decorate the house for Christmas*〕.

⑩① a. 〔A steering committee 〔*consisting of Messrs. Smith, Brown, and Robinson*〕〕 has been formed.

b. 〔A steering committee〕 has been formed 〔*consisting of Messrs. Smith, Brown, and Robinson*〕.

⑩② a. 〔A review 〔*of this article*〕〕 came out yesterday.

b. 〔A review〕 came out yesterday 〔*of this article*〕.

這些例句都把份量較重的句子成分，從句中的位置移到句尾的位置來，因而符合「從輕到重」的功用原則。同時，這些句子成分因爲出現於句尾的位置而得到加強，所以又符合「從舊到新」的功用原則。如果移位的是同位子句，那麼「that子句」裏原來所表達的「預設」就要變成「斷言」，而成爲句子的信息焦點。⑩③ a、b 兩個附加問句不同的合法度判斷表示，⑩③a 的信息焦點在主要子句，而⑩③b的信息焦點則在「that子句」。

⑩③ a. The claim *that the rain caused the accident* **was made**,

$$\left\{ \begin{array}{l} \text{wasn't it?} \\ \text{*didn't it?} \end{array} \right.$$

b. The claim was made *that the rain caused the accident,*

$$\left\{ \begin{array}{l} \text{?wasn't it?} \\ \text{didn't it?} \end{array} \right. \qquad \text{(Fukuchi, 1983)}$$

　　英語裏還有一個把句子成分移到句尾的變形，叫做「複合名詞組移轉」(Complex NP Shift；Heavy NP Shift)。這個變形把份量較重的賓語名詞移到句尾，但與「移尾變形」不同，並不在原來賓語的位置留下塡補語 'it'。下面⑭到⑯的例句說明，賓語名詞如果有關係子句等份量較重的修飾語，就常移到句尾的位置來。

⑭ a. You can say [*exactly what you think*] to him.

　　b. You can say to him [*exactly what you think*].

⑮ a. He attributed [*the fire which destroyed most of my property*] to a short circuit.

　　b. He attributed to a short circuit [*the fire which destroyed most of my property*].

⑯ a. They pronounced [*every one of the accused except the man who had raised the alarm*] guilty.

　　b. They pronounced guilty [*every one of the accused except the man who had raised the alarm*].

這一種變形，也與前面兩種「移尾變形」一樣，符合「從輕到重」與「從舊到新」的功用原則。不過究竟是否要適用這一個變

形，還得看上下文裏新舊信息分佈的情形。例如在⑩的對話裏，答句(b)的賓語名詞'the problem of keeping our house warm in winter'，包含在問句(a)裏已經出現的舊信息，因此以不移轉為宜。反之，在⑩的對話裏，同樣的賓語名詞代表新信息，宜移到句尾。試比較：

⑩ a. "How will we keep our house warm in winter?"

　　b. "I consider 〔the problem of keeping our house warm in winter〕 unsolvable." (Creider, 1979)

⑩ a. "That will take care of getting the food in; is there anything that looks like it can't be done?"

　　b. "I consider unsolvable 〔the problem of keeping our house warm in winter〕".

三‧三　「從低到高」的原則

　　「從舊到新」的原則與「從輕到重」的原則，都與句子成分在「線性次序」（linear order）上從左到右或從右到左的移位有關。而「從低到高」的原則，卻與句子成分在「階層組織」（hierarchical structure）上從上到下或從下到上的移位有關。在討論句子成分的份量時，我們曾經提到：句子成分在句法結構上越接近句子，其重要性越高。如果我們以「階級」（rank）來稱呼這種重要性，那麼句子成分的重要性可以大略分為下列五個等級：㈠「獨立句子」（independent sentence）、㈡「對等子句」（coordinate clause）、㈢「從屬子句」（subordinate clause）、㈣「詞組」（phrase）、㈤「詞語」（word）。下面⑩的例句說明，

'red nose'的概念如何在不同階級的句法結構中得到不同程度的
「加強」(emphasis)。

⑩ a. Everybody noticed the *red-nosed* bus driver.

   (Rank 5：word)

b. Everybody noticed the bus driver *with the red nose*.

   (Rank 4: phrase)

c. Everybody noticed the bus driver *whose nose was red*.

   (Rank 3: subordinate clause)

d. Everybody noticed the bus driver; *his nose was red*.

   (Rank 2: coordinate clause)

e. Everybody noticed the bus driver. *His nose was red*.

   (Rank 1: independent sentence)

「從低到高」的原則（'From Low to High' Principle）表示，
要加強某一個句子成分，就要把這一個句子成分改為階級較高的
句法結構，或是把這一個句子成分移入階級較高的句法結構裏
面。例如，句子的信息焦點除了可以用句重音表示以外，還可以
用特殊的句法結構來標明。我們可以把⑩與⑪的 (a) 句裏代表信
息焦點的句子成分放在 'It is…that…' 裏 'is' 與 'that' 的中間，
而把其餘的句子成分移到 'that' 後面，結果產生了 (b) 的「分裂句」
（cleft sentence）。 我們也可以把代表信息焦點的句子成分放在
'What…is…' 裏 'is' 的後面，而把其餘的句子成分移到 'what' 與
'is' 的中間，結果產生了 (c) 的「準分裂句」(pseudo-cleft sen-
tence)。

⑩ a. *THE GRAMMATICAL RELATIONS OF THE DEEP STRUCTURE* determine the semantic interpretation.

b. It is *THE GRAMMATICAL RELATIONS OF THE DEEP STRUCTURE* that determine the semantic interpretation.

c. What determines the semantic interpretation is *THE GRAMMATICAL RELATIONS OF THE DEEP STRUCTURE.*

⑪ a. The grammatical relations of the deep structure determine *THE SEMANTIC INTERPRETATION.*

b. It is *THE SEMANTIC INTERPRETATION* that the grammatical relations of the deep structure determine.

c. What the grammatical relations of the deep structure determine is *THE SEMANTIC INTER-PRETATION.*

這些例句裏的(b)與 (c) 句，都把 (a) 句「分裂」爲兩段。在(b)的「分裂句」裏，一段出現於 'it is' 與 'that'（偶爾也可以用 'who、which'，也可以省略）的中間，是句子的「斷言」部分，代表新的信息；另一段出現於 'that' 的後面，是句子的「預設」部分，代表舊的信息。在 (c) 的「準分裂句」裏，一段出現於 'is' 的後面，是句子的「斷言」部分，代表新的信息；另一段出現於 'what' 與 'is' 的中間，是句子的「預設」部分，代表舊的信

息。兩種分裂句都把代表新信息的句子成分移到主要子句，而把代表舊信息的句子成分則移到從屬子句，因而符合「從低到高」的功用原則。 未經分裂的句子與經過分裂的句子， 都表達相同的認知內容 ； 但所表達的斷言與預設則並不相同❶。例如⑪②a的「分裂句」與⑪②b的「準分裂句」都預設 'John lost something'，並斷言 'That something was his keys'。但是未經分裂的⑪②c卻沒有這樣的預設 ， 而只斷言 'John lost his keys'。因此，只有⑪②c的否定句可以出現於⑪③的上下文 ， 而⑪②a與⑪②b的否定句在這樣的上下文裏顯得很不自然。試比較：

⑪② a. It was his keys that John lost.

b. What John lost was his keys.

c. John lost his keys.

⑪③ a. ??It wasn't his keys that John lost. In fact, he's never lost anything in his life.

b. ??What John lost was not his keys. In fact, he's never lost anything in his life.

c. John didn't lose his keys. In fact, he's never lost anything in his life.

「分裂句」與「準分裂句」都可以把主語、賓語或介詞賓語名詞組做為信息焦點。但是只有「分裂句」可以把某些副詞、形容詞或介詞組做為信息焦點，而只有「準分裂句」可以把動詞組做為信息焦點。❷ 以句子為信息焦點的時候，通常都用「準分裂

---

❸ 參 Prince（1978:883）。

❹ 參湯（1978-1979）。

句」。試比較:

⑭ a. He is looking at *a portrait of Napoleon*.

　b. It is *a portrait of Napoleon* that he is looking at.

　c. What he is looking at is *a portrait of Napoleon*.

⑮ a. I became a young revolutionary *then*.

　b. It was *then* that I became a young revolutionary.

⑯ a. They have painted the wall *white*.

　b. It is *white* they have painted the wall.

⑰ a. I first met my wife *in May*.

　b. It was *in May* that I first met my wife.

⑱ a. She finally *asked him for help*.

　b. What she finally did was (*to*) *ask him for help*.

⑲ a. *That he should say such a thing* surprised me.

　b. (*)It was *that he should say such a thing* that surprised me. ❷⓪

　c. What surprised me was *that he should say such a thing*.

⑫⓪ a. You are saying *that the President was involved*.

　b. (*)It is *that the President was involved* that you are saying.

　c. What you are saying is *that the President was involved*.

---

❷⓪ ⑲到⑫⓪b句的合法度判斷,英美人士之間有歧見,所以用符號 "(*)" 表示。參 Prince (1978:885)。

Prince（1978:886）的統計顯示，就字數的比例而言，「分裂句」
裏代表焦點的句子成分是代表預設的句子成分的二分之一；而在
「準分裂句」裏代表焦點的句子成分卻是代表預設的句子成分的
三倍。換句話說，「準分裂句」裏代表信息焦點的詞句一般都比
「分裂句」裏代表信息焦點的詞句長得很多。這似乎是與「從輕到
重」的原則有關。在「準分裂句」裏信息焦點出現於句尾，所以
詞句較長；在「分裂句」裏信息焦點出現於句中，所以詞句較
短。這也說明，「that子句」因為所包含的字數較多，所以多半
出現於「準分裂句」裏成為信息焦點。又「that子句」在「準分
裂句」裏出現於句尾的結果，「that子句」本身的斷言語氣就更
加顯著。這就說明了，為什麼表示信息焦點的「that子句」在
「準分裂句」裏常省略連詞 'that'；「that子句」不僅移入主要子
句，而且更進一步省略連詞 'that' 而享有主要子句的地位。試比
較：

⑫ a. I am afraid *that he will never get there in time.*

b. (*)It is *that he will never get there in time* that I
am afraid of.

c. What I am afraid of is (*that*) *he will never get
there in time.*

另外 Hankamer（1974）與 Prince（1978）指出，「準分裂
句」的句首部分含有預設，所以很少用「準分裂句」來開始言
談。例如，我們很少跟人家一見面就說出下面⑭與⑮的 a 句。試
比較 a 句與 b 句。

⑫ a. *Hi! What my name is Ellen. (Prince, 1978)

　　b. Hi! My name is Ellen.

⑫ a. *Hi! What I've heard about is your work. (Prince, 1978)

　　b. Hi! I've heard about your work.

因此,Prince (1978) 認為, 只有說話者有很好的理由認為聽話者對他所要講的事情在心理上有所準備或不覺得太突兀時,纔可以拿這些事情做為「準分裂句」預設部分的內容而說出來。 例如,一位教授很可能用下面⑭a的話開始上課,卻不太可能用⑭b的話做開場白。

⑭ a. What we're going to look at today is…(Prince, 1978)

　　b. What one of my colleagues said this morning was…

但是「分裂句」在用法上則沒有這樣的限制,即使以⑮的句子做上課的開場白,也不會使學生覺得太突兀。㉑

⑮ It was one of my colleagues who said this morning…

Prince (1978) 還認為,事實上「分裂句」可以分為兩類。一類

㉑ 根據這個觀點,Prince (1978:903) 把「舊的信息」(old information) 再細分為「已有的信息」(given information) 與「已知的信息」(known information) 兩種。「已有的信息」表示,說話者有很好的理由認為這些信息已存在於聽話者的意識中;「已知的信息」表示,說話者認為這些信息是事實,而且已經有人(但不一定包括聽話者)知道這些信息。Prince (1978) 認為,「準分裂句」的預設部分應該包含「已有的信息」,而「分裂句」的預設部分則只需包含「已知的信息」。

是「加強焦點的分裂句」(stressed focus *it*-cleft)；其信息焦點表示新的信息或對比的信息，而連詞'that'後面的預設部分則表示舊的已知的信息，所以常可以省略。例如：

⑫⑥ Who made this mold? Was it the *TEACHER* 〔that made this mold〕? Was it the *MEDICINE MAN* 〔that made this mold〕?

(Prince, 1978)

另一類是「以預設傳達新信息的分裂句」(informative-presupposition *it*-cleft)。在這一類「分裂句」裏，信息焦點固然表示新的信息，就是原來包含預設的「that 子句」也傳達新的信息；所以子句部分的音高不降低，以通常的音高說出。例如，在下面⑫⑦的例句裏，「that 子句」裏所包含的'Henry Ford gave us the weekend'與信息焦點的'just about 50 years ago'都代表新的信息。

⑫⑦ It was just about 50 years ago that Henry Ford gave us the weekend. On September 25, 1926, in a somewhat shocking move for that time, he decided to establish a 40-hour work week, giving his employees two days off instead of one. (Prince, 1978)

「準分裂句」裏新舊信息的分佈情形符合「從舊到新」的功用原則，而「加強信息焦點的分裂句」裏新舊信息的分佈情形則不符合這個原則。「以預設傳達新信息的分裂句」或許就是在這個原則無形的牽制下所產生的用法。Prince (1978) 認為，「以預設傳達新信息的分裂句」多出現於比較正式的書面語，而且帶有一點

「迴避責任」（hedging）的意味。說話者對於自己所說的話，不願意就其真實性或獨創性負責的時候，就可以用'it seems that…'或'I think that…'等說法來緩和直說的語氣或加上推測的語氣。但也可以利用「分裂句」把這句話當做已知的事實提出來，並藉此減輕說話者對於這句話內容的責任。

四、英語的主要變形與功用解釋

以上相當詳細的討論了「從舊到新」、「從輕到重」與「從低到高」三個功用原則的內容與特點。同時，在討論的過程中也扼要的介紹了「there 加插」、「主題變形」、「方位詞提前」、「移尾變形」、「從名詞組的移尾」、「複合名詞組移轉」、「分裂句」、「準分裂句」等幾種變形的內容。在本節裏我們更進一步討論英語其他主要變形，包括「被動變形」、「間接賓語移位」、「介副詞移位」、「向左轉位」、「向右轉位」、「動詞組提前」、「分詞提前」、「否定成分提前」、「強意形容詞與副詞的提前」、「though 移位」、「tough 移位」、「about 移位」、「直接引句提前」、「賓語子句提前」、「副詞提前」、「副詞轉位」、「主語提升」等，並討論這些變形與前面三個功用原則的關係。

四・一　被動變形

「被動變形」（Passivization）把句子從「主動語態」（active voice）改為「被動語態」（passive voice）。結果，在句法結構上，主動句的「受事者名詞組」（patient NP）變成被動句的主

語，而「施事者名詞組」（agent NP）則變成介詞'by'的賓語。在功用結構上，主動句的主題（主語名詞組）變成被動句的信息焦點（介詞賓語），而主動句的信息焦點（賓語名詞組）則變成被動句的主題（主語名詞組）。因此，⑫a的問句只能以⑫a的答句來回答，而⑫b的問句則只能以⑫b的答句來回答。

⑿⑧ a. *What* did John write?

b. *Who* was the letter written *by?*

⑿⑨ a. John wrote *the letter.*

b. The letter was written *by John.*

同時，在被動句裏移到句尾的主語名詞組必須有相當的信息價值。因此，如果把代表舊信息（如⑬b的'her'）或不重要信息（如⑬b的'people'）的主語名詞移到句尾，所得的被動句就不甚自然。❷

⒀⓪ a. I met *Susan* yesterday. *She* was accompanied by a tall boy. (Fukuchi, 1983)

b. I met *Susan* yesterday. (?) A tall boy was accompanied by *her.*

⒀① a. *People* speak English all over the world.

b. ?English is spoken all over the world *by people.*

另一方面，⒀b的例句卻把代表新信息的'a boy'（未知的無定名詞）移到句首，而把代表舊信息的'John'（已知的專名）移到句尾，所以不妥當。

---

❷ 為了補救這個缺點，口語裏常把⒀b的'her'重讀，⒀b的'by people'也常加以省略。

⑬　a. *John* hit *a boy* on the head. (Kuno, 1978)

　　b. ??*A boy* was hit on the head *by John*.

被動語態的使用 ， 除了改變句子的主題與 信息焦點以 符合「從舊到新」的原則以外，還有把份量較重的主動句主語名詞組移到句尾以符合「 從輕到重 」的原則之功用。例如，⑬a是主語長、謂語短的「頭重腳輕」的句子，但經過「被動變形」以後就變成⑬b「頭輕腳重」的句子。

⑬　a. *A boy who talked about how he had learned his English* won the speech contest.

　　b. The speech contest was won by *a boy who talked about how he had learned his English.*

另外，⑭的例句表示，爲了隱瞞消息來源，可以不用主動語態而用被動語態。⑮的例句則表示，爲了避免予人主觀武斷的印象，常用以'it'爲主語的被動語態「 非人稱結構 」(impersonal construction)。

⑭　a. *Mr. So-and-so told me* that some of your students have been cheating in examinations.

　　b. *I was told* that some of your students have been cheating in examinations.

⑮　a. *I estimate* that the cost will be much higher than expected.

　　b. *It is estimated* that the cost will be much higher than expected.

⑯的例句更顯示，爲了保持敍述觀點的一致，或避免不必要的贅

詞，或便於上下文順利的銜接，常以被動句來代替主動句。

(136) a. *William Faulkner* wrote a number of books about a mythological county in the South. They awarded *him* the Nobel Prize for literature in 1949.

      b. *William Faulkner* wrote a number of books about a mythological county in the South. *He* was awarded the Nobel Prize for literature in 1949.

四·二　間接賓語移位

英語的雙賓動詞（如'give，send，show'等）可以兼有直接與間接兩種賓語。在基底結構裏，直接賓語出現於動詞的後面，而間接賓語則出現於介詞'to'的後面。❷³「間接賓語移位」(Dative Movement)把間接賓語移到直接賓語的前面，並把介詞'to'加以刪略，例如：

(137) a. I gave the book *to the boy*.

      b. I gave *the boy* the book.

「間接賓語移位」也與「被動變形」一樣，牽涉到句子主題與信

---

❷³ 我們認爲(137)b的句子是從(137)a的基底結構產生的；因爲(i)間接賓語可以省略，而直接賓語則不能省略（試比較：'I gave the book'與'*I gave the boy'）；(ii)詢問間接賓語的'who'問句，只能從(137)a產生，不能從(137)b產生（試比較：'Who did you give the book to?'與'*Who did you give the book?'）；(iii)以直接賓語爲主語的被動句多從(137)a產生，而以間接賓語爲主語的被動句則常從(137)b產生（試比較：'The book was given (to) the boy'與'The boy was given the book (*to)'）。

息焦點的改變。在⑬a的例句裏，直接賓語'the book'代表舊的信息，而間接賓語'(to) the boy'則代表新的信息，所以可以做問句⑱a的答句。在⑬b的例句裏，間接賓語'the boy'代表舊的信息，而直接賓語'the book'則代表新的信息，所以可以做問句⑱b的答句。可見，主動句與被動句的信息結構都符合「從舊到新」的功用原則。

⑱　a. What did you do with the book?

　　　Who(m) did you give the book to?

　　b. What did you give (to) the boy?

⑬與⑭的例句也顯示，「對比」焦點如果落在間接賓語就要用⑬a與⑭a的句型，如果落在直接賓語就要用⑭a的句型。試比較：❷

⑬　a. I gave the book to *your brother*, not (to) *your sister*.

　　b. (?)I gave *your brother* the book, not *your sister*.

⑭　a. I gave the book to *him*, not (to) *her*.

　　b. ?I gave *him* the book, not *her*.

⑭　a. I gave your brother *this book*. not *that one*.

　　b. (?)I gave *this book* to your brother, not *that one*.

又⑭的例句顯示，⑭a的信息結構符合「從舊」(已知的有定名詞'the book')「到新」(未知的無定名詞'a boy')的原則，所以

---

❷　⑬b與⑭b裏以名詞為賓語，所以如果在形成「對比」焦點的句子成分上讀對比重音，那麼句子可以通。但是以代詞為賓語的⑭b卻沒有這種讀法。

可以通。但是⑭b卻把代表新信息的'a boy'特地移到代表舊信息的'the book'的前面，所以不太通順。

⑭ a. I gave *the book* to *a boy*. (Kuno, 1978)

          O   N

    b. ??I gave *a boy the book*.

             N   O

另一方面，⑭的例句則表示，⑭a的信息結構雖然不符合「從舊到新」的原則，卻可以通。

⑭ a. I gave *a book to the boy*.

          N   O

    b. I gave *the boy a book*.

          O   N

Kuno（1978:293）認爲，這是由於⑭a的信息結構是從基底結構直接產生的。雖然違反「從舊到新」的原則，卻是「善意的忽略」（benign neglect），所以可以通融。但是⑭b是特意的經過「間接賓語移位」而產生的句子，其違反的情形屬於「惡意的違背」（intentional violation），所以不能容許。❷❺「間接賓語移位」，不僅要符合「從舊到新」的原則，而且也要遵守「從輕到重」的原則。例如，份量較重的間接賓語常出現於句尾如⑭a，而份量較重的直接賓語也常出現於句尾(如⑭a)。試比較：

---

❷❺ Kuno（1978:294）也提到主動句'*A big boy* hit *John* on the

                                      N   O

    head'是「善意的忽略」，而被動句'?? *A big* boy was hit by *John*

                                 N   O

    on the head'是「惡意的違背」。

⑭ a. I gave the book to *your brother, who happened to be in the library*.

 b. (?)I gave *your brother, who happened to be in the library*, the book.

⑭ a. I gave your brother *the book you wanted to borrow from me*.

 b. (?)I gave *the book you wanted to borrow from me* to your brother.

「從舊到新」與「從輕到重」的兩個功用原則也可以說明,為什麼⑭a、c、d的句子可以通,而⑭b的句子則不通。因為⑭a與⑭c符合這兩個功用原則('it'代表舊信息而份量輕;'to a boy'代表新信息而份量較重;'to him'的份量比'it'重;'to the boy'的信息比'it'較為具體,份量也較重),而⑭b則「惡意的違背」這兩個原則。⑭d的句子也偶爾可以看到,而且比⑭b更廣泛的為人所接受。這可能是因為'him'與'it'都代表舊信息,其份量也相同,所以並沒有違背這兩個功用原則。

⑭ a. I gave it to {*a boy/the boy*}.

 b. *I gave {*a boy/the boy*} it.

 c. I gave it (*to*) him.

 d. I gave *him* it.

另外,⑭a在句法上可以有⑭b與⑭c兩個被動句,但是在功用上⑭b卻比⑭c好。這是由於⑭b係以代表舊信息的間接賓語'Mary'為主語,因而符合「從舊到新」的原則;⑭c則以代表新信息的直接賓語'a book'為主語,因而違背「從舊到新」的原則。

⑭⑰ a. John gave *Mary a book*. (Fukuchi, 1983)

b. *Mary* was given a book (by John).

c. (?)*A book* was given (to) Mary (by John).

四・三 介副詞移位

英語裏有所謂的「雙字動詞」(two-word verb，或 phrasal verb)，由動詞與「介副詞」(adverbial particle) 而成。雙字動詞與賓語名詞連用的時候，介副詞可以移到賓語名詞的後面來，叫做「介副詞移位」(Particle Movement)。例如，⑭⑧a的介副詞 'out'可以移到賓語名詞'the valve'的後面而變成⑭⑧b。

⑭⑧ a. He wore *out* the valve. (Creider, 1979)

b. He wore the valve *out*.

在⑭⑧a裏，信息焦點是事物名詞 'the valve'，所以只能用來回答⑭⑨a的問句。在⑭⑧b裏，信息焦點是動作動詞'wore out'，所以只能用來回答⑭⑨b的問句。可見「介副詞移位」也要符合「從舊到新」的功用原則。

⑭⑨ a. What did he wear out?

b. What happened to the valve?

根據這個功用原則，信息或對比焦點如果落在事物名詞，賓語名詞就要出現於句尾；如果落在動作動詞，介副詞就要出現於句尾。例如：

⑮⓪ a. I told you to call up *a surgeon*, not *a sergeant*.

b. (?)I told you to call a *surgeon* up, not *a sergeant*.

⑮① a. I told you to turn the radio *down*, not *up*.

b. (?) I told you to turn *down* the radio, not *up*.

代詞賓語代表舊的信息，所以通常出現於介副詞的前面。但是如果因對比而重讀，那麼代詞賓語也可以出現於句尾。試比較：

⑫ a. *I told you to call up *him*.

b. I told you to call up *him, not his brother*.

在表示引介的句子裏，代表新信息的無定事物名詞通常出現於介副詞的後面，例如：

⑬ a. It opens up *unlimited opportunities*.

b. She picked out *a bunch of old relics*.

相同或相似的賓語名詞相繼出現兩次時，第一次出現因代表新的信息而出現於介副詞的後面，第二次出現因代表舊的信息而出現於介副詞的前面，例如：

⑭ a. "Hold out *your hand*," said my sister. So I held *my hand* out, half expecting some trick.

b. He must have picked up *something* in the square, —dogs were always picking *things* up.

無定名詞通常代表新的信息，所以常出現於介副詞的後面，例如：

⑮ a. I'll go upstairs to heat up *water*.

b. A dish washer is someone who cleans up *dishes*.

語義內涵比較貧乏的「空洞名詞」（empty noun，如 'thing, matter, business, stuff, subject'等）不代表具體而重要的信息，所以常出現於介副詞的前面。試比較：

⒃ He brought
$\begin{cases} \text{up the } \textit{divorce.} \\ \text{the } \textit{divorce} \text{ up.} \\ \text{(?) up the } \textit{subject.} \\ \text{the } \textit{subject} \text{ up.} \end{cases}$

賓語名詞如果由於連接或帶有關係子句等較長的修飾語而加重份量，那麼就要出現於介副詞的後面，以符合「從輕到重」的功用原則，例如：

⒄ a. I told you to call up *him and her.*

　　b. His scheme was to show up *you or me* as a liar.

　　c. Call in *a specialist who knows how to handle this situation.*

　　d. Always read over *what you have written.*

　　e. She called out *the names of all the people present*

反之，如果介副詞有 'right，all' 等加強詞修飾，那麼介副詞就要出現於賓語名詞的後面，例如：

⒅ a. I'll clean the room *right up.*

　　b. He would bring the vegetables *all over.*

如果句子裏的動詞同時帶有介副詞與間接賓語，那麼介副詞可以出現於直接賓語的前面或後面。但是間接賓語則不能移到直接賓語的前面來。這似乎是為了避免「理解上的困難」，因為間接賓語如果移到動詞的後面來，很容易被誤解為直接賓語。試比較：

⒆ a. John brought in the paper to Mary.

　　b. John brought the paper in to Mary.

      c. *? John brought Mary in the paper.

      d. *John brought in Mary the paper.

四・四　向左轉位

　　句子的主語或賓語名詞組可以移到句首成爲主題，同時在句子裏原來的位置留下代詞做替身，這一種變形的過程叫做「向左轉位」（Left Dislocation），例如：

⑯⓪ a. My father has met Mr. Tanaka in Tokyo.

      b. *Mr. Tanaka,* my father has met *him* in Tokyo.

⑯① a. I hope to meet Jane's husband someday.

      b. *Jane,* I hope to meet *her* husband someday.

在「向左轉位」的句子如⑯①b，句首的主題名詞代表舊的信息，所以⑯②a的問句只能以⑯①a爲答句；而⑯②b的問句則只能以⑯①b爲答句。試比較：

⑯② a. Whose husband do you hope to see?

      b. What do you find exciting about Jane?

「向左轉位」與「主題變形」一樣，符合「從舊到新」的功用原則。但是「向左轉位」的主題名詞與「主題變形」的主題名詞不同，不能做爲後面言談的主題。例如，在⑯③「主題變形」的例句裏，在前一句裏出現的主題名詞（'English muffins'）可以做爲後一句的主題（'they'）。但是在⑯③「向左轉位」的例句裏，在前一句裏出現的主題名詞（'Jane'）卻不能做爲後一句的主題。❷⑥試比較：

─────────────

❷⑥　參 Creider (1979:5-6)。

⑯③　*English muffins* I can eat every morning. *They're* just the right thing.

⑯④　*Jane*, I hope to meet *her husband* someday. $\left\{\begin{array}{c} ??She \\ He \end{array}\right\}$ is a very interesting person.

　　「主題句」的主題名詞常出現於前面的文章或對話裏，而「向左轉位句」的主題名詞則很少出現於前面的文章或對話裏。也就是說，「向左轉位句」的主題名詞並不完全傳達舊的已知的信息，而多少帶一點新的重要的信息。Rodman（1975:440）因而認為「向左轉位句」可以「設定主題」（topic-establishing），而「主題句」則不能設定主題。例如，在⑯⑤的例句裏，(a)的疑問句已經引介主題'John'，所以不能用(b)裏以'Bill'為主題的「主題句」回答。但是在⑯⑥的例句裏，卻可以用設定新主題'Bill'的「向左轉位句」來回答。試比較：

⑯⑤　a. "What can you tell me about John?"

　　　b. *"Nothing. But *Bill*, Mary kissed."

⑯⑥　a. "What can you tell me about John?"

　　　b. "Nothing. But *Bill*, Mary kissed *him*." ㉗

又「向左轉位句」的主題常用 'as for，speaking of，concerning' 等來引介，藉以表示說話者準備設定新的主題，例如：

⑯⑦　*As for* [*Speaking of, Concerning*] Mary, many boys would like to kiss her.

㉗　但這並不是說新設定的主題'Bill'與前面的文章或對話完全無關，在說話者與聽話者之間至少要認識'Bill'這個人，而且也可能知'Mary'喜歡'John'與'Bill'這兩個人。

另一方面，在前面的文章或對話裏已經出現的主題，不能再用 'as for，speaking of，concerning' 等來引介。試比較：(Keenan and Shieffelin，1976:242)

⑯ a. "What happened to *John?*"

　　b. *"*As for John*, he left."

　　c. ?"*John*, he left."

四・五　向右轉位

主語或賓語名詞組除了向左移到句首做為主題以外，還可以向右移到句尾做為補充說明的話。例如，在⑯的例句裏，(a)句的主語名詞組（'the cops'）可以移到句尾，並且在原來的位置留下代詞（'they'）做替身而變成 (b) 句；(a)句的賓語名詞組（'the janitor'）也可以移到句尾並留下代詞（'he'）做替身而變成 (c) 句。這種變形叫做「向右轉位」(Right Dislocation)。

⑯ a. *The cops* spoke to *the janitor* about that robbery yesterday.

　　b. *They* spoke to the janitor about that robbery yesterday, *the cops.*

　　c. The cops spoke to *him* about that robbery yesterday, *the janitor.*

從聽話者的觀點來看，在「向右轉位」的句子裏出現於句尾的名詞組代表新的重要的信息。說話者說⑯b或⑯c這一句話的時候，起先以為聽話者應該知道 'they' 或 'he' 所指的是誰，但是接着認為聽話者可能弄不清楚代詞所指的是誰，因而補上有定名詞 'the cops'或'the janitor'。因此，「向右轉位」的名詞組，與「向左轉位」的名詞組不同，其功用在於補充說明，因而符合「從舊到新」的功用原則。下面⑰的例句更能說明這一種情形。這一些例句顯示，「向右轉位」的句子也符合「從輕到重」的功用原則。

⑰ a. *He* arrived on time, *the man I was telling you about.*

　　b. I noticed *his* car in the driveway last night, *your friend from Kansas.*

　　c. *We'll* do it together, *you and I* 〔*me*〕.

有些語言學家❷認為，「向右轉位」的句子不應該由移位變形產生，而應該由刪略變形產生，例如：

⑰ *They're* cute, *those puppies* (are cute).

下面⑫的例句更顯示，有些「向右轉位」的句子無法靠移位而只能靠刪略來產生。

⑫ a. *John's* a good boy, *he* certainly is (a good boy).

　　b. *John* went to see a pornographic movie, and (*he* went) with *his* own daughter at that.

這些刪略過程也都刪去代表舊信息的句子成分，而保留代表新信息的句子成分，所以仍然符合「從舊到新」的功用原則。

四・六　動詞組提前

　　英語的謂語可以把除了「情態助動詞」以外的動詞組部分移到句首來，叫做「動詞組提前」（VP Preposing）。例如，⑬與⑭的例句分別把(a)句謂語裏面除了情態助動詞'will'與'couldn't'

---

❷ 如 Kuno (1978:79)。

以外的部分移到該句的句首來變成 (b) 句。經過「動詞組提前」的句子，都是「加強語氣的陳述句」（emphatic statement），都用表示「強調的語調」（emphatic intonation，例如把⑰b的 'marry' 與 'will' 都重讀）說出。

⑰　a. Mary plans for John to *marry her,* and he *will marry her.*

　　b. Mary plans for John to marry her, and *marry her* he will.

⑭　a. I couldn't leave him, but at least I could make his life miserable.

　　b. *Leave him* I *couldn't,* but at least I could make his life miserable.

在⑰b的例句中，在後半句裏重複出現的 'marry her' 代表舊的信息，所以移到該句的句首。同樣的　在⑭b裏出現於句首的 'leave him' 也很可能在前面的言談中出現或暗示。這一點可以從⑰b與⑮這兩句話的合法度判斷的比較中看得出來。

⑮　?John loves Mary, and marry her he will.

由於「動詞組提前」而移到句首的動詞，因為出現於句首重要的位置而獲得某種程度的加強。

四・七　分詞提前

表示起居或運動的動詞（如 'sit，seat，stand，lie，wait，move，run' 等）常與處所副詞或狀語連用。如果這些動詞以「進行貌」（progressive aspect）或「被動態」（passive voice）的

形態出現，那麼出現於'Be'動詞後面的現在分詞或過去分詞可以連同處所副詞一起移到句首來。同時，'Be'動詞也移到主語名詞組的前面。這樣的變形，叫做「分詞提前」(Participle Preposing)，例如：

⑯ a. President Reagan was *seated in the chair of honor*.

　　 b. *Seated in the chair of honor* was President Reagan.

⑰ a. The president of the company *was standing next to me*.

　　 b. *Standing next to me* was the president of the company.

⑱ a. A stack of papers are *placed on the shelf*.

　　 b. *Placed on the shelf* are a stack of papers.

在「分詞提前」的句子裏，分詞片語移到句首的位置而獲得某種程度的加強，而原來的主語名詞組也移到句尾而成為信息焦點，所以符合「從舊到新」或「從次要到重要」的功用原則。在提前的分詞組裏所出現的有定名詞組常代表舊的或不重要的信息，而出現於句尾的名詞組則不分有定或無定都代表新的重要的信息。因此，「分詞提前」的句子在本質上屬於「引介句」。

⑲ a. ?There was *a shelf* on the desk, and a stack of papers were placed *on the shelf*.

　　 b. There was *a shelf* on the desk, and placed *on the shelf* were a stack of papers.

「分詞提前」的句子，與「動詞組提前」的句子一樣，是表示強調的倒裝句，用表示強調的語調（句首的分詞與句尾的名詞都要

重讀)說出。

四・八　否定成分提前

謂語中如果含有表示否定的詞（如'not，no，never，nei-
ther，nor，seldom，hardly，rarely，little，only'等），那麼可以
把含有這些否定詞的句子成分連同助動詞（如果不含有助動詞，
就要用助動詞'Do'）一起移到句首。這個變形叫做「否定成分
提前」（Negative Constituent Preposing），例如：

⑱ a. I have *never* in my life seen such a crowd.

b. *Never in my life* have I seen such a crowd.

⑱ a. Such a thing could happen *only* in a city like New
York.

b. *Only in a city like New York* could such a thing
happen.

⑱ a. The childeren *seldom* had so much fun.

b. *Seldom* did the children have so much fun.

「否定成分提前」的句子屬於表示加強語氣的倒裝句，句首的否
定成分要重讀。否定成分提前的結果，常產生新的信息焦點（如
⑱b的動詞'happen'），所以也符合「從舊到新」的功用原則。

四・九　強意形容詞與副詞的提前

謂語裏如果含有「加強詞」（intensifier，如'so，such，
more，most，many a'等）飾修的形容詞或副詞，常可以移到
句首的位置來，叫做「強意形容詞與副詞的提前」（Emphatic

Adjective and Adverb Preposing）❷❾。這個時候，謂語動詞與
助動詞也隨着移到主語名詞組的前面來。結果，不但形容詞或副
詞因爲出現於句首而獲得加強，主語名詞組也因爲出現於句尾而
成爲信息焦點，例如：

⑱⒊ a. His manner was *so* absurd that everyone stared at
him.

b. *So absurd* was *his manner* that everyone stared at
him.

⑱⒋ a. The development of a semantic theory would be
more significant.

b. *More significant* would be *the development of a
semantic theory*.

⑱⒌ a. Falling off the stage is *most* embarassing of all.

b. *Most embarassing of all* is *falling off the stage*.

⑱⒍ a. Physical education comes *first and earliest*.

b. *First and earliest* comes *physical education*.

⑱⒎ a. Ten further items of importance may be added *to
this list*.

b. *To this list* may be added *ten further items of
importance*.

在這些例句裏，出現於句尾的主語名詞組都代表新的重要的信

---

❷❾ 這個變形至今尙無大家公認的名稱，亦有稱爲 'Preposing around
Be' 或 'Comparative Preposing' 的。

· 302 ·

息，而且其份量都相當重，所以符合「從舊到新」與「從輕到重」這兩個功用原則。但也有一些形容詞或副詞的提前，並沒有讓主語名詞組出現於句尾。這個時候，只有情態助動詞（如果沒有情態助動詞，就要用'Do'動詞）移到主語名詞組的前面來，而動詞則仍然留在後面，例如：

⑱ a. I have *often* intended to speak.

b. *Often* have I intended to speak.

⑲ a. He has given me good advice *many a time*.

b. *Many a time* has he given me good advice.

⑳ a. She went *to such length* in rehearsal that two actors walked out.

b. *To such length* did she go in rehearsal that two actors walked out.

㉑ a. I remember *well* the day when it happened.

b. *Well* do I remember the day when it happened.

在這些例句裏，移到句首的形容詞或副詞都獲得加強，都要重讀。形容詞或副詞提前的句子屬於加強語氣的倒裝句，多見於較為正式的書面語或較富有文學意味的文章中。

四·十　though 移位

以連詞'though'引導的「讓步子句」（concessive clause），可以把謂語形容詞、名詞或動詞移到句首來。結果，連詞'though'出現於句中，並且可以用連詞'as'或'that'來代替，叫做「though移位」（Though-Movement），例如：

⑲²   a. *Though* he is *poor,* he is happy.

      b. *Poor* {*though/as/that*} he *is,* he is happy.

⑲³   a. *Though* he was *an idiot,* his parents loved him.

      b. *Idiot* {*though/as/that*} he   *was,* his parents loved him.

⑲⁴   a. *Though* I admire his courage *much,* I don't think he acted wisely.

      b. *Much* {*though/as/that*} I admire his courage, I don't think he acted wisely.

⑲⁵   a. *Though* I *tried hard,* I failed to convince him.

      b. *Try hard* {*though/as/that*}I *did,* I failed to convince him.

「though 移位」把謂語的一部分從句中移到句首的位置，因而加強這一個部分，並且也使得 'Be' 動詞、情態助動詞、'Do' 動詞、賓語名詞等出現於讓步子句的句尾而獲得加強。因此「though 移位」的句子也與「動詞組提前」、「分詞提前」、「否定成分提前」、「強意形容詞與副詞的提前」的句子一樣，是帶有加強語氣的倒裝句，多出現於較正式的書面語。與 'though' 同義但是語氣較重的連詞 'although'，可以出現於句首的位置，卻不能經過「though 移位」而出現於句中的位置。試比較：

⑲⁶   a. $\begin{Bmatrix} Though \\ Although \end{Bmatrix}$ I am poor, I can afford beer.

      b. Poor $\begin{Bmatrix} though \\ *although \end{Bmatrix}$ I am, I can afford beer.

這似乎是因為句首的位置可以加重句子成分，而句中的位置則無

法加重，所以沒有理由要用語氣較重的‘although’。又出現於句首的名詞組，常要省略不定冠詞（如⑲裏‘an idiot’的‘an’）。這也可能是由於出現於句首而加重語氣的句子成分應該是代表重要信息的名詞（‘idiot’）而不是冠詞（‘an’），所以纔把冠詞省略。

四・十一　tough 移位

英語裏表示難易的形容詞（如‘easy，hard，difficult，tough，impossible’等）可以用表示行為的不定詞子句做主語，例如：

⑲⑦　〔*For John to please Mary*〕is easy.

⑲⑦經過「移尾變形」以後，就變成⑲⑧：

⑲⑧　*It* is easy 〔*for John to please Mary*〕.

⑲⑧裏不定子句的賓語名詞（‘Mary’）可以取代主要子句的主語‘it’而變成⑲⑨。這一種變形叫做「tough 移位」（Tough-Movement）。❸

⑲⑨　Mary is easy for John to please.

如果不定詞子句的主語指不特定的人或泛指一般人，就可以把這個主語省去而變成⑳：

⑳　Mary is easy to please.

在「tough 移位」的句子裏，不定子句的賓語移到主要子句成為主語，因為出現於句首的位置而代表舊的信息。同時，由於賓語

---

❸ 關於「tough 移位」的確實內容，學者間至今仍有爭論。這裏採用在英語教學上較為容易接受的一種。

名詞的移位，不定子句的動詞就出現於句尾而成為信息焦點，符合「從舊到新」的原則。例如，在未經過「tough 移位」的例句⑳a裏，信息焦點落在述語形容詞'tough'。但在經過「tough 移位」的例句⑳b裏，信息焦點落在不定子句的動詞'fluff up'。因此，⑳a只可以做問句⑳a的答句，而⑳b則只可以做問句⑳b的答句。試比較：

⑳   a. To fluff up foam rubber pillows is *tough*.

        (Creider, 1979)

     b. Foam rubber pillows are *tough* to fluff up.

⑳   a. What is it like to fluff up a foam rubber pillow?

     b. What is it about foam rubber pillows that you
        don't like?

四・十二　about 移位

表示談話的動詞（如'talk，speak'等）後面可以用介詞'to'來引介談話的對象，而用介詞'about'來引介談話的話題，例如：

⑳   John talked *to Bill about Mary*.

表示話題的「about 介詞組」可以移到表示對象的「to 介詞組」的前面，這一種變形就叫做「about移位」（About-Movement），例如：

⑳   John talked *about Mary to Bill*.

在⑳裏，信息焦點落在表示話題的'Mary'；而在⑳裏，信息焦點則落在表示談話對象的'Bill'。因此，⑳只能做⑳a的答句，而

㉔則只能做㉕b的答句。試比較：

㉕　　a. What did John talk about to Bill? (Creider, 1979)

　　　b. Who did John talk about Mary to?

因此，「about 移位」，與前面所討論的「間接賓語提前」相似，有改變信息焦點的功用，都符合「從舊到新」的功用原則。

四・十三　直接引句提前

直接引句通常出現於主語與「言談動詞」(discourse verb，如 'say，report，exclaim，assert，declare，claim，vow' 等) 的後面，例如：

㉖　John said, "I won first prize."

直接引句也可以移到句首，結果主語與動詞就出現於直接引句的後面。這一種變形叫做「直接引句提前」(Direct Quote Preposing)，例如：

㉗　"I won first prize," John said.

在句法上，直接引句是動詞的子句賓語，但是與一般從屬子句不同，並沒有用從屬連詞來引導。「直接引句提前」把直接引句從賓語的位置移到句首的位置，結果其地位有如主要子句。也就是說，直接引句經過提前以後，就由從屬子句變成主要子句，因而加強了直接引句命題內容的斷言語氣。可見，「直接引句提前」符合「從低到高」的原則。又直接引句提前以後，原來的主語名詞常移到句尾，例如：

㉘　"I won first prize," *said John.*

結果主語名詞從原來代表舊信息的句子成分變為代表新信息的句

子成分，符合「從舊到新」的功用原則。在新聞雜誌的文章裏，
這一種主語名詞與言談動詞的倒序也常見於句首的位置，例如：

㉙ *Says Senator Lawton Chiles of Florida:*"I think Presi-
dent Nixon's announcement is the best news we've
had…"

(*Time,* March 25, 1985)

四・十四　賓語子句提前

除了直接引句以外，在表示推測（如'suppose，believe，
think，expect，guess，imagine，it seems，it happens，it
appears'）與發覺（如'realize，learn，find out，discover'）
等動詞後面出現的賓語子句也常移到句首的位置來。這一種變形
叫做「賓語子句提前」(Complement Preposing)，例如：

㉚ a. I think *that syntax and semantics are related.*

b. *Syntax and semantics are related,* I think.

㉛ a. He soon realized *that she was a compulsive liar.*

b. *She was a compulsive liar,* he soon realized.

在這些例句裏，原來出現於動詞後面的「that 子句」都移到句首
的位置，而且刪去了從屬連詞'that'。結果原來的從屬子句就變
成了主要子句，而原來的主語名詞與述語動詞就變成一種「插入
句」(parenthetical expression)，反而變成次要的地位。因此，
這一種插入句還可以出現於句中的位置，例如：

㉜ a. I believe that the world is flat.

b. *I believe,* the world is flat.

    c. The world is flat, *I believe.*

    d. The world, *I believe,* is flat.

    e. The world is, *I believe,* flat.

「賓語子句提前」與「直接引句提前」一樣，把句法上的從屬子句改爲功用上的「主要命題」（main proposition），用以加強命題內容的斷言語氣，所以符合「從低到高」的原則。又句子代詞 'so' 代表舊的信息，因此依照「從舊到新」的原則常移到句首的位置來，例如：

  ㉓ *So* I was told 〔I heard/I noticed〕.

四・十五　副詞提前

    表示時間或處所的副詞常出現於句尾，但也可以移到句首而成爲「主題副詞」，叫做「副詞提前」（Adverb Preposing）。例如：

  ㉔ a. I hope to return home *the day after tomorrow.*

        (Creider, 1979)

      b. *The day after tomorrow* I hope to return home.

在㉔a的句子裏，時間副詞 'the day after tomorrow' 是句子的信息焦點，代表新的重要的信息。在㉔b 的句子裏，'the day after tomorrow' 是主題副詞，代表舊的次要的信息。因此，㉔a 只能做爲問句㉕a的答句，而㉔b則只能做爲問句㉕b的答句。試比較：

  ㉕ a. When will you return home?

      b. What will you do the day after tomorrow?

同樣的，時間副詞 'in 1960' 在㉖裏可以解釋爲代表舊信息的主題副詞，所以可以移到句首；但是在㉗裏卻只能解釋爲代表新信息的時間副詞，所以不能移到句首。

㉖　a. He published many papers *in 1960*. (Kuno, 1978)

　　b. *In 1960* he published many papers.

㉗　a. He published his first book *in 1960*. (Kuno, 1978)

　　b. *In 1960 he published his first book.

同理，㉘的 'in New York' 是代表舊信息的主題副詞，可以移到句首；但㉙的 'in New York' 卻是代表新信息的處所副詞，不能移到句首。

㉘　a. John was robbed *in New York*.

　　b. *In New York* John was robbed.

㉙　a. John was born *in New York*.

　　b. *In New York* John was born.

因此，「副詞提前」與「主題變形」相似，具有把代表舊信息的副詞成分移到句首成爲主題副詞的功用，符合「從舊到新」的功用原則。

四·十六　副詞轉位

表示「主觀評價」（subjective evaluation，如 'strange，fortunate，lucky，surprising，marvelous，miraculous，interesting，pitiful，ironical' 等）與推測、認知（如 'evident，obvious，apparent，clear，certain，probable，natural' 等）的形容詞，可以做爲「that 子句」的述語，例如：

⑳ a. That Mary was singing was *strange*.

b. It was *strange* that Mary was singing.

㉑ a. That the thief sneaked away in time was *evident*.

b. It was *evident* that the thief sneaked away in time.

這些形容詞可以加上副詞字尾 '-ly' 變成修飾整句的副詞,結果原來的「that 子句」就變成主要子句。這一種變形叫做「副詞轉位」(Adverb Dislocation),例如:

㉒ a. *Strangely*, Mary was singing.

b. Mary was singing, *strangely*.

㉓ a. *Evidently*, the thief sneaked away.

b. The thief sneaked away, *evidently*.

這些例句都把述語形容詞改爲修飾整句的副詞,而(b)句則更把這個副詞移到句尾的位置。結果,原來的從屬子句就變成主要子句,出現於句首。因此,「副詞轉位」與「直接引句提前」及「賓語子句提前」一樣,具有把從屬子句改爲主要命題的功用,符合「從低到高」的原則。

四・十七 主語提升

表示推測的動詞(如 'seem,appear,happen,tend' 等)與形容詞(如 'certain,sure,likely' 等)可以做爲「that子句」的述語,例如:

㉔ a. That John will foot the bill is *certain*.

b. It is *certain* that John will foot the bill.

㉕　　a. That Mary is very happy *seems* (to be true).

　　　b. It *seems* that Mary is very happy.

出現於「that子句」的主語可以移到主要子句而成主語的位置，結果「that子句」的謂語就失去主語而變成不定詞，並且出現於述語動詞或形容詞的後面。這一種變形叫做「從主語到主語的提升」（Subject-to-Subject Raising），或簡稱「主語提升」（Subject Raising），例如：

㉖　　*John* is certain to foot the bill.

㉗　　*Mary* seems to be very happy.

在㉔與㉕的例句裏，整個「that子句」是主題；而在㉖與㉗的例句裏，只有升提的主語（‘John’與‘Mary’）是主題。因此，只有㉔的句子可以做問句㉘a的答句，而只有㉖的句子可以做問句㉘b的答句。試比較：

㉘　　a. Is it true that John will foot the bill?

　　　b. What will John do?

「主語提升」把從屬子句的主語移到主要子句的句首成為主題，並且把從屬子句的不定詞謂語變為信息焦點而移到句尾，符合「從低到高」與「從舊到新」的功用原則。另外，表示認知的動詞（如‘think，believe，expect，find，understand’等）可以帶上「that子句」為賓語，例如：

㉙　　I find *that this chair is uncomfortable*.

㉙裏出現於「that 子句」的主語可以移到主要子句而成為賓語，結果「that 子句」的謂語就失去主語而變成不定詞。這一種變形叫做「從主語到賓語的提升」（Subject-to-Object Raising），例

如：

㉚　I find *this chair* to be uncomfortable.

在㉙的例句裏，主要命題 'this chair is uncomfortable' 用含有限定動詞的「that 子句」來敍述，表示說話者對於這個命題內容的眞實性有客觀的證據（例如，他剛查閱消費者文敎基金會有關這一種椅子的調查報告）。在㉚的例句裏，命題主語移到主要子句做賓語，命題謂語也從限定動詞改爲不定詞，表示說話者對於這一個命題的眞實性並沒有客觀的證據（例如，他個人正在做這一種椅子的消費者反應報告）。如果進一步把不定詞 'to be' 刪略而只留下形容詞，那麼就表示個人主觀的看法或感受，與命題內容客觀的眞實性完全無關。**㉛**

㉛　I find *this chair uncomfortable.*

因此，表示「主觀評價」的形容詞，前面的 'to be' 可以省略；而表示可以客觀驗證其屬性的形容詞，前面的 'to be' 不能省略。試比較：

㉜　a. I believe *that John is* $\begin{cases} trustworthy/honest. \\ British/tall. \end{cases}$

　　b. I believe *John to be* $\begin{cases} trustworthy/honest. \\ British/tall. \end{cases}$

　　c. I believe *John* $\begin{cases} trustworthy/honest. \\ *British/*tall. \end{cases}$

可見，命題內容的「客觀性」或「斷言性」與句法結構的「階級」（如「that子句」、不定子句、單詞形容詞等）有極密切的關

㉛ 參 Borkin (1973:46)。

係，也可以說是「從低到高」原則的例證之一。

四‧十八　數量詞移後

英語的數量詞，如'all，both，each'等，可以出現於名詞組裏做名詞的修飾語，也可以離開名詞移到後面。這一種變形叫做「數量詞移後」（Quantifier Postposing）❸❷，例如：

⑵⑶ a. *Each* of the men will have been hit by the girl.

b. The men *each* will have been hit by the girl.

c. The men will *each* have been hit by the girl.

⑵⑷ a. *All* the linguists in this room know at least one language.

b. The linguists in this room *all* know at least one language.

在⑵⑷a的例句裏，數量詞'all'出現於名詞組裏面形成主語的一部分。在⑵⑷b的例句裏，數量詞'all'則離開名詞組而成為謂語的一部分。因此，⑵⑷a可以做為⑵⑶a或⑵⑶b的答句，但是⑵⑷b則只能做為⑵⑶b的答句❸❸。試比較：

⑵⑸ a. What do *all the linguists* in this room have in common?

b. *How many linguists* in this room know at least one language?

---

❸❷ 又叫做'Quantifier Float'。

❸❸ 參 Creider (1979:1)。

可見，數量詞在名詞組裏可能是斷言的一部分，也可能不是斷言的一部分，但是經過移後的數量詞一定是斷言的一部分，因而也符合「從舊到新」的功用原則。

五、結　語

　　以上簡單扼要的介紹了各種英語主要變形的內容，並討論這些變形的內容與三個功用原則的關係。「從舊到新」的原則，在本質上屬於「語用原則」（pragmatic principle）。這一個原則，從「功用背景」（functional sentence perspective）的觀點，要求代表舊信息的句子成分出現於代表新信息的句子成分的前面，以便把信息結構中新舊信息的分佈交代清楚。如果句子成分在句子裏出現的情形違背這一個原則，就要用比較特殊的語調或句重音來指出那些是代表新信息的句子成分。「從輕到重」的原則，在本質上屬於「節律原則」（rhythmic principle）。這一個原則，從「句子節奏」（sentence rhythm）的觀點，要求份量較重的句子成分出現於份量較輕的句子成分的後面，以便句子的節奏能比較流暢、句子的含義也能比較容易理解。「從低到高」的原則，在本質上屬於「句法原則」（syntactic principle）。這一個原則，從「句法結構」（syntactic structure）的觀點，要求越是重要的信息用階級越高的句子成分來表達。與前兩個原則不同，這一個原則不用從左到右的「線性次序」（linear order）來規定句子成分在句子裏出現的位置，而是用「階層組織」（hierarchical structure）或「詞組結構」（constituent structure）來規定句子成分

在句子裏所佔的重要性。

　　就變形的內容而言，有些變形（如「方位詞提前」、「動詞組提前」、「分詞提前」、「否定成分提前」、「強意形容詞與副詞的提前」、「主題變形」）會產生與「主語―動詞―補語」這個英語句子基本詞序不符合的倒裝句。這些變形都利用句首的位置來加強某一個句子成分，都用特殊的語調說出，都有比較特殊的修辭效果，多出現於比較正式的書面語中。另外，這些倒裝句都屬於「加強的斷言」（emphatic assertion），所以多出現於主要子句或表示斷言的從屬子句❸。又在移位變形中，有把句子成分「向左移位」（leftward movement）的（如「主題變形」、「間接賓語提前」、「向左轉位」、「動詞組提前」、「tough 移位」、「about 移位」、「副詞提前」、「主語提升」）；有把句子成分「向右移位」（rightward movement）的（如「there 加插」、「移尾變形」、「從名詞組的移尾」、「複合名詞組移轉」、「介副詞移位」、「向右轉位」、「數量詞移後」）；也有把句子成分同時「向左與向右移位」（leftward-and-rightward movement）的（如「方位詞提前」、「被動變形」、「分詞提前」、「強意形容詞與副詞的提前」）。「向左移位」的變形大都把代表舊信息的句子成分往句首的方向移動，可以統稱為「主題化規律」（Topicalizing Rule）；「向右移位」的變形大都把代表新信息的句子成分往句尾的方向移動，可以統稱為「焦點化規律」（Focusing Rule）；而同時「向左與向右移位」的變形，大概都有「焦點化」的功用，並兼有「主題化」或

❸ 參 Hooper and Thompson (1973)。

「句首加強」的功用。另外，一些符合「從低到高」原則的變形（如「直接引句提前」、「賓語子句提前」、「副詞轉位」），都把從屬子句提升爲主要子句，並移到句首的位置來。可見變形規律的內容與功用原則之間有極密切而有規律的關係，值得我們去研究。

美國語言學家 D. L. Bolinger 曾說："When we say two things that are different we mean two different things by them" (*Meaning and Form*)，又說："Every contrast a language permits to survive is relevant, some time or other" (*That's that*)。這些話的意思是說：不同的說法，表達不同的意思；每一種不同的說法，都有其存在的理由。過去我國的英語語法教學，對於不同的說法所表達的不同的意思，沒有去做深入而有系統的研究。同時，許多人認爲無論是語法、語意或語用上的許多問題都‘只可意會不可言傳’，只能讓學生去‘不知不覺’的了解，無法叫學生做‘有知有覺’的學習。本文持與此相反的觀點，對於英語的主要變形與功用解釋提出了一些簡單而有用的原則；並且認爲這些原則的掌握與應用，對於大專學生的學習文法、作文與修辭，有相當的幫助。特別是英語老師，應該了解並熟悉這些原則，然後針對學生的程度與需要，設計適當的練習來培養他們英文寫作的能力。

參 考 文 獻

Bolinger, D. L. 1972. *That's That*. The Hague: Mouton.

──1975. *Meaning and Form.* London: Longman.

Borkin, Ann. 1973. "To Be and Not To Be," *CLS* 9. 44–56.

Creider, C. A. 1979. "On the Explanation of Transforma-tions," in Givón, T. (ed.) *Syntax and Semantics,* Vol. 12, *Discourse and Syntax.* Academic Press, 3–21.

Fukuchi, Hajime. 1983. "語順にみられる談話の原則" 言語，12:2，48–57.

Hankamer, Jorge. 1974. "On the Non-cyclic Nature of WH-clefting," *CLS* 10. 221–33.

Hooper, J. B. & S. A. Thompson, 1973. "On the Applicability of Root Transformations," *LI* 4:4, 465–97.

Hornby, A. S. 1953. *A Guide to Patterns and Usage in English.* London: Oxford University Press.

Keenan, E. and B. Schieffelin. 1976. "Foregrounding Refer-ents: a Reconsideration of Left-Dislocation in Discourse," *BLS* 2, 240–257.

Kuno, Susumu. 1978. 談話の文法，大修館書店。

Prince, E. F. 1978. "A Comparison of Wh-clefts and It-clefts in Discourse," *Language* 54:4, 883–906.

Quirk, *Randolph,* Sidney Greenbaum, Geoffrey Leech & Jan Svartvik. 1972. *A Grammar of Contemporary English.* London: Longman.

Rodman, Robert. 1975. "On Left Dislocation," *PIL* 7. 437–466.

Ross, J. R. 1973. "Nouniness," in Fujimura, O. (ed.) *Three Dimensions of Linguistic Theory*. TEC. 137-258.

Rutherford, W. E. 1968. *Modern English: a Text for Foreign Students*. Harcourt, Brace & World.

湯廷池・1977. 英語教學論集，台灣學生書局。

湯廷池・1978-1979. 最新實用高級英語語法，台北海國書局。

湯廷池・1981. 語言學與語文教學，台灣學生書局。

湯廷池・1984a. 英語語言分析入門：英語語法教學問答，台灣學生書局。

湯廷池・1984b. 英語語法修辭十二講：從傳統到現代，台灣學生書局。

* 原文以 "英語語法與功用解釋" 的標題口頭發表於中華民國第一屆英語文教學研討會（1984），並刊載於該會英語文教學論文集（81—120 頁），並收錄於湯（1984b:375—438）；經過改寫後以 "英語詞句的「言外之意」：「功用解釋」" 的標題登載於師大學報 30 期（385—423頁）。

英語詞句的「言外之意」：「語用解釋」

一、前　言

　　在本文裏，筆者擬將英語語法的討論範圍，從「句子語法」（sentence grammar）的「言內之意」推廣到「言談語法」（discourse grammar）的「言外之意」。這裏所謂「言內之意」（literal　meaning），係指句子的「認知意義」（cognitive　meaning）與文字字面上的「詞彙意義」（lexical meaning）。而所謂「言外之意」（conveyed meaning），則指「認知意義」與「詞彙意義」以外的「人際意義」（interpersonal　meaning）、「情感意義」（emotive　meaning）與「比喻意義」（figurative meaning）等而

言。這種與語法、語意、語用有關的「言外之意」，是國內的語法研究與傳統的英語教學所忽略的。本文擬從「語用解釋」(pragmatic explanation) 這個觀點來研究英語語句的「言外之意」，提出表達與了解這些「言外之意」的基本原則，並且討論這些基本原則對於英語教學（包括閱讀、造句、作文、修辭與翻譯）的實際應用。

二、「言外之意」與「語用解釋」

在"英語語句的「言外之意」：「功用解釋」"這一篇文章裏❶，我們從英語句子的「信息結構」(information structure) 與「功用背景」(functional sentence perspective) 的觀點，對於「舊信息」(old information) 與「新信息」(new information)、「主題」(topic) 與「評論」(comment)、「預設」(presupposition) 與「斷言」(assertion)、「對比」(contrast) 與「強調」(emphasis) 等問題做了一番相當詳盡的討論。在這一篇文章裏，我們從另外一個角度來探討英語語句的「言外之意」。例如，下面①的兩個例句都用第二身主語 'you' 與情態助動詞 'must'，但是(a)的語氣不怎麼客氣，而(b)的語氣卻非常客氣。

① a. You must save this cake for me.

b. You must have some of this cake.❷

這是由於在句法結構上(a)與(b)雖然都是直述句，但是就「言語行

---

❶ 收錄於本書 247 頁至 319 頁。

❷ 參 Lakoff (1972)。

為」(speech act) 而言，(a)是使喚對方的「命令」(command)，而(b)是盛情招待對方的「邀請」(invitation)。同樣的情態助動詞 must，在(a)句裏所加強的是命令的語氣，所以不客氣；在(b)句裏所加強的是邀請的誠意，所以客氣。可見，要了解或說明(a)、(b)兩句的差異，不能僅從「詞彙」(lexicon)與「句法」(syntax)的層次來討論，而必須從另外一個層次——「語用」(pragmatics)來研究。

再如在下面②的例句裏，(a)是肯定句，而(b)是否定句。但是這兩個句子在句義上的差別，不僅限於單純的肯定與否定。試比較：

② a. She is smart for a girl.

b. She isn't smart for a girl.❸

(a)句說：'就女孩子來說，她很聰明'(言內之意)，因而暗示'一般說來，女孩子都不聰明'(言外之意)。相反的，(b)句說：'就女孩子來說，她並不聰明'(言內之意)，因而暗示'一般說來，女孩子都很聰明'(言外之意)。如果在②的例句裏加上'even'而變成③的例句，那麼(a)、(b)兩句的「言內之意」都稍有改變，但是「言外之意」卻仍然不變。

③ a. She is smart even for a girl.

b. She isn't smart even for a girl.

又如果有人以④ a 的疑問句問你，那麼不管你是以④ b 的肯定句或是以④ c 的否定句回答，你都暗中承認你曾經打過太太。

---

❸ 參 Fillmore (1972)。

④　a. Have you stopped beating your wife?

b. Yes, I have.

c. No, I haven't.

這是由於動詞‘stop’在性質上屬於「事實動詞」（factive verb）。說話者使用這類動詞的時候，都「預設」（presuppose）其補語子句所包含的命題（卽‘beating your wife＜you beat your wife’）為眞。可見，要了解這類句子的含義，不僅要知道「斷言」（assertion）裏所包含的「言內之意」，而且還要體會其「預設」（presupposition）與「含蘊」（implicature; entailment）裏所包含或暗示的「言外之意」。

　　再就⑤與⑥的(a)句而言，這些句子在字面上看來是「同語反復」（tautology），以同樣的名詞組來充當主語與補語。但是我們遇到這類英語句子的時候，並不會把這些句子翻成(b)的中文，雖然這些中文的句子在詞彙與句法結構上與原來的英語句子形成完全的對應關係。事實上，我們會把(a)的英文翻成(c)或(d)的中文。

⑤　a. Women are women.❹

b. 女人是女人。

c. 女人到底是女人。

d. 女人到底是脆弱的。

⑥　a. Boys will be boys.

b. 男孩子將是男孩子。

c. 男孩子總是男孩子。

---

❹ 有關⑤到⑧的英語例句的討論，參 Yasui（1978:47）與 Lehrer（1974:90）。

　　d. 男孩子總是淘氣的。

問題是我們根據怎麼樣的原則來決定這些句子的「言外之意」？
特別是利用怎麼樣的原則來選定⑤d與⑥d的中文翻譯裏‘脆弱’
與‘淘氣’這兩個屬性？表示女人屬性的形容詞，除了‘脆弱’以外
可能還有‘愛美’、‘溫順’、‘善良’、‘嘮叨’等；而屬於男孩子的
特性，也除了‘淘氣’以外還可以列舉‘活潑’、‘天眞’、‘可愛’、
‘粗暴’等。既然如此，我們究竟是根據什麼原則來決定這些句子
的「言外之意」是‘脆弱’與‘淘氣’？或許有人會認爲這些句子的
含義是「約定俗成」的（conventionalized）。這些句子與⑦的句
子一樣，已經成爲大家所接受的「成語」（idiom），因而有幾乎
固定的含義。

　　⑦　a. Business is business.

　　　　b. Enough is enough.

但是，這種觀點並不能解決問題。第一，這樣的觀點不能說明這
些「約定俗成的含義」（conventionalized meaning）在當初又是
怎麼樣產生的？第二，這樣的觀點無法回答我們如何解釋與此類
似但尚未「約定俗成」的例句，如⑧與⑨？

　　⑧　a. War is war.

　　　　b. Home is home.

　　　　c. Children are children.

　　⑨　She's just female.❺

---

❺　這是臺視於1985年3月3日晚上轉播的"Dallas"這個節目裏，J.R.指
　　著 Lucy 對 Peter 講的話。

　而且，我們也需要同樣或相似的原則來解釋⑩的「明喻」(simile)、⑪的「暗喻」(metaphor) 與⑫的「反語」(irony) 裏所包含的「言外之意」。

⑩　a. He ate like a pig.

　　b. She makes me happy like sunshine.

　　c. He looked as black as thunder.

　　d. She could look at you as hard as nails, and pet-rify you almost.

⑪　a. She is my sunshine.

　　b. Bill is a gorilla.

　　c. All flesh is grass.

　　d. The ship spread its wings to the breeze.

　　e. We all do fade as a leaf.❻

⑫　a. With friends like these, who needs enemies?

　　b. You're a fine goalkeeper, allowing the other side to score six goals.

　　c. She begins to grow fat.——Fat! Ay, fat as a hen in the forehead.❼

　　d. Punk is one of Dad's most tactful friends.❽

---

❻ 這個句子裏同時含有「暗喻」(即'fade')與「明喻」(即'as a leaf')。

❼ 這個句子裏把「明喻」(即 'fat as a hen in the forehead') 做為「反語」來使用。

❽ 這句話也是臺視於1985年 3 月 3 日晚上轉播的"Dallas"這個節目裏，Bob 指著口無遮攔的 Punk 講的話。

在以下的討論裏，我們舉例說明「言語行爲」、「含蘊」、「同語反復」、「迂廻」的說法、「誇張」的說法、「緩敍」的說法、「反語」、「暗喻」等基本概念，然後提出適當的「語用原則」（pragmatic principle）來解釋與這些語言現象有關的「言外之意」。我們討論問題的態度，仍然是尋求有關問題三方面的解答：卽問題是「什麼」（what）？「怎麼樣」（how）解決問題？以及「爲什麼」（why）這樣解決問題？

三、「言語行爲」

下面⑬的三個例句可以從兩個不同的觀點來觀察。就「句子類型」（sentence type）或「句法結構」（syntactic structure）而言，(a)是「直述句」（declarative sentence）、(b)是「疑問句」（interrogative sentence）、而(c)是「命令句」（imperative sentence），在句法上屬於三種截然不同的結構。但就「言語行爲」（speech act）或「談話意義」（utterance meaning）而言，(a)的「陳述」（statement）、(b)的「發問」（question）與(c)的「請求」（request）都表示一個共同的意圖（intention），那就是說話者希望聽話者把窗戶關上。

⑬ a. You will shut the window.

b. Will you shut the window?

c. Please shut the window.

因此，同一個句子可以從句法、語意與語用三種不同的觀點來考察。「句法」（syntax）的研究對象是句子的「句法結構」（syn-

tactic structure: How do you say this?)；「語意」(semantics)
的研究對象是句子的「語義內涵」(sentence-meaning: How do
you know that?)；而「語用」(pragmatics) 的研究對象是句子
的「表意力量」(illocutionary force: Why do you say that?)。
因此，「句法」所關心的主要是句子的「合語法」(well-formed)
與「不合語法」(ill-formed)；「語意」所關心的主要是命題內容
的「眞」(true) 與「假」(false)；而「語用」所關心的主要是言
語行爲的「適切」(appropriate) 與「不適切」(inappropriate)。
Austin (1962) 把言語行爲分爲「談話行爲」(locutionary act)、
「表意行爲」(illocutionary act)❾與「遂意行爲」(perlocution-
ary act) 三種。例如，假定某甲對某乙說出⑭的句子：

⑭　Certainly I'll give you a hand.

這個時候，就某甲開口說話 (utterance) 這一點來說，這是「談
話行爲」。但是某甲說這句話的目的是對某乙做某種許諾 (pro-
mise)；因此就某甲說話的意圖 (intention) 而言，這是表示許
諾的「表意行爲」。又如果某乙因爲某甲所做的許諾而感到安慰，
那麼就某甲的許諾所發生的效果 (effect) 而言，這是發生行爲
效果的「遂意行爲」。

Austin (1962) 認爲，「談話行爲」在本質上是說話(saying
X；在⑭裏X代表語音形態〔sɜ́tn̩lɪ aɪl gív ju ə hǽnd〕)，而
「表意行爲」在本質上是藉說話而發生某一種行爲效力 (in say-

---

❾ 'illocutionary' 字首 'il' 表示 'in（在內）' 而非表示否定，因此亦
　有人翻成「表意內行爲」。

ing X, he is doing Y；在⑭裏代表許諾)。因此，⑭的「表意行為」就等於'In saying, "Certainly I'll give you a hand," he is making a promise'。「邃意行為」在本質上是藉說話與表意而發生某種行為效果 (by saying X and doing Y, he does Z；在⑭裏 Z 是指因某甲許諾 Y 而使某乙感到安慰這個結果)。「表意行為」除了許諾以外，還有發問 (question)、請求 (request)、勸誘 (invitation)、提議 (offer)、忠告 (advice)、警告 (warning)、恐嚇 (threat) 等。Austin 本來把一般的陳述 (statement) 列在「表意行為」之外，但是後來也包括了進去。

明白了以上有關言語行為的基本概念以後，我們就可以更清楚地了解「句法類型」與「表意行為類別」之間的區別。例如，就「句法類型」而言，⑮的(a)是直述句、(b)與(c)是疑問句、而(d)是祈使句。而且，就「語意內涵」(言內之意) 而言，這四個句子所表達的意思也有很大的差別。但是，在表意行為上這四個句子都表示同樣的請求，都具有同樣的「表意效力」(言外之意)。

⑮　a. It's cold in here.

　　b. Do you mind shutting the window?

　　c Will you please close the window?

　　d. Shut the window, please.

同樣的，⑯的(a)與(b)在句子類型上分別是疑問句與祈使句，但是在表意行為上都屬於建議。

⑯　a. Shall I carry your suitcase?

　　b. Let me carry your suitcase.

表意行為的表意效力，可以在句子中明白的表示。例如，上面表示許諾的⑭句，可以用動詞'promise'來明白的表示許諾的表意行為：

⑰　I *promise* to give you a hand.

拿⑭與⑰兩句來比較，⑭的表意效力不如⑰的明顯。'promise'等明顯地表示表意效力的動詞，叫做「行事動詞」(performative verb)❿；而用這類動詞來明顯地表示表意行為的句子，就叫做「行事句子」(performative sentence)⓫。「行事句子」的主語通常都是第一人稱代詞⓬，而談話的對象通常都是第二人稱代詞。

---

❿　例如'advise, answer, appoint, ask, authorize, beg, bequeath, beseech, caution, cede, claim, command, condemn, counsel, dare, declare, demand, empower, enquire, entreat, excommunicate, grant, implore, inform, instruct, offer, order, pledge, pronounce, propose, request, say, sentence, vow, write'等，參 Ross (1970:223)。這類動詞當行事動詞使用時，動詞前面通常都可以加副詞'hereby'。Ross(1970) 並認為這類動詞都具有〔＋語言，＋溝通〕的語意屬性。

⓫　Austin (1962:32) 把⑭這類句子稱為「初級」或「原始」的「行事句」(primary or primitive performative utterance)，而把⑰與⑱這類句子稱為「明顯的行事句子」(explicit performative utterance)。

⓬　有時候，我們可以用「指涉性名詞組」(referential NP) 來代替第一人稱或第二人稱代詞，例如：

(i)　*The court* declares 〔＝I declare〕you to be out of order.

(ii)　*Our company* promises you a refund for flat beer.

(iii)　*Passengers* are requested to cross the railway line by the footbridge. 參 Yasui, et al. (1983:632-633)。

「行事動詞」的「時制」（tense）通常都是現在單純式，而且「語氣」（mood）通常都是「直說法」（indicative mood）❸，例如：

⑱ a. I *name* this ship the Queen Elizabeth.

　 b. I *bet* you ten dollars it will rain tomorrow.

　 c. I *advise* you to stop smoking.

　 d. I *request* that you let the dog in.

　 e. I *order* you not to take the dog in.

　 f. I *apologize* to you for missing our appointment.

　 g. I *warn* you to get out at once.

　 h. I *ask* you who told you about our plan.

　 i. I *thank* you for giving me such a wonderful present.

　 j. I *congratulate* you on your marriage.

　 k. I *appoint* you to the presidency.

　 l. I *plead* not guilty.

　 m. I *pronounce* you man and wife.

　 n. I *sentence* you two weeks in the Bronx.

　 o. I *protest*!

---

❸ Austin(1962:57ff) 認為下面的句子，雖然不屬於「直說法」或「現在單純式」，仍然可以視為行事句子。

(i) *Turn* right. (Cf. I *order* you to turn right.)

(ii) I *should turn right* if I were you. (Cf. I *advise* you to turn right.)

(iii) You *did* it. (Cf. I *find* you guilty.)

p. I *object*!

q. I *pass*!

r. We *dedicate* this book to our parents.

s. This is *to certify* that....

t. You *are* hereby *authorized* to command this battalion.

Austin (1962, 1963) 把⑱的例句與⑲的例句加以區別；把前一類句子稱爲「行事句」，而把後一類句子稱爲「敍述句」。

⑲　a. Copper oxide is green.

b. There were six people in the room.

c. I believe John will never give up smoking.

d. If John criticized Harry for writing the letter, then Harry is likely to be angry.

「敍述句」（constative sentence）在句子類型上屬於直述句，其功用在於敍述現實世界與可能世界裏所發生的事情，或描寫說話者的意念與情感。這一類句子在語意內涵上都斷言（assert）某一種命題，所以都具有「眞假值」（truth value）。另一方面，「行事句」雖然在句子類型上也屬於直述句，但其功用不在於敍述或描寫，而在於實踐某一種言語行爲；如命名（⑱a）、打賭（⑱b）、忠告（⑱c）、請求（⑱d）、命令（⑱e）、道歉（⑱f）、警告（⑱g）、發問（⑱h）、道謝（⑱i）、道賀（⑱j）、任命（⑱k）、申訴（⑱l）、證婚（⑱m）、判決（⑱n）、抗議（⑱o）、反對（⑱P）等。因此，下面⑳的句子雖然以第一人稱代詞爲主語，而且以現在單純式行事動詞爲述語，但是並沒有實踐

言語行為，所以不能視為行事句。❹

⑳　a. I bet him (every morning) ten dollars that it will rain.

　　b. I promise only when I intend to keep my word.

　　c. On page 49 I protest against the verdict.

因此，就言語行為而言，重要的不是句法上的「合法性」(well-formedness)，也不是命題內容的「真假值」(truth value)，而是言語行為的「適切與否」(felicity 或 appropriateness)。例如，說出⑭句的某甲必須具有幫助某乙的能力與真誠，⑭句的話在語用上纔能算適切。這種條件，就叫做語用上的「適切條件」(felicity condition)、「真誠條件」(sincerity condition) 或「正確條件」(correctness condition)。

言語行為，特別是表意行為，可以用各種不同的方式來實踐。例如，言語行為可以「照字面上的意義」(literal) 表達，也可以「不照字面上的意義」(nonliteral) 表達。言語行為也可以用「直接的」(direct) 方式直截了當地實踐，或用「間接的」(indirect) 方式旁敲側擊地實現。下面 ㉑ 的例句都「照字面上的意義、直接的」實踐了各種言語行為。❺

---

❹　參 Austin (1962:64) 與 Yasui et al. (1983:633)。嚴格說來，能否具有真假值並不是「敍述句」與「行事句」的區別，而是「敍述命題」與「行事命題」的區別。因為「陳述」(statement) 也是一種表意行為 ('I declare..., I tell you....')，具有真假值的不是「話語」(utterance) 本身，而是話語裏所包含的「命題」(proposition)。參 Yasui et al. (1983:670)。

❺　下面以各種不同方式表達的言語行為之分類與例句，參 Akmajian et al. (1979:272ff)。

㉑　a. I have a headache.

　　b. Please leave.

　　c. What time is it?

另一方面，㉒的例句卻「不照字面上的意義、直接的」實踐言語行為。例如㉒ a 是「譏諷的」(sarcastic) 話，其實說話者早就料到了。㉒ b 是「比喻的」(figurative) 話，表示贊成對方的意見。㉒ c 是「誇張的」(exaggerated) 話，批評燒菜燒得太差。

㉒　a. I'd never have guessed.

　　b. You can say that again.

　　c. A pig wouldn't eat this food.

至於「間接的」表達方式，其內容比較複雜，因為理論上可以有下列四種可能性：

（甲）、以「照字面意義的直接的」言語行為來實踐「不照字面意義的間接的」言語行為；

（乙）、以「照字面意義的直接的」言語行為來實踐「照字面意義的間接的」言語行為；

（丙）、以「不照字面意義的直接的」言語行為來實踐「不照字面意義的間接的」言語行為；

（丁）、以「不照字面意義的直接的」言語行為來實踐「照字面意義的間接的」言語行為。

例如，下面㉓的例句是屬於（甲）的情形。㉓ a 的句子「照字面意義直接的」表達某個地方的氣溫很低，卻「不照字面意義間接的」請求對方關上窗戶或點燃暖氣爐。㉓ b 的句子「照字面意義直接的」表達某人的嘴特別乾，卻「不照字面意義間接的」請

求對方提供飲料。在這些例句裏，聽話者必須「意會」(infer)說話者的用意。

㉓　a. It's cold here.

　　b. My mouth is parched.

另一方面，㉔與㉕的例句則分別屬於（乙）與（丙）的情形。例如㉔句，「照字面意義直接的」報告蠻牛的動態，卻「照字面意義間接的」警告對方要小心。又如㉕句，「照字面意義直接的」表達了說話者的信念，卻「不照字面意義間接的」請求對方不要欺負小貓。㉕的例句是所謂的「反語」(irony)，比㉔的例句需要更高的說話技巧，也比㉔的例句更費心思去了解。

㉔　The bull is about to charge.

㉕　I'm sure the cat likes you pulling its tail.

屬於（丁）的例句，在現實生活裏很難找到。這類例句是否存在，學者間也有異論。

　　言語行為的含義既有「照字面意義解釋」與「不照字面意義解釋」的差別，又有「直接會意」與「間接會意」的可能，那麼英語的詞句就會產生在語意或語用上如何解釋說話者「意圖」(intention)的問題。所謂「言內之意」，就是可以「直接會意」的「字面意義」。而所謂「言外之意」，乃是必須「間接會意」的「非字面意義」。因此，要研究「言外之意」，必須討論兩個問題：（一）「言外之意」有沒有一定的範圍，或是漫無限制？（二）「言外之意」是如何推測或決定的？

　　「言外之意」是存在於詞語表達之外的意義。有些學者認為，所謂「詞語表達之外」，並不是漫無限制的，並不可以脫離

詞語而表達任何可能的意義。但也有學者認為，「言外之意」是
可以漫無限制的。例如，如果有人被邀請去打網球，而以下面㉖
的句子回答，那麼根據一般人的解釋，這句話是拒絕的表示。

㉖　a. I have work to do.

　　b. Do I look like an athlete?

但是 Ziff (1972: 711, 713) 卻認為，就一個性情乖僻的人（例如
只有工作要做的時候總喜歡打網球的人）來說，㉖ a 卻可能是表
示同意的話。Ziff (1972: 712) 因而說：'詞句，除了可以照字面
意義 (the statement sense) 解釋以外，還可以含蘊 (by impli-
cation)任何可能的解釋'。可是正如 Yasui (1978: 7-8) 所指出，
Ziff 這個觀點不應解釋為等於'言外之意可以漫無限制'的主張。
因為就是在相當特殊的情況下，我們也不容易用㉗ a 與㉗ b 來分
別表示㉖ a 與㉖ b 的意思。

㉗　a. I'm going to see a movie.

　　b. I know two and two is four.

因此，「言外之意」應該有一定的範圍或限制；也就是說，「說話
者的意圖」必須在「聽話者可能理解」的範圍內。我們這種觀念
並不否認，有些詞句在某些特殊的「語言情況」(speech situa-
tion) 或「上下文」(context) 中，可能表示非常特殊的「言外
之意」。但是這個時候，聽話者必須依賴這個特殊的語言情況或
上下文去了解說話者的意圖。換句話說，這個特殊的語言情況或
上下文必須在聽話者可能理解的範圍之內，否則聽話者無法了解
說話者的意圖。這也就表示，我們在談話或寫文章的時候，說
話者與聽話者之間以及作者與讀者之間，都要在無形中受某種約

束。這種約束，也就是「言外之意」的範圍。唯有「言外之意」有一定的範圍的時候，我們纔有可能去推測或考察「言外之意」，纔能有辦法決定「言外之意」。

四、Searle 的言語行為理論

我們在前面說，人與人之間在交談的時候，無形中要受某些約束。有了這些約束，說話者纔能成功地表達他的意圖，聽話者也纔能順利地了解說話者的意圖。不但「照字面意義的、直接的」言語行為要遵守這些約束，就是「不照字面意義的」或「間接的」言語行為也要遵守這些約束。廣義的說，這些約束包括有關音韻、詞彙與句法的規律。但是我們在這裏不談句子的「結構」（structure），而只討論句子的「功用」（function and use）。而且，我們把有關句子功用的約束或規律稱為「語用規律」（pragmatic principle），並把根據語用規律所做的詞句解釋稱為「語用解釋」（pragmatic explanation）。

Searle（1969）也認為，言語行為是「受規律支配的」或「有規律可循的」（rule-governed）行為，並把支配言語行為的規律分為「管制規律」（regulative rule）與「構成規律」（constative rule）兩種。「管制規律」是管制或支配已經存在的行為模式的規律；也就是說，不管有沒有這種規律，那些行為都會存在。例如，有關公路交通的管制規則、有關使用學校游泳池的管理規則、以及飯桌上應遵守的禮節等，都屬於「管制規律」。因為即使不適用這些規律，公路交通、游泳、吃飯等活動還是會發生或進行。

「管制規律」一般都用命令句（如㉘ a）或附帶條件的命令句（如㉘ b）的形式來規定：

㉘　a. Do X! Don't do X!

　　b. Do X, only if Y.

另一方面，「構成規律」則規定某種行為模式的成立要件，如果沒有這種規律，這些行為就根本不能存在。例如，有關網球比賽、棒球比賽以及下棋、打牌的規則都是「構成規律」。因為如果沒有這些規律，這些運動、比賽或遊戲都無法舉行。「構成規律」，一般都以㉙的形式來規定：

㉙　Doing X constitutes (or counts as) Y, in context C.

Searle(1969) 強調，規定言語行為的語用規律不僅包括「管制規律」，而且還包括「構成規律」。例如，以下面照字面意義直接地表達許諾的句子㉚為例，我們可以把形成言語行為「許諾」（promising）的要件分析如下：**⑯**

㉚　a. I promise that I will pay you back 10 dollars.

　　b. F(P)　　　表意力量（命題內容）

　　c. 說話者（S）許諾聽話者（H）將履行行為（A）。

㉛　「基本條件」（Essential Condition）：說話者(S)負起了履行行為（A）的責任。

㉜　「誠摯條件」（Sincerity Condition）：說話者（S）有意履行行為（A）。

---

⑯ Searle (1969:57-61) 把這些要件稱為「適切條件」（felicity condition）。又有關下面的例句與說明，參 Akmajian et al. (1979:283-288) 與 Yasui et al. (1983:640-645)。

㉝ 「預備條件」(Preparatory Condition)：

　　(a)說話者（S）相信行為（A）之履行有利於聽話者

　　　（H）；而且

　　(b)說話者（S）相信他有能力履行行為（A）。

㉞ 「命題內容條件」(Propositional Content Condition)

　　說話者（S）陳述有關他自己將來的行為（A）。

為了使㉚的許諾行為成立，㉛到㉞的四個條件不能缺其一。「基本條件」指特定的言語行為必須具備的要件；「誠摯條件」指有關說話者意圖的條件；「預備條件」指有關言談情況的條件（例如說話者對聽話者的觀念或態度，以及說話者對自己的信念或期望等）；「命題內容條件」指言語行為的命題內容所必須滿足的條件。例如㉞的「命題內容條件」規定，許諾的命題內容必須是‘有關他自己將來的行為’。所以㉟裏‘有關自己過去行為’的例句，只能解釋為表示保證的言語行為，卻不能解釋為實踐許諾的言語行為。

㉟　I promise that I *paid* you back 10 dollars.

同樣的，㊱裏‘有關別人行為’的例句，也只能解釋為「強烈表示斷定」(emphatic assertion) 的話，不能解釋為真正的許諾。

㊱　I promise that *Harry* understands the Godel theorem.

又如㉝的「預備條件」規定，說話者相信‘行為之履行有利於聽話者’，而且‘說話者有能力履行行為’。所以違背這些條件的㊲與㊳這兩個例句都是有瑕疵的言語行為。

㊲　? I promise that I will pay you back 10 dollars,
　　though I believe that *you don't want it done.*

㊳　? I promise that I will pay you back 10 dollars, but
　　　　I don't think I can do it.

再如㉜的「誠摯條件」規定，'說話者有意履行行為'，所以違背
這個條件的㊴句也是有瑕疵的言語行為。

㊴　? I promise that I will pay you back 10 dollars, but
　　　　I don't intend to undertake an obligation.

如果某一個言語行為能同時滿足㉛到㉞的四個條件，那麼這個言
語行為就可以視為許諾。但這四個條件只是「定義」(defini-
tion)，而不是「規律」(rule)，因此就把這些條件改為㊵a, b, c
的「管制規律」與㊵d的「構成規律」：

㊵　a. 「命題內容規律」(Propositional Content Rule)
　　　　　只有自己 (S) 將來的行為 (A)，纔可以表示許諾。

　　b. 「預備規律」(Preparatory Rule)
　　　　　只有說話者 (S) 相信行為 (A) 之履行有利於聽話者
　　　　　(H)，而且相信說話者 (S) 有能力履行行為 (A) 的
　　　　　時候，纔可以表示許諾。

　　c. 「誠摯規律」(Sincerity Rule)
　　　　　說話者 (S) 有意履行行為 (A)。

　　d. 「基本規律」(Essential Rule)
　　　　　表示許諾視為承擔履行行為 (A) 的責任。

同樣的，Searle (1969:66) 也擬定了下面有關言語行為「請求」
的規律：

㊶　說話者 (S)「(直接)請求」聽話者 (H) 履行行為 (A)
　　時，必須滿足下列條件。

　　a.「命題內容條件」：說話者（S）陳述有關聽話者（H）
　　　將來之行為（A）。

　　b.「預備條件」：說話者（S）相信聽話者（H）有能力
　　　履行行為（A）。

　　c.「誠摯條件」：說話者（S）希望聽話者（H）履行行
　　　為（A）。

　　d.「基本條件」：說話者（S）試圖叫聽話者（H）去履
　　　行行為（A）。

　　Searle（1969）認為，每一種言語行為都可以如此研究其必
要條件與充足條件，而這些必要而充足的條件都可以寫成「管制
規律」與「構成規律」。所有的言語行為，特別是表意行為，都
必須遵守某些規律。言語行為的性質不同，所遵守的規律亦不
同。把這些規律加以整合，就構成言語行為的本質。有了這些規
律，說話者纔能適切的實踐各種表意行為，聽話者也纔能順利的
了解說話者的意圖。❼根據 Searle（1969），每一種表意行為都
可以用㊷的公式來表示。在這個公式裏，F 代表「表意力量」
（illocutionary force），而 P 則代表「命題內容」（propositional
content）。

　　㊷　F(P)

以 Searle（1971:42）所提出的例句㊸為例，這五個句子雖然在
「表意力量」上有「發問」（a）、「預斷」（b）、「命令」（c）、「祈
願」（d）、「假設」（e）等的差異，但都含有共同的「命題內容」

---

❼ 有關 Searle 言語行為理論的批評，請參照 Yasui et al.（1983:646-
　653）與 Huang（1983:153-154）。

"that John will leave the room"。

㊸　a. Will John leave the room?

b. John will leave the room.

c. John, leave the room.

d. Would that John left the room!

e. If John will leave the room, I will leave also.

Searle(1975a) 更根據「基本條件」，把表意行爲分爲下列五種：

（一）「申述行爲」(representatives)：陳述或申論某種「事態」(state of affairs)，包括「敍述」(stating)、「描述」(describing)、「斷定」(asserting)、「解釋」(explaining)、「評論」(remarking)、「預斷」(predicting)、「分類」(classifying)、「吹噓」(boasting)、「埋怨」(complaining)、「爭論」(arguing) 等；

（二）「指令行爲」(directives)：促使聽話者去履行某種行爲，包括「命令」(ordering)、「指揮」(commanding)、「請求」(requesting)、「指導」(instructing)、「祈求」(pleading)、「准許」(permitting)、「勸告」(advising)、「挑戰」(daring)、「詢問」(questioning)、「邀請」(inviting) 等；

（三）「承諾行爲」(comissives)：由說話者承諾某種行爲的履行，包括「許諾」(promising)、「立誓」(vowing)、「保證」(pledging)、「提供」(offering)、「恐嚇」(threatening)等；

（四）「表達行爲」(expressives)：表達說話者的「情意」(psychological state)，包括「道謝」(thanking)、「道賀」(congratulating)、「道歉」(apologizing)、「弔慰」(consoling)、「歡迎」(welcoming) 等；

（五）「宣告行為」（declarations）：則把「語言以外的事態」（extralinguistic states of affairs）引進言語行為裏，例如「宣戰」（declaring war）、「逐出教會」（excommunicating）、「任命」（appointing）、「否決」（vetoing）、「證婚」（marrying）、「命名」（christening）、「遺贈」（bequeathing）等。

這種言語行為的分類，往往可以找到相對應的句法結構。例如，「申述行為」、「指令行為」、「承諾行為」、「表達行為」與「宣告行為」分別常用⑭、㊺、㊻、㊼的句法結構來表達。❽

⑭　a. I ＋動詞＋(that) 句子

I assert that two plus two makes four.

I predict (that) it will rain tomorrow.

b. I ＋動詞＋名詞組＋(介詞) 名詞組

I call that a winner.

I classify tomatoes as vegetables.

㊺　I ＋動詞＋you＋動態動詞（名詞組）

I order you to leave (the room).

㊻　I ＋動詞（you）(that) I＋動態動詞（名詞組）

I promise (you) (that) I will pay (you).

㊼　I ＋動詞＋you＋for＋動名詞組

I apologize to you for stepping on your toes.

I thank you for bringing the flowers.

---

❽　參 Katz (1977:195-222)。另外，有關句法與語用二者關係之討論，參 Morgan (1975)。

⑱　　I＋動詞＋名詞組＋to be X

　　　I declare the meeting to be adjourned.

五、「間接的言語行為」與 Grice 的「合作原則」

　　最單純而最容易了解的言語行為，是按照字面意義而直接表達的言語行為。聽話者遇到這種言語行為，沒有什麼特別的負擔或困難就可以清楚的了解說話者的意圖。但是不照字面意義或間接表達的言語行為，就沒有這麼容易了解，甚至於常發生誤解。這是由於聽話者必須承受額外的負擔去「推測」(infer) 說話者的「言外之意」。Searle (1975b) 認為，有關「直接的言語行為」(direct speech act) 的分析可以應用到「間接的言語行為」(indirect speech act) 上面去；例如，下面⑲與⑳的兩對句子，雖然在句法結構上有直述句與疑問句之分，但在表意力量上都可以分析為表達「請求」的言語行為。❹

⑲　　a. You will be quiet.

　　　b. Will you be quiet?

⑳　　a. You can be quiet.

　　　b. Can you be quiet?

⑲與⑳的(b)句在句法形式上都屬於疑問句，但在表意力量上卻不應解釋為「詢問」，而應解釋為「請求」。這是因為我們通常不會詢問對方願意不願意安靜，或能不能安靜。所以如果把這些言

---

❹　例句採自 Akmajian et al. (1979:296)。

語行爲按照字面上的意義解釋爲「詢問」，那麼「在語境上顯得不適切」(contextually inappropriate)。遇到這種情形，聽話者就得從按照字面上的不適切的直接意義去推測更適切的間接意義。以㊾與㊿爲例，一般說來，說話者都用「直述句」來表示「斷定」，而用「疑問句」來提出「詢問」。但是，如果這種解釋在語境上顯得不適切的話，聽話者就會設法去推測「直述句」在「斷定」之外可能實踐其他某種言語行爲，「疑問句」也在直接的「詢問」之外間接的實踐其他某種言語行爲。⓴然後，聽話者就會利用㊶有關言語行爲的規律，推定這個言語行爲就是「請求」。因爲，在㊾與㊿兩句裏，說話者所陳述的是'有關聽話者將來的行爲'(命題內容條件)、也斷定或詢問'聽話者有(無)能力履行這個行爲」(預備條件)、並且斷定或詢問「希望聽話者履行這個行爲'。所以聽話者就在不宜把㊾與㊿解釋爲斷定或詢問的情形下，把這些言語行爲解釋爲請求。

間接的言語行爲，可以分爲「慣用的間接言語行爲」(conventional indirect speech act)與「非慣用的間接言語行爲」(nonconventional indirect speech act)兩種。㊾與㊿的兩例句屬於慣用的間接言語行爲。下面(51)到(55)的例句也屬於表示請求的慣用的間接言語行爲。㉑

(51) a. You can open the window.

⓴ Akmajian et al. (1979:298) 把這種推測稱爲「間接假設」(indirect hypothesis)。

㉑ Yasui et al. (1983:684)。

b. Can you open the window?

c. Could you open the window?

52 a. I want you to open the window.

b. I hope you'll open the window.

c. I would appreciate it if you would open the window.

d. I'd be very much obliged if you would open the window.

53 a. Will you open the window?

b. Won't you open the window?

c. Would you kindly open the window?

54 a. Do you mind opening the window?

b. Would you mind opening the window?

c. Would you be willing to open the window?

55 a. You should open the window.

b. The window should be opened.

c. Why don't you open the window.

這些表示請求的間接言語行爲都具有與「明顯的行事句子」(explicit performative utterance)，如'I request that you open the window'同樣的表意力量，只是在言詞表達的「婉轉性」或「禮貌性」上有差別而已。所謂「慣用的間接言語行爲」，其實就是「按照字面意義解釋的間接言語行爲」；而所謂「非慣用的間接言語行爲」，其實就是「不照字面意義解釋的間接言語行爲」。例如在56的對話裏，某甲以56 a 來提出勸誘，而某乙則以56 b 來

回答。❷

⑤⑥　a. Let's go to the movies tonight.

　　b. I have to study for an exam.

在一般的語言情況下，⑤⑥b句要解釋爲對勸誘的婉謝，在表意力量上相當於⑤⑦的直接言語行爲。

⑤⑦　I am sorry I can't go to the movies.

也就是說，依照字面意義來解釋，⑤⑥b具有斷定的表意力量；但是如果不依照字面意義而做爲間接言語行爲來解釋，那麼⑤⑥b具有婉謝的表意力量。這種表意力量是間接的，所以仍然可以用後面的話來打消，例如：

⑤⑧　I have to study for an exam, *but I'll do it when we get home from the movies.*

而且具有同樣表意力量的間接言語行爲，在理論上是可以有無限之多的（open-ended）。因爲除了⑤⑥b以外，我們也可以用⑤⑨的句子表示同樣的婉謝。

⑤⑨　a. I have a previous engagement tonight.

　　b. I've already seen all the movies in town.

　　c. I'm not feeling well today.

　　d. I don't like to see the movies.

　　e. I have something better to do.

因此，非慣用的（或非照字面意義的）間接言語行爲與直接言語行爲之間的關係，遠比慣用的（或照字面意義的）間接言語行爲

---

❷　參 Searle (1975b:61) 與 Yasui et al. (1983:682ff)。

與直接言語行為之間的關係來得複雜，似乎無法用「間接假設」(indirect hypothesis) 這樣簡單的原則來獲得圓滿的處理。而且，即使是慣用的間接言語行為，如⑤到⑤的例句，也不一定要解釋為表示「請求」的言語行為。在比較特殊的語言情況裏，例如復健治療師對於正在接受復健治療的病人說出⑤b句的時候，這個言語行為就不一定要解釋為「請求」，而可以解釋為單純的「詢問」。因此，我們要解釋言語行為的「言外之意」，不能不考慮語言情況的因素。關於這一點，最有貢獻的可能是 Grice (1967, 1975) 所提出的有關「談話合作的理論」(theory of cooperative conversation)。根據 Grice (1975)，人與人之間的言談必須遵守下面的「合作原則」(cooperative principles) 或「談話信條」(conversational maxims)。

⑥　a.「量的信條㈠」(Quantity-1)：根據當前談話的目的，盡量提供對方所需要的信息。

　　b.「量的信條㈡」(Quantity-2)：提供信息，不要超出對方的需要。

　　c.「質的信條㈠」(Quality-1)：虛偽的話，不要說。

　　d.「質的信條㈡」(Quality-2)：沒有充分證據的話，不要說。

　　e.「關聯的信條」(Relation)：僅說有關聯的話。

　　f.「態度的信條」(Manner)：說話要清楚明白。

　　　（甲）要避免「含糊不清」的話 (obscurity of expression)；

　　　（乙）要避免不必要的「模稜兩可」(unnecessary ambiguity）；

　　（丙）要「簡潔」（brief）；

　　（丁）要「有秩序」（orderly）。

以上前五個信條與談話的內容有關，而最後一個信條則與談話的技巧有關。「量的信條」一方面要求說話者本著‘知無不言，言無不盡’的態度，盡量為聽話者提供信息；另一方面也注意說話者所提供的信息不要超出對方的實際需要。「質的信條」更要求說話者說出‘實實在在’、‘證據確鑿’的話，既不能‘胡言亂語’，也不可以‘言過其實’。「關聯的信條」則要求說話要‘切合話題’，與話題無關的話不要說。至於「態度的信條」，則不但要求說話者避免‘含糊不清’與‘模稜兩可’，更要求說話者‘要言不煩’與‘井井有條’。Grice（1975）所提出的這些信條，本來是人人說話時應該遵守的極其平凡的道理，卻也提供了解釋間接言語行為的基本原則。㉓

　　以前面㊻ b 為例，這個句子通常不是表示拒絕或婉謝勸誘的話，但在㊻ a 的語境裏出現時卻可以解釋為表示婉謝的話。這一點可以利用 Grice 的「合作原則」，特別是「關聯的信條」來加以說明。根據「關聯的信條」，談話的雙方應該‘僅說有關聯的話’。如果把㊻ b 的句子依照「言內之意」來解釋，那麼就無法

㉓ Leech（1983）更進一步把 Grice（1975）的「合作原則」發揚光大，而提出「禮貌原則」（politeness principles）的六個信條，包括：「周到」（tact）、「慷慨」（generosity）、「稱讚」（approbation）、「謙虛」（modesty）、「同意」（agreement）與「同情」（sympathy）。參 Chu（1984）。

與⑤⑥a的句子發生關聯，因而違背「關聯的信條」。在對話⑤⑥的語言情況裏，我們沒有理由認定談話的雙方有意違背「合作原則」，所以我們可以推定⑤⑥b的「言外之意」乃是⑤⑦。因為根據一般的常識或一般人的常情，聽話者可以合情合理的推論，既然要為準備考試讀書，就沒有時間去看電影。⑤⑥b的說話者顯然也相信，對方可以經過這樣的推理來了解⑤⑥b的「言外之意」乃是⑤⑦。借Grice（1975）的用語來說明，⑤⑥b的話「在談話上含蘊」（conversationally implicate）⑤⑦的「言外之意」（implicature）。也就是說，⑤⑥b的直接言語行為可以「含蘊」（implicate）在表意力量上相當於⑤⑦的間接言語行為。同樣的，根據談話的「合作原則」，㊾到㊚的例句以及下面本來表示「陳述」的㉑a與㉒a的例句，都可以解釋為間接表示「請求」的話。因為只有如此解釋的時候，纔能符合「合作原則」。

㉑ a. The room is awfully stuffy.

b. I request that you open the window.

㉒ a. Boy, it's cold in here.

b. I request that you close the window.

Grice 的「合作原則」除了可以解釋間接的言語行為以外，還可以說明談話上的許多現象。❷ 例如，針對着㉓a與㉔a的問句，我們通常都以(b)句回答，而不以(c)句回答。這是因為(c)的答句裏含有「冗贅的」（redundant）或「不必要的」（unnecessary）的信息，所以根據「量的信條㈡」不如(b)的答句來得適

---

❷ 參 Mori（1980：105）。

切。

⑥ a. Did you go to school?

b. Yes, I did.

c. Yes, I went to school yesterday.

⑭ a. How old was John last year?

b. He was thirteen.

c. He was thirteen years old last year.

再如在⑥'牛頭不對馬嘴'的對話裏,(b)句顯然是違背了「關聯的信條」。❷ 但是如果我們更進一步尋找⑥ b 的「言外之意」,那麼這句話的用意可能是反對在人家背後批評人家,所以說話者纔'顧左右而言他',間接的表示不願意談這個話題。換句話說,⑥ b 之違背「關聯的信條」是有意的,藉以表達說話者的「言外之意」。

⑥ a. Mrs. X is an old bag.

b. The weather has been quite delightful this summer, hasn't it?

下面⑥的對話,似乎也不怎麼契合。❷ 但是⑥b的「言外之意」,顯然是暗示約翰可能有一個女朋友住在紐約,否則這一場對話就違背了「關聯的信條」。至於說話者不直截了當地採用直接的言語行爲(如'He has (or may have) a girlfriend in New York'),而含糊其詞的訴諸間接的言語行爲,可能是由於說話者對約翰之

---

❷ 參 Grice (1967:18, 1975:54)。

❷ 參 Grice (1967:15, 1975:51)。

有無女朋友這件事並不十分有把握，不願意對這件事的眞實性負責。換句話說，說話者對「質的信條」的顧慮，造成了他對「關聯的信條」的表面上的違背。

⑯ a. John doesn't seem to have a girlfriend these days.

b. He has been paying a lot of visits to New York lately.

同樣的，如果有一位教授爲推薦他的學生申請留學獎學金而寫了⑰的介紹信，那麼這封信的內容顯然也違背了「關聯的信條」。❷ 這個時候，唯一合理的解釋是這一位教授只是碍於情面而答應學生寫介紹信，但事實上並不怎麼熱心推薦這一個學生。因此，這也是「質的信條」影響「關聯的信條」的例子。

⑰ He is always on time for class and is neatly dressed. Moreover, he is very good at swimming...

另外，針對着⑱ a 與⑲ a 的問句，適切的答句一般說來不是(b)句，而是(c)句。這是因爲根據「關聯的信條」這些問句都應該解釋爲請求，所以答話的人也應該根據「量的信條(一)」盡量提供對方所需要的信息。

⑱ a. Excuse me. Do you have the time?

b. Yes, I do.

c. It's ten to six.

⑲ a. May I please have the ashtray?

b. Yes, you may.

---

❷ 參 Grice (1967:16, 1975:52) 與 Yasui (1978:45)。

　　　　c. Here, take it.

同樣的，針對着⑦ a 的問話，適切的答話不是(b)句或(c)句，而是(d)句。因爲根據「合作原則」，⑦ a 的問話所關心的不是對方心情愉快的事實，而是對方心情愉快的理由。

⑦　a. I see you are in an excellent mood today?

　　b. Yes, you do.

　　c. Yes, I am.

　　d. Yes, I've finally passed my exam.

　　Grice 的「合作原則」，其最基本的精神是，要求談話的雙方依據語言情況盡量協助談話的中心話題，做出應有的貢獻。這個原則，對於推定英語詞句的「言外之意」，提供了極爲有用而有力的線索。一般說來，我們在日常談話裏不用直接的言語行爲而用間接的言語行爲，主要是爲了把話說得婉轉一點，含蓄一點，以免有所失禮或冒犯對方的地方。例如⑱ a 與⑲ a 的祈使問句分別比⑦ a 與⑦ b 的命令句婉轉而有禮貌，而⑦ a 的直述問句也比⑦ c 的命令句含蓄而更能尊重別人的隱私權。

⑦　a. Tell me what time it is now.

　　b. Hand me the ashtray.

　　c. Tell me why you are in such an excellent mood.

但是間接言語行爲所能表達的「言外之意」並不是漫無限制的，而是必須在對方所能會意的範圍之內，否則語言就無法達成表情達意的作用。Grice 的「合作原則」，根據這個作用觀察人與人之間的言語行爲，並就「量」、「質」、「關聯」與「態度」各方面提出了談話的雙方所應該遵守的原則。Grice 的「合作原則」本

來是從說話者的觀點規定的。但是從聽話者的觀點而言，「合作原則」可以說是有關「語用解釋」(pragmatic explanation) 的原則，有助於了解談話的中心話題或說話者的眞正用意。言語行爲的語用解釋，與這個言語行爲所發生的語言情況有密切的關係。語言情況越具體、越明確，言語行爲的語用解釋也就越具體、越明確。因此，同一個直接言語行爲，卻因爲有關語言情況的假設（包括「有關現實世界的知識」(real world knowledge)、「信念」(beliefs)、「期望」(expectation) 等）不同，而可能解釋爲幾種不同的間接言語行爲。就這一點意義而言，語用解釋或談話上的含蘊是含有某種程度的「不確定性」(indeterminacy) 的。❷❾ 下面我們從語用解釋的觀點，利用 Grice 的「合作原則」來討論「同語反復」、「迂廻」的說法、「誇張」的說法、「緩敍」的說法、「矛盾」的說法、「反語」、「明喩」、「暗喩」等言語行爲或語言現象。

五‧一 「同語反復」與「言外之意」

「同語反復」(tautology) 在作文與修辭上本來有其功用。例如在⑫的「固定成語」(fixed idiom) 裏把語義相近的單詞重複，是爲了加強語氣；在⑬的例句裏語義相近的詞句重複出現，是爲了以後面的詞句解釋前面單詞的詞義。

⑫ a. *end* and *aim*

　　b. *honest* and *true*

　　c. *use* and *wont*

❷❾ 參 Grice (1975:58)。

d. *really* and *truly*

e. with *might* and *main*

f. without *let* or *hindrance*

g. *save* and *deliver* us

h. I *pray* and *beseech* you.

⑦ a. *ostent* or *show*

b. *animate* or *give courage*

c. *education* or *bringing up of children*

d. *Philatelists collect stamps.*

但是在下面⑦的對話裏，「同語反復」卻有完全不同的功用。因為在這個例句裏「同語反復」的功用，卽不是為了加強語氣，也不是為了解釋詞義。

⑦ a. Who won the election?

b. The man who *won* won.

乍看這個句子，似乎沒有提供什麼信息，似乎不能說是問句⑦a的適切的回答。但在語用解釋上，我們還是要假定⑦b的答句並沒有違背「合作原則」。也就是說，就直接言語行為而言，⑦b似乎違背了「合作原則」；但是就間接言語行為而言，並沒有違背。更具體的說，⑦b並不等於⑦a或⑦b。因為如果說話者不能或不願意回答⑦a的問題，那麼根據「合作原則」，他就應該直接的這樣說。

⑦ a. (I'm sorry) I don't know.

b. (I'm sorry) I can't answer this question.

因此，⑦b所表達的「言外之意」，可能是⑦a或⑦b。說話者

對於⑭ a 的問題，或者不感興趣，或者認爲這個問題的答案人人都知道；所以避免直接回答，而以「同語反復」來表示這種「言外之意」。

⑯　a. (This is a rather uninteresting question.) I don't care who (won the election).

　　b. (This is a rather silly question.) Everyone knows who (won the election).

同樣的，⑰的「同語反復」也不應解釋爲「無意義的」(meaning-less or unimformative) 話，而應該解釋爲含有'花瓶已破，懊悔亦無用'與'人已逝世，哀傷亦無益'等「言外之意」。

⑰　a. The vase that *was broken was broken*.

　　b. The people who *died died*.

從⑭與⑰的例句，我們可以暫時獲得下面⑱的結論。

⑱　「有定主語＋關係代名詞＋**謂語**＋**謂語**」的「同語反復」，一般都表示'由關係子句所「指涉」(refer to) 的人或事物不外是這些人或事物'或'事情已發生，無法追回'㉙。

　　英語裏最常見的「同語反復」的現象，是下面⑲這一類的例句。

⑲　a. *Women* are *women*.

　　b. *Children* are *children*.

㉙ 表示這個「言外之意」最典型的例句是英語的格言：'What *is done* can't *be undone*.'。

c. *Boys* will be *boys.*

d. *Home* is *home.*

e. *War* is *war.*

f. *Business* is *business.*

g. *A promise* is *a promise.*

h. *A deal* is *a deal.*

i. *Enough* is *enough.*

這些例句在表面上也違背「合作原則」，但是如果考慮到這些例句可能表達下面⑧的「言外之意」，那麼這些表面上的違背也就消失了。

⑧ a. 女人到底是女人；女人到底是脆弱的。

b. 小孩子到底是小孩子；小孩子到底是不懂事的。

c. 男孩子總是男孩子；男孩子難免是淘氣的。

d. 家到底是家；不管怎麼説，到底是家最好。

e. 戰爭到底是戰爭；不管怎麼説，戰爭總是殘忍的。

f. 生意歸生意；親兄弟，明算帳。

g. 説話要算話；君子一言，駟馬難追。

h. （與上一句話大致同義）

i. 我説够了就够了；不要再來了。

因此，我們也可以從⑦的例句與⑧的「言外之意」，暫時獲得下面⑧的結論。

⑧ 「無定名詞＋動詞＋無定名詞」的「同語反復」，一般都表示‘Ｘ到底〔總歸，不管怎麼説也〕是Ｘ’。❸⓪

---

❸⓪ ⑦ i 裏「形容詞＋Be 動詞＋形容詞」的「同語反復」，在英語裏

⑧的無定名詞主語在指涉上是「泛指」(generic)，而無定名詞補語則僅表示「屬性」(attribute)，而沒有「指涉」(referent)。這個無定名詞補語所代表的屬性，通常都是指當時一般社會所共認的屬於這個泛指名詞主語(如‘女人’、‘小孩子’、‘男孩子’等)最典型的通性（如‘脆弱’、‘不懂事’、‘淘氣’等)。因此，這個屬性的具體認定是受‘時空’與‘社會文化背景’的限制的。從莎士比亞時代到近代為止，歐美人士對於女性的一般看法是‘女人是弱者’(‘Woman, thy name is fragility’)，所以⑲a的「言外之意」通常都解釋為‘女人到底是脆弱的’。但是二十世紀後半‘女權主義’抬頭以後，⑲a的「言外之意」可能已經不合時宜，甚至將來可能會產生新的「言外之意」。因此，有些語言學家❸建議⑲的英語詞句應該避免以「解義」(paraphrase)的方式翻譯，而最好在本國語文裏找到相對而適當的「同語反復」。但是不同的語言對於同樣的事物卻有不同的觀念或「聯想」(association)。兩種語言裏某個詞語的「外延」(denotation)可能相似，而其「內涵」(connotation)卻可能相異，所以也不一定能找到‘相對而適宜’的「同語反復」。

五・二 「迂迴」、「推諉」的說法與「言外之意」

「轉彎抹角」或「迂迴累贅」的說法 (circumlocution)，在修辭學上一般都列為禁忌。例如⑧的例句代表文字上的「陳詞濫

不容易找到類似的例句。這種類型的「同語反復」可能要與⑫的例句一起歸入「以同語反復來加強語氣」的例子。

❸ 參・Yasui (1978:49)。

調」（cliché），而⑧的例句則代表文字上不經濟或不必要的「繁文褥節」，不如直截了當的改爲括弧裏的說法。❷

⑧　a. *go the way of all flesh* (＝die).

b. *The answer is in the negative* (＝No).

⑧　a. *the wife of your father's brother* (＝your aunt)

b. *the present moment* (＝now)

c. *in the event of* (＝if)

d. He *makes untrue statements* (＝tells lies).

e. I was sorry *when this bad news reached my ears* (＝when I heard this bad news).

f. *the fragrant beverage drawn from China's herb* (＝tea)

從 Grice 的「合作原則」來看，⑧與⑧的例句都違背了「態度的信條」，特別是'要簡潔'與'避免含糊不清'這兩個信條。但是日常生活的言語行爲中，有些「迂迴」的說法是有意的，藉以表達某種「言外之意」。例如在⑧的例句裏，(b)句顯然是比(a)句更迂迴而累贅的說法，但 (b) 句卻比 (a) 句多一種「言外之意」，也就是用(c)句的英文所表達的含義。❸

⑧　a. Mr. Brown sang "Home sweet home".

---

❷ 廣義的「迂迴」的說法或「迂說法」(periphrasis)，包括「婉轉的迂說法」(euphemistic periphrasis)，如'pass away (＝die), the Lord of Hosts (＝God)'，與「描寫的迂說法」(descriptive periphrasis)，如'the finny tribe (＝fish), the wooly breed (＝sheep), the industrious kind (＝bees), the wandering stars (＝planets)'。

❸ 參 Grice (1967:21, 1975:55) 與 Yasui (1978:56-57)。

　　　　b. Mr. Brown produced a series of sounds which
　　　　　　corresponded roughly with the score of "Home
　　　　　　sweet home".

　　　　c. Mr. Brown sang very badly.

　　「迂迴」的說法在語言上的另外一個功用是達成詼諧的效
果。英國小說家迭更斯 (Charles Dickens) 在塊肉餘生記 (*David Copperfield*) 裏所描繪的 'Mr. Micawber' 就是常用這種說法來
表現其幽默與無奈的典型人物，例如：

⑧⑤　The twins no longer *derive their sustenance from Nature's founts*——in short...they are weaned!

　　「推諉」的說法 (hedging) 與「迂迴」的說法相似，也避
免正面的答覆，而做有所保留的陳述。例如在⑧⑥的例句裏，'a woman' 通常都不指主語名詞的姊妹、母親、太太、朋友等正常
親屬關係的女人，而是暗示他有外遇。❸❹

⑧⑥　John is meeting a woman this evening.

這樣的解釋顯然也違背了 Grice 的「合作原則」，因為無定名詞
（即 'a(n)＋名詞'）與有定名詞（如 'the＋名詞' 或 'his＋名詞'）不
同，一般都表示與主語名詞 'John' 無特殊關係的人。說話者明知
道這一個女人與 'John' 之間有特殊關係而不用有定名詞（如 'the mistress' 或 'his paramour'）來指涉，必然有其理由。這個理由
可能就是「含蓄」(understatement)——不喜歡把話說得太露
骨，或「推諉」(hedging)——不願意對所說的話的真實性負

---

❸❹　參 Grice (1967:21, 1975:56)。

責，也就產生了含蓄或推諉這種「言外之意」。下面⑧的例句裏用斜體印刷的部分都表示某種程度的推諉含蓄。**㉟**

⑧ a. Ronald Reagan is *kind of* conservative.

b. That was *sorta* (=*sort of*) stupid of you.

c. I *would like to* congratulate you.

d. I *can* promise you I wouldn't squeal.

e. I *must* advise you to remain quiet.

f. I *have to* admit that you have a point.

g. I *wish to* invite you to my party.

h. I *might* suggest that you ask again.

「推諉」的說法也與「迂迴」的說法一樣，可以產生詼諧的效果，例如在⑧的例句裏 'a woman' 的出現很可能引起聽話者 '想入非非'，但是句尾的 'my wife' 卻打消了這樣的綺想。

⑧ I'm meeting a woman this evening—my wife.

五・三 「誇張」、「緩敍」、「矛盾」的說法與「言外之意」

「誇張」的說法 (hyperbole; exaggeration)，不但是修辭學討論的對象，而且也是日常談話裏常見的現象。例如，我們在日常的會話裏常聽到有人使用 'great, terrific, fantastic, fabulous, stupendous' 等「加強詞」(intensifier) 來修飾極平常的事物。電視與新聞的廣告中更是常用 'the best, the most, the biggest, the fastest, the longest-lasting' 等最高級的形容詞來招攬顧客、

㉟ 參 Fraser (1975:187) 與 Yasui et al. (1983:460)。

推銷產品。這種「言過其實」的「誇張」的說法，總是把一些事物過分的加以渲染或極端的加以誇大，其目的在加強聽話者或讀者對這些事物的印象。例如，下面⑧⑨的例句裏用斜體印刷的部分都是「誇張」的說法。

⑧⑨　a. I've been waiting for *hours*.

　　　b. It's *ages* since I saw you last.

　　　c. His face fell *a mile*.

　　　d. *Every* nice girl loves a sailor.

　　　e. Your jokes really *kill* me.

　　　f. She was *hysterical* over that new dress!

　　　g. The wave rose *mountain* high.

　　　h. We were *whole worlds* asunder.

　　　i. He has gone through *a sea* of trouble.

　　　j. She shed *a flood* of tears.

這種'言過其實'的說法，顯然違背了「質的信條（一）」。但是說話者並非藉此'存心欺騙'對方，聽話者也不會因此'信以爲眞'。換句話說，說話者與聽話者都知道，這些「誇張」的說法不能依照「言內之意」來解釋，而必須依照「言外之意」——誇張的目的在加強語氣或加深印象——來解釋。「誇張」的說法，一般都使用誇大的數量詞（如⑧⑨ a 到⑧⑨ d 的例句）或誇張的動詞（如⑧⑨ e 句）、形容詞（如⑧⑨ f 句）、名詞（如⑧⑨ g 到⑧⑨ j 句），並且常採用「暗喻」（如⑧⑨ g 到⑧⑨ j 的例句）與「明喻」（如⑨⓪的例句）的說法。因此，「誇張」的說法容易「定型化」（conventionalized），久而久之終於變成「陳詞濫調」（cliché）失去加強的效果。

⑨ a. as quick *as lightning*

　　b. as thin *as a wafer*

　　c. creep *like a snail*

　　d. go along *like a blazes*

與「誇張」的說法相對的是「緩敍」（meiosis; understatement）的說法。「誇張」的說法是把話說得比事實嚴重，而「緩敍」的說法是把話說得比事實輕鬆。例如，客人酗酒而打破了屋裏許多家具，而主人卻‘輕描淡寫’的說了⑨的話，便是「緩敍」。

⑨ He was *a little intoxicated.*

這種「緩敍」的說法，顯然也違背了「質的信條（一）」，因為說話者沒有報告事實的眞相。但是聽話者卻常能聽出說話者的「言外之意」——息事寧人或無可奈何。

　　「緩敍」的說法還有一種功用，那就是故意把話說得含蓄一點，以便從另外一個角度來達到表現的效果。❸ 例如，下面⑨到⑩的(a)句裏用斜體印刷的部分都是「緩敍」的說法，但其「言內之意」卻是(b)句。

⑨ Would you like a holiday?

　　a. *Rather!*

　　b. *Certainly!*

⑨ a. I sha*n't* be *sorry.*

　　b. I shall be *very glad.*

---

❸ 有些修辭學家把這種用法的「緩敍」稱爲‘litotes’。

㊲ a. She is *not unhappy* in her present post.

b. She is *very happy* in her present post.

㊳ a. He is *no fool*.

b. He is *very shrewd*.

㊴ a. I don't *disagree* with that.

b. I *fully agree* with that.

㊵ a. I don't *dislike* John.

b. I *like* John *very much*.

㊶ a. It's *not half bad*.

b. It's *very good*.

㊷ a. I don't *half* like it.

b. I don't like it *at all*.

⑩ a. The matter is *not unworthy* of our attention.

b. The matter is *very worthy* of our attention.

⑩ a. This mountain *is not exactly a foothill*.

b. This mountain is *very high* 〔or *steep*〕.

⑩ a. His life has been long and *not entirely uneventful*.

b. His life has been long and *rather eventful*.

這種「緩敍」的說法，常常為了表達某一種概念，採用與此一概念正好相反的詞句來表達。例如，㉝ a 與㉞ a 本來分別要表示 'very glad' 與 'very happy'，卻故意使用 'glad' 與 'happy' 的相反詞 'sorry' 與 'unhappy'，並且在這些形容詞前面加上否定詞 'not'。又如㉟ a 本來要表示 'shrewd'，卻使用語義相反的名詞 'fool'，並在前面加上否定詞 'no'。再如㊱ a 本來要表示 'fully agree'，

卻使用語義相反的動詞 'disagree'，並在前面加上否定詞 'not'。
因此，這種「緩敘」的說法常有「否定謂語」（VP-negation）的
'not' 與「否定詞首」（negative prefix）的 'un-' 或 'dis-' 等同時出
現的現象。這種「緩敘」的另外一個特徵是常在否定詞後面使用
「限制語」（qualifier）'exactly, entirely' 等（如⑩與⑩句）來表示
說話有所保留，不能悉照「言內之意」來解釋。因此，「緩敘」
的說法與「誇張」的說法一樣，在表達形式上有定型化的傾向。
這一種定型化似乎有助於提醒聽話者這些說法都含有「言外之
意」，不能完全依照字面意義來解釋。

除了「誇張」與「緩敘」的說法以外，修辭學上還有一種
「矛盾」（oxymoron; abbreviated paradox）的說法。這種說法把
兩個語義相反或互不相容的詞連用在一起，在表面上看似矛盾，
事實上卻頗有道理的說法。下面⑩就是英語裏常見的「矛盾」的
說法。

⑩ open secret, bitter sweet, acid sweetness, eloquent
silence, studied carelessness, calculated risk, cruel
kindness, polite discourtesy, humble pride, living
death, cowardly hero, heavenly beast

「矛盾」的說法，通常都以形容詞修飾名詞的句法形式出現，但
也可能以副詞或狀語修飾動詞的句法形式出現（例如 'to make
haste slowly'），或以句子的形式出現（例如⑩的例句）。在這些
例句裏，相反或相矛盾的兩個概念並立著出現，看似衝突，卻又
能互相共存。

⑩ a. I would not object to their *noise* if they would

only keep *quiet.*

b. I wouldn't be after *parting it* 〔＝saucepan〕 if it wasn't to get money to buy something to *put in it.*

c. Only the man who has known *fear* can be truly *brave.*

d. It's the *little* things in life that are *colossal.*

e. The *last* shall be *first.*

f. He who would *save his life,* must *lose it.*

g. That he may *raise,* the Lord *throws down.*

h. When thou *hast done,* thou *hast not done.*

「矛盾」的說法，有時候只是「概念或文字上的遊戲」（a play on ideas or words）（如⑩ a 與⑩ b 句），但是也常用來表達「警句」（epigram）（如⑩ c 與⑩ d 句）、宗教上的箴言（如⑩ e 與⑩ f 句），甚至出現於十七世紀的「形而上學的詩」（metaphysical poetry）（如⑩ g 與⑩ h 句）❸。又「誇張」與「緩敍」的說法，除了書面語以外，常出現於口語與俗語。而「矛盾」的說法卻多半出現於書面語，也比較不容易定型化。因此，利用「矛盾」的說法表情達意，比利用「誇張」與「緩敍」的說法表情達意，需要更高度的分析概念的能力與運用文字的技巧。了解「矛盾」的說法的「言外之意」，也比了解「誇張」與「緩敍」的說法的「言外之意」，需要更深刻的體會與概念分析。

---

❸ 這兩句來自 John Donne 的詩，參 Lazarus et al. (1971：222)。

五・四 「反語」與「言外之意」

「反語」（irony），簡單的說，是用一個詞句來表示與這個詞句的字面意義正好相反的意義。例如，以 'Shortie' 來稱呼一個高個子的人，或以 'Fasso' 來稱呼一個瘦子，就是日常談話裏「反語」的例子。又如 Mark Antony 在 Julius Caesar 被暗殺後的那一場演說中，口口聲聲的稱讚 'And Brutus is an honorable man' 是文學作品裏有名的「反語」。「反語」所表達的「言外之意」，正好與其字面上的「言內之意」相反，嚴重的違背了 Grice 的「質的信條㈠」。而且，事實上，有許多話可以依照字面上的正面意義解釋，卻也可以不依照字面意義而做反面的解釋。例如下面⑩的話，可以用尊敬與佩服的語氣說出來，也可以用調侃或嘲弄的語氣說出來：前者是一般的陳述，而後者卽是我們這裏所謂的「反語」。❸

⑩ John's a real genius.

既然同一個句子可以依照「言內之意」做正面的解釋，也可以依照「言外之意」做反面的解釋，那麼我們應該如何決定那一種解釋纔是說話者眞正的用意？在語音、詞彙、句法、語意或語用上有什麼線索可以幫助聽話者做這個決定？Cutler（1974：117）指出：表示「反語」的句子㈠可以把整個句子或部分詞句帶着鼻音發音；㈡可以把說話的速度慢下來；㈢可以把部分的詞句說得

---

❸ 參 Cutler（1974：117）。

特別的重，尤其是可以把重讀的音節拉得特別的長。❸ 她也指出，英語有些方言裏常在「反語」後面加上'I don't think'，並把'don't'重讀，例如：

⑩⑥　John's a real genius, *I don't think.*

Quirk et al. (1972:702) 也提到，英語的指示代詞'that'本來的功用在於「前向照應」(anaphoric)，即指涉在上文裏出現的事物；但是在「反語」裏卻可以「後向照應」(cataphoric)，即指涉在下文裏出現的事物，例如：

⑩⑦　I like *that.* Bob smashes up my car and then expects me to pay for the repairs.

Householder (1971:89) 更提到，賓語提前的⑩⑧ a 句，特別是以形容詞'fat'修飾這個賓語名詞的⑩⑧ b 句，通常都表示「反語」。

⑩⑧　a. *A lot* you know about it!

　　 b. *A fat lot* you know about it!

可是這些語音、詞彙或句法上的因素，充其量只能說是「反語」的「充足條件」(sufficient condition)，卻不能說是「反語」的「必要條件」(necessary condition)。因為下面⑩⑨的話，即使沒有這些語音、詞彙或句法上的線索，仍然可以解釋為「反語」。

⑩⑨　a. Martha's cooking is so *creative*!

　　 b. Sure is *lively* here tonight.

　　 c. Harry's acting real *bright* again.

---

❸ Cutler (1974:fn. 2) 也指出，說「反語」的時候常帶着「揶揄的」(quizzical) 或「嘲笑的」(sneering) 面部表情。

Cutler (1974) 企圖從語意方面來探求「反語」的必要條件，並提出下面⑩的結論。

⑩ 「反語」的字面意義（即「言內之意」）必須表示「贊許」(approbation) 或「合意的事態」(a desirable state of affairs)，而其反面意義（即「言外之意」）則必須表示「非難」(disapprobation) 或「不合意的事態」(an undesirable state of affairs)。

根據 Cutler (1974) 的解釋，這裏所謂的「贊許」或「非難」，「合意」或「不合意」，必須以說話者主觀的認定爲準。例如，下面⑪的例句雖然含有 'sucker'（易上當或受騙的人）這個從字面上看來並不表示「贊許」的詞，但是在某一種語言情況下仍然可以解釋爲「反語」。例如，有人企圖騙取 'John' 的錢，結果發現他沒有那麼容易上當，而說出⑪句的時候，就說話者而言，照正面意義解釋（'He's a real sucker'）是「合意的事態」，而照反面意義解釋（'He's no sucker'）是「不合意的事態」。

⑪ (Sure) John's a real sucker.

Cutler (1974:119) 認爲，如果這個「合意的狀態」是從聽話者或第三者的觀點來認定，而不是從說話者的觀點來認定，那麼這不是眞正的「反語」，而是「譏諷」(sarcastic taunt)，例如：

⑫ a. You'd be promoted before me, huh?

b. He knows everything, huh?

同時 Cutler (1974:118) 認爲，⑪與⑬等「反語」的例句，通常都是針對着對方所說的話或所表示的意見，爲了提出反駁而說的。在這些「反語」的例句裏，說話者都在非難對方或別人的說

法或想法與事實不符。❹

⑭ a. Sure, Joe, you locked the door.

b. At least it won't rain, he says.

c. The cops won't give us any trouble, Harry'll
handle them.

因此，在⑭的對話裏，(b)句不可能是「反語」；但(c)句卻顯然
是「反語」，因爲說話者在調侃對方'言不由衷'，沒有說實話。

⑭ a. 'A: How do you feel about Harry?'

b. 'B: Can't stand him.'

c. 'A: Oh, sure, you can't stand him.'

Cutler (1974) 把「反語」分爲兩類。她把⑪、⑬與⑭ c 這一
類「反語」稱爲「引發的反語」(provoked irony)，而把⑩、⑰
與⑮這一類「反語」稱爲「自發的反語」(spontaneous irony)。❹

⑮ You're a fine goalkeeper, allowing the other side to
score six goals.

在「引發的反語」裏，說話者要重複全部或部分對方所說過的
話，或所表示過的意見，並且必須以調侃或嘲弄的語氣來表示對

----

❹ 請注意，在這些例句裏字面意義仍然要表示說話者心目中的「合意的
狀態」。

❹ 在 Cutler (1974) 的原文裏只提到⑩是「自發的反語」，而⑰與⑮是
筆者自行蒐集的例句。Cutler (1974)有關兩種「反語」的定義有些
曖昧不清，根據她原文的定義⑰與⑮可能要屬於「引發的反語」。如
果是這樣，筆者對這兩種「反語」分類的看法便與 Cutler (1974)
不同。

方或別人的說法或想法錯了。在「自發的反語」裏，說話者不必提到前面說過的話，也不必了解前面發生過的語言情況，但是其字面意義仍然必須表示「贊許」或「合意的事態」。「自發的反語」，如⑩句，也可以做爲「引發的反語」說出來，但是這個時候必須遵守有關「引發的反語」的條件。又「自發的反語」，如果其字面意義不表示「贊許」或「合意的事態」，就必須以特殊的語氣說出來。例如，在下面⑯的例句裏，「贊許」的意義不顯明或不存在，因此必須以調侃或嘲弄的語氣說出。

⑯　With friends like these, who needs enemies?

「引發的反語」，其應用的範圍很廣。對方或別人先前說過的話或暗示過的事情，只要結果證明是錯的，或說話者認爲不是事實或實話，就可以用調侃的語氣把這些話或事情重說一遍，說成「引發的反語」。但是，正如 Cutler (1974:120-122) 所指出，有些句子卻凸於語意上的限制無法說成「反語」。這些句子包括眞假值永遠是眞的「自明之理」（truism，如⑰a與⑰b句）與「恒眞句」（analytic sentences，如⑰c句）❷，必須以眞命題爲前提的「事實動詞」賓語子句（factive verb complement，如⑰d句）❸，以及沒有眞假值的「是非問句」（yes-no question，

---

❷　與「恒眞句」相似的「同語反復」，如(i)的例句，似乎也很難解釋爲「反語」；(ii)的例句也只能解釋爲「譏諷」（'你還說家裏最好呢！'）。
　　(i) Sure home is home.
　　(ii) Home is home, huh?

❸　「非事實動詞」的賓語子句（nonfactive verb complement）則可以解釋爲「反語」，例如：'So you still think that *John is a real genius*'。

如⑪⑦ e 句)❹ 與「條件子句」(conditional clause，如⑪⑦ f 句) ❺
等都不能解釋爲「反語」。

⑪⑦　a. Two and two make four.

　　　b. The sun rises in the east.

　　　c. Spinsters are unmarried women.

　　　d. Bill regrets that *John is a real genius.*

　　　e. Is John a real genius?

　　　f. If *John is a real genius,* he'll be working here for
　　　　 you.

最典型的「反語」多半都是單純的直述句，而且肯定句與否定句
都可以用，例如：❻

⑪⑧　I just love Harry, sure.

⑪⑨　I don't dislike Harry, oh no.

⑪⑨的例句表示「緩敍」的說法也可以解釋爲「反語」，而⑫⓪的例
句則表示含有「明喻」與「暗喻」的句子也可以解釋爲「反語」。

⑫⓪　a. Sure she is as good as gold.

---

❹ 「附加問句」(tag question) 不是眞正的問句，所以前半句可以解釋
　 爲「反語」，例如：'So *John is a real genius,* is he?' 這裏請注意，
　 附加問句用肯定式。還有，雖然不能把整個「是非問句」解釋爲「反
　 語」，卻可以把「是非問句」的部分詞句解釋爲「反語」，例如：'Have
　 you ever attended those *wild, fun* parties?'。參 Cutler (1974:
　 121)。

❺ 但是表示結果的主句 (consequent clause) 卻可以解釋的「反語」，
　 例如：'If John did that, *he must be a real genius*'。

❻ 參 Cutler (1974:122)。

b. She's the cream in my coffee, sure.

「反語」也可以出現於「名物句」(nominalized sentence) 與「對等子句」(coordinate sentence) 裏,例如:**❹**

⑿ a. So you think (that) *John is a real genius.*

　　b. *John's a real genius* to have got us into this.

⑿ a. *John's a real genius* and *Bill's the Boy Wonder.*

　　b. Either *John's been real bright* or *Bill's had another*
　　　 of his creative brainwaves.

⑿的例句表示以對等連詞 'and' 或 'or' 連接的兩個對等子句必須同時要解釋爲「反語」,而⑿的例句則表示以對等連詞 'but' 連接的兩個對等子句可以把其中任何一個子句解釋爲「反語」,卻不能把兩個子句都解釋爲「反語」。

⑿ a. *John's a real genius* but Bill's the Boy Wonder.

　　b. John's a real genius but *Bill's the Boy Wonder.*

　　c. **John's a real genius* but *Bill's the Boy Wonder.*

如果對等子句裏只有一個子句含有「贊許」的意思,那麼只有這個部分可以解釋爲「反語」,例如:

⑿ John goes to school only now and then, and *he's a*
　 real genius.

另外,我們可以把對等子句裏第一個子句的「反語」明說,而把第二個子句的「反語」附加上去,例如:**❹**

---

❹ 參 Cutler (1974:123)。

❹ 參 Cutler (1974:124)。

⑫⑤ a. *John's a real genius,* and so is *his brother.*

b. *Miaoli is a real swinging town,* and you can say the same for *Chunan.*

我們也可以把對等子句裏的第一個子句解釋為「反語」，然後再根據這個「反語」的「言外之意」來述說第二個子句，例如：

⑫⑥ a. *John's a real nice guy* and I wouldn't touch his wife with a tenfoot pole either.

b. *John's a real nice guy* but you might like his wife.

但是這個時候的 'and' 限於「對稱用法的 'and'」(symmetric *and*)。表示「因果關係」(cause-effect) 或「非對稱用法的 'and'」(asymmetric *and*) 則不能如此使用，因為這個時候「反語」部分的字面意義與「非反語」部分的字面意義無法協調。❹試比較：

⑫⑦ a. *John is a real genius* (≠ John is a blockhead) and he'll never pass the exam.

b. Everyone left Miaoli and *it turned into a really swinging town* (≠ it turned into a really boring town).

除了 Cutler (1974) 從語音、語意與句法的觀點來分析「反語」以外，Yasui (1978) 也從語用的觀點來討論「反語」。他認為成立「反語」的必要條件應該是：「反語」裏「字面意義所指示的條件」(denotative condition) 在實際的語言情況裏並不存在。換句話說，根據「反語」的字面意義應該有這麼一個語言情

---

❹ 參 Cutler (1974:125)。

況,但是事實上這一個語言情況卻不存在。聽話者遇到這種情形,就只好把這句話當做「反語」做反面的解釋。Yasui (1978) 認為,這種句子的字面意義所指示的語言情況不存在,纔是「反語」成立的必要條件。因此,⑩的 'John's a real genius' 這句話究竟是「眞言」(true statement) 還是「反語」,要看語言情況裏有沒有支持 'John's a real genius' 的事實。如果事實上 'John' 非常聰明,那麼這句話是「眞言」;否則就是「反語」。「反語」在語音、詞彙、句法上的其他特徵,只是為了支持或加強這個必要條件的輔助性因素。

以上的分析與討論顯示,「反語」的「言內之意」雖然因為沒有說實話而違背了「質的信條(一)」,但是「引發的反語」以其特有的語氣來表示「反語」的「言外之意」纔是說話者眞正的用意,而「自發的反語」也常在句中提出與「言內之意」相對立的語言情況(如⑩與⑩句)來表示「言外之意」纔是說話者的眞意所在。就是一般的「自發的反語」,也往往有實際的語言情況來指示說話者是在使用「反語」,不能依照字面意義來解釋。這就是說,在一般的「反語」裏,說話者都為聽話者提供適當的信號來暗示他的話不能照字面意義來解釋,而應該從反面意義來解釋。而且「引發的反語」,通常都是由於說話者認為對方沒有說實話而採取的反面說法,可以說是語言上的一種'正當防衞'的行為,其目的在促請對方說實話。就這一個觀點而言,「反語」的說話者似乎並沒有完全放棄「質的信條」。另一方面,「反語」的反面意義不能太清楚或太明確,不能讓人家一聽就聽出來是「反語」,否則「反語」就會失去存在意義;因為「反語」最重要的

語用目的，就是說話者不願'明說'或'直說'，而要聽話者'意會'或'領會'。因此，我們儘管可以用'Figuratively/Metaphorically/Paradoxically speaking'或'To speak figuratively/metaphorically/paradoxically'等涉及語用的副詞來提醒聽話者注意句子的「言外之意」，卻不能用'Ironically speaking'或'To speak ironically'來達到同樣的效果。

五‧五 「明喻」及「暗喻」與「言外之意」

「明喻」(simile) 與「暗喻」(metaphor) 都是屬於「比喻」(figure of speech) 的說法。許多修辭學的書，都以'like'與'as'等表示比較的介詞或連詞之有無做爲「明喻」與「暗喻」的區別。在表示比喻的說法中，含有連詞'as'或介詞'like'而把比喻關係做明顯的交代的，叫做「明喻」；不含有這種連詞與介詞，沒有把比喻關係做明顯的交代的，就叫做「暗喻」。「明喻」又可以分爲兩類。在詞句中含有連詞'(as)...as...'的叫做「加強的明喻」(intensifying simile)，而在詞句中含有介詞'...like...'的叫做「描述的明喻」(descriptive simile)。根據這種分類，下面⑫的例句屬於「加強的明喻」，⑫的例句屬於「描述的明喻」，而⑬的例句則屬於「暗喻」。

⑫ a. I am (*as*) *busy as a bee.*

b. He was (*as*) *free as a bird.*

c. She was (*as*) *helpless as a babe.*

---

❺ 參 Yasui (1978:158)。

  d. The custom is (*as*) *old as the hills.*

  e. Her gait was (*as*) *light as a feather.*

  f. The conversation was (*as*) *dull as ditchwater.*

⑫ a. She ran *like a deer.*

  b. The wind cut *like a knife.*

  c. They eat *like pigs.*

  d. He thinks *like a computer.*

  e. I worked all day *like a horse.*

  f. She has cheeks *like roses.*

⑬ a. *Time flies* like an arrow. ❺

  b. She is *my sunshine.*

  c. The road was *a ribbon of moonlight.*

  d. The conversation *pingpongs.*

  e. The ship ·*plows the sea.*

  f. A rapier of light *pinned him to the wall.*

  「加強的明喻」，常為了順口與加強，在 'as' 前面的形容詞與名詞之間押「頭韻」(alliteration)，例如：

⑬ *b*lind as a *b*at/*b*eetle, *b*usy as a *b*ee, *c*ool as a *c*ucumber, *d*ead as a *d*oor-nail, *d*ull as *d*itchwater, *f*it as *f*iddle, *f*lat as a *f*lounder, good as gold, green as grass, *h*oarse as a *h*og, *h*ungry as a *h*unter/*h*awk, large

---

❺ 在這一個句子裏，'Time flies' 是「暗喻」，而 'like an arrow' 是「描述的明喻」。

as life, mad as a March hare, mean as a miser, mild
as Moses, neat as a new pin, plain as a pikestaff,
plump as a partridge, proud as a peacock, silent as a
stick, smart as a steel trap, soft as silk/soap, sweet
as sugar, weak as water

「加強的明喻」在句法形式上常採用'as＋形容詞／副詞＋as＋名詞組'的比較句結構（comparative construction），但是「加強的明喻」可以省略第一個連詞'as'，而一般比較句卻不能如此省略。試比較：

⑬ a. The conversation was *as dull as ditchwater*.

   b. The conversation was *dull as ditchwater*.

⑬ a. John is *as dull as his brother*.

   b. *John is *dull as his brother*.

另一方面，一般比較句結構在'as＋形容詞／副詞＋as＋名詞組'後面可以補上'Be'或'Do'等「代動詞」（pro-verb），但在含有「加強的明喻」的詞句中卻不能如此使用。試比較：

⑬ a. *The conversation was as dull as ditchwater *was*.

   b. John is as dull as his brother *is*.

無論是「明喻」（包括「加強的明喻」與「描述的明喻」）或是「暗喻」，都把兩件事物拿來比較，並且設法指出其間之相似性來。這兩件事物，基本上是不相同的東西，而其間的相似性或明顯或不明顯。但是由於二者的「比較」（comparison）或「類推」（analogy），常能發現或加強其間的相似性，並藉此做更生動的描述，甚至對週遭的事物或現象提出新的體認。我們不妨把

「明喻」與「暗喻」裏所比較的兩件事物視爲具有某種內在關聯的「肖像」（icon; image），而所謂兩件事物之間的相似性就是指這兩個「肖像」之間的「內在關聯」（iconicity）。如此，「加強的明喻」把「肖像」（A與B）間的「內在關聯」（X）用 'A is (as) X as B' 的比較句式來「明言」（express）或「加強」（stress），而「描述的明喻」卻僅以 'A is like B' 的比較句式來「暗示」（imply）。至於「暗喻」，則更進一步把「描述的明喻」加以「濃縮」（condense, 或 compress），以各種句式結構（包括一般結構與修飾結構）來代替單純的比較句結構。下面⑬⑤到⑬⑦的例句的主謂可以說明「加強的明喻」、「描述的明喻」與「暗喻」之間這種關係。

⑬⑤ a. He has a heart *as* hard *as stone*.

b. He has a heart *like stone*.

c. He has a heart *of stone*.

⑬⑥ a. She makes me *as* happy *as sunshine*.

b. She makes me happy *like sunshine*.

c. She is my *sunshine*.

⑬⑦ a. He has a brow *white as marble*.

b. He has a brow *like white marble*.

c. He has a *marble brow*.

因此，「明喻」與「暗喻」之間，特別是「描述的明喻」與「暗喻」之間，並沒有界限分明的區別，都可以用同樣的語用原則來處理。這個語用原則，必須從句子的「言內之意」中所提出的兩個基本上不相同的事物或「肖像」裏發現其內在的關聯，並利用

這個內在的關聯去尋找「言外之意」。如果同一個「言內之意」可以有兩個或兩個以上的「言外之意」，那麼這個語用原則也應該從這幾種不同的解釋中選出最適當的一種來。

這裏所謂的「基本上不相同的事物」（essentially unlike things）是相當籠統的說法，但是這種「不相同」（unlikeness）可以包括：「有生」（animate）與「無生」（inanimate）的區別、「屬人」（human）與「非屬人」（nonhuman）的區別、「具體」（concrete）與「抽象」（abstract）的區別，以及「固體」（solid）、（液體）（liquid）與「氣體」（gas）的區別等。因此，「明喻」與「暗喻」都常把「有生名詞」與「無生名詞」拿來比較（如 'man' 與 'computer, sunshine, door-nail' 等）、把「屬人名詞」與「非屬人名詞」拿來比較（如 'man' 與 'bee, wolf, pig' 等）、把「具體名詞」與「抽象名詞」拿來比較（如 'custom' 與 'hills', 'gait' 與 'feather', 'conversation' 與 'ditchwater' 等）。

Chomsky（1965:149）在變形・衍生語法裏有關「嚴密的次類畫分」（strict subcategorization）與「選擇限制」（selection restriction）的討論中，曾經指出違背「嚴密的次類畫分」常導致不合語法的「病句」（ill-formed sentence），但是違背「選擇限制」則常可以解釋爲「暗喻」（metaphorical interpretation），特別是「擬人的說法」（personification），並且把違背「選擇限制」的例句(a)與沒有違背這種限制的例句(b)並列在一起。試比較：

⒀ a. Misery loves company.

b. John loves company.

⒀ a. Golf plays John.

　　b. John plays golf.

⑭⓪　a. The boy may frighten sincerity.

　　b. Sincerity may frighten the boy.

⑭①　a. They perform their leisure with diligence.

　　b. They perform their duty with diligence.

⑭②　a. Colorless green ideas sleep furiously.

　　b. Revolutionary new ideas appear infrequently.

Matthew (1971) 則從這個觀點出發，主張違背「選擇限制」是「暗喻」的必要而且是充足的條件。他認為，「暗喻」必須在「言內之意」或依照字面意義的解釋上違背「選擇限制」；而且只要有這種「選擇限制」的違背，那麼幾乎任何（'almost any'）詞句都可以在適當的語言情況或上下文裏解釋為「暗喻」。❺❷ 依照 Matthew (1971) 的觀念，⑬⑧到⑭②的(a)句都有違背「選擇限制」的情形（例如⑬⑧ a 與⑬⑨ a 的謂語動詞 'love' 與 'play' 只能以「屬人名詞」為主語，不能以「抽象名詞」為主語；⑭⓪ a 的謂語動詞 'frighten' 只能以「有生名詞」為賓語，不能以「抽象名詞」為賓語），因此在適當的語境裏想讀都可以解釋為含有「暗喻」的說法。Yasui (1978:79-81) 則對於 Matthew (1971) 的看法提出反論。他承認許多「暗喻」的說法都有違背「選擇限制」的情形。例如下面⑭③的例句，都有違背「選擇限制」的情形，都可以解釋為「暗喻」。❺❸

⑭③　a. Poverty gripped the town.

---

❺❷　參 Matthew (1971:416)。

❺❸　⑭③與⑭④的例句探自 Yasui (1978:79-80)。

b. A faint hope still flickered in her heart.

c. I was stabbed to the heart by your cruelty.

d. My wife has a green thumb.

但是他認爲有些詞句，例如⑭的例句，雖然有違背「選擇限制」的情形，卻無法找到適當的語言情況或上下文來做適當的解釋，因此也就無法解釋爲「暗喩」。

⑭ a. Ability gripped the town.

b. My faith in God still flickered.

c. She has stabbed my self-respect.

d. My wife has an orange toe.

他還認爲有些「暗喩」，雖然在字面上並沒有違背「選擇限制」，仍然可以成爲「暗喩」。例如，在下面⑮的例句中並沒有「選擇限制」的違背，但是這些句子都可以解釋爲含有「暗喩」的句子。❺

⑮ a. The rock （＝The old professor emeritus） is becoming brittle with age.

b. I stopped talking to radicals because it is simply impossible to chisel on granite walls.

當然，在這些例句中⑮a 的 'the rock' 係指 'the old professor emeritus'，而⑮b 的 'granite walls' 係指 'radicals'，因此事實上是違背了「選擇限制」。但是這些例句至少在字面上並沒有「選擇限制」的違背，而且 'the rock' 與 'the old professor emeritus'

---

❺ Yasui （1978：92）。

以及 'granite walls' 與 'radicals' 這兩個「肯像」之存在與其內在關聯繞是「暗喻」的核心。因此，Yasui（1978）認爲，「暗喻」與「反語」一樣，應該以字面意義所指示的語言情況並不存在爲其必要條件之一。換句話說，⑭a 的例句可以解釋爲一般的陳述，也可以解釋爲「暗喻」。如果在實際的語言情況裏有岩石的存在，那麼⑭a 可能是一般的陳述。反之，如果在實際的語言情況裏並沒有岩石的存在，卻可能有一位退休老敎授的存在，那麼⑭a 是「暗喻」。

Yasui（1978:83）接着指出，在「明喻」與「暗喻」裏「選擇限制」的違背並不是漫無限制的。例如在「明喻」與「暗喻」裏擔任「焦點」（focus）⑮的名詞、動詞或形容詞，其語意內涵不能過於「廣泛」（general），但也不能過於「特殊」（particular）。以名詞爲例，'animal'（動物）、'mammal'（哺乳動物）、'cetacean'（鯨類動物）這一類語意內涵過於廣泛的名詞或 'addax'（北非大羚羊）、'weevil'（穀象蟲）、'finback'（脊鰭魚）這一類語意內涵過於特殊的名詞都很少出現於「明喻」或「暗喻」。可是位於這兩極之間的名詞，如 'pig'（豬）、'rat'（老鼠）、'fox'（狐狸）、'whale'（鯨魚）等，則可以出現於「明喻」或「暗喻」。再以動詞爲例，'do, take, give, shake' 等語意內涵過於廣泛的動詞不容易出現，而 'wound, hurt, quiver, flicker' 等動詞卻可以出現。同樣的，

---

⑮ Black（1962）把含有「暗喻」的說法中，表示「暗喻」的部分稱爲「焦點」（focus），而把其餘部分稱爲「框架」（frame）。例如在 'He is a gorilla' 這一句話中，'a gorilla' 是「焦點」，而 'He is' 則是「框架」。

'vermilion'（朱紅色的）、'ultramarine'（紺青色的）、'cobalt blue'
（深藍色的)等語意內涵過於特殊的形容詞不容易出現，而 'red,
green, blue, white, black' 等形容詞卻可以出現。Yasui（1978）
引用了 Bickerton（1969:50）的例句⑭⑥與⑭⑦來說明：在語意相近
的動詞 'cut, wound, hurt, scratch, stab, slash' 中，只有'wound
與 'hurt' 可以拿抽象名詞 'pride, feelings, reputation' 等爲賓語
而出現於「暗喩」；而在語意相近的 'red' 與 'vermilion' 以及
'green' 與 'ultramarine' 中，只有 'red' 與 'green' 可以出現於「暗
喩」的說法。

⑭⑥
　　　　　　　⎧wounded⎫　　　⎧pride　　　⎫
a. He　⎨　　　　　⎬ her ⎨feelings　⎬.
　　　　　　　⎩hurt　　　⎭　　　⎩reputation⎭

　　　　　　　⎧cut　　　　⎫
　　　　　　　⎪scratched⎪　　　⎧pride　　　⎫
b.*He ⎨　　　　　⎬ her ⎨feelings　⎬.
　　　　　　　⎪stabbed　⎪　　　⎩reputation⎭
　　　　　　　⎩slashed　⎭

⑭⑦
　　　　　　　　⎧red agitator.
a. He is a ⎨
　　　　　　　　⎩*vermilion revolutionary.

　　　　　　　　　⎧green fingers.
b. She has ⎨
　　　　　　　　　⎩*ultramarine hands.

這些討論顯示，語意內涵過於廣泛或過於特殊的詞語，都很少擔
任「暗喩」的「焦點」。有些語意內涵較爲廣泛的詞語偶爾也會
出現於「暗喩」裏（如 'The wind cuts (like a knife)'），但是
這種「暗喩」既沒有新鮮感又缺乏想像力，只能說是「枯萎的暗

喻」（faded metaphor）。

另外，「明喻」與「暗喻」，在其運用與解釋上必須受語言背後的風俗習慣與社會文化的限制或影響。這一種情形在運用表示顏色的形容詞來表達「暗喻」的時候特別明顯。例如，英語可以用白色來修飾謊言（'a white lie'），日語可以紅色來修飾謊言（'眞赤な嘘'），而國語卻似乎不能用任何顏色來修飾謊言。❺⑥又同樣的茶，英語叫做 'black tea'，而國語與日語卻叫做 '紅茶'。這些不同的語言之間表達上的差別，一方面固然是由於不同語言區別各種顏色「外延」（denotation）的界限不盡相同，但更重要的是不同語言對於各種顏色「內涵」（connotation）或「聯想」（association）有不同的看法。這也就是說，許多「明喻」與「暗喻」的說法是某些語言所特有的（language-specific），無法從「語言普遍性」（language universal）的觀點加以說明或一般化。就這一點意義而言，「明喻」與「暗喻」的運用或解釋是有 '國境' 的限制的，不能從一個語言直接翻成另外一個語言。❺⑦

根據以上的觀點，Yasui（1978：101）認為，「暗喻」的成立必須同時滿足下列三個條件。

⑭⑧　a. 不能違背「嚴密的次類畫分」的規定。

　　　b. 字面意義所指示的條件在實際的語言情況裏不存在。

　・　c. 必須含有「肖像」的關係。

Yasui（1978）認為違背以上任何一個條件都不能成為「暗喻」。

---

❺⑥　閩南語裏卻有 '講白賊（＝撒謊）'，使人聯想英語的 'white wash'（粉刷，掩飾）。

❺⑦　參 Yasui（1978：88）。

例如，下面⑭的例句嚴重的違背了「嚴密的次類畫分」的規定，所以不是合語法的句子，不能成為「暗喻」。❺

⑭　a. *The wrote story amusing mangentle an.

　　　(Cf. The gentleman wrote an amusing story.)

　　b. *The baby looks sleeping.

　　　(Cf. The baby seems to be sleeping.)

又如前所述，在下面⑮的例句裏，只有在實際的語言情況裏沒有岩石的存在時，纔可以解釋為「暗喻」。如果有岩石的存在，就只能解釋為一般的陳述。

⑮　The rock is becoming brittle with age.

⑭ c 所謂的「肖像的關係」（iconicity），簡單的說，是指只要見到了 A 就可以想到 B 或可以了解 B 的關係。當 A 與 B 有這種關係時，我們就稱 A 為 B 的「肖像」。A 與 B 既然具有「肖像」的關係，二者之間必須存在着某種程度的相似性。這個相似性可能是屬於形態上的、結構上的、或者功能上的。以⑮為例，我們假定 'the rock' 所指示的事物或屬性為 R，而把見到了 'the rock' (R) 就會想到的事物或屬性假定為 P，那麼 R 是 P 的「肖像」。我們說 R 是 P 的「肖像」時，並不表示 R 的全部都是 P 的「肖像」，而只表示 R 的某部分是 P 的「肖像」。至於 R 的那一部分是 P 的「肖像」，在「暗喻」裏並沒有明示。讓我們假定這一部分的 R 為 R′；那麼在有關「暗喻」解釋的事項 R、R′ 與 P 中，只有 R（如 'the rock'）是已知項，而其他 R′（如 '頑固'）與 P（如 '退休的老教授'）都是未知項，必須由聽話者自行求解答。從 R 的諸多屬

---

❺　下面有關「暗喻」的例句與討論多牛依照 Yasui (1978:101-123)。

性中求出R′，以及從佲大的「言談宇宙」(the universe of discourse) 中尋找適當的 P，都不是一件易事，必須要求聽話者高度的心智活動與深入的概念分析。

再以⑮為例，這兩個例句都沒有違背「嚴密的次類畫分」，都可以解釋為「暗喻」。

⑮　a. The old man is a baby.

　　b. The weather is stormy today.

在⑮ a 的「暗喻」裏「焦點」是 'a baby'，因為老人顯然不是嬰兒，所以這一個句子不能依照字面意義解釋為「矛盾句」(contradictory sentence)。聽話者必須從R ('a baby') 中尋找R′，做為 P ('the old man') 的「肖像」。這個R′可能就是'孩子氣'、'不講理'、'不懂事'、'不聽話'，因此⑮ a 的「言外之意」可以解釋為 '這位老人家有點返老還童'。同樣的，有人在一個萬里晴天的日子裏說出⑮ b 的話，那麼字面意義裏所指示的條件 ('the stormy weather') 並不存在，所以應該解釋為「暗喻」。聽話者必須從R ('the stormy weather') 尋找 R′與 P，而獲得'爸爸今天的情緒非常惡劣'這一類的「言外之意」。

這裏應該注意，上面所提出來的⑮ a 與⑮ b 兩個句子的「言外之意」，只是可能的「言外之意」，而不是唯一可能的「言外之意」。到目前為止，似乎還沒有人能夠提出一套語言理論或方法來決定這個唯一可能的「言外之意」，因為這一種決定必然牽涉到有關現實世界的知識、經驗、信念系統、期望等超越語言的因素。但是我們卻可以設法把R′的未知項的範圍盡量加以縮小。例如，在⑮ a 裏 'a baby' 的諸多屬性中，我們認為'屬人'、'非

成人'、'體積小'、'體重輕'等屬性都無關重要 ， 而把這些屬性從可能的「肖像」中加以淘汰。另一方面，我們也可以推定在 'a baby' 的諸多屬性中'不成熟'、'不安定'、'缺乏自我抑制與適應社會的能力'等有關精神與情緒方面的屬性是比較重要而且是比較有力的「肖像」。我們再以 Yasui (1978:118) 所舉的例句⑬為例，來說明如何解釋「暗喩」的「言外之意」。

　　⑬　That little boy is a real monkey.

在這個例句裏，「明喩」的「焦點」是 'a (real) monkey'，而「框架」是 'that little boy'。一提起 'monkey'，我們就會想到有關猴子的許多屬性(如'動物'、'靈長類'、'紅紅的面孔'、'長長的四肢'、'善於爬樹'、'非常淘氣俏皮'等)。我們要了解「暗喩」的「言外之意」，就是要從這些屬性中找出與 'that little boy' 成為「肖像」的屬性。在上面所舉的有關猴子的屬性中，有些屬性（例如'善於爬樹'）是比較「重要的」（primary）或者是「核心的」（core）屬性，而有些屬性（例如'動物'、'靈長類'、'紅紅的面孔'、'長長的四肢'等）卻是比較「次要的」（secondary）或「周邊的」（peripheral）屬性。我們可以想像'面孔烏黑'或'四肢較短'的猴子，卻很難想像'不會爬樹'的猴子。如果有人問：'哪一種動物最會爬樹?'，一般人的回答大概都是'猴子'。一般說來，我們都選比較「重要」或「核心」的語意屬性或「信息價值」（information value）比較高的語意屬性來做為「肖像」。⑲而這些語意屬性常常又是語意屬性表示「斷言」（assertion）的部分，

---

⑲　參 Leech (1974:322)。

也就是會受否定影響的部分。例如，'bachelor' 這個名詞含有‘屬人’、‘男性’、‘成人’、‘未婚’等語意屬性。在這些語意屬性中，‘屬人、男性、成人’是屬於「預設」(presupposition) 的部分，不受否定的影響；而‘未婚’卻是屬於「斷言」的部分，會受否定的影響。因此，⒀ b 的否定句，並沒有否定‘John’是‘人’、‘男人’或‘成人’，而只是否定‘John’是‘未婚’。**⑥**

 ⒀ a. John is a bachelor.

   b. John is not a bachelor.

同時，我們也應該注意，這一種「言外之意」的分析仍然要受「言內之意」的限制。例如，⒁的例句與⒀ a 的例句一樣，以名詞 baby'為「暗喻」的焦點。但是這個例句裏，‘體積小’或‘重量輕’卻優先於其他屬性而成為‘camera’與‘airplane’的「肖像」。**⑥**

 ⒁ a. a baby camera

   b. a baby airplane

六、後　語

 以上從「語用解釋」的觀點討論英語詞句的「言外之意」，包括：間接言語行為、同語反復、迂迴的說法、推諉的說法、誇張的說法、緩敍的說法、矛盾的說法、反語、明喻與暗喻等。**⑥**

---

⑥ 參 Fillmore（1969：123）以及 Leech（1974：321）對此的反論。

⑥ 參 Cohen & Margalit（1972：735）。

⑥ 其他如「換喻」(metonymy) 等現象（如 'He is too fond of the bottle.'）的「言外之意」，也可以用同樣的原則與方法來處理。

其中有關暗喻的部分，由於篇幅的限制，未能做更深入的分析與討論。暗喻的研究，至今尚未解決的問題仍然很多，世界各地的語言學家都在積極的進行討論。以最近幾年爲例，Illinois 大學的 Urbana-Champaign 分校曾於1977年 9 月召開 'Conference on Metaphor and Thought', Chicago 大學亦於 1978 年 2 月召開 'Symposium on Metaphor'。同年 4 月 California 大學的 Davis 分校舉行 'Interdisciplinary Conference on Metaphor'，而 Geneva 大學亦於此年 6 月舉行 'Conference on Philosophy and Metaphor'。單是 Shibles (1971) 所蒐集的參考書目，就達四千篇之多。因此，暗喻的研究可以說是方興未艾。

「英語詞句的言外之意：功用解釋與語用解釋」是筆者所從事的中、英、日語法對比分析的一部分。筆者計畫用同樣的原則與方法來研究國語詞句的「言外之意」與「功用解釋」及「語用解釋」間之關係。希望對這個問題有興趣的同仁同學能多多提供批評、意見與建議。

參 考 書 目

Akmajian, A., R. A. Demers, R. M. Harnish. 1979. *Linguistics: An Introduction to Language and Communication.* Cambridge, Massachusetts: MIT Press.

Alston, W. P. 1964. *Philosophy of Language,* Englewood Cliffs, N. J.: Prentice-Hall.

Austin, J. L. 1962. *How to Do Things with Words.* Oxford:

Clarendon Press.

_____. 1963. "Performative-constative," Caton (ed.) 1963. 22-54; Searle (ed.) 1971. 13-22.

Black, Max. 1962. *Models and Metaphors.* Ithaca, N. Y.: Cornell University Press.

Bickerton, D. 1969. "Prolegomena to a linguistic theory of metaphor," *FL* 4:34-52.

Chomsky, N. 1965. *Aspects of The Theory of Syntax,* Cambridge, Massachusetts: MIT Press.

Chu, C.C. 1984.「語言學與華語教學：句尾虛字'呢'跟'呢'的研究」，世界華語教學研討會。

Cohen, L. J. and A. Margalit. 1972. "The role of inductive reasoning in the interpretation of metaphor," Harman & Davidson (eds.) 1972. 722-740.

Cole, P. 1975. "The synchronic and diacronic status of conversational implicature," Cole & Morgan (eds.) 1975. 257-288.

_____., and J. Morgan (eds.) 1975. *Syntax and Semantics* Vol. 3. New York: Academic Press.

Cutler, Anne. 1974. "On saying what you mean without meaning what you say," *CLS,* 10: 117-127.

Davidson, Alice. 1975. "Indirect speech acts and what to do with them," in Cole & Morgan (eds.) 1975, 143-186.

Fillmore, C. J. 1971. "Entailment rules in a semantic theory,"

Rosenberg & Travis (eds.) 1971, 533-548.

Firschow, E. S. et al. (eds.) 1972. *Studies for Einar Haugen*. The Hague: Mouton.

Fraser, B. 1975. "Hedged performatives," Cole & Morgan (eds.) 1975, 187-210.

Garner, R. 1975. "Meaning," Cole & Morgan (eds.) 1975. 305-362.

Gordon, D. and G. Lakoff 1971. "Conversational postulates," Cole & Morgan (eds.) 1975, 83-106.

Green, G. M. 1975. "How to get people to do things with words", Cole & Morgan (eds.) 1975, 107-142.

Grice, H. P. 1967. *Logic and Conversation*. Unpublished manuscript.

————. 1975. "Logic and conversation," Cole & Morgan (eds.) 1975, 45-58.

Harman, G., and D. Davidson (eds.) 1972. *Semantics of Natural Language*. Dordrecht-Holland: D. Reidel Publishing Company.

Helmer, J. 1972. "Metaphor," *Linguistics* 88: 5-14.

Henle, P. 1958. "Metaphor," in Henle (ed.) 1958. 173-195.

————. (ed.) 1958. *Language, Thought, and Culture*. Ann Arbor: The University of Michigan Press.

Householder, F. W. 1971. *Linguistic Speculations*. London: Cambridge University Press.

Huang, S. F. 1983. 語言哲學——意義與指涉理論的研究。臺北
文鶴出版有限公司。

Jacobs, R. A. and P. S. Rosenbaum (eds.) 1970. *Readings in English transformational Grammar*. Waltham, Mass.: Ginn and Co.

Katz, J. J. 1977. *Propositional Structure and Illocutionary Force: a Study of the Contribution of Sentence Meaning to Speech Acts*. New York: Crowell.

Lakoff, Robin. 1972. "Language in Context," *Language* 48: 907–927.

————. 1974. "What we can do with words: politeness, pragmatics, and performatives," *Berkeley Studies in Syntax and Semantics* 16: 1–55.

Lazarus, A., A. Macleish and H. W. Smith. 1971. *Modern English*. Taipei: Rainbow-Bridge Book Co.

Leech, G. N. 1983. *Principles of Pragmatics*. London & New York: Longman.

Lowenberg, I. 1975. "Identifying metaphors," *FL* 12: 315–338.

Matthews, R. J. 1971. "Concerning a 'linguistic theory' of metaphor", *FL* 7:413–425.

Morgan, J. L. 1975. "Some interaction of syntax & pragmatics," Cole & Morgan (eds.) 1975. 289–304.

Mōri, Y.(毛利可信） 英語の語用論。Tokyo: Taishukan Book Co.

Ortony, A. (ed.) 1979. *Metaphor and Thought*, Cambridge: Cambridge University Press.

Quirk, R., S. Greenbaum, G. Leech, and J. Svartvik. 1972. *A Grammar of Contemporary English*. London: Longman.

Reddy, M. J. 1969. "A semantic approach to metaphor," *CLS,* 5: 240-251.

Rosenberg, J. F., and C. Travis (eds.) 1971. *Readings in The Philosophy of Language*. Englewood Cliffs, N. J. Prentice-Hall.

Ross, J. R. 1970. "On declarative sentences," Jacobs and Rosenbaum (eds.) 1970. 222-72.

_____. 1975. "Where to do things with words," Cole & Morgan (eds.) 1975, 233-256.

Sadock, J.M. 1975. "The soft, interpretive underbelly of generative semantics," Cole & Morgan (eds.) 1975. 383-396.

Schmerling, S. F. 1975. "Asymmetric conjunction and rules of conversation," Cole & Morgan (eds.) 1975. 211-232.

Searle, J. R. 1969. *Speech Acts: an Essay in the Philosophy of Language*. London: Cambridge University Press.

_____ . 1971. *The Philosophy of Language*. London: Oxford University.

_____. 1971. "What is a speech act?" in Searle (ed.) 1971 39-53.

_____. 1975a. "A taxonomy of illocutionary acts," Gunderson（ed.）*Langauge, Mind and Knowledge,* Minneapolis: University of Minnesota Press.

_____. 1975b. "Indirect speech acts," Cole & Morgan (eds.) 1975. 59-82.

Shibles, W. A. 1971, *Metaphor: an Annotated Bibliography and History.* Whitewater, Wisc.: Language Pr.

Stampe, D. W. "Meaning and truth in the theory of speech acts," Cole & Morgan (eds.) 1975. 1-40.

Winter, W. 1972. "A proposal concerning metaphor," Firschow et al. (eds.) 1972. 562-567.

Wright, R. 1975. "Meaning and conversational implicature," Cole & Morgan (eds.) 1975. 363-382.

Yasui, M. 1978.（安井稔）言外の意味。Tokyo: Kenkyusha Publishing Co.

_____. M. Nakau, Y. Nishiyama, M. Nakamura, and M. Yamnashi. 1983. *Linguistic Semantics.* Tokyo: Taishukan Publishing Co.

Ziff, P. 1967. "On H. P. Grice's account of meaning," *Analysis* 28: 18.

_____. 1972. "What is said," Harman & Davidson (eds.) 1972. 709-721.

原文刊載於教學與研究（1985）第七期（頁 57-111）。

國語與英語功用語法的對比分析

一、前　　言

　　當前的語言教學越來越重視語言在表情達意上的功用。因此，最近的語法教學與語法研究也反映這種趨勢，從偏重句法結構分析的「句子語法」（sentence grammar）邁進了兼顧語言的「言談功用」（communicative function）與「功用背景」（functional perspective）的「言談語法」（discourse　grammar）。例如，國語裏有許多「認知意義」（cognitive meaning）相同，而「句子形態」（surface realization）卻相異的句子。這些句子，似乎都含有同樣的「命題內容」（propositional content），但是

在言談功用上有什麼區別？這些言談功用上的區別，能否用一些簡單的規則來做有系統的說明？

本文擬提出四個簡單的「功用原則」（functional principles）來解釋國語的句子形態與言談功用之間的關係。這四個原則是：㈠「從舊到新」的原則、㈡「從輕到重」的原則、㈢「從低到高」的原則、㈣「從親到疏」的原則。本文的內容，以從事「華語教學」（teaching Chinese as a second or foreign language）的老師爲主要對象，所以文中的例句力求詳盡，而分析與說明則力求簡明。爲了參考的方便，文中的語法術語都附上了相對的英文術語。❶同時，爲了比較對照國語語法與英語語法在功用解釋上的關係，在每一節國語語法結構的討論後面附上有關英語語法結構的討論。

二、「從舊到新」的原則

從言談功用的觀點來說，句子的每一個成分都傳達某一種信息。有些句子成分傳達「舊的」（old）或「已知的」（known）的信息，而有些句子成分則傳達「新的」（new）或「重要的」（important）信息。新的信息中，最重要的信息叫做「信息焦點」（information focus）。例如，在下面①到⑤的對話裏，針對着 a

---

❶ 本文是筆者在撰寫中的漢語功用語法（*A Functional Grammr of a Spoken Chinese*）的一部分。有關國語功用語法夏詳細的分析與討論，請參照該書。

的問話，b 的答話中標有黑點的句子成分是信息焦點：

① a 誰二十年前在美國學語言學？

　　b 湯先生二十年前在美國學語言學。

② a 湯先生什麼時候在美國學語言學？

　　b 湯先生二十年前在美國學語言學。

③ a 湯先生二十年前在什麼地方學語言學？

　　b 湯先生二十年前在美國學語言學。

④ a 湯先生二十年前在美國做什麼？

　　b 湯先生二十年前在美國學語言學。

⑤ a 湯先生二十年前在美國學什麼？

　　b 湯先生二十年前在美國學語言學。

　　這些代表信息焦點的句子成分，通常都要讀得重些，響亮些。國語的句子，除了利用重讀、音高、語調等「節律因素」（prosodic features）來表示信息焦點以外，還可以運用句子成分在句子裏的分佈情形以及特殊的句法結構來強調信息焦點。

　　一般說來❷，國語裏出現於句首的句子成分都代表「舊的」信息，而出現於句尾的成分都代表「新的」信息。我們把這一個功用原則稱為「從舊到新」的原則（"From Old to New" Principle），並且利用這一個原則來討論一些國語句子的形態與功用。

二·一 「主題句」

　　國語的句子常含有「主題」（topic）。主題可能出現於句子本

---

❷ 也就是說，在國語裏「無標的」（unmarked）句法結構裏，而且在沒有特別的重讀或語調的情況下。

身裏面，也可能由前面的句子來引介。主題是談話者雙方共同的話題，因爲代表舊的、已知的信息，所以經常出現於句首的位置。例如，在下面⑥到⑨的例句裏，代表舊信息的「定指」(definite) 名詞組（如⑥的'這一種魚'）、「泛指」（generic）名詞組（如⑦的'魚'）、「殊指」(specific)（如⑧的'有一種魚'）都可以充當句子的主題。但是代表新信息的「無定」(indefinite)名詞組（如⑨的'一種魚'則無法充當主題。我們可以用「有定」(determinate）來概括「定指」、「泛指」、「殊指」，以別於「無定」(indeterminate)。

⑥　這一種魚，我很喜歡吃。

⑦　魚，我很喜歡吃鱒魚。

⑧　有一種魚，我很喜歡吃。

⑨　??一種魚，我很喜歡吃。

國語的句子裏，與主題相對（或主題以外）的部分叫做「評述」(comment)。評述是在主題之下所做的陳述或解釋。有時候，主題在代表評述的句子成分裏含有與主題名詞組「指涉相同」(coreferential) 的稱代詞。❸在這一種句子裏，出現於句首的主題名詞仍然限於「定指」、「泛指」、「殊指」等有定名詞組。試比較：

⑩　那一個人，我認識他。

⑪　韓國人，我非常了解他們的歷史與文化背景。

---

❸ 有些變形語法學家把這一種句子分析爲由「向左轉位」(Left Dislocation) 的變形衍生的句子。

⑫　有一個人，我想你可以去找他。

⑬　??一個人，我跟他很熟。

傳統語法上所謂的「雙主(語)句」，也可以分析為含有主題與評述的句子，因此也受同樣的限制。例如：

⑭　中國，面積廣大，人口眾多。

⑮　李小姐，(她的) 眼睛很漂亮。

出現於句首的句子成分，除了主題以外，還有主語❹與「主題副詞」(thematic adverb)。這些句子成分，因為出現於句首，所以也必須由有定名詞組來充當。例如：

⑯　{這一些人都／有些人／??一些人}　是從臺北來的。

⑰　{昨天晚上／有一天晚上／??一天晚上}　我到公園去散步。

英語裏與國語⑥、⑦、⑨、⑩、⑪、⑬相對應的句子分別是

❹ 「主題」主要是屬於「言談功用」(discourse function) 或「信息結構」(information structure) 的概念，而「主語」則主要是屬於「語法關係」(grammatical relation) 或「句法結構」(syntactic structure) 的概念，因此有時候主語似乎也可以兼充主題。但是如後所述，主語可以成為分裂句的信息焦點，而主題與主題副詞卻無法成為分裂句的信息焦點，所以二者之間仍應有區別。又Halliday (1985) 把「主題」、「主語」、「主題副詞」連同疑問句句首的疑問詞與助動詞以及祈使句句首的動詞都分析為代表「心理主語」(psycho-logical subject) 的 'theme'。

⑥′、⑦′、⑨′、⑩′、⑪′、⑬′。試比較：

⑥′ *This fish,* I like to eat.

⑦′ As for *fish,* I like most to eat trout.

⑨′ * A fish, I like to eat.

⑩′ *That man,* I know *him.*

⑪′ (As for) *the Koreans,* I am well informed of *their* history and cultural background.

⑬′* (As for) *a man,* I am very well acquainted with *him.*

英語裏表示殊指的名詞組常用'There is / are'來引介。試比較國語⑧、⑫的例句與英語⑧′、⑫′的例句。❺

⑧′ There is a kind of fish (that) I like to eat.

⑫′ There is a man I think you may look him up.

出現於主語位置的無定名詞組，以及充當主題副詞的無定時間名詞組，也只能解釋為殊指。試比較國語⑯、⑰的例句與英語⑯′、⑰′的例句。

⑯ $\left\{\begin{array}{l}\textit{These people}\\\textit{Some people}\\\text{* }\textit{People}\\\textit{A man}\end{array}\right\}$ came from Taipei.

---

❺ ⑫′句裏的'him'是所謂的「接應代詞」(resumptive pronoun)，常見於口語英語。參 Chomsky (1982:11)。

⑰′ $\begin{cases} Last\ night \\ One\ night \\ *\ A\ night \end{cases}$ I went to the park for a walk.

可見無論是國語或英語的主題句都遵守「從舊到新」的原則。❻

二・二 「引介句」:「有無句」、「存在句」、「隱現句」、「氣象句」

國語裏有一些句型,其言談功用在於爲談話的對方引介人或事物,這一種句子可以統稱爲「引介句」(presentative or presentational sentence)。被引介的人或事物都代表新的、重要的信息,所以代表這些信息的句子成分常出現於句尾的位置,成爲句子的信息焦點。例如,下面⑱的句子是引介句。

⑱ (在)桌子上有一本書。

在這一個句子裏,說話者爲聽話者引介放在桌子上的'一本書',以便做爲底下談話的主題,如'這一本書是我昨天在臺北買的。書裏提到…'。因此,這一個句子以表示處所的'(在)桌子上'做爲主題副詞放在句首,而以表示新信息的無定名詞組'一本書'爲信息焦點而放在句尾。另一方面,⑲的例句卻不是引介句。

⑲ 那一本書在桌子上。

在這一個句子裏,主語有定名詞組'那一本書'代表舊信息,並且出現於句首而成爲談話的主題。談話的目的不在於引介,而

---

❻ 關於英語的「主題變形」、「副詞移首」以及「方位副詞移首」等更詳細的討論,參湯 (1985a:389-393, 415-416)。

在於告知聽話者事物所在的處所，所以處所副詞'在桌子上'出現於句尾而成為信息焦點。

引介句引介無定名詞組在句尾出現；而非引介句則以有定名詞組為主語放在句首。國語的這一個詞序特徵，在下面⑳與㉑兩個句子的比較裏仍然看得出來。雖然在這兩個句子裏事物名詞的'書'在形態上並不帶有表示名詞組定性的標誌，但在語意解釋上⑳的'書'是「無定」的（聽話者，甚至說話者都不知道是哪一本書），而㉑的'書'卻是「有定」的（說話者與聽話者都知道是哪一本書）。試比較：

⑳　桌子上有書。

㉑　書在桌子上。

據此，我們可以推斷：有定名詞組很少出現於「有字句」的句尾成為信息焦點，而無定名詞組也很少出現於「在字句」的句首充當主語。下面例句㉒到㉙的合法度判斷，似乎支持上面的推論是正確的。

㉒　a　桌子上有一本書。

　　b ??一本書在桌子上。

㉓　a　那一本書在桌子上。

　　b ??桌子上有那一本書。

㉔　a　桌子上有幾本書。

　　b ??幾本書在桌子上。

㉕　a　你的書在桌子上。

　　b ??桌子上有你的書。

㉖　a　桌子上有許多書。

    b ??許多書在桌子上。

㉗ a   每一本書都在桌子上。

    b ??桌子上有每一本書。

㉘ a   桌子上沒有書。

    b ??沒有書在桌子上。

㉙ a   所有的書都在桌子上。

    b ??桌子上有所有的書。

有些人認為㉕b的句子似乎可以接受，但是這些人都把‘你的書’當做‘一本你的書’或‘一些你的書’來解釋，而不是當做‘你的一本書’或‘你的一些書’來解釋。‘一本你的書’相當於英文的‘a book of yours’，而‘你的一本書’則相當於英語的‘one of your books’。這兩種名詞組在定性上的差別，可以從下面的例句裏看得出來。

㉚ a   桌子上有一本〔些〕你的書。

    b ??一本〔些〕你的書在桌子上。

    c   你的一本〔些〕書在桌子上。

    d ??桌子上有你的一本〔些〕書。

㉛ a   There is *a book of yours* on the desk.

    b ??*A book of yours* is on the desk.

    c   *One of your books* is on the desk.

    d ??There is *one of your books* on the desk.

大多數的人都認為㉒b、㉔b、㉖b 的例句不能接受或不太順口。但是如果在這些例句的句首加上表示殊指的‘有’（或者加上動詞的‘有’）來避免無定名詞組在句首出現的話，那麼這些句子

都可以通。試比較：

㉜ a 有一本書在桌子上。

b 有幾本書在桌子上。

c 有許多書在桌子上。

另外，許多人認為㉝a的句子有問題，但是如果在無定名詞組'兩本書'的後面加上「範域副詞」(scope adverb)'都'，就可以通。試比較：

㉝ a ??兩本書在桌子上。

b 兩本書都在桌子上。

可見副詞'都'除了範域以外，還含蘊名詞的「有定性」(definiteness 或 specificity)。英語裏這種區別，用 'two' 與 'both' 來表示。試比較：

㉞ a ??*Two* books are on the desk.

b *Both* books are on the desk.

除了㉚與㉛以及㉝與㉞這兩對國語與英語例句的比較以外，下面與國語⑱到㉙的例句相對應的英語例句⑱'到㉙'顯示英語的「引介句」也受同樣的限制。試比較：

⑱' There is a book on the desk.

⑲' That book is on the desk.

⑳' There are books on the desk.

㉑' The books are on the desk.

㉒' a There is *a book* on the desk.

b?? *A book* is on the desk.

㉓' a *That book* is on the desk.

b * There is *that book* on the desk.

㉔′ a　There are *several books* on the desk.

b ??*Several books* are on the desk.

㉕′ a　*Your book* is on the desk.

b * There is *your book* on the desk.

㉖′ a　There are *lots of books* on the desk.

b ??*Lots of books* are on the desk.

㉗′ a　*Every book* is on the desk.

b * There is *every book* on the desk.

㉘′ a　There is *no book* on the desk.

b ??*No book* is on the desk.

㉙′ a　*All the books* are on the desk.

b * There are *all the books* on the desk.

國語的引介句，除了「有無句」以外，還包括含有動詞‘坐、站、躺、掛、貼’等的「存在句」與含有動詞‘來、去、走、跑’等的「隱現句」。在引介性的存在句與隱現句裏，無定名詞組出現於尾句；在非引介性的存在句與隱現句裏，有定名詞組出現於句首。試比較下面㉟到㊲a的引介句與b的非引介句。

㉟ a 牀上躺着一個人。

b 那一個人躺在牀上。

㊱ a 牆上貼着一張相片。

b 他的相片貼在牆上。

㊲ a 前面來了兩個人。

b 那兩個人從前面來了。

㊳　a　昨天走了三個客人。

　　b　那些客人昨天走了。

　　人稱代詞（如'我、你、他'等）在性質上代表舊的、已知的信息，所以不能出現於引介性的存在句或隱現句，只能出現於非引介性的存在句或隱現句。試比較：

㊴　a　??牀上躺着他。

　　b　　他躺在牀上。

㊵　a　??昨天走了他們。

　　b　　他們昨天走了。

　　又在引介句的句尾慣用無定名詞組的結果，連專有名詞（如'小李子、楊大媽'等）也要在前面加上數量詞（如'(一)個、(一)位'等）來沖淡其有定性。例如，在下面㊶與㊷的例句裏，'個小李子'與'位楊大媽'分別等於是說'有一個叫小李子的'與'有一位叫楊大媽的'，表示這些句子成分都代表新的信息。試比較：

㊶　a　??牀上躺着小李子。

　　b　　牀上躺着個小李子。

㊷　a　??昨天來了楊大媽。

　　b　　昨天來了位楊大媽。

　　在表示氣象的國語句子裏，氣象名詞常出現於動詞後面，形成所謂的「倒裝句」（inverted sentence）。其實，這些句子也可以視為引介句，信息焦點落在句尾的氣象名詞。試比較下面㊸與㊹a的引介句與b、c的非引介句。

㊸　a　下雨了！

　　b　雨已經停了。

c 雨還在下，但是風已經停了。

㊹ a 出太陽了！

b 太陽還高掛在天空。

c 太陽都出來了，你還不起來嗎？

英語裏也有類似國語的「存在句」或「隱現句」。英語的「存在句」常用「填補詞」或「虛詞」(expletive or pleonastic) 的 'there' 來引介❼。試比較國語的例句㉟、㊱與英語的例句㉟'、㊱'。

㉟' a There lying in bed is a man.

b That man is lying in bed.

㊱' a There posted on the wall is a picture.

b His picture is posted on the wall.

另一方面，英語的「隱現句」則常用「方位詞移首」(Directional Complement Fronting) 與主語名詞組移尾的方式來表達。試比較國語㊲、㊳的例句與英語㊲'、㊳'的例句。

㊲' a *In came* two men.

b The two men *came in*.

---

❼ 英語表示'出現、發生、開始'的句子可以用 'there' 來引介，但表示'消失、結束'的句子則不能用 'there' 來引介。

（i）a There *began* a riot.

b There *rose* a green monster from the lagoon.

c There *ran* a man from the building.

（ii）a *There *ended* a riot.

b *There *sank* a green monster into the lagoon.

c *There *ran* a man around a track.

㊳' a Out *went* three guests.

　　b Those three guests *went out.*

可見，無論是國語或英語，都用「主題句」把代表舊信息的句子成分移到句首做「背景」(backgrounding)，而用「引介句」把代表新信息的句子成分移到句尾做「前景」(foregrounding) 成為「句尾信息焦點」(end-focusing)。無論是形成「背景」或形成「前景」的過程都符合「從舊到新」的原則。

二・三　「直接賓語提前」：「把字句」

　　國語句子的賓語名詞組常可以用介詞'把'提前移到動詞的前面去，形成所謂的「處置句」(disposal sentence)。過去討論「處置句」或「把字句」的語法學家，都提到賓語名詞組的有定性與動詞的多音節或動詞後面補語的存在，卻很少談到這些句法特徵與言談功用之間的關係。國語的「把字句」，最主要的言談功用是把原來出現於動詞後面的賓語名詞組（通常是代表舊信息的有定名詞組）移到動詞的前面，一方面使主語名詞組與賓語名詞組的關係更加密切❽，一方面使述語動詞或補語出現於句尾而成為句子的信息焦點。試比較：

㊺　a 他看完了書了。

　　b 他把書看完了。

　　因此，一般說來，「把字句」的述語動詞必須含有「表示動貌的標誌」(aspect marker) 或補語；因為根據後面「從輕到重」

---

❽　參後面有關「從親到疏」的原則的討論。

的原則，「份量」（weight）越重的句子成分越要靠近句尾的位置
出現。這就說明了「把字句」裏述語動詞的多音節性與動詞後面
補語的存在；也就是說，說明了爲什麼動詞後面不帶動貌標誌與
補語的⑯句不如帶有動詞標誌與補語的⑰句自然來得。

⑯　＊他把書放。

⑰　他把書放

　　好了。

　　下來了。

　　在桌子上。（比較：他在桌子上放了書。）

　　得很整齊。（比較：他很整齊的放了書。）

　　得整整齊齊的。（比較：他整整齊齊的放了
　　書。）

這也就說明了爲什麼在⑱句加上表示‘纔’的副詞‘一’就可以
通，因爲動詞前面如有‘一’來修飾，就表示這一句話還沒有說
完，後面要說的話纔是句子的信息焦點。

⑱　他把書一放，就跑出去玩了。

國語的「直接賓語提前」，把代表舊信息的賓語名詞從句尾
的位置移到句中來，並且把動詞與其補語移到句尾成爲句子的信
息焦點，因此也符合了「從舊到新」的功用原則。

英語裏沒有類似國語的「把字句」，但是「雙字動詞」（two-
word verb）的「介副詞」（adverbial particle）可以出現於賓語
名詞組的前面，也可以出現於賓語名詞組的後面。一般說來，介
副詞出現於前面時，句尾的賓語名詞組成爲信息焦點；介副詞出
現於後面時，雙字動詞成爲信息焦點。試比較國語的例句⑮及在
功用解釋上與此對應的英語例句⑮′。

45′ a He brought up *the book.*

    b He *brought* the book *up.*

46′的例句更顯示，代表舊信息的人稱代詞與語義內涵比較貧乏的「空洞名詞」(empty noun, 或「一般名詞」(general noun)，如'thing, matter, stuff, subject')等都常出現於介副詞的前面，以符合「從舊到新」的功用原則。❾

46′ He brought $\begin{cases} \textit{it up} \\ \text{* up } \textit{it.} \\ \textit{the subject up.} \\ \text{? up } \textit{the subject.} \end{cases}$

二·四 「間接賓語提前」

國語的句子，除了可以把直接賓語提前移到動詞的前面以外，也可以把間接賓語提前移到直接賓語的前面來。例如，在下面49的例句裏，a句的間接賓語在b句裏移到直接賓語的前面來。

49   a 我要送一本書給他。

    b 我要送(給)他一本書。

49的 a 句以出現於句尾的間接賓語'他'為信息焦點，而 b 句則以出現於句尾的直接賓語'一本書'為信息焦點。因此，我們可以推定：如果句義的對比落在間接賓語上面，就會用 a 的句型；反之，如果句義的對比落在直接賓語上面，就會用 b 的句型。下面例句50與51的合法度判斷，似乎支持我們這個推定。

---

❾ 有關英語「介副詞移位」與功用解釋的評論，參湯 (1985a：407-409)。

⑤ a 我要送一本書給小明，不是(給)小華。

　　b?我要送(給)小明一本書，不是(給)小華。

⑤ a 我要送(給)小明一本書，不是一支鋼筆。

　　b?我要送一本書給小明，不是一支鋼筆。

英語，與國語一樣，也有「間接賓語提前」的現象。❿ 試比較國語㊾到⑤的例句與英語㊾′到⑤′的例句。

㊾′ a I want to send a book to him.

　　b I want to send him a book.

⑤′ a I want to send a book *to Johnie*, not *to Bill*.

　　b ? I want to send *Johnie* a book, not (*to*) *Bill*.

⑤′ a I want to send Johnie *a book*, not *a fountain Pen*.

　　b ? I want to send *a book* to Johnie, not *a fountain pen*.

從這些例句可以看出，英語的「間接賓語提前」(Indirect-object Movement; Dative Movement) 也與國語的「間接賓語提前」一樣，符合「從舊到新」的原則。

二‧五 「被動句」

國語的「被動句」(passive sentence) 或「被字句」，把主動句原來的主語改爲介詞'被'的賓語，而把主動句的賓語改爲被動句的主語，例如：

---

❿ 有關英語「間接賓語提前」與功用解釋的評論，參湯 (1985a：405-407)。

⑤ a 老李打了老張。

　　b 老張被老李打了。

在⑤的 a 句裏，句子的信息焦點可能是‘老張’（例如 a 句是問句‘老李打了誰？’的答句）或‘打了老張’（例如 a 句是問句‘老李做了什麼？’的答句），所以‘老張’代表新的信息。但是在 b 句裏，‘老張’只能代表舊的信息，句子的信息焦點可能是‘老李’（例如 b 句是問句‘老張被誰打了？’的答句）或‘被老李打了’（例如 b 句是問句‘老張怎麼了？’的答句），所以‘老李’代表新的信息。因此，如果句義的對比落在動詞與受事者名詞，就用主動句的句型；反之，如果句義的對比落在施事者名詞與動詞，就用被動句的句型。下面例句⑤與⑤的合法度判斷，支持我們這種看法。

⑤ a 老李打了老張，踢了老王。

　　b ??老張被老李打了，老王被老李踢了。

⑤ a 老張被老李打了，被老王踢了。

　　b ??老李打了老張，老王踢了老張。

在國語的被動句裏，述語動詞出現於句尾，所以動詞通常代表新的信息。特別是被動句裏介詞‘被’後面的施事者名詞省略的時候，述語動詞就單獨成為句子的信息焦點。下面以動詞為對比重點的例句⑤，支持我們這種看法。

⑤ a 老張被（老李）打了，踢了。

　　b ??老李打了老張，踢了老張。

在國語的被動句裏，述語動詞出現於句尾而成為信息焦點；而在英語的被動句裏，則施事者名詞出現於句尾成為信息焦點。因此，就言談功用而言，與⑤a 的英語句子相對應的國語句子，

不是b的「被動句」，而是c的「分裂句」(cleft sentence)。試比較：

⑯ a　This book was written by my father.

　　b　??這一本書被我父親寫〔由我父親寫成〕。

　　c　這一本書是我父親寫的。

在國語的「把字句」與「被字句」裏，述語動詞都出現於句尾成為信息焦點。這就說明，為什麼在「把字句」裏出現的述語動詞與在「被字句」裏出現的述語動詞有許多相類似的句法特徵與限制。從言談功用的觀點來說，國語被動句的功用在於把原來代表新信息的主動句賓語受事者名詞改為被動句主語而代表舊信息，把原來代表舊信息的主動句主語施事者名詞改為被動句介詞‘被’的賓語而代表新信息，並以出現於句尾的述語動詞為句子的信息焦點。因此，在主動句與被動句裏，新舊信息分佈的情形都符合「從舊到新」的功用原則。

英語的被動句，與國語的被動句一樣，也有把主動句的賓語名詞組加以主題化而成為句子「背景」的功用。試比較國語⑫到⑮的例句及與此相對應的英語例句⑫′到⑮′。

⑫′ a　(*Who* did Mr. Li hit?)

　　　Mr. Li hit *Mr. Chang*.

　　b　(*Who* was Mr. Chang hit *by*?)

　　　Mr. Chang was hit *by Mr. Li*.

⑬′ a　Mr. Li *hit Mr. Chang* and *kicked Mr. Wang*.

　　b??*Mr. Chang was hit* by Mr. Li, and *Mr. Wang was kicked* by Mr. Li.

⑷′ a　Mr. Chang was *hit by Mr. Li* and *kicked by Mr. Wang*.

　　b ??*Mr. Li hit* Mr. Chang, and *Mr. Wang kicked* Mr. Chang.

⑸′ a　Mr. Chang was *hit* and *kicked* (by Mr. Li).

　　b ??Mr. Li *hit* Mr. Chang and *kicked* Mr. Chang.

　　英語的被動句還有把主動句的主語名詞組移到句尾而成爲句子的「前景」或信息焦點的功用，而國語的被動句卻把主動句的主語名詞組移到狀語的位置，因此成爲句子「前景」或信息焦點的不是主動句主語名詞組，而是句尾的動詞。這一點差別可以說明，在英語的被動句裏語義內涵空洞或不確定的名詞或代名詞(如'people, a person, a guy, someone')很少成爲介詞'by'後面的主事者名詞，而國語的被動句則似乎沒有這種限制。試比較⓫：

⑸′ a　? Johnie was often made fun of by $\left\{\begin{array}{l}\text{someone.}\\ \text{people.}\end{array}\right.$

　　b　小明常被 $\left\{\begin{array}{l}\text{人}\\ \text{大家}\end{array}\right\}$ 取笑。

二‧六　「假及物句」

　　國語裏還有一種比較特殊的句法結構，不妨稱爲「假及物句」(pseudo-transitive sentence)。在這一種結構裏，不及物動詞'(腿)斷、(手)麻、(眼睛)瞎、(耳朵)聾、(臉)紅、(人)死、(東

⓫ 有關英語「被動變形」與功用解釋的評論，參湯 (1985a:404-405)。

西)丟'等後面出現名詞組，從外表上看來很像及物動詞的賓語。
試比較：

⑤⑦　　a　他的腿斷了。
　　　　b　他斷了腿了。
⑤⑧　　a　她的父親死了。
　　　　b　她死了父親了。

　　首先，我們要注意在⑤⑦與⑤⑧的例句裏 a、b 兩句的認知意義
相同。無論在⑤⑦的 a 句或 b 句裏，動詞‘斷’都要做不及物動詞解
釋。因爲這裏的‘斷’字與‘我要(打)斷你的手，(打)斷你的腿’的
‘斷’字不同，並不含有「使動」(causative) 與「起始」(inchoa-
tive) 的意義。但是在這兩對例句裏，句子成分之間新舊信息分
佈的情形則有差別。在 a 句裏，主語‘他的腿’與‘她的父親’代表
舊的、已知的信息，而謂語‘斷了’與‘死了’則是代表新信息的信
息焦點。但是在 b 句裏，‘腿’與‘父親’卻出現於句尾而代表新的
信息，並單獨或連同述語動詞‘斷了’與‘死了’而成爲句子的信息
焦點。換句話說，a 句的信息焦點在於句尾動詞所表達的「事
故」，而 b 句的信息焦點則在於句尾名詞所表達的「身體器官」
或「人物」。因此，如果句子的對比或重點落在「事故」上面，
就用 a 的句型；反之，如果句子的對比或重點落在「身體器官」
就用 b.的句型。試比較：

⑤⑨　　a　　他的腿斷了，不是麻了。
　　　　b？　他斷了腿了，不是麻了。
⑥⑩　　a　　他斷了腿，不是手。
　　　　b？　他的腿斷了，不是手。

我們也可以說，在⑤⑦與⑤⑧的 a 句裏，'他的腿'與'她的父親'是主題，而'斷了'與'死了'是信息焦點。而在 b 句裏，'他'與'她'是主題，而'腿'與'父親'是信息焦點。可見，國語「假及物句」的「信息結構」（information structure）也符合「從舊到新」的功用原則。

英語裏與國語例句⑤⑦相對應的例句是⑤⑦'。

⑤⑦' a His leg was broken.

　　b He had his leg broken.

　　c He broke his leg.

在 a 句裏，主語名詞組 'his leg' 代表舊的、已知的信息，而謂語 'was broken' 則代表新的信息而成為信息焦點。在 b 句裏，主語名詞組 'he' 代表舊的已知的信息，而表達「事故」的賓語補語 'broken' 則單獨或連同賓語名詞組 'his leg' 成為信息焦點。而在 c 句裏，主語名詞組 'he' 仍然代表舊的、已知的信息，而表達「身體器官」的賓語名詞組 'his leg' 則單獨或連同謂語動詞 'broke' 成為信息焦點。試比較國語例句⑤⑨、⑥⓪及與此相對應的英語例句⑤⑨'、⑥⓪'。

⑤⑨' a His leg was broken, not bruised.

　　b He had his leg broken, not bruised.

　　c ?He broke his leg, but he did not bruise his leg.

⑥⓪' a ?His leg was broken, not his arm.

　　　(cf. His leg, not his arm, was broken.)

　　b ?He had his leg broken, not his arm.

　　　(cf. He had his leg, not his arm, broken.)

c He broke his leg, not his arm.

二・七 「對稱謂語」

國語的詞彙,與其他語言的詞彙一樣,含有'(很)像、見(面)、親(嘴)、擁抱、撞上'等「對稱謂語」(symmetric predicate)。這些動詞常可以用三種不同的句型來敍述同一事件,而在其認知意義上並無顯著的差異。例如,⑥裏三個例句的句義在基本上幾乎相同。

⑥ a 張先生很像李先生。

b 李先生很像張先生。

c 張先生跟李先生(或李先生跟張先生)很像。

但是從言談功用的觀點來說,這三個句子卻有區別。 a 句以'張先生'爲談話的主題, 並從他的觀點來加以敍述,表示'張先生'是說話者關心的對象⑫,而以'很像李先生'爲評述,'李先生'是信息焦點。 b 句以'李先生'爲主題與關心的對象,而以'張先生'爲信息焦點。 c 句則以'張先生跟李先生'兩人爲談話的主題與關心的對象,而以'很像'爲信息焦點。

⑫裏的三個句子也是含有對稱謂語的例句。

⑫ a 卡車撞上了公車。

b 公車撞上了卡車。

c 卡車跟公車(或公車跟卡車)撞上了。

這三個例句 ,除了在言談功用上有類似 ⑥ 裏三個例句的差別以

---

⑫ 參後面有關「從親到疏」的原則的討論。

外，還多了一種「含蘊」(implication)。在 a 句裏，主語的'卡車'很可能是移動的，而賓語的'公車'很可能是靜止的；也就是說，行駛中的卡車撞上了停在馬路上的公車。在 b 句裏，移動的是主語'公車'，而靜止的是賓語的'卡車'。在 c 句裏，'卡車'與'公車'都是主語，都在移動；也就是說，兩輛車子在行駛間相撞了。這一種句義上的差別是由於運動動詞的主語常表示發起行動的「施事者」(agent, 或 initiator)，而賓語則常表示因行動而受影響的「受事者」(patient)。

含有對稱謂語的句子，主語名詞與賓語名詞的位置可以對換，也可以把兩個名詞並列而成為句子的主語。在這三種句法結構裏，代表舊信息的句子成分都出現於句首，而代表新信息的句子成分都出現於句尾，所以也都符合「從舊到新」的功用原則。

英語的詞彙與國語的詞彙一樣，含有 'resemble, meet, kiss, emblace, collide with' 等「對稱謂語」。而在含有對稱謂語的句子裏，主語名詞組與賓語名詞組的位置可以對換，也可以把這兩個名詞組並列而成為句子的主語。在這三種不同的句法結構裏，出現於句首的句子成分都代表舊信息，而出現於句尾的句子都代表新信息，也都符合「從舊到新」的功用原則。試比較國語的例句⑥、⑥及與此對應的英語例句⑥′、⑥′。

⑥′　a　Mr. Chang resembles Mr. Li.

　　　b　Mr. Li resembles Mr. Chang.

　　　c　Messrs. Chang and Li 〔or Messrs. Li and Chang〕 resemble each other.

⑥′　a　The truck collided with the bus.

b　The bus collided with the truck.

c　The truck and the bus〔or The bus and the truck〕collided.

二‧八　「期間補語、回數補語與賓語名詞的合併」

　　國語表示期間（如‘一整天、兩星期、三小時’等）與回數（如‘一次、兩趟、三下’等）的補語常出現於不及物動詞的後面，或是及物動詞與賓語名詞的後面。如果是及物動詞，還要把這一個及物動詞在賓語名詞的後面重複一次。但是也可以把這些補語與賓語名詞合併，變成名詞的修飾語，例如：

⑥③　a　他看了一整夜。

　　　b　他看書看了一整夜。

　　　c　他看了一整夜的書。

⑥④　a　她跳了兩次。

　　　b　她跳舞跳了兩次。

　　　c　她跳了兩次舞。

　　在這些例句裏，b 句與 c 句的認知意義相同，但言談功用卻有差別。例如⑥③b 句的信息焦點通常都是期間補語‘一整夜’，而⑥③c 句的信息焦點卻是事物名詞‘(一整夜的)書’。因此，如果以期間補語為對比焦點，就用 b 的句型；如果以事物名詞為對比焦點，就用 c 的句型。試比較：

⑥⑤　a　他看書看了一整夜，不是一整天。

　　　b？他看了一整夜的書，不是一整天。

⑥⑥　a　他看了一整夜的書，不是(一整夜的)電視。

　　　b ?他看書看了一整夜，不是電視。

　　從㊺與㊻的例句裏可以看出，新舊信息在句子裏分佈的情形也符合了「從舊到新」的功用原則。

二・九　「從屬子句的移後」

　　國語的從屬子句通常都出現於主要子句的前面❸，但是在書面語裏有些表示條件的從屬子句（如‘如果……（的話）、要是…（的話）、除非……’等）可以出現於主要子句的後面。試比較：

㊼　a　如果昨天動身的話，他今天該到了。
　　b　他今天該到了，如果昨天動身的話。
㊽　a　除非你去勸他，他不會聽的。
　　b　他不會聽的，除非你去勸他。

　　這些後置的條件子句都有「補充說明」（afterthought）的作用，但是由於出現於句尾的位置而加強了其信息價值，所以也可以說是符合了「從舊到新」的功用原則。

　　英語的從屬子句可以出現於主要子句的前面，也可以出現於主要子句的後面。出現於主要子句前面的從屬子句在句法功能上屬於「修飾整句的狀語」（sentential adverbial），常用逗號畫開。出現於主要子句後面的從屬子句在句法功能上可能是「修飾謂語的狀語」（VP adverbial），但也可能是「修飾整句的狀語」。修飾謂語的狀語不用逗號畫開，而修飾整句的狀語則常用逗號畫開。出現於主要子句前面而修飾整句的英語從屬子句跟與此相對

---

　　❸　這是國語語法裏修飾語出現於被修飾語的前面的句法表現之一。

應的國語從屬子句一樣，具有「主題副詞」的功用而代表舊信息
或次要的信息；出現於主要子句後面而修飾整句的英語從屬子句
也跟與此相對應的國語從屬子句一樣，具有「補充說明」的作用
而代表新信息或重要的信息。試比較與國語⑥⑦、⑥⑧的例句相對應
的英語例句⑥⑦′、⑥⑧′。

⑥⑦′　a　*If he started yesterday,* he should arrive today.

　　　b　He should arrive today, *if he started yesterday.*

⑥⑧′　a　*Unless you try to prevail with him,* he won't listen.

　　　b　He won't listen, *unless you try to prevail with him.*

三、「從輕到重」的原則

第二個有關功用解釋的基本原則是「從輕到重」的原則
("From Light to Heavy" Principle)。這一個原則表示，「份量」
（weight）越重的句子成分越要靠近句尾的位置出現。決定句子
成分份量輕重的因素主要地有二：㈠句子成分所包含的字數越
多，其份量越重；㈡句子成分在句法結構上越接近句子，其份
量越重。因此，獨立的句子或主要子句的份量比從屬子句的份量
重，從屬子句的份量又比「名物化」（nominalized）或「修飾化」
（adjectivalized）的名詞組或形容詞組的份量重，而詞組的份量又
比單詞或複合詞的份量重。一般說來，越重要的信息都用越長、
越複雜的句子成分來表達，而且越長、越複雜的句子成分都在越
靠近句尾的位置出現。例如，國語語法允許下面⑥⑨裏 a 與 b 的兩
種說法。

⑲ a 桌子上有一本書。

　　b 有一本書在桌子上。

但是如果以較長、較複雜的名詞組‘一本討論華語語法的書’來代替⑲的‘一本書’，那麼一般人都會選擇 a 的句型而不用 b 的句型。試比較：

⑳　a　桌子上有一本討論華語語法的書。❹

　　b？有一本討論華語語法的書在桌子上。

可見，國語語法在有所選擇的時候，或可允許的範圍內，盡量把份量較重的句子成分移到靠近句尾的位置，一方面藉此加重其信息價值，一方面也使句子的節奏臻於流暢。下面我們逐項討論「從輕到重」這一個功用原則在國語語法的應用。

三・一　「直接賓語提前」

在前面‘二・三’的討論裏，我們提到「把字句」的言談功用之一是使述語動詞與補語出現於句尾成為信息焦點。因此，動詞

---

❹ 在下面與國語的例句 ⑳a 相對應的英語的例句裏修飾「主要語」(‘a book’) 的「關係子句」(‘which deals with Chinese syntax’) 因為「從名詞組的移尾」(Extraposition from NP) 而移到句尾的位置。試比較：

a There is *a book* on the desk *which deals with Chinese syntax.*

b？There is *a book which deals with Chinese syntax* on the desk.

有關英語語法與「從輕到重」的功用原則的討論，參湯 (1985a：396-400)。

與補語的份量越重，在句尾的位置出現的可能性也越大。例如，‘澄清’是由動詞‘澄’與形容詞‘清’合成的動補式複合動詞，可以出現於賓語名詞的前面或後面。出現於賓語名詞的後面時，常用‘加以’等詞語來加重動詞的份量。試比較：

⑦ a 我們應該立刻澄清這一個問題。

　　b 我們應該立刻把這一個問題澄清。

　　c 我們應該立刻把這一個問題加以澄清。

但是如果把⑦句的複合動詞‘澄清’改為 ⑫ 句的動詞片語‘弄清楚’，那麼 b 的「把字句」似乎比 a 的「非把字句」自然順口。

⑫ a ？我們應該弄清楚這一個問題。

　　b 我們應該把這一個問題弄清楚。

如果動詞的前面還有狀態副詞修飾，那麼「把字句」就比「非把字句」更加順當。試比較：

⑬ a ？我們應該追根究底的弄清楚這一個問題。

　　b 我們應該把這一個問題追根究底的弄清楚。

⑭ a ？他原原本本的告訴我事情的經過。

　　b 他把事情的經過原原本本的告訴我。

有些狀態副詞（如‘一清二楚、一乾二淨’等）的語氣特別重，因而經常出現於句尾的位置，也就幾乎只能出現於「把字句」。試比較：

⑮ a ？？我們應該一清二楚的調查這一個問題。

　　b 我們應該把這一個問題調查得一清二楚。

⑯ a ？？他一乾二淨的推掉了責任。

　　b 他把責任推得一乾二淨。

可見國語的「把字句」，不僅符合「從舊到新」的功用原則，而且也符合「從輕到重」的功用原則。

國語語法除了可以用介詞'把'把直接賓語提到動詞的前面以外，也可以不用介詞逕把直接賓語移到主語的後面去，而且有時候還可以用「領位標誌」（genitive marker）'的'把原來的主語與賓語合併爲名詞組而成爲新的主語。

⑦ a 他做完功課了。

b 他把功課做完了。

c 他功課做完了。

d 他的功課做完了。

這一種直接賓語提前的情形與「把字句」裏直接賓語提前的情形不同：後者把直接賓語移到動詞的前面，副詞與情態助動詞的後面；而前者則把直接賓語移到主語的後面，副詞與情態助動詞的前面❺。試比較：

⑧ a 我已經把功課做完了。

b ?我把功課已經做完了

c 我(的)功課已經做完了。

d *我已經功課做完了。

⑦ a 他昨天把房子賣掉了。

---

❺ 「把字句」的動詞限於「動態動詞」（actional verb），但這裏所討論的直接賓語提前卻沒有這一種限制。不過以 「靜態動詞」（stative verb）爲述語時，主語與賓語不能合併成爲主語名詞。試比較：
①他很喜歡數學。　②*他把數學很喜歡。　③他數學很喜歡。
④*他的數學很喜歡。

     b＊他把房子昨天賣掉了。

     c 他(的)房子昨天賣掉了。

     d＊他昨天房子賣掉了。

⑧ a 我們打算把車子賣掉。

     b＊我們把車子打算賣掉。

     c 我們(的)車子打算賣掉。

     d＊我們打算車子賣掉。

　　由於這一種直接賓語的提前把賓語移到句首主語的後面，所以賓語名詞組的份量不能太重，否則會違背「從輕到重」的功用原則。下面有關例句⑧的合法度判斷似乎支持我們這一個推斷。

⑧ a 他已經做完了你昨天交給他的工作。

     b 他已經把你昨天交給他的工作做完了。

     c？他你昨天交給他的工作已經做完了。

　　根據一般人的反應，⑧c的例句必須在賓語名詞組‘你昨天交給他的工作’的前後有較長的停頓纔可以接受。

三・二　「間接賓語提前」

　　如前所述，國語的間接賓語可以出現於直接賓語的後面而成為信息焦點，也可以出現於直接賓語的前面而使句尾的直接賓語成為信息焦點。「從輕到重」的功用原則告訴我們：如果間接賓語的份量較重，間接賓語就會出現於直接賓語的後面；反之，如果直接賓語的份量較重，間接賓語就會移到直接賓語的前面。下面例句⑧與⑧的合法度判斷支持我們這一個推論是正確的。

⑧ a 我要送這一本書給一位專門研究語意與語用的朋友。

　　　b？我要送(給)一位專門研究語意與語用的朋友這一本
　　　書。

㉘　a　我要送(給)他一本專門討論語意與語用的書。
　　　b？我要送一本專門討論語意與語用的書給他。

　　又如果直接與間接兩種賓語的份量都一樣的重，那麼一般人
都喜歡把間接賓語放在直接賓語的後面。因爲這個時候份量較重
的介詞組（間接賓語）出現於名詞組（直接賓語）的後面，符合
「從輕到重」的功用原則。

㉘　a　我要送一本討論語用的書給一位研究國語的朋友。
　　　b？我要送(給)一位研究國語的朋友一本討論語用的書。

　　有些人士還認爲，如果把㉘b裏間接賓語前面的介詞'給'加
以刪略，句子就會順口些。這似乎也是爲了把間接賓語的份量從
介詞組減爲名詞組的緣故。

　　英語的「間接賓語提前」也與國語的「間接賓語提前」一
樣，同受「從輕到重」這一個功用原則的支配。試比較與國語㉘
到㉘的例句相對應的英語例句㉘'到㉘'。

㉘'　a　I want to send this book to *a friend who specializes
　　　in semantics and pragmatics.*

　　　b？I want to send *a friend who specializes in semantics
　　　and pragmatics* this book.

㉘'　a　I want to send him *a book which deals with semantics
　　　and pragmatics.*

　　　b？I want to send *a book which deals with semantics
　　　and pragmatics* to him.

⑧4′ a I want to send *a book which deals with semantics and pragmatics* to *a friend who specializes in semantics and pragmatics*.

b? I want to send *a friend who specializes in semantics and pragmatics* *a book which deals with semantics and pragmatics*.

三・三 「正反問句」

國語的「正反問句」(A-not-A question; V-not-V question) 有幾種不同的形態。上一輩的北平人多用肯定動詞與否定動詞前後相應的 b 句，下一輩的北平人常用肯定動詞與否定動詞緊接相連的 c 句，而在臺灣長大的年輕一代則喜歡用省略雙音節肯定動詞第二個音節的 d 句。試比較：

⑧5 a 你願意幫他的忙(還是)不願意幫他的忙？

b 你願意幫他的忙不願意？

c 你願意不願意幫他的忙？

d 你願不願意幫他的忙？

⑧5的b句可以說是由a的「選擇問句」(alternative question) 經過「順向刪略」(forward deletion) 得來的。也就是說，保留出現於前面的'幫他的忙'而刪略出現於後面的相同詞語。c 句是由 a 句經過「逆向刪略」(backward deletion) 而產生的，刪略了出現於前面的'幫他的忙'，而保留了後面的相同詞語。而 d 句則把「逆向刪略」更往前一步進行，連前面'願意'的第二個音節'意'都刪略了。國語正反問句之從順向刪略變成逆向刪略，至少

有三個動機或理由可以說明。第一，國語「並列結構」（coordinate structure）中相同詞語的刪略，一般說來，如果相同詞語出現於詞組結構的左端，就採用從左到右的順向刪略；反之，如果相同詞語出現於詞組的右端，就採用從右到左的逆向刪略。試比較：

⑧ a 張三唱歌，張三跳舞。

　　b 張三唱歌並跳舞。

⑧ a 張三唱歌，李四唱歌。

　　b 張三和李四唱歌。

　　在⑧的 a 句裏相同詞語‘幫他的忙’出現於動詞組的右端，所以 c 句保留右邊（卽後面）的‘幫他的忙’而刪略左邊（卽前面）的‘幫他的忙’，完全符合國語並列結構相同詞語刪略的原則。

　　第二，國語裏有許多情形，如⑧ a 句的不及物動詞、b 句的形容詞、c 句的助動詞單用，都要以肯定與否定動詞緊接相連的形式來構成正反問句。這一個語法事實無形中觸動了我們「類推」（analogy）的本領與「語法規律簡易化」（rule simplification）的希求：所有的述語，不管是動詞或形容詞、主動詞或助動詞、及物或不及物動詞，都一律以肯定與否定緊接相連的方式來形成正反問句。

⑧ a 你來不來？

　　b 他快樂不快樂？

　　c 你們願意不願意？

　　d 你認識不認識他？

　　第三，就說話者的「記憶負擔」（memory burden）與聽話

者的「理解困難」（perceptual difficulty）而言，由肯定動詞與否定動詞緊接相連而成的正反問句，似乎比由肯定動詞與否定動詞前後相應而成的正反問句來得容易簡便。因為如果肯定動詞後面有很長的賓語或補語，那麼等到句尾纔補上否定動詞的時候很容易忘掉前面的動詞是什麼，就是聽話的人也不容易了解這句話的意思。試比較：

⑧⑨　a　你願意不願意幫他去勸他太太不要天天跳舞打麻將？
　　　b？你願意幫他去勸他太太不要天天跳舞打麻將不願意？

　　至於⑧⑤ d 句則更進一步對動詞本身進行逆向刪略，把重複出現的第二音節加以省略。這不但是類推作用的自然結果，而且把重複的詞語加以刪略後並無礙於語意的傳達，甚且合乎人類‘好逸惡勞’的本性。有人還認為從五音節的‘願意不願意’簡化為四音節的‘願不願意’是國語「四音化」節奏傾向的表現之一。

　　除了以上三點理由以外，我們還應該注意到在⑧⑤裏 b 句的順向刪略中前面‘願意幫他的忙’的份量比後面‘不願意’的份量重，而在 c 句與 d 句的逆向刪略中前面‘願（意）’的份量比後面‘不願意幫他的忙’的份量輕。同樣的，⑧⑨ a 句裏逆向刪略的結果也比 b 句裏順向刪略的結果自然而順口。因此，「從輕到重」的功用原則也促使國語的正反問句由順向刪略改為逆向刪略。

四、「從低到高」的原則

　　「從舊到新」的原則與「從輕到重」的原則，都與句子成分在「線列次序」（linear order）上，從左到右或從右到左的移位

有關。而「從低到高」的原則，卻與句子成分在「階層組織」
(hierarchical structure) 上，從上到下或從下到上的移位有關。
在討論句子成分的份量時，我們曾經提到：句子成分在句法結構
上越接近句子，其重要性越高。如果我們以「階級」(rank) 來
稱呼這一種重要性，那麼句子成分的重要性可以大略分為下列五
個等級：(一)「獨立句子」(independent sentence)，(二)「對
等子句」(coordinate clause)，(三)「從屬子句」(subordinate
clause)，(四)詞組 (phrase)、(五)詞語 (word)。「從低到高」
的原則 ("From Low to High" Principle) 表示，要加強某一個
句子成分，就要把這一個句子成分改為階級較高的句法結構，或
是把這一個句子成分移入階級較高的句法結構裏面。

　　例如，⑨裏的‘他的無辜’是個名詞組，如果要加強這一個句
子成分所傳達的信息，就可以把這一個名詞組改為名詞子句‘他
是無辜的’。試比較：

　⑨　a　我們都相信他的無辜。

　　　b　我們都相信他是無辜的。

同樣的，⑨ b 句的疑問子句‘她到哪裏去了’也比 a 句的名詞組
‘她的去向’，更能強調有關的信息。

　⑨　a　沒有人知道她的去向。

　　　b　沒有人知道她到哪裏去了。

　　以下依據「從低到高」的功用原則來討論一些國語的句法結
構與現象。❶

---

❶　有關英語語法與「從低到高」功用原則的關係，參湯（1985a：400-
403）。

四‧一 「分裂句」與「分裂變句」

國語句子的信息焦點，除了利用節律因素與句尾的位置來強調以外，還可以運用特殊的句法結構來指示。在國語語法裏，指示信息焦點的句法結構主要的有三種：「分裂句」、「分裂變句」與「準分裂句」。所謂「分裂句」（cleft sentence）是用表示斷定的動詞‘是’與表示斷定的語氣助詞‘的’，把一個句子分為兩段；含有‘是’的一段代表說話者的信息焦點，其餘一段代表說話者的「預設」（presupposition）。

例如，針對著⑨到⑭的 a 句裏標有黑點部分的信息焦點，可以有 b 的分裂句。

⑨ a 湯先生二十年前在美國學語言學。

 b 是湯先生二十年前在美國學語言學的。

⑨ a 湯先生二十年前在美國學語言學。

 b 湯先生是二十年前在美國學語言學的。

⑭ a 湯先生二十年前在美國學語言學。

 b 湯先生二十年前是在美國學語言學的。

分裂句的句法結構，在北方話裏還有一種體裁上的變體，不妨稱此為「分裂變句」。在這一種變句裏，‘的’字不出現於句尾，而出現於述語動詞與賓語名詞之間。例如，針對著⑨到⑭裏 b 的分裂句，北方話裏可以有⑮到⑰的分裂變句。

⑮ 是湯先生二十年前在美國學的語言學。

⑯ 湯先生是二十年前在美國學的語言學。

⑰ 湯先生二十年前是在美國學的語言學。

在(92)到(94)裏 b 的分裂句或在(95)到(97)的分裂變句裏，句子的信息焦點分別是主語名詞、時間副詞與處所副詞。這些句子成分之成爲信息焦點，主要是靠斷定動詞'是'的出現。斷定動詞'是'的出現，在句法結構上把這個動詞與後面代表信息焦點的句子成分提升爲主要子句，而把其餘代表預設的句子成分下降爲從屬子句（例如'二十年前在美國學語言學的是湯先生'、'湯先生在美國學語言學是二十年前'、'湯先生二十年前學語言學是在美國'）。在分裂句與分裂變句裏，斷定動詞'是'是主句動詞，所以可以用情態副詞（如'可能、也許、或許、一定'等）修飾，可以否定（'不是'），也可以形成正反問句（'是不是'），例如：

(98) a 湯先生可能是二十年前在美國學語言學的。

b 湯先生可能是二十年前在美國學的語言學。

(99) a 湯先生二十年前不是在美國學語言學的。

b 湯先生二十年前不是在美國學的語言學。

(100) a 是不是湯先生二十年前在美國學語言學的？

b 是不是湯先生二十年前在美國學的語言學？

國語的引介句，包括指示事物的有無或存在的「有字句」與「存在句」，或表示事物的出現或消失的「隱現句」，其信息焦點本來就是句尾的無定名詞組，因此不需要（而事實上也很少）改爲分裂句。試比較：

(101) a 桌子上有一本書。

b *是桌子上有一本書的。

c ??桌子上是有一本書的。

(102) a 床上躺着兩個人。

　　b *是床上躺着兩個人的。

　　c ??床上是躺着兩個人的。

⑩⑬　a　昨天來了三個朋友。

　　b *是昨天來了三個朋友的。

　　c ??昨天是來了三個朋友的。

⑩⑭　a　前面來了一羣小太保。

　　b *是前面來了一羣小太保的。

　　c ??前面是來了一羣小太保的。

　　表示天候氣象的「氣象句」，也可以視爲引介句的一種，因此也很少改爲分裂句。但是如果在氣象句的句首加上時間副詞而改爲敍述過去事實的直述句，那麼就可以改爲以這些時間副詞爲信息焦點的分裂句。試比較：

⑩⑤　a　(昨天)下雨了。

　　b *是下(了)雨的。

　　c　是昨天下雨的。

⑩⑥　a　(剛剛)出太陽了。

　　b *是出(了)太陽的。

　　c　是剛剛出太陽的。

　　在國語的主題句裏，主題代表舊信息，所以不能成爲分裂句或分裂變句的信息焦點。試比較：

⑩⑦　a　魚，黃魚最好吃。

　　b　魚，是黃魚最好吃的。

　　c　魚，黃魚是最好吃的。

　　d *是魚，黃魚最好吃的。

⑩ a 這一本書我看過。

　　b 這一本書我是看過的。

　　c *是這一本書我看過的。

⑩ a 今天我不去。

　　b 今天我是不去的。

　　c *是今天我不去的。

　　除了移到句首的賓語（如⑩句）以外，提到動詞前面的賓語也不能成爲分裂句的信息焦點，因爲根據「從舊到新」的功用原則這些向左移位的句子成分都代表舊的信息。同時，賓語提前以後，斷定動詞'是'必須出現於這個賓語的後面。試比較：

⑩ a 我昨天看完這一本書。

　　b 是我昨天看完這一本書的。

　　c *是我這一本書昨天看完的。

　　d *我是這一本書昨天看完的。

　　e 我這一本書是昨天看完的。

　　但是由介詞'連'提前的賓語名詞，在有些例句裏卻似乎可以成爲分裂句的信息焦點。這可能是由於介詞'連'有加強後面的賓語名詞而成爲重要信息的功用。試比較：

⑪ a 他不會寫這一個字。

　　b *他是這一個字不會寫的。

　　c ?他是這一個字都不會寫的。

　　d 他是連這一個字都不會寫的。

　　分裂句與分裂變句的言談功用，乃是就句子所敍述的命題內容提出某一部分事實做爲信息焦點，以促請聽話者或讀者的注意。

因此，原則上只有直述句纔能成為分裂句，祈使句與感嘆句不能改為分裂句，例如：

⑫ a （你）到美國學語言學去（吧）！

　　b *是（你）到美國學語言學去（吧）的！❼

⑬ a 她多麼漂亮啊！

　　b *是她多麼漂亮的啊！

　　c ??她是多麼漂亮的啊！❽

在含有疑問詞的特殊疑問句裏，「疑問焦點」（focus of question）落在疑問詞上面，因此斷定動詞'是'只能出現於疑問詞的前面。試比較：

⑭ a 誰打破玻璃杯呢？

　　b 是誰打破玻璃杯的呢？

　　c *誰是打破玻璃杯的呢？

⑮ a 他什麼時候起床了呢？

　　b *是他什麼時候起床的呢？

　　c 他是什麼時候起床的呢？

「修辭問句」（rhetorical question）係以疑問句的形式來表示強烈的肯定或否定，在言談功用上類似感嘆句，所以不能改為分裂句。試比較：

⑯ a 誰喜歡他！〔＝沒有人喜歡他。〕

------

❼ '你是到美國去學語言學的吧'這一個句子是可以通的，但是這是表示推測的句子，並不是祈使句。

❽ '她是多麼的漂亮啊！'這一個句子可以通，但是不能加上語氣助詞'的'。

b *是誰喜歡他(的)！

⑰ a 她什麼東西沒有！〔＝她什麼東西都有。〕

b *她是什麼東西沒有(的)！

　　國語的正反問句很少改爲分裂句。這似乎是因爲正反問句本身已經以動詞的肯定式與否定式並列的方式來強調疑問焦點在於述語動詞，就不必再用分裂句。試比較：

⑱ a 他是應該學語言學的。

b ?? 他是應該不應該學語言學的呢？

c 他是不是應該學語言學的呢？

　　關於英語「分裂句」與功用解釋的關係，湯（1985a：400-403）有相當詳細的討論，這裏不再贅述。

四‧二 「準分裂句」

　　國語的分裂句與分裂變句可以拿主語名詞、述語動詞、情態助動詞以及各種副詞（adverb）與狀語（adverbial）爲信息焦點，卻不能以賓語名詞爲信息焦點。例如，在國語的句法結構裏沒有與⑲ a 句相對應的以賓語名詞爲信息焦點的分裂句。

⑲ a 湯先生二十年前在美國學語言學。

b *湯先生二十年前在美國學是語言學的。

　　要以賓語名詞爲信息焦點，國語利用另一種句法結構，叫做「準分裂句」（pseudo-cleft sentence）。準分裂句把從屬子句標誌‘的’與斷定動詞‘是’安插於動詞與賓語名詞之間，因此也就把句子分爲兩段；前半段代表句子的預設部分，後半段代表句子的信息焦點。例如：

⑫　湯先生二十年前在美國學的是語言學。

就句子的表面形態而言，準分裂句在句法結構上屬於‘甲是乙’的「等同句」（equation sentence），由主語名詞組與補語名詞組合成，並由斷定動詞‘是’來連繫二者。不過主語名詞組由不含「中心語」（center, 或 head word）的關係子句而成，所以常可以在關係子句後面加上‘人、東西、時間、地方’等具有代詞功能的名詞（general noun, 或 pronominal noun）為中心語，例如：

⑫　a　二十年前在美國學語言學的(人)是湯先生。

　　b　湯先生二十年前在美國學的(東西)是語言學。

　　c　湯先生在美國學語言學的時間是二十年前。

　　d　湯先生二十年前學語言學的地方是在美國。

在這些例句裏，代表預設的部分都出現於從屬子句，而代表信息焦點的部分都出現於主要子句，所以也符合「從低到高」的功用原則。

　　國語的準分裂句係以含有關係子句的名詞組為主語，而以另一個名詞組為主語補語。因此，準分裂句的主語名詞組必須受到國語關係子句的一般限制。這些限制包括：

（一）祈使句、感嘆句、疑問句、修辭問句都不能改為關係子句。

（二）「是字句」，包括分裂句與分裂變句，也不能改為關係子句。

（三）引介句與非引介句的區別在關係子句裏常看不出來，例如：

⑫　a　桌子上有一本書。　　??桌子上有的是一本書。

　　　b　我的書在桌子上。　　　　　　（在）桌子上的是我的書。

⑫③　a　牆上掛着一張畫。　　　　　?牆上掛着的是一張畫。

　　　b　你的畫掛在牆上。　　　　　　掛在牆上的是你的畫。

⑫④　a　昨天走了一個客人。　　　　　?昨天走的是一個客人。

　　　b　我的客人昨天走了。　　　　　昨天走的是我的客人。

⑫⑤　a　前面來了一位小姐。　　　　　?前面來的是一位小姐。

　　　b　那位小姐從前面來了。　　　　從前面來的是那位小姐。

⑫⑥　a　下電了；下霞了。

　　　b　今天早上下的是電，還是霞？

　　我們有理由相信，除⑫⑥b敍述過去事實的氣象句以外，引
介句都不能改為關係子句。因為關係子句裏由於「指涉相同」
（coreference）而刪略的必須是「有所指的」名詞或代詞（referring
expression），也就是代表舊信息的有定名詞，而引介句所引介的
卻是代表新信息的無定名詞。例如，「分類動詞」（classificatory
verb）「有所指」的主語名詞組可以因為與中心語名詞組的指涉
相同而在關係子句裏刪略，但是「無所指的」（non-referring
expression）補語名詞組則不易如此刪略。試比較：

⑫⑦　a　姓湯的是我，不是他。

　　　b?我姓的是湯，不是唐。

⑫⑧　a　（名字）叫（做）小明的是他。

　　　b*他（名字）叫（做）的是小明。

　　關於英語「準分裂句」與功用解釋的關係，湯（1985:400-
403）有相當詳細的討論，這裏不再重述。

四・三 「賓語子句提前」

在表示推測（如‘想、認為、以為’等）的動詞後面出現的賓語子句常可以移到句首的位置來，結果主語名詞與述語動詞就出現於賓語子句的後面。試比較：

⑫ a 他想一會兒可能要下雨。

　 b 一會兒可能要下雨，他想。

⑬ a 我認為人類社會總是向前發展的。

　 b 人類社會總是向前發展的，我認為。

⑬ a 他以為這些都是天經地義的。

　 b 這些都是天經地義的，他以為。

在英語裏，出現於表示「推測」（如‘suppose, believe, think, expect, guess, imagine, it seems, it happens, it appears’）以及「發現」（如‘realize, learn, find out, discover’）等後面的賓語子句也常移到句首的位置來。試比較與國語⑫、⑬的例句相對的英語例句⑫′、⑬′。

⑫′ a *I think* (that) it is likely to rain.

　 b It is likely to rain, *I think*.

⑬′ a *I believe* (that) the human society will always move forward.

　 b The human society will always move forward, *I believe*.

在這些例句裏，原來出現於動詞後面的從屬子句都移到句首的位置，而且在子句後面有停頓。結果原來的從屬子句就變成了

主要子句，而原來的主語名詞與述語動詞就變成一種「補充說明」，反而降為次要的地位。「賓語子句提前」把句法結構上的從屬子句改為言談功用上的「主要命題」(main proposition)，用以加強命題內容的斷言語氣，所以符合「從低到高」的功用原則。

五、「從親到疏」的功用原則

國語句子從左到右的線列次序，除了可以表示傳達信息的新舊以外，還可以表達說話者「敘述的觀點」(viewpoint) 或「關心」(empathy) 的對象。日人久野暲曾經為英語提出了下面四個有關關心對象的功用原則。

(一)說話者在句子「表面結構上關心對象的優先次序」(Surface Structure Empathy Hierarchy)，依次是：主語 ≥ 賓語 ≥ ……> '被'施事者。(符號'≥'表示'先於或同於'，符號'>'表示'先於')。

(二)「關心對象矛盾的禁止」(Ban on Conflicting Empathy Foci)：在同一個句子裏不能有互相矛盾或衝突的關心對象。

(三)「談話當事人關心對象的優先次序」(Speech-act Participant Empathy Hierarchy)，依次是：說話者(或)聽話者>第三者。

(四)「談話主題關心對象的原則」(Topic Empathy Hierarchy)：談話的主題或前面已經所提到的 (discourse-anaphoric) 名詞組優先於非談話的主題或第一次提到的 (discourse-nonanaphoric）名詞組。

我們把這些功用原則統稱為「從親到疏」（"From Close to Distant" Principle）的原則。這裏所謂的‘親’，是指在談話當事人的關心對象上佔優先地位的主語、說話者、聽話者等；而所謂的‘疏’，是指間接賓語、‘被’施事者、第三者等優先地位比較低的關心對象。以下我們逐項討論「從親到疏」的功用原則與國語裏幾種句法結構的關係。

五‧一 「被動句」

如前所述，國語的被動句有改變信息焦點的功用。但是主動句與被動句，除了在新舊信息的傳達上有區別以外，在關心對象的優先次序上也有差異。例如，下面⑬到⑱的例句都敍述同一件事情‘丈夫阿明打了太太阿華’，卻有七種不同的說法。試比較下面⑬到⑱裏國語與英語的例句。❶

⑬　阿明打了阿華。　　　　　John hit Mary.

⑬　阿明打了他的太太。　　　John hit his wife.

⑭　阿華的丈夫打了她。　　　Mary's husband hit her.

⑮　阿華被阿明打了。　　　　Mary was hit by John.

⑯　阿華被她的丈夫打了。　　Mary was hit by her husband.

⑰??阿明的太太被他打了。??John's wife was hit by him.

⑱??阿華的丈夫打他的太　　??Mary's husband hit his wife.
　　太。

---

❶　從⑬到⑭的英語例句與合法度判斷來自 Kuno & Kaburki (1977)。

　　根據久野的分析，以上七個句子的「認知內容」（cognitive content）都相同。所不同的，只是說話者敍述的觀點或關心的對象。⑬的句子，對於事件中所牽涉的兩個人都直呼其名（'阿明'與'阿華'），所以說話者是從客觀的第三者的觀點平淡的敍述事件的發生。⑬句仍然以'阿明'為主語，但是賓語的'阿華'改稱為'他的太太'，所以說話者顯然是從關心'阿明'的觀點來敍述的。說話者甚至可能不認識'阿華'，否則不會間接的以'他的太太'來稱呼'阿華'。⑭句的主語以'阿華的丈夫'來代替'阿明'，表示說話者是從關心'阿華'的觀點來說話，甚至可能不認識'阿明'，否則不會以'阿華的丈夫'這樣迂迴的說法來稱呼他。⑬句把⑬的主動句改為被動句，特意以'阿華'為句子的主語或談話的主題，說話者顯然是從關心'阿華'的觀點來發言。⑬句則更進一步把賓語的'阿明'改稱為'她的丈夫'，表示說話者對於'阿華'更加一層的關心。至於⑬句之在言談功用上不妥當，是既然以'阿明'引介的'阿明的太太'為主語來表示說話者關心的對象是句首的'阿明'，何不直截了當的採用⑬的主動句，而特地改用以'阿明的太太'為主語的被動句？結果指涉'阿明'的'他'在介詞'被'的後面出現，暗示說話者關心的對象並不是'阿明'，也就發生了說話者關心對象的矛盾。同樣的，⑬句以'阿華的丈夫'為主語，表示說話者關心的對象是'阿華'，然而又以'他的太太'為賓語，表示說話者關心的對象是'阿明'，而不是'阿華'。於是發生了說話者關心對象的衝突。

　　再看下面⑬到⑭的例句。

　　⑬　　我打了阿華。　　　　　　I hit Mary.

⑭ ?阿華被我打了。　　　　?Mary was hit by me.

⑭ 　你打了阿華。　　　　　You hit Mary.

⑭ ?阿華被你打了。　　　　?Mary was hit by you.

⑲與⑭兩句以及⑭與⑭兩句都分別敍述同一件事情，但是⑲與⑭兩句的「可接受度」（acceptability）似乎分別比⑭與⑭兩句的可接受度爲高。這是因爲⑲與⑭的主動句都分別以說話者‘我’與聽話者‘你’爲主語，而以第三者‘阿華’爲賓語，表示說話者關心的對象是說話者自己或聽話者。反之，⑭與⑭兩句則分別改用被動句，以第三者的‘阿華’爲主語，而以說話者‘我’或聽話者‘你’爲賓語，表示說話者關心的對象是說話者與聽話者以外的第三者。但是就人之常情而言，說話者對於說話者（本身）或聽話者（對方）的關心在一般的情形下總是勝過對於第三者的關心。久野所提出的「談話當事人關心對象的優先次序」，對於這些例句在可接受度上的差異，提出了相當合理的解釋。

最後看下面⑭到⑭的例句。

⑭ 　老張打了一個小孩子。　　John hit a boy.

⑭ ?有一個小孩子被老張打了。　?A boy was hit by John.

⑭ 　有一個瘋子打了老張。　　A mugger hit John.

⑭ 　老張被一個瘋子打了。　　John was hit by a mugger.

根據久野有關與國語句子相對應的英語句子的判斷，⑭與⑭兩句都敍述同一件事情，但⑭句似乎比⑭句好。因爲⑭句的主動句以專有名詞‘老張’爲主語，表示說話者與聽話者都認識‘老張’這一個人，並且以此做爲談話的主題或關心的對象。而⑭句則把⑭的主動句改爲被動句，把無定名詞組‘（有）一個小孩子’優

先於他們所認識的'老張'做為談話的主題或關心的對象，有違人之常情。又⑭的主動句與⑭的被動句都敍述同一件事情，而且都可以接受。這是因爲⑭句雖然以無定名詞組'有一個瘋子'爲主語，卻是以「無標的」（unmarked）主動句的形式出現，因此並不一定表示說話者對'一個瘋子'的關心勝過對'老張'的關心，可以說是一種「善意的忽略」（benign neglect），而不是「故意的違背」（intentional violation）。⑭句則改用被動句而以'老張'爲主語，表示說話者對於'老張'的關心。

從以上有關國語被動句初步的觀察與討論，可以看出久野所提出的四個有關說話者敍述觀點或關心的功用原則似乎大致可以適用於國語語法的功用解釋。

五・二 「直接賓語提前」

句子的信息焦點與說話者關心的對象，是運用語言與了解語言的過程中必須考慮的重要因素。因爲這些言談功用上的考慮常決定詞句形態上的選擇。例如下面⑭到⑮的例句都敍述同一事件。但是⑭句以人物'他的父親'爲信息焦點，⑭到⑮句以動作'打死了'爲這個信息焦點，而⑮句則以'父親'爲信息焦點。

⑭　土匪打死了他的父親。

⑭　土匪把他的父親打死了。

⑭　他的父親被土匪打死了。

⑮　他被土匪把父親給打死了。

⑮　他被土匪打死了父親。

又在⑭與⑭兩句裏說話者以'土匪'爲關心的對象，或從'土

匪’的觀點敍述，而在⑭到⑮三句裏說話者則分別以‘他的父親’
與‘他’為關心的對象。同時，⑭句以介詞‘把’將‘他的父親’提到
動詞的前面，顯出⑭句的說話者比⑭句的說話者更加關心‘他的
父親’。❷ 如果說話者關心的對象是‘他’與‘他的父親’，那麼⑭
句是最妥當的說法，因為在這一個句子裏‘他’與‘(他的)父親’都
出現於句首主語或主題的位置。⑮句是比較不妥當的說法，因為
說話者一方面把‘他’放在句首表示對這一個人的關心，另一方面
卻把‘(他的)父親’放在‘土匪’後面來暗示對他父親的關心不如對
土匪的關心。⑮句是最不妥當的說法，因為說話者一方面把‘他’
放在句首來表示對‘他’的關心，一方面卻又把‘父親’放在句尾來
暗示對‘他的父親’的漠不關心，顯示說話者關心的對象有衝突或
矛盾。如果把⑭到⑮句的主語從第三者的‘他’改為聽話者的‘你’
或說話者的‘我’，那麼這一種關心對象的衝突就更加顯著。試比
較：

⑫　你〔／我〕的父親被土匪打死了。

⑬　你〔／我〕被土匪把父親給打死了。

⑭　你〔／我〕被土匪打死了父親了。

　　相形之下，⑯到⑰的例句卻沒有這一種關心對象的衝突或矛
盾。因為在這裏說話者與主語‘我’是同一個人，關心的對象都是
‘我’，而且‘錢包’是一個無生名詞，在關心的比重上不能與‘父
親’相提並論。我們也可以說在下面三個例句裏說話者關心對象

---

❷　如果這一個觀察正確，說話者在國語句子「表面結構上關心對象的優
　　先次序」就要修正為：主語＞動前賓語＞動後賓語……。

的次序分別是：⑮我的錢包＞小偷；⑯我＞小偷＞錢包；⑰我＞小偷＞錢包。

⑮　我的錢包被小偷給偷走了。

⑯　我被小偷把錢包給偷走了。

⑰　我被小偷偷走了錢包了。

如果以上的觀察正確（我們所調查的可接受度判斷大都支持這些觀察），那麼有關國語的「表面結構上關心對象的優先次序」依次是：主題＞主語＞'被'施事者＞動前賓語＞動後賓語。

五‧三　「間接賓語提前」

如前所述，國語的間接賓語可以出現於直接賓語的後面，也可以提前出現於直接賓語的前面，例如：

⑱　老張送那一本書給一個小孩子。

⑲　?老張送給一個小孩子那一本書。

⑳　老張送一本書給那一個小孩子。

㉑　老張送給那一個孩子一本書。

⑱句可以說是「無標的」雙賓句，以直接賓語在前、間接賓語在後的次序出現；不但因代表舊信息的有定名詞組'那一本書'出現於代表新信息的無定名詞組'一個小孩子'的前面而符合「從舊到新」的功用原則，而且也因份量較輕的名詞組出現於份量較重的介詞組的前面而符合「從輕到重」的功用原則。同時，就「從親到疏」的功用原則而言，主語與賓語都是主題或前面已經提到的 (discourse-anaphoric) 名詞組，而間接賓語是前面沒有提到的 (discourse-nonanaphoric) 名詞組，因此也符合「談話主題關

心對象的原則」。反之，⑲卻特意把代表新信息（也就是在前面的談話裏沒有提到）的間接賓語'一個小孩子'移到代表舊信息（也就是在前面的談話裏已經提到）的直接賓語'那一本書'的前面來，不僅同時違背了「從舊到新」與「從親到疏」這兩種功用原則，而且是「故意的違背」。⑯句裏，雖然代表新信息的直接賓語'一本書'出現於代表舊信息的間接賓語'那一個小孩子'的前面，但這個句型是「無標的」雙賓句，只能說是「善意的忽略」，其違背的情形沒有⑲句那麼厲害。至於⑯句，代表舊信息的間接賓語'那一個小孩子'移到代表新信息的直接賓語'一本書'的前面來，符合「從舊到新」與「從親到疏」的功用原則，所以句子的接受度也沒有問題。

六、後　　語

以上從「功用解釋」（functional explanation）的觀點，討論了國語語法教學與表情達意或言談功用的關係。過去有關「功用教學觀」（functional approach）或「表達教學觀」（communi-cative approach）的討論，都偏重語言情況的設定、「言語行為」（speech acts）的分類、詞彙的選擇、語言體裁的辨別等，卻很少有人從語法的觀點來有系統的討論各種句型與表達功用的關係。如果說，在語法教學上以「模仿」（imitation）與「反復」（repetition）來訓練學生造'什麼'（what）句子，而以「認知」（cognition）與「運用」（manipulation）來幫助學生學習'怎麼樣'（how）造句子，那麼「功用解釋」（functional explanation）

可以說是用來向學生說明'為什麼'（why）用這一個句子而不用
別的句子。

　　本文對於國語句子以及與此相對應的英語句子的功用解釋提
出四條基本原則：「從舊到新」、「從輕到重」、「從低到高」、「從
親到疏」，並且詳細舉例說明這些原則的內容與應用。國語與英
語裏有許多認知意義相同，而表面形態不同的句子。本文的結論
是：凡是表面形態不同的句子，都有不同的言談功用；而且這些
不同的言談功用，都可以用一些簡單而有用的基本原則來說明。
但是國語的功用語法還有許多問題需要做更深入的分析，更周詳
的討論；國語與英語在功用語法上的對比分析，尤其需要今後做
更進一步的探討。本文的用意只不過是'拋磚引玉'，希望更多的
國語與英語老師共同來參加國語言談功用的研究。

參 考 文 獻

Chomsky,　Noam. 1982. *Some Concepts and Consequences of the Theory of Government and Binding.* The MIT Press.

Creider,　C. A. 1979. "On the Explanation of Transformations" in Givón, T. (ed.) *Syntax and Semantics,* Vol 12, *Discourse and Syntax.* Academic Press, 3-21.

Halliday,　M. A. K. 1985. *An Introduction to Functional Grammar.* Edward Arnold.

Hooper,　Joan B. & Sandra A. Thompson. 1973. "On the Applicability of Root Transformations" *Linguistic*

　　　　　　Inquiry 4:4, 465-97.

Kuno,　　　S. 1972. "Functional Sentence Perspective: a Case Study from Japanese and English" *Linguistic Inquiry* 3:3, 269-320.

————　　1975. "Three Perspectives in the Functional Approach to Syntax" *PCLS* 11, 276-336.

————　　& E. Kaburaki. 1977. "Empathy and Syntax" *Linguistic Inquiry* 8:4, 627-72.

Prince,　　E. F. 1978. "A Comparison of Wh-clefts and It-clefts in Discourse" *Language* 54:4, 883-906.

湯廷池 1977a. 國語變形語法研究：第一集移位變形，臺灣學生書局。

湯廷池 1977b. 英語教學論集，臺灣學生書局。

湯廷池 1979. 國語語法研究論集，臺灣學生書局。

湯廷池 1981. 語言學與語文教學，臺灣學生書局。

湯廷池 1984a. 英語語言分析入門：英語語法教學問答，臺灣學生書局。

湯廷池 1984b. 英語語法修辭十二講：從傳統到現代，臺灣學生書局。

湯廷池 1985a. 「英語詞句的言外之意：功用解釋」師大學報 30, 385-424。

湯廷池 1985b. 「英語詞句的言外之意：語用解釋」教學與研究 7, 57-111。

＊原刊載於師大學報(1986)第三十一期(437-469頁)。

英語的「名前」與「名後」修飾語：
結構、意義與功用

一、前　言

　　英語的「名詞修飾語」（nominal modifiers）可能出現於中心語名詞的前面，稱爲「名前修飾語」（premodifier）；也可能出現於中心語名詞的後面，稱爲「名後修飾語」（postmodifier）。例如，冠詞、指示詞、代名詞與名詞的所有格、數量詞等修飾語只能出現於中心語名詞的前面，而時間與處所副詞（組）、不定詞（組）、介詞組、關係子句、同位子句等修飾語則只能出現於中心語名詞的後面。另一方面，形容詞、現在分詞、過去分詞等則可能出現於名詞的前面，也可能出現於名詞的後面。而且並不是所有的形容詞、現在分詞與過去分詞都可以出現於名詞的前面或

後面。國語的名詞修飾語卻不論其結構、意義與功用如何，都一律出現於中心語名詞的前面。因而，與英語的名詞修飾語比較之下，在修飾語出現的位置與次序上呈現相當大的表面差異，在英語教學與華語教學上也形成了相當大的教學困難。本文的目的就是從語音、詞彙、句法、語意與語用等各方面探討英語的名前與名後修飾語，不但把各種修飾語的句法結構分門別類加以分析，並且把這些修飾語在名詞前面或後面出現與分佈的情形也仔細加以條理化：明確的指出那一類修飾語只能出現於名詞的前面；那一類修飾語只能出現於名詞的後面；而那一類修飾語則可以出現於名詞的前面或後面，但在意義與功用上有所區別。本文的內容共分十節；第一節‘前言’、第二節‘修飾結構：修飾語與中心語’、第三節‘英語的名前修飾語’、第四節‘英語的名後修飾語’、第五節‘從語音上看英語的名前與名後修飾語’、第六節‘從詞彙上看英語的名前與名後修飾語’、第七節 從句法上看英語的名前與名後修飾語 、第八節‘從語意與語用上看英語的名前與名後修飾語’、 第九節‘英語與國語修飾結構的對比分析’、 第十節‘結語’。本文的討論注重語法的分析，因而在文中引用包括「管轄約束理論」（Government and Binding Theory）在內的當代語法理論，但是分析的結果對於實際教學亦所裨益。

二、修飾結構：修飾語與中心語

　　凡是修飾結構都由「中心語」（center）● 與「修飾語」（mo-

● 又稱「主要語」（head）。

difier)而成。就名詞的修飾而言，其中心語是名詞，而由中心語名詞與出現於其前後的修飾語共同形成名詞組。名詞組在「語法範疇」(grammatical category)或「詞類」(part of speech)上與其中心語共同屬於名詞，就稱為「同心結構」(endocentric construction) ❷。我們可以參照 Chao（1968:274）的定義來規定：如果詞組 XY 或 YX 是一個同心結構，而 Y 是詞組的「中心」(center)，那麼 X 就叫做「修飾語」，而 Y 就叫做「中心語」。因此，名詞組 XY 的中心語 Y 是名詞，而 X 則是中心語 Y 的修飾語。依照這個定義，在下面①的例句中，斜體的部分都是中心語名詞（〔ₙY〕）的修飾語。

① a. 限定詞：如〔NP *a*〔N book〕〕，〔NP *the*〔N money〕〕，〔NP *φ*〔N books〕〕，〔NP *my*〔N brother〕〕，〔NP *John's*〔N friends〕〕

b. 指示詞：如〔NP *this*〔N paper〕〕，〔NP *those*〔N stories〕〕

c. 數量詞：如〔NP my〔N' *three*〔N novels〕〕〕，〔NP *φ much*〔N sugar〕〕

d. 限制詞：如〔NP *only*〔NP our〔N teachers〕〕〕(could answer this question)，〔NP〔NP the〔N teacher〕〕*alone*〕(is responsible)

e. 形容詞：如〔NP *φ hungry*〔N people〕〕，〔NP the *expensive*〔N jewels〕〕，〔NP a *bald-headed*

---

❷ 又譯「向心結構」。

[N man]]，[NP a *blue-eyed* [N girl]]

f. 現在分詞：如 [NP the *sleeping* [N baby]]，[NP a *walking* [N dictionary]]，[NP the *fast-growing* [N business]]，[NP the *nice-looking* [N girl]]，[NP the record-*breaking* [N team]]，[NP the *incoming* [N mail]]

g. 過去分詞：如 [NP φ *wounded* [N soldiers]]，[NP the *fallen* [N leaves]]，[NP a *made*-up [N story]]，[NP a self-*taught* [N man]]，[NP a soft-*spoken* [N lady]]，[NP an industry-*developed* [N area]]

h. 動 名 詞：如 [NP the [N *living* cost]]，[NP the [N *turning* point]]❸

i. 名　　詞：如 [NP the *winter* [N vacation]]，[NP a *morning* [N paper]]，[NP the *school* [N land]]，[NP φ *field* [N events]]，[NP φ *apple* [N juice]]，[NP φ *orange* [N trees]]，[NP a *stone* [N bridge]]

j. 處所與時間副詞：如 [NP the [N car] *outside*] (is mine)，[NP the [N party] *last night*] (was a success)，[NP the [N paragraph]

---

❸ 'living cost' 與 'turning point' 的「輕重音型」是 ' ` ，因此可以分析先形成「複合名詞」(compound noun) 以後綴與限定詞合成名詞組。關於英語複合名詞的討論，參湯 (1978)。

above], [NP the [N garage] *three miles away*]

k. 介 詞 組：如 [NP the [N book] *on the desk*]，[NP a [N woman] *in sorrow*]

l. 不定詞（組）：如 [NP a [N boy] *to help you*]，[NP the [N boy] *for you to help*]

m. 現在分詞（組）：如 [NP the [N baby] *sleeping in the next room*]，[NP the [N business] *growing very fast*]

n. 過去分詞（組）：如 [NP φ [N soldiers] *wounded by bullets*]，[NP the [N leaves] *fallen to the ground*]

o. 形容詞（組）：如 [NP φ [N people] *hungry enough to eat a horse*]，[NP the [N jewels] *too expensive to buy*]

p. 關係子句：如 [NP a [N boy] *who will help you*]，[NP the [N boy] *(whom) you must help*]，[NP the [N day] *(that) I met him*]

q. 同位子句：如 [NP the [N news] *that Dr. Lee won the Nobel Prize*]，[NP the [N question] *whether I should go (or not)*]

前面的定義也表示：在下面②的例句裏 a 句與 b 句的'so beautiful'都修飾'(a) woman'；而在③的例句裏雖然 a 句的'intelligent'與'brave'修飾'(a) soldier'，b 句的'intelligent'與

'brave'卻不修飾‘(a) soldier'。試比較：

② a. I've never seen [NP *so beautiful* a [N woman]].

　　b. I've never seen [NP a [N woman] *so beautiful*].

③ a. I prefer [NP an *intelligent* [N soldier]] to [NP a *brave* [N soldier]].

　　b. I prefer [S [NP a [N soldier]] *intelligent*] to [S [NP a [N soldier]] *brave*].

（比較：I would rather that soldiers were intelligent than that soldiers were brave.）

在③b的例句裏，名詞組（‘a soldier'）與補述形容詞（‘intelligent'，‘brave')形成所謂的「小子句」（small clause）。這些不含動詞的小子句是由主語名詞組與謂語形容詞所形成的「主謂結構」（subject-predicate construction），在性質上屬於「異心結構」（exocentric construction）❹ 而不屬於「同心結構」❺。異心結構裏的名詞（組）不是中心語，所以包含在這些結構裏面的形容詞也就不是名詞的修飾語。同樣的，在下面④的例句裏所出現的形容詞‘rare'、現在分詞組‘lying half-unconscious'、介詞組‘in the attic'也都不是名詞（組）‘(my) steak'、‘(the)

---

❹ 又譯「離心結構」。

❺ Stowell (1983) 把③b的小子句分析爲「形容詞組」（AP），而把④a、b、c的小子句也分別分析爲「形容詞組」、「動詞組」（VP）與「介詞組」（PP）。不過在這些詞組結構裏名詞組充當「指示語」（specifier）或主語而不充當「中心語」，所以在這些結構裏形容詞、現在分詞組、介詞組等仍然不修飾名詞（組）。

man'、'(the) book'的修飾語。

④　a. I want [s my steak rare].

　（比較：I want my steak to be rare.）

b. I found [s the man lying half-unconscious].

　（比較：I found that the man was lying half-uncon-
　　　scious.）

c. I found [s the book in the attic].

　（比較：I found that the book was in the attic.）

但是在下面⑤的例句裏，現在分詞組'lying half-unconscious'
與介詞組'in the attic'卻分別修飾名詞（組）'(the) man'與
'(the) book'。試比較：

⑤　a. [NP The [N man] lying half-unconscious] was my
　　　uncle.

b. [NP The [N book] in the attic] was left there by
　　my brother.

　　英語的名詞，除了專有名詞以外，很少單獨出現，而多半都
連同多種修飾語一起出現。但是有些修飾語只能出現於名詞的前
面，有些修飾語只能出現於名詞的後面，而另有些修飾語則可能
出現於名詞的前面或後面。出現於中心語名詞前面的修飾語稱爲
「名前修飾語」（prenominal modifier 或簡稱 premodifier），出現
於中心語名詞後面的修飾語則稱爲「名後修飾語」（postnomina
modifier 或簡稱 postmodifier）。一般說來，名後修飾語與中心
語的修飾關係比名前修飾語與中心語的修飾關係更爲密切。❻ 例

───────────────
❻　「非限制性的關係子句」是這個原則的少數例外之一。

如在‘that bright student of physics’（‘那位很聰明的物理系學生’）這個名詞組裏，介詞組‘of physics’先修飾中心語名詞‘student’（‘（那位）學生是學物理的’），形容詞‘bright’再修飾‘student of physics’（‘（那位）物理系學生很聰明’），最後纔用指示詞‘that’來決定‘bright student of physics’的指涉對象（‘那位很聰明的物理系學生’）❼。同樣的，在‘an interesting story that my uncle told us’（‘一個舅舅告訴我們的有趣故事’）這個名詞組裏，關係子句‘that my uncle told us’先修飾中心語名詞‘story’（‘故事是舅舅告訴我們的’），形容詞‘interesting’再修飾‘story that my uncle told us’，最後纔用冠詞‘an’來修飾‘interesting story that my uncle told us’，表示這個名詞組的指涉是「殊指」（specific）。‘that bright student of physics’與‘an interesting story that my uncle told us’這兩個名詞組裏，中心語名詞與名前及名後修飾語的修飾關係可以表示如下：

⑥ a. 〔that 〔bright 〔$_N$, student 〔$_{PP}$ of physics〕〕〕〕

b. 〔an 〔interesting 〔$_N$ story 〔$_S$, that my uncle told us〕〕〕〕

名後修飾語不但與中心語的修飾關係較爲密切，而且也把修飾語與中心語的修飾內涵交代得更爲清楚❽。例如，利用名後修飾語

---

❼ 我們也可以說，先由名後修飾語來爲中心語名詞的指涉對象指定一個「集」（set），再由名前修飾語來指定其中一個「子集」（subset），再由限定詞來指出其中一個或一些「元素」（element）來。

❽ 參 Quirk et al. (1972:860)。

的名詞組‘some girls who are pretty and who are at a college’的語意內涵似乎比利用名前修飾語的名詞組‘some pretty college girls’的語意內涵更爲清楚。 同時，除了限定詞、數量詞與「限定形容詞」（attributive adjective）等以外，大多數的名詞修飾語都可以「還原」成關係子句或獨立的句子。例如：

⑦　a. 〔The 〔pretty 〔〔〔N girl 〔PP in the corner〕〕 〔S′ who became angry because you waved to her〕〕〕〕 is Mary Smith.

　　b. 〔The 〔girl 〔S′ who is pretty〕, 〔S′ who was in the corner〕 and 〔S′ who became angry because you waved to her〕〕〕 is Mary Smith.

　　c. (i) The girl is Mary Smith.

　　　 (ii) The girl is pretty.

　　　 (iii) The girl was in the corner.

　　　 (iv) The girl became angry because you waved to her.

三、英語的名前修飾語

英語的名前修飾語包括㈠限定詞、㈡數量詞、㈢限制詞、㈣形容詞、㈤現在分詞與過去分詞以及㈥動名詞與名詞修飾語等。

㈠限定詞：「限定詞」（determiner）限定名詞組的「指涉對象」（referent）❾，因此必須與名詞連用。我們見到了限定詞，

❾　關於英語「限定詞」與「指涉」的關係，參湯（1985, 1986）。

就可以猜到後面一定有一個名詞要出現。因此，限定詞可以說是顯示英語名詞的訊號。英語主要的限定詞有下列幾種：

(1)「冠詞」(article)：a(n), some, any, φ（即零，也就是不加冠詞), the, each, every, no, what, which，例如：*a* book, *an* egg, {*some/any*} books, {*some/any*} bread, φ books, φ bread *the* {book/bread}, *each* book, *every* book, *no* {book(s)/bread}, *what* {book(s)/bread}, *which* {book(s)/bread}。

(2)「指示詞」(demonstrative)：this, that, these, those，例如：{*this/that*} book, {*these/those*} books。

(3)「所有代名詞」(possessive pronoun) 與「名詞(組)所有格」(noun in the possessive case)：my, your, his, her, its, our, their, N's, N-s'，例如：{*my/your*, etc.} book(s), {*John's/ the student's/the teachers'*, etc.} books。

(二)數量詞：「數量詞」(quantifier) 指示名詞所代表的事物的數目或分量。英語主要的數量詞有下列幾種：❿

(1)「數詞」(numeral)：one, two, three…，可以出現於限定詞的後面表示「整體」或「全稱」（例如：*these two* books, *his three* sons），也可以出現於限定詞的前面表示「部分」或「偏稱」（例如：*two* of *these* books, *three* of *his* sons）。

(2)「量詞」(classifier)：a{cup/glass/bottle/piece/article/ sheet/pound/gallon/yard, etc.} of; a {flock/pack/swarm/school, etc.} of, …；表示「不可數名詞」(noncount noun) 或「羣體」

---

❿ 關於英語數量詞的討論，參湯 (1978：300-324)。

的分量。

(3)其他數量詞：(a) few, (a) little, either, neither, both, some, several, enough, many(a), much, all, plenty of, a lot of, lots of, a {good/great} many, a {good/great} deal of, …；可以有「全稱」（如 'several men; lots of milk'）、「偏稱」（如 'several of the men; lots of the milk）與「名詞」用法（如 'several; lots'）。

㈢限制詞：「限制詞」（limiter）可以放在名詞組的最前面（如 'just, only, merely, even, especially, particularly'）或最後面（如 'alone, only, especially, particularly'）來限制整個名詞組；例如 'even one of your three sons, the teacher alone, especially some of these pictures'。

㈣形容詞：「形容詞」（adjective）可以根據(1)能否出現於中心語名詞的前後而分為「限制形容詞」（attributive adjective; 如 'main, chief, principal, only, sole, very, past, present, late, former, occasional, previous, mere, rural, penal, contented, elder, atomic, woollen'等）與「補述形容詞」（predicative adjective；如 'afraid, asleep, awake, ashamed, faint, (un)well, aware, ajar, content, ready, worth, loath, subject'等）**⓫**；(2)其能否出現於祈使句與進行式而分為「動態形容詞」（dynamic adjective；如 '(Be) ambitious, careful, cheerful, enthusiastic, faithful, friendly, generous, gentle, helpful, kind, loyal, nice,

---

⓫ 關於「限制性形容詞」與「補述性形容詞」的區分與討論，參 Bolinger (1968) 與 Lukas (1975)。

patient, reasonable, sensible, serious, tactful, thoughtful, witty'等）與「靜態形容詞」（stative adjective；如'tall, short, fat, thin'等）；(3)根據其能否以程度副詞（degree adverb）或加強詞（intensifier）修飾而分爲「成序形容詞」（gradable adjective；如'(very) new, old, high low, wide, narrow'等）與「非成序形容詞」（non-gradable adjective；如'horizontal, verticular, parallel, square, circular, daily, golden'等）⓬；而且一般形容詞都可以有「限制性用法」（restrictive use；如'a *beautiful* girl, an *immortal* work'）與「非限制性用法」（nonrestrictive use；如'my *beautiful* wife, the *immortal* Shakespeare'）。

㈤現在分詞與過去分詞：「現在分詞」（present participle）含有「進行」（'正在…的'；如'the *burning* house, the *dying* soldier'）的意思，而「過去分詞」（past participle）則含有「被動」（'（被）…的'，及物動詞的過去分詞，如'the *broken* cup, the *wounded* soldier'）或「完成」（'已經)…的'，不及物動詞的過去分詞；如'a *fallen* leaf; the *faded* flowers'）。一般說來，現在分詞與過去分詞都不能用程度副詞或加強詞修飾，也不能出現於「不完全不及物動詞」'seem, look'等後面當補語

⓬ 這些形容詞的種類是可以「交叉分類」（cross-classify）的；例如一般說來，只能出現於中心語名詞前面的「限制形容詞」都是「靜態形容詞」，而且是「非成序形容詞」。

用❸。現在分詞與過去分詞還可以帶上副詞（如'a *high*-ranking officer, the *slowly*(-)flowing river, the *fast*-growing business, the *newly*(-)arrived guests, the *well*-educated ladies'）、介副詞（如'*in*coming mail, *out*going mail, made-*up* stories'）、形容詞（如 'a *nice*-looking girl, *bad*-smelling eggs, the *soft*-spoken gentleman '）與名詞（如 'a *chain*-smoking man, an *industry*-developing area, a *self*-taught man, an *industry*-developed area'）。

　　㈥名詞與動名詞：一般名詞（如'the *spring* vacation, a *girl* friend, the *chemistry* teacher'）與「動名詞」（gerund）（如 '*purchasing* power, *recording* facilities, a *sight-seeing* bus, a *record-breaking* team'）也可以充當名詞的修飾語用。名詞還可以與形容詞、數詞、副詞等形成「複合形容詞」（如 'a bald-*headed* man, a blue-*eyed* girl, a fine-*tooth* comb, a four-*letter* word, a single-*edge* knife, a five-*pointed* star, a thickly-*wooded* area）❹。

---

❸　以「屬人名詞」（human noun）為賓語的及物動詞衍生的現在分詞（如 'interesting，charming，amusing，pleasing，surprising，amazing，astonishing，exciting，tiring，boring'）與過去分詞（'interested，amused，pleased，surprised，amazed，astonished，excited，tired，bored'）可以用程度副詞或加強詞修飾，也可以出現於'seem, look'後面充當補語，似應視為形容詞。

❹　英語有些形容詞加上詞尾'-ed'而形成的，如'*moneyed* class, *aged* man, *skilled* labor, *barbed* wire, *tiled* bathroom, *jeweled* watch, *detailed* answer, *helmeted* police, *talented* boy, *wooded* country, *spirited* conversation, *biased* opinion'。

英語的名前修飾語，其出現的次序通常是㈠限制詞、㈡限定詞與數量詞、㈢表示形狀大小的形容詞、㈣表示屬性的形容詞、㈤表示年齡老幼的形容詞、㈥表示顏色的形容詞、㈦表示質料的形容詞、㈧專有形容詞；例如'a tall handsome blond Franch student; these three big juicy red Korean apples; even those big dirty old black wooden bones'❺。但是英語名前修飾語（特別是各類形容詞）出現的次序，並不是一定不變，也可能由於「語意上的加強」(emphasis)或「語音上的節奏」(rhythm)而產生詞序上的變化。

四、英語的名後修飾語

英語的名後修飾語包括㈠處所與時間副詞、㈡介詞組、㈢不定詞組、㈣現在分詞組、㈤過去分詞組、㈥形容詞組、㈦關係子句、㈧同位子句等。

㈠處所與時間副詞：表示處所與時間的副詞性名詞❻與副詞出現於中心語名詞後面。

　　(1)「表示時間的副詞性名詞」(bare-NP adverb of time)

---

❺ 一般而言，越是靠近中心語名詞的修飾語在語意關係上越與中心語密切。因此，形容詞在名詞前面出現的次序，常與形容詞在名詞後面出現的次序相反，例如：
beautiful long hair＝hair that is *long* and *beautiful*
long straight hair＝hair that is *straight* and *long*

❻ Larson (1985) 稱這種副詞性名詞為'bare-NP adverb'。

如 'the meeting {*now/then/today/yesterday/tomorrow/last night/ afterwards/later (on)/two hours ago，…*}' 。

　　⑵「表示處所的副詞性名詞」(bare-NP adverb of location：如 'the people{*here/there/inside/outside/upstairs/downstairs/ ……*}'，'the paragraph {*above/below*}'，'the garage {*two miles away/three blocks beyond*}' 。

　　㈡介詞組：介詞組或介詞片語由介詞與名詞（組）或動名詞（組）合成，只能出現於中心語名詞後面；如 'the boy *with a dog*, the girl *without a friend*, the weather *during the summer*, these people *in the white car*, that picture *between the book and the map*' 等。

　　㈢不定詞組：不定詞組（infinitival phrase）或不定詞片語在動詞原形前面加「不定詞標誌」(the infinitive marker) 'to' 而成，只能出現於中心語名詞後面；如 'the boy *to send the message*, the message *for the boy to send*, the message *to send*, the message *to be sent by the boy*' 等。

　　㈣現在分詞組：現在分詞組（present participial phrase）或現在分詞片語由現在分詞式動詞與賓語、補語（complement）或狀語（adverbial）合成；如 'the baby *sleeping in the cradle*, the man *swimming slowly down the river*, the students *having finished their assignments*' 。❼

---

❼　現在分詞與過去分詞片語可以修飾名詞（如 'the students *having* 〔=who have〕 *finished their assignments* may go home'，'the child 〔who was〕 *bitten by a snake* is my brother'，也可以修飾整句（如 'the students, *having finished their assignments,* went home'，'the child, *bitten by a snake,* cried out'）。修飾整句的分詞片語，與修飾名詞的片語不同，可以出現於句首、句中、句尾三種不同的位置，並以逗號與句子的其他部分畫開。

㈤過去分詞組：過去分詞組 (past participial phrase) 或過去分詞片語由過去分詞式動詞與狀語合成；如 'the cup *broken to pieces,* the child *bitten by a snake,* leaves *fallen to the ground*'。

㈥形容詞組：形容詞組 (adjective phrase) 或形容詞片語由形容詞與加強詞、補語或狀語等合成；如 'a girl *so lovely,* a soldier *afraid to die,* a man *angry with his wife,* gorges *almost impassable,* a boy *old enough to know better,* a salary *too small for us to live on*' ⓲。

㈦關係子句：「關係子句」 (relative) 由「關係代詞」 (relative pronoun，如 'who, whom, whose, which, when, where, why' 等) 引導而出現於中心語名詞的後面；如 'the girl *who won first prize,* the book {*which/that/φ*} *you borrowed from me,* the place *where he lives,* the day *when she left,* the reason *why we called you up*' ⓳。

⓲ 由對等連詞連接的形容詞也可以出現於中心語名詞的後面；例如 'the hills *right and left;* the *right and left* hills'。

⓳ 這些例句都屬於「限制性的關係子句」 (restrictive relative clause)。至於「非限制性的關係子句」 (non-restrictive relative clause)，則不表示「預設」 (presupposition) 而表示「斷言」 (assertion)，在語意上相當於對等子句 (試比較：'my brother, who practices medicine in Taipei, is still a bachelor' 與 'my brother, and he practices medicine in Taipei, is still a bachelor')，在句法上常分析爲名詞組的補述性修飾語，而非名詞的限制性修飾語。又限制性關係子句可以重叠使用 (如：'(Can you mention) *anyone that we know who is as talented as he?*')，而非限制性關係子句則不但可以修飾名詞而且還可以修飾整個句子 (如 'He admires Mrs. Brown, *which surprises me*')。

㈥同位子句：「同位子句」（appositive clause）⓴由「補語連詞」（complementizer）'that' 或 'whether' ㉑引導；如 '(he cannot forget) the fact *that he is a total failure*'，'the idea *that she might get killed* (scared him)'，'the question *whether we should go or not* (hasn't been decided yet)' ㉒。

五、從語音上看英語的名前與名後修飾語

以上的觀察與討論顯示：㈠限定詞、數量詞、限制詞、動名詞與名詞只能出現於中心語名詞的前面；㈡處所與時間副詞、介

⓴ 又稱「名詞組補語」（noun phrase complement）。「同位子句」與「關係子句」不同：㈠只能由補語連詞 'that' 引導，而不能由關係代詞 'which' 引導；㈡中心語名詞組通常都是「有定」的（而關係子句的前行語則可能是「無定」的）；㈢在同位子句內並不含有「缺口」（gap），因而中心語名詞組與其同位子句可以改寫爲「等同句」（equational sentence，如 '*the fact* is that he is a total failure'），而關係子句內則含有與前行語指涉相同的關係代詞與缺口，因而無法改寫爲等同句；㈣同位子句與關係子句同時出現時，出現的次序是同位子句在前、關係子句在後（如 '[[the fact *[that he is a total failure]] [which everybody admitted]]*'）。

㉑ 也可能以 'whether' 以外的「wh詞」來引導；如 'the question *When* we should start (hasn't been decided yet)'。

㉒ 「同位名詞組」（appositive NP）常可以出現於句首、句中，甚或句尾的位置（如 'A *devaut Christian from a child,* John goes to church every Sunday; John, *a devaut Christian from a child,* goes to church every Sunday; John goes to church every Sunday, *a devaut Christian from a child*'），並且以逗號與句子的其他部分畫開，因此暫不列入名後修飾語。

詞組、不定詞組、關係子句、同位子句只能出現於中心語名詞的後面，而㈢形容詞（組）、現在分詞（組）、過去分詞（組）則可以出現於中心語名詞的前面或後面。但究竟是什麼因素決定那些修飾語出現於中心語名詞的前面，那些修飾語出現於中心語名詞的後面？

從語音上來看，名前修飾語中的限定詞、限制詞、動名詞與名詞都是「單詞」（single word），而不是「詞組」（phrase）。另一方面，名後修飾語中的介詞組、不定詞組、關係子句與同位子句都是「詞組」，而不是「單詞」❷❸。同時，形容詞（組）、現在分詞（組）與過去分詞（組）中，「單詞」出現於中心語名詞的前面，而「詞組」則出現於中心語名詞的後面。因此，我們可以從語音的觀點對於英語名前與名後修飾語的分佈做如下的「條理化」（generalization）：「單詞修飾語」（single-word modifier）出現於中心語名詞的前面；「詞組修飾語」（phrasal modifier）出現於中心語名詞的後面。

以上的條理化相當清晰的畫分英語的名前與名後修飾語。早期的「變形語法」（transformational grammar）認為除了限定詞、數量詞、限制詞以及「限制性形容詞」以外的其他所有名詞修飾語都出現於關係子句；把關係子句裏面的關係代詞與 Be 動詞刪略❷❹以後，所剩下的部分就變成名詞的修飾語。如果這個修飾

---

❷❸ 這裏的「單詞」包括「複合詞」（compound），而「詞組」則指大於「單詞」的句法成分，包括「子句」在內。

❷❹ 變形語法上叫做「關係子句簡縮」（'Relative-clause Reduction'或 'Wh-iz Deletion'）。

語是單詞（但是表示時間或處所的副詞例外）或可以改成「複合詞」就要放在名詞的前面❷⑤，而如果這個修飾語是「詞組」（或表示時間或處所的副詞）就留在名詞的後面，例如：

⑧ a. We need a student *who is clever* (*at mathematics*).

　 b. We need a *clever* student. （形容詞）

　 c. We need a student *clever at mathematics*. （形容詞組）

⑨ a. Look at the baby *who is sleeping* (*in the cradle*).

　 b. Look at the *sleeping* baby. （現在分詞）

　 c. Look at the baby *sleeping in the cradle*. （現在分詞組）

⑩ a. They gazed into the river that was *flowing* (*slowly*).

　 b. They gazed into the *slowly-flowing* river. （複合形容詞）

　 c. They gazed into the river *flowing slowly*. （現在分詞組）

⑪ a. He lives in the area *that is developing* (*industry*).

　 b. He lives in the *industry-developing* area. （複合形容詞）

　 c. He lives in the area *developing industry*. （現在分詞

---

❷⑤ 變形語法上叫做「形容詞移前」（Adjective Preposing 或 Adjective Shift）。

組)

⑫ a. The soldier *who was wounded* (*by a bullet*) was sent to a hospital.

b. The *wounded* soldier was sent to a hospital. (過去分詞)

c. The soldier *wounded by a bullet* was sent to a hospital. (過去分詞組)

⑬ a. I live in the area *that is developed by industry*.

b. I live in the *industry-developed* area. (複合形容詞)

c. I live in the area *developed by industry*. (過去分詞組)

⑭ a. We respect a man *who is taught by himself*.

b. We respect a *self-taught* man. (複合形容詞)

c. We respect a man *taught by himself*. (過去分詞組)

⑮ a. The boy *who is* (*over*) *there* is my brother.

b. The boy (*over*) *there* is my brother. (處所副詞)

⑯ a. He walked to a garage *that was three miles away*.

b. He walked to a garage *three miles away*. (處所副詞)

⑰ a. The book *that is on the desk* belongs to me.

b. The book *on the desk* belongs to me. (介詞組)

⑱ a. I'd like to talk to *the girl who has blue eyes*.

b. I'd like to talk to the *blue-eyed* girl. (複合形容詞)

c. I'd like to talk to the girl *with blue eyes*. (介詞組)

⑲ a. We need a boy *who is to send message*s.

b. We need a boy *to send messages*. (不定詞組)

⑳ a. This is the message (*that*) *the boy is to send*.

b. This is the message *for the boy to send*. (不定詞組) ❷⁶

另外下面㉑與㉒的例句也顯示：「詞組」修飾語比「單詞」修飾語更容易出現於中心語名詞的後面。試比較：

㉑ a. I've never seen *so lovely* a girl.

b. *I've never seen a girl *lovely*.

c. I've never seen a girl *so lovely*.

㉒ a. The explorers were confronted with *almost impassable* gorges (and *often unfordable* rivers).

b. ?The explorers were confronted with gorges *impassable* (and rivers *unfordable*).

c. The explorers were confronted with gorges *almost impassable* (and rivers *often unfordable*). ❷⁷

---

❷⁶ 有些語法學家稱這種不定詞組爲「不定關係子句」(infinitival relative)，但也有些語法學家以「不定關係子句」這個術語來稱呼'the day *on which to arrive*, the table *on which to put your coat*' 這類例句。

❷⁷ 'gorges almost impassable'固然可以通，但是如與'rivers often unfordable' 成對或對比的出現則似更自然。這似乎與後面所討論的語用上的考慮有關。

　　除了「單詞」（包括「複合詞」）與「詞組」的區別與修飾語之出現於中心語名詞的前面或後面有關以外，單詞裏面所含音節的多寡也可能與過去分詞之能否成爲名前修飾語有關係。例如，T'sou（1980）指出，有關下面㉓到㉕例句的合法度判斷顯示：多音節過去分詞比單音節過去分詞更容易成爲名前修飾語❷❽。試比較：

　　㉓　a. the {murdered/*killed} judge

　　　　b. the {rescued/*saved} sailor

　　　　c. the {captured/*caught} villain

　　　　d. the {displayed/*shown} treasure

　　　　e. the {transmitted/*sent} message

　　　　f. the {remitted/*sent} funds

　　　　g. the {donated/*given} money

　　㉔　a. {sunken/*sunk} treasure

　　　　b. {drunken/*drunk} driver

　　　　c. {proven/*proved} truth

　　　　d. (clean) {shaven/*shaved} head ❷❾

---

❷❽ T'sou（1980）從動詞之⑴是否以有生名詞爲主語、⑵是否含有複數音節以及⑶是否表示事態變化這三點來討論過去分詞能否成爲名前修飾語。但是我們也應該注意：例句㉓中所提出的多音節過去分詞幾乎都是來自羅曼斯（Romance）或拉丁語系的詞彙；而非來自盎格魯撒克遜語系（Anglo-Saxon）的詞彙。參後面有關‘從語意與語用看英語的名前與名後修飾語’的討論。

❷❾ 我們也應該注意：‘sunken, proven, shaven’都是屬於「強變化」（strong conjugation）；而‘proved, shaved’則屬於「弱變化」（weak conjugation）。

　　另一方面，多音節的形容詞比單音節的形容詞更容易出現於中心語名詞的後面，並列的形容詞也比單用的形容詞更容易出現於中心語名詞的後面。試比較：

㉕　a. the only {visible/*seen} star

　　b. the only star {visible/*seen}

　　c. the right and left hills

　　d. the hills right and left

㉖　a. the worst possible situation

　　b. the worst situation possible

㉗　a. the {right/left} hills

　　b. *the hills {right/left}

㉘　a. an interesting and instructive book

　　b. a book both interesting and instructive

　　c. a book not only interesting but also instructive

「單詞」與「詞組」的區別雖然能畫分大部分的名前與名後修飾語，但是仍然無法說明：㈠爲什麼單詞性的時間與處所副詞出現於中心語名詞的後面（如 'the man *here*, the guest *up-stairs*'）；㈡爲什麼只有形容詞組可以出現於中心語名詞的前面或後面（如 'so lovely a girl, a girl so lovely'），而其他詞組性的修飾語（如介詞組、現在分詞組、過去分詞組等）卻只能出現於中心語名詞的後面；㈢爲什麼在名前修飾的複合形容詞裏面，副詞、形容詞、名詞等補語一律都出現於現在分詞與過去分詞的前面（如 'the *slowly-flowing* river, a *happy-looking* couple, the *industry-developed* area, a *cigar-smoking* gentleman, a *soft-spoken* lady, a *self-taught* man')；而在名後修飾語的現在分詞組與過去分詞組裏面，這些副詞、形容詞、名詞都出現於現在分詞或過去分詞的後面（如 'the river *flowing slowly*, a couple *looking happy*, a gentleman *smoking a cigar*, a lady *speaking softly*, the area *developed by industry*, a man *taught by himself*'）；四為什麼數量詞組只能出現於中心語名詞的前面（如 'a great many books, *a great deal of* money'），而不能出現於中心語名詞的後面。

六、從詞彙上看英語的名前與名後修飾語

Emonds（1985:15-16）為英語的「深層結構」（deep structure）提出「非詞組修飾語在首」（Head Placement for Non-phrasal Modifiers）的條件，認為在英語的深層結構裏所有「非詞組性的修飾語」（non-phrasal modifiers），不分詞類，都出現於中心語的前面。例如英語的助動詞（如 '*will* go'）、否定詞（如'will *not* go'）、以及「不能（以程度副詞）修飾的副詞」（'unmodifiable adverb'，如'will *scarcely* go, has *barely* finished'）都出現於中心語動詞的前面。就英語的名詞修飾語而言，限制詞、限定詞、數詞、限制性的形容詞以及否定詞都是非詞組性的而且是不能以程度副詞修飾的修飾語，都出現於中心語名詞的前面。試比較：❸

㉙　a. *Even the* teacher didn't know the answer.

❸　參 Emonds（1985:16）。

b. *Every* teacher should know the answer.

c. *The three* teachers knew the answer.

d. *The* (*very) *other* teacher knew the answer.

e. The teacher's (*most) *principal* objections to that are…

f. *A* (*two) *mere* mention of that would…

g. *Not one* teacher did I see.

　　根據這個觀點，我們可以把英語的修飾語分爲「投射性的」（〔＋Projection〕）與「非投射性的」（〔－Projection〕）兩種。「非投射性的修飾語」，如限制詞、限定詞、數詞、否定詞、限制性的形容詞等，本身不能有修飾語，只能以單詞的形式出現於中心語名詞的前面做爲名前修飾語。這些詞類，除了限制性的形容詞以外，在詞彙分類上屬於「虛詞」（function word），其「語法意義」（grammatical meaning）多於「詞彙意義」（lexical meaning）。「投射性的修飾語」，如一般形容詞、現在分詞與過去分詞等可以單詞的形式出現於中心語名詞的前面，也可以以詞組的形式出現於中心語名詞的後面，這些詞類（形容詞與動詞）都屬於「實詞」（content word），含有具體的詞彙意義。至於介詞組、不定詞（組）、關係子句等「投射性修飾語」則不能以單詞的形式出現，因而只能出現於中心語名詞的後面。我們可以把「非投射性」句子成分與未投射至「最大投影」（maximal projection）（亦卽未與賓語、補語、狀語等連用）的「投射性」句子成分合稱爲「非最大投影」（〔－Maximal〕）的句子成分，而把投射至最大投影的投射性句子成分（卽形容詞組、現在分詞組、過

去分詞組、介詞組、不定詞組、關係子句、同位子句等）則合稱為「最大投影」（〔＋Maximal〕）句子成分。如此，「非投射性」句子成分必須是（〔－Projection，－Maximal〕），而「投射性」句子成分則可能是「最大投影」（〔＋Projection，＋Maximal〕），也可能是「非最大投影」（〔＋Projection，－Maximal〕）❸。因此就詞彙分類或詞組結構而言，「非最大投影的修飾語」（non-maximal modifier）必須出現於中心語名詞的前面，而「最大投影的修飾語」（maximal modifier）則必須出現於中心語名詞的後面。

「最大投影」與「非最大投影」的區別似乎比「單詞」與「詞組」的區別更能自然合理的詮釋「名前」與「名後」修飾語的畫分，但是仍然無法說明：㈠為什麼不能以副詞修飾的「非投射性、非最大投影」時間與處所副詞必須出現於中心語名詞後面；㈡為什麼只有形容詞組可以出現於中心語的前面與後面；㈢為什麼補述性形容詞必須出現於中心語名詞後面（雖然可以說明為什麼限制性形容詞必須出現於中心語名詞前面）；㈣為什麼在名前修飾語的複合形容詞裏面，副詞、形容詞、名詞等補語都要出現於現在分詞與過去分詞的前面；㈤為什麼數量詞與數量詞組都要出現於中心語名詞的前面。

另外，「不定代詞」（indefinite pronoun，如'somebody {－one/－thing/－where/－time}, anybody{－one/－thing/－where

---

❸ 以「（非）投射性」與「（非）最大投影」這些屬性來討論詞彙與詞組結構的論文，參 Muysken（1983）。

/－time} everybody {－one/－thing/－where/－time}, nobody {－one/－thing/－where}'等）的修飾語，無論是單詞修飾語或詞組修飾語，都出現於不定代詞的後面。這是因爲不定代詞由「限定詞」（'some, any, every, no'等）與「一般名詞」（'body, one, thing'）複合而成，所以單詞修飾語無法出現於限定詞與名詞的前面，只好出現於名詞的後面。試比較：

⑳　a. somebody *important*

　　b. some *important* person(s)

㉛　a. nothing *interesting*

　　b. no *interesting* thing(s)

由於同樣的理由，限制性形容詞'other'不能與不定代詞連用❷，而補述性形容詞'else'則可以與不定代詞連用❸。試比較：

㉜　a. somebody *else*

　　b. some *other* person(s)

㉝　a. nothing *else*

　　b. no *other* thing(s)

---

❷ 疑問詞'who (＝which person), what (＝which thing), when (＝what time), where (＝what place), how (＝in what manner)'等也可以分析爲內含限定詞與名詞，因而只能與'else'連用，而不能與'other'連用。

❸ 除了'other'以外，凡是限制性形容詞（如'main, principal, mere'等）都不能與不定代詞連用（如'*something *main*, *somebody *mere*'）。參 Quirk et al. (1972:248)。

七、從句法上看英語的名前與名後修飾語

當代語法理論，特別是「管轄約束理論」（Government and Binding Theory），把句子的「詞組結構」（phrase structure）分析為「指示語」（specifier）、「主要語」（head）與「補述語」（complement）。在英語的詞組結構裏，指示語出現於主要語的前面，而主要語則出現於補述語的前面❸④。如果從這種句法結構的觀點來分析英語的名前與名後修飾語，那麼不難發現英語的名前修飾語都屬於㈠「僅有主要語」的句法成分（如限制詞、冠詞、

---

❸④ 更精確的說，「Ｘ標槓理論」（X-bar theory；Ｘ代表任何「詞彙範疇」（lexical category），包括名詞（N）、動詞（V）、形容詞（A）與介詞（P））規定：任何詞彙範疇的最大投影或詞組範疇‘X″'（卽名詞組（NP）、動詞組（VP）、形容詞組（AP）、介詞組（PP））由這個詞彙範疇的最小投影‘X'（＝X°）為主要語，並以不定數目的詞組範疇‘X″*'（符號‘*’表示包括零在內的任何數目，因此‘V'’可能包含‘V; V NP; V PP; V NP PP; V NP S'; V PP S'’等）為補述語而形成這個詞彙範疇的「仲介投影」（intermediate）或「半詞組」（semi-phrasal）範疇‘X''（稱為「X單槓」）；而這個「X單槓」又以某種詞組詞彙‘X″'為其指示語。這一種主要語與指示語及補述語的關係可以用下面的公式表示：

(i) X″→X″*，X'

(ii) X'→X，X″*

至於指示語與補述語究竟出現於主要語的前面或後面則由「管轄約束理論」的「原則次系統」（the subsystem of principles），如「格位理論」（Case theory）與「論旨理論」（theta-theory）等互相配合來決定。

指示詞、所有格代詞、數量詞、限制性形容詞、名詞、動名詞，以及不帶副詞、形容詞、**補語**等的現在分詞與過去分詞，可以用‘X’（＝X^0）的符號來表示）或㈡「主要語在尾」（head-final）的句法成分（如名詞組的所有格❸ 以及前面帶有副詞、形容詞、補語等的現在分詞與過去分詞，可以用‘X″X’的符號來表示）；而「名後修飾語」則大都屬於「主要語在首」（head-initial）的句法成分。例如，「介詞組」（PP）以介詞（P）為主要語，而以名詞組（NP）為補述語。其他如不定詞組（‘to VP’）係以動詞（V）或「非限定時制標誌」（nonfinite-tense marker）‘to’為主要語，現在分詞組（‘-ing VP’）係以動詞（V）或「進行貌標誌」（progressive-aspect marker)‘-ing’為主要語，過去分詞組（‘-en VP’）係以動詞（V）或「完成貌・被動態標誌」(perfective-aspect and passive-voice marker)‘-en’為主要語，形容詞組（AP）則以形容詞（A）為主要語，並且在後面帶上副詞（組）、形容詞（組）、名詞（組）等補述語成分。而關係子句與同位子句則可以分別分析為以關係代詞與**補語連詞**（如‘that, whether, for’等）為主要語而以子句（S）為補述語的「大句子」(S′)❻ 。

---

❸ 「所有代名詞」（如 my, our, your, his, her, their’）不能更進一步投射，所以分析為「僅有主要語」的句法成分；而「名詞組所有格」（如‘my brother’s, our English teacher’s’）則由名詞組與「領屬標誌」（genetive marker)‘’s’而成，所以分析為「主要語在尾」的句法成分。

❻ 參 Chomsky（1986:5）把這些句子分析為以補語連詞（‘C’）為主要語而以子句（‘S′′’）為補述語的「大句子」（‘S′′’或‘CP’）。

　　如果我們把'*a great many* (books), *far too few* (people)'等數量詞組分析為「主要語在尾」的句法成分，而把'*a great deal of* (money), *a group of* money'等數量詞組分析為「無主要語」(headless) 的句法成分，那麼我們就可以說：凡是「主要語在首」的句法成分都不能成為英語的名前修飾語，因而「主要語在尾」的句法成分（如名詞組所有格，部分數量詞組，由程度副詞與形容詞合成的形容詞組，以及由副詞、形容詞、名詞等與現在分詞、過去分詞、名詞加詞尾'-ed'等合成的複合形容詞）、「僅有主要語」的句法成分（如限制詞、冠詞、指示詞、數詞、所有格代詞、名詞、動名詞，以及不帶補述語的形容詞、現在分詞、過去分詞❸以及「無主要語」的句法成分（如表示分量與羣體的數量詞組）都可以成為名前修飾語。我們還可以把'主要語在首的句法成分不能成為英語的名前修飾語'這個條理化的結論寫成下面㉞的「主要語在首的濾除」(the Head-Initial Filter; HIF)❸。

　　　㉞　*$[_{NP}[_α \text{ HX}]\text{N}]$　　X$\neq$null

---

❸　「僅有主要語」的句法成分可以包括於「主要語在尾」的句法成分中，因為僅有主要語的時候主要語必定出現於修飾語結構的尾端。

❸　Williams (1982:160) 曾為英語與德語的名前修飾語提出「主要語在尾的濾除」(the Head-Final Filter)，規定只有「主要語在尾」的句法成分纔能成為名前修飾語。Williams (1982) 所提出的是「積極濾除」(positive filter)，而我們所提出的是「消極濾除」(negative filter)。同時注意 Williams (1982)「主要語在尾的濾除」可以說明「僅有主要語」的句法成分可以成為名前修飾語，卻無法說明「無主要語」的句法成分也可以成為名前修飾語。

在㉞的濾除裏，‘H’代表修飾語結構‘α’的主要語，X代表各種補述語成分（包括副詞、狀語、賓語、補語等），‘N’代表名詞組‘NP’的中心語名詞，而‘X不等於零’（‘X≒null’）的條件則表示‘α’是「主要語在首」的句法成分。因此，㉞規定‘主要語在首的句法成分不能成為名前修飾語’；也就是說，‘含有補述語（‘X’）的句法成分（‘α’）都不能成為中心語名詞（‘N’）的名前修飾語’。

另一方面，我們也可以為英語的名後修飾語提出下面 ㉟ 的「主要語在尾的濾除」（the Head-Final Filter; HFF）。

㉟　*[NP N [α XH]]

㉟的濾除與㉞的濾除不同，並不附有‘X不等於零’的條件。因此㉟的濾除表示：‘主要語在尾與僅有主要語的句法成分不能成為英語的名後修飾語’；也就是說，‘只有含有補述語的句法成分纔能成為名後修飾語’❸❾。這些補述語包括形容詞（組）、副詞（組）、名詞（組）、介詞組、動詞組以及子句等。形成這個濾除的唯一例外似乎是表示時間與處所的副詞性名詞，因為在這些副詞性名詞裏似乎找不到補述語。但是我們有理由認為表示時間與處所的副詞性名詞可以分析為介詞組，因而含有補述語可以成為名後修飾語。首先注意：‘inside, outside, upstairs, downstairs’等處所副詞都含有介詞‘in, out, up, down’；而‘two miles away, three blocks beyond’等處所詞組也含有「介副詞」（adverbial

---

❸❾　因此，㉟的「消極濾除」可以改為‘[NP[αHX] N]’的「積極濾除」。

particle)'away (from here), beyond (this point)'❹。其次注意：'here, there' 等處所副詞都可以帶上'in, up, down, over'等介詞；而 'that { moment/minute/hour/day/week/month/year, etc.}, the previous April, March 12, Sunday, the Tuesday that I saw Max'等時間副詞也可以帶上'at, on, in, during'等介詞❹。因此，Bresnan & Grimshaw (1978) 把這種時間與處所副詞分析為「無主要語的介詞組」('headless' prepositional phrase) ❹，即由「零介詞」(the null preposition) 所引導的介詞組'[PP [P e] NP]'。如果這個分析有道理，那麼幾乎所有的名後修飾語都屬於主要語在首的句法成分。

　　㉞與㉟的濾除，不但能說明為什麼所有含有補述語的句法成分都必須出現於中心語名詞的後面，而且也能說明為什麼在名前修飾語的複合形容詞裏形容詞、副詞、名詞等補述成分都必須出現於現在分詞、過去分詞、名詞加詞尾'-ed'等主要成分的前面。試比較：

㊱　a. a couple *looking happy*

　　b. a *happy-looking* couple

㊲　a. the river *flowing slowly*

---

❹　有些語法學家認為：「介詞」是「及物性」(transitive) 的，後面必須帶上賓語名詞組；「介副詞」是「不及物性」(intransitive) 的，後面不必帶上賓語名詞組。

❹　參 Larson (1985:596)。

❹　參 Larson (1985) 對於 Bresnan & Grimshaw (1978) 的反論以及根據管轄約束理論所做的分析。

　　b. the *slowly(-)flowing* river

㊳　a. a man *taught by himself*

　　b. a *self-taught* man

㊴　a. a girl *with blue eyes*

　　b. a *blue-eyed* girl

㉞與㉟的濾除也可以說明為什麼在㊵到㊷的例句裏 a 句（「無主要語的介詞組」出現於中心語名詞的後面）與 b 句（「名詞組所有格」出現於中心語名詞組的前面）都是合語法的句子。

㊵　a. the party *(on) last night*

　　b. *last night's* party

㊶　a. the weather *(during) last year*

　　b. *last year's* weather

㊷　a. the concert *(on) Wednesday*

　　b. *Wednesday's* concert

㉞與㉟的濾除也可以說明為什麼在㊸到㊺的例句裏含有補述語的介詞組出現於中心語的後面，而不含有補述語的名詞或動名詞則出現於中心語名詞的前面。試比較：

㊸　a. workers *in a factory*

　　b. *factory* workers

㊹　a. the room *for smoking*

　　b. the *smoking* room

㊺　a. the cost *of living*

　　b. the *living* cost

㉞與㉟的濾除還可以說明在㊻到㊾的例句裏 a 句（整個形容詞組

出現於中心語名詞的後面）與 b 句（主要語形容詞出現於中心語
名詞的前面，補述語出現於中心語名詞的後面）都是合語法的句
子。

㊻ a. I've been to a place *better than this*.

　　b. I've been to a *better* place *than this*.

㊼ a. Bob is a man {*hard/harder/(the) hardest*} *to con-*
　　　vince.

　　b. Bob is a {*hard/harder/the hardest*} man *to convince*.

㊽ a. I've never read a book *as good as that*.

　　b. I've never read *as good* a book *as that*.❹❸

㊾ a. This is a movie *good enough for us to see*.

　　b. This is a *good enough* movie *for us to see*.

㉞與㉟的濾除更可以說明爲什麼只有不需要與賓語或補語連用的
「絕對不及物動詞」（absolute intransitive verbs）可以出現於
中心語名詞的前面。試比較：

㊿ a. the *smiling* boy

　　b. *the *studying* boy

　　c. the boy *studying mathematics*

(51) a. the *playing* girls（＝the girls who are playing）

　　b. *the *playing* girls（＝the girls who are playing
　　　some musical instruments）

---

❹❸　表示「強意」（intensifying）的程度副詞如 'as, too, that, how'
　　等常連同形容詞出現於無定冠詞 'a(n)' 的前面，例如 '{as/so/too
　　that/how} good a movie'。

c. the girl *playing the piano*

(52) a. *the {*coming/going*} mail

b. the {*incoming/outgoing*} mail

c. the mail {*coming in/going out*}

d. *churchgoing* people

在(50)的例句裏，a 句的現在分詞'smiling'是絕對不及物動詞，不需要任何補述語，所以可以單獨成爲名前修飾語；b 句的現在分詞'studying' 是及物動詞，應該帶上賓語名詞，所以不能單獨成爲名前修飾語。在(51)的例句裏，a 句的'playing'做'玩耍'解，是絕對不及物動詞，可以當名前修飾語用；b 句的'playing'做'演奏（樂器）'解，是及物動詞，不能當名前修飾語用。在(52)的例句裏'come (here)'與'go (there)'都需要以處所副詞爲補語，不是絕對不及物動詞，所以也不能單獨成爲名前修飾語。㊹另外，在以「雙賓動詞」(ditransitive verb)'promise (something to someone),tell (something to someone)'的過去分詞爲名前修飾語的例句(53)與(54)裏，過去分詞只能修飾直接賓語，不能修飾間接賓語。試比較：

(53) a. the *promised* books

b. *the *promised* people

㊹ 但是表示'(時間)來臨'的'come'卻可以單獨成爲名前修飾語，如'the *coming* election'。又「及物形容語」(transitive adjective, 如'worth (twenty dollars), fond (of music)')也無法單獨成爲名前修飾語，但是做爲不及物形容詞'溺愛的（＝doting）'解的'her *fond* father'卻可以通。

(54) a. the *told* story

b. *the *told* people

Wasow（1978）認爲英語的被動態有「形容詞用法的被動」(adjectival passive) 與「動詞用法的被動」(verbal passive) 兩種；前者必須以「客體」(theme) 爲主語，在句法性質上屬於「不及物形容詞」，如(53)′與(54)′的 a 句；而後者則沒有這種限制，在句法性質上仍然屬於及物動詞，因而仍要保留（間接）賓語，如(53)′與(54)′的 b 句。試比較：

(53)′ a. The books were *promised* (to the people).

b. The people were promised the books.

(54)′ a. The story was *told* (to the people).

b. The people were told the story.

不及物形容詞用法的'promised'與'told'不含有補述語，所以可以成爲(53)與(54) a 句的名前修飾語；及物動詞用法的'promised'與'told'以間接賓語爲補述語，所以不能成爲(53)與(54) b 句的名前修飾語㊺。

八、從語意與語用上看英語的名前與名後修飾語

「主要語在首的濾除」規定'主要語在首的句法成分不能成爲名前修飾語'（或'含有補述語的句法成分不能成爲名前修飾語'）；而「主要語在尾的濾除」則規定'主要語在尾或僅有主要

㊺ 參 Williams (1982)。

語的句法成分不能成爲名後修飾語'（或‘只有含有補述語的句法成分纔能成爲名後修飾語'❹）。但是事實上這個濾除係針對「無標」（unmarked，也就是一般通常的）的名前或名後修飾語而言，因爲在「有標」（marked，也就是較爲特殊例外的）的情形下不含補述語的形容詞、現在分詞與過去分詞也可以成爲名後修飾語。試比較：❼

⑤ a. the *visible* stars

b. the stars *visible*

⑤⑥ a. the only *navigable* river

b. the only river *navigable*

⑤⑦ a. a *barking* dog

b. the dog *barking*

⑤⑧ a. the *stolen* jewels

b. the jewels *stolen* (by) John

一般說來，出現於中心語名詞後面的形容詞、現在分詞、過去分詞都表示「短暫」（temporary）的「事態」（state），因而具有「補述」（predicative）的功用；而出現於中心語名詞前面的形容詞、現在分詞、過去分詞都表示「內在」（inherent; characteristic）而「常久」（non-temporary; permanent）的「屬性」（attribute; feature）因而具有「限制」（attributive）或「分類」（classi-

---

❹ 嚴格說來，㉞的消極濾除，並沒有完全排除無主要語的句法成分成爲名後修飾語。參註❸。

❼ 本節部分例句與分析探自 Yasui et al. (1976)。

fying）的功用。例如⑤ a 句的'the visible stars'指'（平常）看得到的星星'（'the stars that are visible nomally and not merely at this specific time'），與'the invisible stars'相對而有分類的功用；而⑤ b 句的'the stars visible'則指'（在某一個特定的時間或地點）看得到的星星'（'the stars that are visible at this specific time'），與同一些星星在不同時間或地點看得到的狀態比較而表示「自我對比」（self-contrast）。又如⑯ a 句的'the only navigable river'表示這條河本來就可以航行（常久的屬性），而⑯ b 句的'the only river navigable'則表示這條河目前暫時可以航行（短暫的事態）。同樣的，'a barking dog'表示'正在吠叫的狗'（＝a dog that is barking now）或'動不動就愛吠叫的狗'（＝a dog that barks（a lot）），而'the dog barking'則只表示'正在吠叫的狗'。'the stolen jewels'（'被偷去的珠寶'）裏的過去分詞'stolen'表示「事態被動」（statal passive），強調由於珠寶被偷去的結果而發生的常恆事態；而'the jewels stolen（by John）（'被 John 偷取的珠寶'）裏的過去分詞'stolen'表示「行動被動」（actional passive），強調偷取珠寶一時的行為。我們可以舉下列幾點事實來支持名前形容詞、現在分詞、過去分詞表示「內在、常久的屬性」而具有「限制」或「分類」的功用；而名後形容詞、現在分詞、過去分詞則表示「短暫的事態」而具有「補述」的功用。

㈠表示「短暫事態」（temporary state）的補述性形容詞（如'ready, faint, ill, pale, asleep, afraid, alive ❽ 等）都不能充

---

❽ Quirk et al.（1972:235ff）把這類以'a-'起頭的形容詞（他如'a-wake, alike, alone'等）稱為'a-adjective'。請注意，限制詞'alone'在形態上也屬於這一類也只能出現於名詞組後面。

當名前修飾語。試比較：

⑤⑨　a.　the materials *ready*

　　　b. *the *ready* materials

⑥⓪　a.　the girl *faint*

　　　b. *the *faint* girl

⑥①　a.　the person *ill*

　　　b. *the *ill* person

⑥②　a.　the boy *pale*

　　　b. *the pale boy

⑥③　a.　the child *asleep*

　　　b. *the *asleep* child

但是如果在這些形容詞前面加上適當的修飾語（如⑥④句）或與其他形容詞並列連用（ 如⑥⑤句），而表示較爲常恆的屬性則有可能充當名前修飾語。

⑥④　a. a *seriously-ill* person

　　　b. the *half-asleep* child

　　　c. the *fully awake* patient

　　　d. a *somewhat afraid* soldier

　　　e. a *very ashamed* girl

　　　f. a. *really alive* (＝lively) student

⑥⑤　a *sensitive* and *aware* audience

㈡表示「內在常久屬性」（ inherent, non-temporary attribute）的限制性形容詞（包括「強意形容詞」（ intensifying adjective）如‘utter, sheer, total, complete, mere’等；「認定形容

詞」(identifying adjective) 如'very, same, only, sole, specific, chief, main, principal, prime, former, previous, preceding' 等；以及「由名詞衍生的形容詞」(denominal adjective) 如 'presidential, bodily, electric, marine, metallic, wooden' 等) 都不能充當名後修飾語。試比較：

⑥⑥　a. an *utter* fool（比較：utterly a fool）

　　b. *a fool *utter*

⑥⑦　a. a *mere* child（比較：merely a child）

　　b. *a child *mere*

⑥⑧　a. the *same* watch

　　b. *the watch *same*

⑥⑨　a. the *chief* suspect

　　b. *the suspect *chief*

⑦⓪　a. the *presidential* candidate

　　b. *the candidate *presidential*

⑦①　a. the *wooden* box

　　b. *the box *wooden*.

但是如果在限制性形容詞前面加上適當的時間副詞而表示「短暫的事態」，那麼這些形容詞也有可能充當名後修飾語，例如：

⑦②　a.　the *dark* room

　　b. *the room *dark*

　　c. *the *now dark* room

　　d.　the room *now dark*

⑦③　a.　a *famous* author

b. *an author *famous*

c. *a *now famous* author

d. an author *now famous*

(三)名前修飾語有「分類」的功用，而沒有「補述」的功用；名後修飾語沒有「分類」的功用，而有「補述」的功用❹。例如，'an unhappy man'的名前形容詞'unhappy'把一般的人（'man'）加以分類而把'an *unhappy* man'與其他的人（如'a happy man'）對比；而'a man unhappy'的名後形容詞'unhappy'卻不把一般人加以分類，而把同一個人不同的事態（如'a man（when he is）unhappy'與'a man（when he is）happy'）加以比較而形成一種「自我對比」（self-contrast）。因此，限制性的形容詞成為名後修飾語時，常可以在這些形容詞前面加上連詞'when, if'等來表示「短暫的事態」，例如：

⑭ a. A man （when） *unhappy* is seldom in control of his emotions.

b. A lion （when） hungry is the terror of the jungle.

c. The people （when） *sick* had to stay in bed.

d. A joke （if） *misunderstood* can cause plenty of trouble.

因此，以這些名後修飾語修飾的名詞組都不能出現於表示「內在、恆久屬性」的例句裏。試比較：

---

❹ 因此，在「邏輯形式」（logical form）上名後修飾語都可以分析為中心語名詞組為「論元」（argument）的「一元述語」（one-place predicate）。

⑦ a. {An *unhappy* man/*A man *unhappy*} fell down and broke his leg.

b. I met {a *hungry* lion/ *a lion *hungry*} in the jungle.

c. I feel sorry for {the *sick* people/*the people *sick*.}

㈣由介詞'with'引導的「小子句」或「形容詞組」常表示「短暫的事態」，因此形容詞常出現於名詞的後面。試比較：

⑯ a. Vowels uttered with $\begin{cases} \text{the tongue } \textit{tense}. \ (=\text{while} \\ \quad \text{the tongue is tense}). \\ \text{*the } \textit{tense} \text{ tongue}. \end{cases}$

b. He stood *with* $\begin{cases} \text{head } \textit{erect}. \\ \text{*}\textit{erect} \text{ head}. \end{cases}$

另一方面，在下面表示（說話時）目前暫時的事態⑰與⑱的例句裏，形容詞不能出現於名詞的前面❺⓿。試比較：

⑰ a. *Look out,* those sticks are *sharp*.

b. **Look out,* those are *sharp* sticks.

⑱ a. *I can't hear you;* you're not *loud enough*.

b. **I can't hear you;* you're not a *loud enough* man.

但是在下面詢問內在常久的屬性⑲的例句裏，形容詞似乎可以出現於名詞的前面。

⑲ Who can reach the top of the shelf?

a. Oh, John is *tall enough* (to reach it).

b. Oh, John is a *tall enough* man (to reach it).

---

❺⓿ 參 Bolinger (1967:24)。

㈤Quirk et al. (1972:909-910) 曾指出表示「殊指」(specific)
的「無定冠詞」'a(n)'含有'常習'（habitual）或'恆久'
(permanent)的色彩，而表示「定指」(definite)的「有定冠
詞」'the'則含有'特定'(specific)或'暫時'（temporary）
的色彩。由於出現於中心語名詞前面的現在分詞都傾向於表示
「常久的屬性」，因此名前修飾語的現在分詞比較容易與無定冠
詞連用❺。試比較：

�880 a. He was frightened by *an approaching* train.

b. ?*The approaching* train is from Liverpool.

�81 a. I was awakened by *a barking* dog.

b. ?*The barking* dog is my neighbor's.

�82 a. A wandering minstrel is coming to our town next
week.

b. *Who is *the wandering* man?

c. Who is *the* man *wandering* (over there)?

但是如果先用無定冠詞與名後現在分詞組來引介無定事物，那
麼就可以用有定冠詞與名前現在分詞來指涉這個事物，例如：

�83 *A* proposal offending many members…. *The of-
fending* proposals….

「泛指」(generic)的'the'表示'一般'（general）與'恆久'，
在含義上與表泛指的'a(n)'接近，所以可以與名前現在分詞連

---

❺ Quirk et al. (1972:909) 認為這種現象在英式英語裏尤為顯著。

用❷，例如：

⑧④　{*The/A*} *beginning* student should be given every encouragement.

㈥名前現在分詞可以有「短暫的事態」（'正在做…；is actually doing…'）與「內在、恆久的屬性」（'經常做…；habitually does…'）兩種含義，而名後現在分詞（組）則只表示前一種意義。例如'a traveling salesman'可以有'正在旅行中的推銷員'（'a salesman who is actually traveling'）與'（攜帶商品到各地招攬生意的）旅行推銷員'（'a salesman who potentially travels'）兩種含義，而'a salesman traveling'則只有前一種含義。下面⑧⑤到⑧⑦裏 a 句與 b 句也有相類似的情形。試比較：

⑧⑤　a. a *barking* dog（正在叫的狗；很會叫的狗）

　　　b. the dog *barking*（正在叫的狗）

⑧⑥　a. the *singing* bird（正在叫的鳥；很會叫的鳥）

　　　b. the bird *singing*（正在叫的鳥）

⑧⑦　a. a *dancing* doll（正在跳舞的洋娃娃；上了發條就會跳舞的洋娃娃）

　　　b. the doll *dancing*（正在跳舞的洋娃娃）

---

❷ Quirk et al.（1972:910）認為這種用法在新聞報導與社會科學的文章中較常出現。影響所及，名前現在分詞的限制也無形中放寬了；例如'the {developing/emerging} countries, the (partially) hearing child, a {continuing/ongoing} commitment, a voting member。

另一方面，在下面⑧⑧與⑧⑨含有現在分詞與賓語名詞的例句裏，含有名前修飾語的 a 句表示「內在、恆久的屬性」而含有名後修飾語的 b 句則表示「短暫的事態」。試比較：

⑧⑧ a. the *English-speaking* people（英語民族）

b. the people *speaking English*（正在講英語的人）

⑧⑨ a. a *germ-carrying* insect（會傳播細菌的昆蟲）

b. the man *carrying a bag*（手裏提著提包的人）可見，

在⑧⑤到⑧⑨的 a 句裏現在分詞的含義都由表示「短暫事態」的 'is actually V-ing…' 轉變爲表示「內在、恆久屬性」的 '{potentially/habitually} V-s…'。

㈦如前所述，只有「絕對不及物動詞」（如 'smile, laugh, move, run, return, sing, dance, grow, sleep, fall, die, boil, sink' 等）的現在分詞可以充當名前修飾語；而「及物動詞」、由及物動詞省略賓語而產生的「準不及物動詞」（pseudo-intransitive verb，如 'eat, breathe, read, write, cook' 等）以及與補語連用的「不完全不及物動詞」（incomplete intransitive verb，如 'be, seem, look. appear, sound, smell, lie, come, go, stop, arrive' 等）的現在分詞則不能單獨充當名前修飾語。試比較：

⑨⓪ a. *playing* children

b. **drinking* children

⑨① a. a *running* boy

b. **a lying* boy

⑨② a. the *smoking* volcano

b. **the smoking* gentleman

⑼ a. the *arriving* guests

b. *the *arriving* guest

但是如果現在分詞不表示「短暫的事態」而表示「內在、恆久的屬性」則可以例外的充當名前修飾語，例如：

⑼ a. a drinking man '愛喝酒的人；a man who is addicted to drinking'

b. smoking mothers '常抽煙的母親；mothers who are addicted to smoking'

c. visiting relatives '常來訪問的親戚；relatives who visit often'

也可以在現在分詞前面加上適當的副詞、形容詞、名詞，讓這些現在分詞或複合形容詞因具有「分類」功能而充當名前修飾語。試比較：

⑼ a. *the *eating* children

b. the *greedily eating* children

c. the *rice-eating* people

⑼ a. *the *reading* man

b. the *loudly reading* man

c. the *book-reading* man

⑼ a. *a *looking* man

b. a *serious-looking* man

c. the *on-looking* man

⑼ a. *a *smelling* mixture

b. a *foul-smelling* mixture

    c. a *perfume-smelling* expert

(六)過去分詞也可能在含義上表示「常久的屬性」（如 'admired,
honored, murdered, stabbed, sliced, polished, muttered,
murmured, beaten, elected, captured, stolen'）或「短暫的事
態」（如 'praised, believed, blamed, said, cleaned, killed,
pierced, cut, chosen, caught, taken'）。與現在分詞相似，只有
表示「常久屬性」的過去分詞纔能充當名前修飾語。試比較：

⑨⑨ a. an *admired* person; an *honored* colleague

     b. *a *praised* person; a *blamed* colleague

⑩⑩ a. the *murdered* man; the *stabbed* man

     b. *the *killed* man; the *pierced* man

⑩① a. the *polished* instrument; the *sliced* bread

     b. *the *cleaned* instrument; the *cut* bread

⑩② a. the *beaten* boy; the *elected* official

     b. *the *hit* boy; the *chosen* official

⑩③ a. the *stolen* money; the *muttered* words

     b. *the *taken* money; the *said* words

在以上的例句中，在 a 句出現的過去分詞都比在 b 句出現的過
去分詞含有更週詳的語意內涵。例如，'murder' 可以「解義」
(paraphrase) 爲 'kill in an intentional manner'，'polish'
可以解義爲 'clean thoroughly'，而 'beat' 則可以解義爲 'hit
repeatedly'。與現在分詞相似，如果在 b 句的過去分詞前面加
上適當的副詞，那麼這些過去分詞也可以具有「分類」的功用
而充當名前修飾語，例如：

⑩ a. the *accidentally killed* person

    b. the *suddenly pierced* man

    c. the *thoroughly cleaned* instrument

    d. the *carefully cut* bread

    e. the *repeatedly hit* boy

    f. the *carefully chosen* official

    g. the *illegally taken* money

    h. the *clearly said* words

過去分詞也可以與副詞、形容詞、名詞等形成具有「分類」功用的複合形容詞，因而充當名前修飾語。試比較：

⑩ a. *a *built* house

    b. a *well-built* house

⑩ a. *a *born* baby

    b. a *newly-born* baby

⑩ a. *an *asked* question

    b. a *rudely-asked* question

⑩ a. *a *taught* man

    b. a *self-taught* man

⑩ a. *a *made* car

    b. a *Japan-made* car

    除了「及物動詞」的過去分詞以外，「絕對不及物動詞」的過去分詞也可以充當名前修飾語。這些不及物動詞大都是表示「隱現」與「變化」的動詞（mutative verb，如‘grown, risen, ripen, faded, withered, fallen, drowned, departed, vanished, escaped, eloped, retired'等)。這些過去分詞,與及物動詞的過去分詞不一樣,不表示「被動」而表示「完成」,因而很少單獨充當名後修飾語而表示「短暫的事態」。❸ 試比較:

⑩　a. a *fallen* leaf; *a leaf *fallen*

　　b. a *faded* curtain; *a curtain *faded*

　　c. a *withered* flower; *a flower *withered*

　　d. the *departed* guests; *the guests *departed*

　　e. a *retired* official; *the official *retired*

　　f. an *escaped* prisoner; *a prisoner *escaped*

'(dis)appeared, arrived, begun, started, stopped, come, gone, run'等不及物動詞過去分詞雖然不能充當名前修飾語,但是如果加上適當的副詞、介詞而能表示「常久的屬性」或具有「分類」的功能則可以充當名前修飾語。試比較:

⑪　a. *the {*arrived/come*} guest

　　b.　the *newly* {*arrived/come*} guest

⑫　a. *the *disappeared* jewels

　　b.　the *suddenly disappeared* jewels

⑬　a. *the *run* horse

　　b.　the *runaway* horse

⑭　a. *the train *arrived* at platform one

───────────

❸　但是如果加上適當的修飾語而成為過去分詞組,就可以充當名後修飾語,如'a leaf *fallen to the ground*, the guests *already departed*'。

    b. the train *just arrived* at platform one

⑪⑤ a. *the man *come* from Japan

    b. the man *newly come from* Japan

及物動詞的過去分詞可以出現於名詞的前面表示「常久的屬性」，也可以出現於名詞的後面表示「短暫的事態」。試比較：

⑪⑥ a. the *written* words（書面語）

    b. the words *written*（寫下來的字）

⑪⑦ a. a *used* textbook（用舊了的教科書）

    b. a textbook *used*（正在使用中（或曾經使用過）的教科書）

⑪⑧ a. He stepped on some *broken* glass

    b. *He stepped on glass *broken*

⑪⑨ a. Boys *neglected* are boys *lost*

    b. *Neglected* boys are *lost* boys

有些過去分詞以不同的形態來充當名前與名後修飾語，例如：

⑫⓪ a. a *drunken* man

    b. a man *drunk*

⑫① a. a *sunken* ship

    b. a ship *sunk*

⑫② a. the *shrunken* cheeks

    b. the cheeks *shrunk*

表示比較與程度的形容詞可以連同其補述語出現於中心語名詞的後面，也可以離開其補述語單獨出現於中心語名詞的前面。

試比較：

⑫ a. a rule *similar to* this

　　b. a *similar* rule *to this*

⑭ a. a book *different from what I bought*

　　b. a *different* book *from what I bought*

⑮ a. a status *inferior to that of the professor*

　　b. an *inferior* status *to that of the professor*

⑯ a. This is a book *more difficult than that.*

　　b. This is a *more difficult* book *than that.*

⑰ a. Boh is a man {*hard/harder/ (the) hardest*} to convince.

　　b. Boh is a {*hard/harder/the hardest*} man to convince.

⑱ a. I've never read a book *as good as that.*

　　b. I've never read *as good* a book *as that.*

⑲ a. This is a movie *good enough for all of us to see.*

　　b. This is a *good enough* movie *for all of us to see.*

在這些例句裏，形容詞與補述語都出現於句尾的 a 句似乎都比僅有補述語出現於句尾的 b 句更能強調這些形容詞與補述語，因此可以說也符合「從舊到新」（'From Old to New'）的「功用原則」（functional principle）❺ 。在⑬與⑭的例句裏，出現於 b 句句尾的'so lovely'與'right and left'也比出現於 a

---

❺ 關於英語語法與功用解釋的討論，參湯（1984a）。

句句中的'so lovely'與'right and left'更能強調這些形容詞。

⒀ a. I've never seen *so lovely* a girl.

b. I've never seen a girl *so lovely*.

⒀ a. She looked around the *right and left* hills.

b. She looked around the hills *right and left*.

又根據 Bolinger(1965:294)，在下面⒀的例句裏，a 句只表示「相對的比較」(relative comparison)，並不「含蘊」(entail) Mary 漂亮；而 b 句則含蘊 Mary 漂亮。試比較：

⒀ a. There's no girl here *prettier than Mary*.

b. There's no *prettier* girl here *than Mary*.

同樣的，在⒀的例句裏，a 句只表示相對的比較，而 b 句則含蘊'John is an old man'。

⒀ a. For this job we need a man *older than John*.

b. For this job we need an *older* man *than John*.

同樣的含蘊可以說明為什麼⒀a句通，而⒀b句則不通（'*Mary is a clever man*'）。試比較：

⒀ a. He is a man *more clever than Mary*.

b. *He is a *more clever* man *than Mary*.

名前修飾語移到中心語名詞後面而成為名後修飾語，是為了在語用上強調這些修飾語，因此在語音上句重音也落在這些修飾語上面。試比較：

⒀ a. sò lôvely a gîrl

b. a gîrl sò lóvely

⒀ a. the rîght and lêft hîlls

　　　b. the hĩlls rĩght and léft

⑬⑦　a. quĩck and ânxious calculátions

　　　b. calculâtions quĩck and ânxious

⑬⑧　a. a mûsical but malícious láugh

　　　b. a lâugh músical but malícious

⑬⑨　a. enôugh tĩme

　　　b. tĩme enóugh

⑭⓪　a. a thrêe-yeâr-ôld bóy

　　　b. a bôy thrée yêars ôld

⑭①　a. the wôrst pôssible situátion

　　　b. the wôrst situâtion póssible❺❺

⑭②　a. âll the avâilable accommodátion

　　　b. âll the accommodâtion avaílable

因此，名前修飾語與名後修飾語的移位也具有調整「句子節奏」（sentence rhythm）的功用❺❻。

九、英語與國語修飾結構的對比分析

　　根據以上的討論與分析，英語的名前與名後修飾語可以分別

----

❺❺　請注意這些移後的形容詞大都以'-ible'或'-able'收尾。

❺❻　'a court martial（軍事法庭），the secretary general（秘書長），Asia Minor（小亞細亞）'等說法是受了法語詞序的影響而形容詞出現於名詞的後面。這些形容詞都是限定性形容詞，在英語教學上可以當做「固定說辭」（fixed expression）來處理。

整理如下：

⑭ 名前修飾語

Lim（限制詞）Det（限定詞）Qfr（數量詞）

$\left\{\begin{array}{l}\text{(Deg)（程度副詞）A（形容詞）}\\\text{V-ing（現在分詞）}\\\text{V-en（過去分詞）}\end{array}\right\}$ $\left\{\begin{array}{l}\text{N（名詞）}\\\text{V-ing}\\\text{（動名詞）}\end{array}\right\}$ Ⓝ

⑭ 名後修飾語

Ⓝ $\left\{\begin{array}{ll}\text{〔PP }\phi\text{ NP〕} & \text{（時間與處所副詞）}\\\text{PP} & \text{（介詞組）}\\\text{AP} & \text{（形容詞組）}\\\text{V-ing P} & \text{（現在分詞組）}\\\text{V-en P} & \text{（過去分詞組）}\\\text{to VP} & \text{（不定詞組）}\\\text{WP} & \text{（關係子句）}\\\text{CP} & \text{（同位子句）}\end{array}\right.$

「限定詞」（Det），依其「線性次序」（linear order），可以細分為「前限定詞」（pre-determiner，如‘half, both, all’等）與一般限定詞兩種：前限定詞出現於一般限定詞的前面。「數量詞」中的「數詞」也可以分為「序數」（ordinal，如‘first, second, third, etc.’）與「基數」（cardinal，如‘one, two, three, etc.’）兩種，通常序數出現於基數的前面。「前限定詞」可以再分為「全數」（total，如‘all, both’）、「分數」（fraction，如‘half, one-third, three-quarters, etc.’）與「倍數」（multiple，如‘double, twice, three times, etc.’）；而一般限定詞亦可以再分為「冠詞」、「指示詞」與「領屬詞」（possessives，包括「所有

代詞」與「名詞所有格」）關於這些名前修飾語，我們應該注意
下列幾點。

㈠與「全數」連用的時候，介詞'of'可用可不用，限定詞亦可用
　可不用，例如：

⑭⑤　{all/both}（of）（the）{students/teachers}

　與「分數」連用的時候，介詞'of'可用可不用，而限定詞則非
　用不可，例如：

⑭⑥　{half/one-third}（of）the {students/teachers/amount/
　　　time}

　與「倍數」連用的時候，不可用介詞'of'，但限定詞則非用不
　可，例如：

⑭⑦　{double/twice} the {amount/time}

這裏的介詞'of'是表示「偏稱」或「部分」（partitive）的介
詞。「分數」本身表示部分，所以表部分的介詞'of'可用可不
用；「全數」可以指全體，也可以指部分，所以介詞'of'亦可
用可不用；「倍數」不表部分，所以不能與介詞'of'連用。又
「分數」與「倍數」必須針對某一個特定數量的指涉對象來指
出這個特定數量的幾分之幾或幾倍，所以「分數」與「倍數」
所修飾的名詞組通常都是有定的，必須帶有冠詞、指示詞、領
屬詞等有定限定詞。至於「全數」'all, both'，因為所指的是
整個集合，所以單用複數就可以表示「泛指」，加上有定限定
詞以後就可以表示「定指」。試比較：

⑭⑧　a. （*All*）men are chauvinists.

　　　b. *All the* men in this room are chauvinists.

㈡「數量詞」，如前所述如果表示「全體」或「全稱」就出現於
限定詞後面。如果表示「部分」或「偏稱」就出現於限定詞的
前面，並且在後面帶上表示部分的介詞 'of'，例如：

⒁　a. my *three* sons

　　　b. three of my sons

⒂　a. *φ a lot of* money

　　　b. *a lot of the* money

㈢限定詞一次只能用一個，不能同時用兩個。但是「非領屬性」
（non-possessive）限定詞（包括「冠詞」與「指示詞」）可以
與「領屬性」（possessive）限定詞（包括「所有代詞」與「名
詞組所有格」）連用。不過這個時候，「領屬性」限定詞不能
出現於名詞的前面，而只能由介詞 'of' 引介而出現於名詞的後
面（所有代詞 'my, our, your, their, her' 等還得改爲 'mine,
ours, yours, theirs, hers'），形成所謂的「雙重所有」（double
possessive）。試比較：

⒂　a. *my this book, *John's every* book, *my father's any*
　　　friend

　　　b.　this books of *mine, every* book *of John's, any*
　　　friend *of my father's*

　　形容詞、現在分詞、過去分詞、名詞、動名詞等都屬於「實
詞」而形成「開集」（open-class），彼此間的修飾關係與前後詞
序也較爲複雜，這裏不再詳述。

　　與英語的名詞組與修飾結構比較，漢語的名詞組與修飾結構
遠比英語簡單。就形態而言，漢語的名詞組可能是代詞、名詞、

複合名詞或名詞加上修飾語。名詞的修飾語經常出現於中心語名詞的前面，因而只有「名前修飾語」，而沒有「名後修飾語」。這些修飾語包括㈠「數量詞組」、㈡「聯合詞組」、㈢「修飾詞組」等❺。「數量詞組」（classifier measure phrase）由「指示詞」（如‘這、那、哪’）、「數詞」（如‘一、半、十’等）或「量化詞」（如‘整、幾’）與「量詞」（如‘個、張、件、架、條’等）而成。「指示詞」與「數（量）詞」出現的位置與次序幾與英語相同；但是與英語不同，數詞後面必須帶上量詞。「聯合詞組」（associative phrase）由名詞組與助詞‘的’組成，相當於英語的名前名詞組修飾語；但是與英語不同，名詞後面必須帶上助詞‘的’。「修飾詞組」（modifying phrase）包括「關係子句」（如‘張三買的書、騎自行車的人’）與「限定形容詞」（如‘好人、假話、國立大學、天然顏色’）。同一個形容詞可以出現於關係子句（如‘紅的花’），也可以當限定形容詞用（如‘紅花’）。修飾詞組相當於英語的名前形容詞修飾語，與英語一樣可以用程度副詞修飾（‘很香、很好看的花’）。由於漢語裏沒有現在分詞（組）、過去分詞（組）、不定詞（組）的區別，這幾種詞組與形容詞組、介詞組（如‘在桌子上的書’）以及同位子句（如‘老張去世的消息’）都可以一併歸入關係子句。漢語的關係子句與英語不同，不由關係代詞來引介，並且句尾必須帶上助詞‘的’。漢語裏多種修飾語在名詞組中出現的詞序有兩種：㈠‘聯合詞組＋數量詞組＋關係子句＋形容詞＋名詞’（如‘我（的）＋那一個＋住在美國的＋好＋朋友’）；

---

❺ 參 Li & Thompson (1981:103ff) 與湯 (1983:417ff)。

㈡'聯合詞組＋關係子句 ＋ 數量詞組 ＋ 形容詞 ＋ 名詞'（如'我
(的)＋住在美國的＋那一個＋好＋朋友'）。我們可以把漢語的名
詞組與修飾結構整理如下：

　　㊌　a. 名詞組（NP）'的'＋指示詞（Det）＋數詞（Num）
　　　　　＋量詞（Mea）＋關係子句（WP） ＋ （程度副詞
　　　　聯合詞組

　　　　（Deg））形容詞（A）

　　　　b. 名詞組（NP）'的'＋關係子句（WP）＋指 示 詞
　　　　　（Det）＋數詞（Num）＋量詞（Mea） ＋ （程度副詞
　　　　　　　　　聯合詞組

　　　　　（Deg））形容詞（A）

　　　　從㊌、㊌與㊌的比較中可以清楚的看得出來，中國學生在長
久習慣於漢語的修飾結構之後開始學習英語的修飾結構，可能面
臨下列幾點學習困難或學習重點。

㈠漢語只有名前修飾語，而英語則兼有名前與名後修飾語；因此
　學生必須分辨那些修飾語出現於中心語名詞前面，那些修飾語
　出現於中心語名詞後面。

㈡漢語沒有現在分詞、過去分詞、 不定詞、 限定動詞的區別，
　也沒有關係代詞或補語連詞這些詞彙；因此學生必須熟悉這些
　動詞的形式與有關詞彙纔能分辨與運用現在分詞組、過去分詞
　組、不定詞組、介詞組、形容詞組、關係子句、同位子句等句
　式。

㈢學生最好能從句法結構上分辨「單詞」與「詞組」以及「主要
　語」與「補述語」的區別，以便能有知有覺的掌握英語的名前

與名後修飾語。

㈣程度較高的學生還可以從語意上與語用上分辨「常久的屬性」
　與「短暫的事態」以及「限制、分類」與「補述」的區別，以
　便更加精細的運用英語的名前與名後修飾語。

㈤老師可以進一步訓練學生，特別是高中高年級與大專學生，如
　何從語音、詞彙、句法、語意與語用的觀點去判斷那些句子成
　分可以移到中心語名詞的後面；以便在「言談功用」（discourse
　function）上強調這些句子成分，並在文章的體裁與句子的節
　奏上帶來適當的變化。

十、結　語

　　以上從語音、詞彙、句法、語意與語用的觀點，討論英語名
前修飾語與名後修飾語的結構、意義與功用。我們相信英語的語
法既可意會，必可言傳。無論是語音、詞彙、句法、語意與語用
的問題，都可以相當明確的加以條理化，都應該清清楚楚、明明
白白的交代給學生。我們也相信，「語言教學」（language tea-
ching）與「語言研究」（linguistic research）可以相輔相成，「應
用語言學」（applied linguistics）與「理論語言學」（theoretical
linguistics）也應該相得益彰。目前臺灣的英語教學與英語研究
離這個目標還有一段距離，讓我們大家來共同努力。

參 考 文 獻

Bolinger, D. (1961) "Forms of English: Accent, Morpheme Order," in I. Abe & T. Kanekiyo (eds.), Tokyo: Hokuou Publishing Company.

———(1968) "Adjectives in English, Attribute and Predicate," *Lingua* 18.1. 1:1–30.

Chomsky, N. (1986) *Barriers,* The MIT Press.

Emonds, J. E. (1985) *A Unified Theory of Syntactic Categories,* Foris Publications.

Larson, R. K. (1985) "Bare-NP Adverbs," *Linguistic Inquiry* 16, 595–621.

Li, C. N. and S. A. Thompson (1981) *Mandarin Chinese: A Functional Reference Grammar,* Berkeley and Los Angeles: University of California Press.

Lucas, M. H. (1975) "The Syntactic Class of Antenominal Adjectives in English," *Lingua* 35, 155–171.

Muysken, P. (1983) "Parameterizing the Notion Head," *Journal of Linguistic Research* 2, 57–76.

Quirk, R., S. Greenbaum, G. Leech, J. Svartvik (1972) *A Grammar of Contemporary English,* Longman Group Limited.

Stowell, T. (1983) "Subject Across Categories," *The Linguistic Review* 2, 285–312.

湯廷池（Tang, Ting-chi）（1978）"英語的複合名詞"，並收錄於湯（1981:207-235）。

—— （1978）最新實用高級英語語法（上下兩冊），臺北海國書局。

—— （1981）語言學與語文教學，臺北學生書局。

—— （1983）"國語語法的主要論題：兼評李訥與湯遜著漢語語法"，師大學報 28:391-441，並收錄於湯（1988:149-240）。

—— （1984a）"英語語法教學與功用解釋"，中華民國第一屆英語文教學研討會論集81-120，並收錄於湯（1984b:375-437）。

—— （1984b）英語語法修辭十二講：從傳統到現代，臺北學生書局。

—— （1985）"從認知的觀點分析 this、that 的意義與用法"，中華民國第二屆英語文教學研討會英語教學論文集85-105。

—— （1986）"英語冠詞 the、a(n) 與 ϕ 的意義與用法"，教學與研究 8. 85-140。

—— （1988）漢語詞法句法論集，臺北學生書局。

T'sou, B. K. (1980) "Participle Preposing in English and the Problem of Hierarchical Constraints on Linguistic Structure," 收錄於（湯廷池、曹逢甫、李櫻編）一九七九年亞太地區語言教學研討會論集 11-35。

Wasow, T. (1978) "Remarks on Processing Constraints and the Lexicon," in *Proceedings of the Second TINLAP Conference.*

Williams, E. (1982) "Another Argument That Passive Is

Transformational," *Linguistic Inquiry* 13, 160-163.

Yasui, M., S. Akiyama, M. Nakamura（安井稔、秋山怜、中村捷）(1976) 現代の英文法（第七卷）形容詞，東京研究社。

＊ 原文以口頭發表於中華民國第五屆英語文教學研討會，並刊載於該會英語文教學論集（1-38 頁）。

從「GB理論」談英語的「移位」現象

一、前　言

　　當代的語法理論從 Chomsky 早期的「初期理論」(參考
Chomsky（1957）*Syntactic Structures*)，經過「標準理論」
(Standard Theory，參考 Chomsky (1965) *Aspects of the Theory
of Syntax*) 與「擴充的標準理論」(Extended Standard Theory，
參考從 Chomsky (1970) "Deep Structure, Surface Structure,
and Semantic Interpretation" 到 Chomsky（1975）*Reflections
on Language* 之間所發表的一連串著作）演進到現在的「修正的
擴充標準理論」(Revised Extended Standard Theory，參考

Chomsky （1981） *Lectures on Government and Binding* 與
Chomsky (1982) *Some Concepts and Consequences of the Theory of Government and Binding*)。「修正的擴充標準理論」又稱「管轄與約束理論」(Government and Binding Theory)，簡稱「管束理論」(GB Theory)。目前在國內尙無人用中文介紹「GB 理論」，所以一般中學老師與大學學生都無法窺見這一理論的全貌。筆者擬根據日籍語言學家中島平三（Heizō Nakajima）在日本大修館出版的言語上所發表的文章 "モジュール文法の展開"，簡要介紹「GB 理論」的大概，並特別著重「GB 理論」中有關「移位」(movement) 的討論。希望讀者能從這一篇文章中獲得有關當代語法理論的基本認識，做爲今後更進一步鑽研英語語法理論與分析的基礎。

二、模組語法

最近的「衍生語法理論」(generative grammar; generative theory) 都稱爲「模組語法」(modular grammar) 與「模組理論」(modular theory)。所謂「模」(modular)，本來是指建築或工程學等的基本構成單元。由於「模」的組合，各種複雜而富於變化的結構或系統都可以形成。在衍生語法理論中，把幾個基本的「規律系統」(rule system) 與「原則系統」(subsystem of principles) 做爲「模」，由這些「模」的密切配合來說明極其複雜的語言現象。

衍生語法發展的歷史，可以說是語法「模組化」的歷史。當

初美國結構學派語言學的語法分析，只擁有以「鄰接成分分析」（IC analysis）為內容的「詞組結構規律」（phrase strcture rules）這一個「模」，而 Chomsky 卻不但介紹了「變形規律」（transformational rules）這一個新「模」，而且逐漸發展「語意規律」（semantic rules）、「詞彙部門」（lexicon）等新的「模」，並利用「一般原則」（general principles）與「普遍限制」（universal constraints）等方式把這些「模」的功能更加精細的加以分化，結果各種語法規律與語法原則都變得越來越單純。今天的「GB理論」，可以說是這種語法理論發展的過程中所到達的一個頂點。

在「模組語法」中，各種複雜的語言現象都可以利用幾個基本原則的配合聯繫來加以說明。在過去的語法理論中，常用許多複雜的變形規律來衍生個別不同的句子。但在模組語法裏卻只利用一兩個極為簡單的變形規律，並在各種原則密切配合下，衍生各種不同的句子。這些原則都是有關語法理論最基本的原則，卻可以用來說明種種複雜的語言現象。有些語法現象，在乍看之下彼此之間似乎沒有什麼直接的關係，卻常受同一原則的支配。由於這些原則與語言現象之間具有極為密切的關係，所以這些原則些微的修正都會對整個理論引起廣泛的影響。

根據「GB理論」，「普遍語法」（universal grammar; UG）的體系可以分為「規律系統」（rule system）與「原則系統」system of principles）兩大系統。「規律系統」又可分為「詞彙」（lexicon）、「句法」（syntax）與「解釋部門」（interpretive component）這三個部門。在這三個部門裏，「句法」部門可以

再分為「基底規律」（base rules）與「變形規律」（transforma-
tional rules），而「解釋部門」則可以再分為「邏輯形式」
（logical form; LF）與「語音形式」（phonetic form; PF）兩個
小部門。簡單的說，「詞彙」規定「詞項」（lexical items）有關
語音、句法與語意的固有屬性，並與「基底規律」配合而衍生
「D結構」（D-structure），相當於從前的「深層結構」（deep
structure）。根據「GB理論」，變形規律可能只有「移動α」
（move α）這一條移位變形。這一條變形規律，把屬於任何語法
範疇的句子成分移到句子的任何位置上去。但在移動的時候，必
須在原來的位置留下與所移動的句子成分「指標相同」（co-in-
dexed）的「痕跡」（trace）。在「D結構」適用變形規律的結果產
生「S結構」（S-structure）。「S結構」亦可稱為「表層結構」
或「淺層結構」（shallow structure），與從前的「表面結構」
（surface structure）並不完全相同。因為「S結構」還沒有適用
「語音形式」部門的「刪除規律」（deletion rules），仍然含有
「名詞組痕跡」（NP-trace）、「疑問詞痕跡」（wh-trace）、「大代號」
（大寫的 PRO）等不具有語音形態的句子成分，因此「S結構」
（「表層結構」）是比「表面結構」更抽象的結構。「S結構」一
方面經過「數量詞規律」（Quantifier Rule）等邏輯形式規律而
產生「邏輯形式」（LF），一方面經過「刪除規律」（deletion
rules）、「體裁規律」（stylistic rules）與「音韻規律」（phono-
logical rules）等而產生「語音形式」（PF）。句子的「邏輯形式」
決定「句子語法」（sentence-grammar）裏所可解釋的語意，而句
子的「語音形式」則是句子的「表面結構」，也就是告訴我們這

個句子如何發音。

「原則系統」包括「X標槓理論」(X-bar theory)、「θ理論」(θ-theory)、「(抽象的)格位理論」((abstract) Case theory)、「約束理論」(Binding theory)、「限界理論」(Bounding theory)、「控制理論」(Control theory)、「管轄理論」(Government theory)等。這些原則本來是彼此獨立的原則,但是在實際的應用上卻互相密切配合,構成一套完整的「模組語法」。

三、英語的「移位現象」與「GB理論」的關係

如前所述,「移動α」的變形規律把屬於任何語法範疇的句子成分移到句子的任何位置上去。這樣漫無限制的移位變形,必然會「蔓生」(overgenerate)許多不合語法的句子結構來。這一些不合語法的句子結構,可以在邏輯形式或語音形式部門裏,依照「θ理論」、「格位理論」、「約束理論」、「限界理論」、「管轄理論」等原則,一一加以淘汰。本文的主要目的,就是要從「GB理論」的觀點來討論英語的「移位現象」。

三・一 名詞組移位與照應詞

「移動α」的移位規律可以把被動句裏「被動語素」(passive morpheme)後面的名詞組移到主語的位置上去,並在名詞組原來的位置留下「指標相同的痕跡」(co-indexed trace,用 t_i 標示),例如:

① *John*$_i$ is respected t_i.

「移動α」也可以把某些動詞(如 'seem, happen' 等)與形容詞

（如‘likely, certain, sure’等）後面補語子句的主語名詞組移到
母句主語的位置上去，並且同樣的在原來的位置留下指標相同的
痕跡 t_i，例如：

    ②   *John*$_i$ is $[_S$ t_i to succeed$]$.

但是這些名詞組的移位在移動的「範圍」上受有限制。例如，在
③a 的例句裏，名詞組從 S_2 移到 S_1，是合語法的移位。但是在
③b 的例句裏，名詞組從 S_3 移到 S_1，是不合語法的移位。試
比較：

    ③   a. $[_{S1}$ *John*$_i$ seems $[_{S2}$ t_i to be careless$]]$.

        b. *$[_{S1}$ *John*$_i$ seems $[_{S2}$ that it is likely $[_{S3}$ t_i to be careless$]]]$.

這些不合語法的移位，並不一定是由於這些移位是越過兩個句子
的界限（卽從 S_3 到 S_1）而成爲不合語法的。因爲在下面④的
例句裏，(a)在單句內移位，而(b)、(c)、(d)則在兩個句子之間
移位。但是(a)與(d)是合語法的句子，而(b)與(c)卻是不合語法
的句子。試比較：

    ④   a. $[_{S1}$ *John*$_i$ is *respected* $t_i]$.

        b. *$[_{S2}$ *John*$_i$ is thought $[$that $[_{S1}$ Mary respects $t_i]]]$.

        c. *$[_{S2}$ *John*$_i$ is believed $[$that $[_{S1}$ t_i will win$]]]$.

        d. $[_{S2}$ *John*$_i$ is believed $[_{S1}$ t_i to win$]]$.

三・二　名詞組痕跡的分佈與反身代詞、相互代詞的分佈之間的關係

　　在例句④裏，「名詞組痕跡」分佈的情形與「反身代詞」（reflexive pronoun）、「相互代詞」（reciprocal pronoun）等「照應詞」（anaphors）分佈的情形極爲相似。如果我們在④的例句裏，以「反身照應詞」（reflexive anaphor）來代替原來的「名詞組痕跡」，仍然可以獲得完全相同的合法度判斷。試比較：

⑤　a. [$_{S_1}$ *John*$_i$ respects *himself*$_i$].

　　b. *[$_{S_2}$ *John*$_i$ thinks [that [$_{S_2}$ Mary respects *himself*$_i$]]].

　　c. *[$_{S_2}$ *John*$_i$ believes [that [$_{S_2}$ *himself*$_i$ will win]]].

　　d. [$_{S_2}$ *John*$_i$ believes [$_{S_2}$ *himself*$_i$ to win]].

照應詞本身並不具有「指涉對象」（referent），而在與其「前行語」（antecedent）聯繫之下纔能決定其指涉對象。我們把這一種照應詞的性質整理如下（參 Koster (1984)）。

⑥（ i ）照應詞必須有前行語。

　（ii）照應詞與其前行語的關係是「一對一的對應關係」（one-to-one correspondence）。

　（iii）前行語在句子結構上居於比其照應詞更優越的位置；也就是說，前行語在句子結構上居於能「c 統御」其照應詞的位置。

　（iv）前行語與其照應詞在狹隘的範域（或領域）裏發生聯繫。

所謂「c 統御」（c-command，即「成分統御」constituent-command）的定義如下：

⑦ α「c 統御」β，如果「支配」（dominate）α 的「第一

個分枝節點」(first branching-node) 支配 β，而 α 與 β
不互相支配。

在⑥裏所列舉的「照應詞」的性質，其實也就是「名詞組痕
跡」的性質。名詞組痕跡必須與其前行語（即「移位語」(mover)，
也就是例句裏的 'John'）聯繫，而其聯繫的關係是一對一的對應
關係。而且正如④與⑤的例句所示，前行語與照應詞必須在狹隘
的範域內聯繫。 如此說來，「 名詞組痕跡」與「 反身代詞 」及
「相互代詞」一樣，可以包括在「照應詞」這個範疇裏面。

四、「約束理論」

四·一 「約束」與「約束範疇」

前面④與⑤的例句顯示，所有的照應詞都必須在狹隘的範域
內與其前行語取得聯繫。那麼這個「狹隘的範域」究竟應該如何
決定？「GB 理論」把這一種照應詞與其前行語聯繫的情形稱爲
「約束」(binding)，並提出下面的「約束原則 A」(Binding Prin-
ciple A)。

⑧ 「約束原則 A」：照應詞必須在其「約束範疇」內受到約
　　　束。

「約束範疇」(binding category) 的定義如下：

⑨　α 的「約束範疇」是含有 α 與 β「可以接近的大主語」
　　　(accessible SUBJECT) 的最小範疇。

「大主語」（大寫的 SUBJECT ）包括「子句主語」（狹義的小寫

的 subject)、「名詞組主語」（NP subject，如 'John's brother'
的‘John'）與「呼應語素」（agreement morpheme; AGR）。在前
面的例句裏，我們並沒有把「呼應語素 AGR」（也就是決定主語
名詞組與述語動詞之間「數」（number）與「人稱」（person）等呼
應關係的語素）表示出來，但凡是含有「時制」（tense）的「時
制句」（tensed-sentence）都含有這一個AGR。至於「可以接近」
（be accessible to）或「接近可能性」（accessibility）的定義如
下：

⑩　如果 (i) α「c 統御」β，而且 (ii) 把 α 的「指標」
　　（index）分派給 β 的結果並不至於違背「i 在 i 內的條
　　件」。

所謂「i 在 i 內的條件」（'i-within-i' condition，或「指標循
環的禁止」（prohibition against referential circularity））是指整
個名詞組與其部分名詞組之間不可以享有同樣的「指涉指標」
（referential index）。例如，在⑪的例句裏整個名詞組‘a picture
of itself'與其部分的名詞組‘itself'都具有同樣的指標，所以違
背「i 在 i 內的條件」。

⑪　*$[a\ picture\ of\ itself_i]_i$

有關指標分派的原則，除了規定指涉對象相同的名詞組（包括代
詞與照應詞等）應該分派相同的指標以外，還有下面⑫的特殊規
則。

⑫　把 AGR 的指標分派給該子句內的主語名詞組。

我們利用下面⑬的結構樹來說明上面⑧到⑫的原則與定義：

⑬

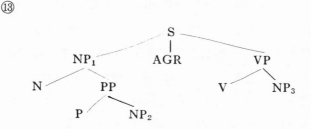

在⑬裏，可以擔任「大主語」的有主語名詞組NP₁與AGR。NP₁與
AGR都「c統御」NP₂與NP₃，因為支配NP₁與AGR的第一個分
枝節點S都支配NP₂與NP₃。但是N卻不「c統御」AGR、VP
或NP₃，因為支配N的第一個分枝節點NP₁並不支配這些節點。
又把NP₁與AGR的指標分派給NP₃的結果並不至於違背「i在i
內的條件」，因為NP₃並不構成NP₁或AGR的一部分。所以NP₁與
AGR都是NP₃「可以接近的大主語」。但是如果把NP₁的指標分派
給NP₂的話，就會違背「i在i內的條件」；因為NP₁支配NP₂，
NP₂構成NP₁的一部分。又根據⑫的規定，把AGR的指標分派給
NP₁的結果，AGR與NP₂也變成同指標，也會違背「i在i內的
條件」。因此，NP₁與AGR都不是NP₂「可以接近的大主語」。NP₃
有「可以接近的大主語」NP₁或AGR，含有NP₃與NP₁或AGR的最
小範疇是S，所以S是NP₃的「約束範疇」。

　　從以上的討論，我們可以知道「約束原則A」把聯繫照應詞
與前行語的「狹隘的範域」具體而有系統的加以規定。「名詞組
痕跡」既然是照應詞的一份子，那麼「名詞組痕跡」與「移位
語」的聯繫（也就是名詞組移位的範域）也同樣要受到「約束原
則A」的限制。

四·二 「約束原則A」的實際應用

我們現在拿⑧的「約束原則A」來具體說明④與⑤的例句裏合語法與不合語法的情形。在④a與⑤a的例句裏,「名詞組痕跡」與「反身照應詞」'himself'都在 S_1 內有「可以接近的大主語」'John'與AGR,都在 S_1 的「約束範疇」裏受到'John'的約束,所以合語法。在④b與⑤b的例句裏,「名詞組痕跡」't_i'與「反身照應詞」'himself',都在 S_1 內有「可以接近的大主語」'Mary'與AGR,應該以 S_1 為「約束範疇」,卻未在 S_1 內受到前行語的約束,所以不合語法。在④c與⑤c的例句裏,名詞組痕跡與反身照應詞都在 S_1 內有可以接近的大主語AGR,卻未在 S_1 的約束範疇內受到前行語的約束,所以不合語法。④d與⑤d的例句,名詞組痕跡與反身照應詞在 S_1 內沒有可以接近的大主語,所以應該以 S_2 為其約束範疇,在 S_2 內受到前行語的約束,所以合語法。

五、「從名詞組的移外」

前面⑥裏所列舉有關照應詞的特性中,(i)到(iii)的特性除了可以適用於名詞組痕跡以外,還可以適用於其他痕跡。因此,我們可以推定這些痕跡也與名詞組痕跡一樣,在特性(iv)上遵守「約束原則A」的規定。

我們先考慮「從名詞組的移外」(Extraposition from NP)。這個移位現象把名詞修飾語的介詞組、關係子句、同位子句等移

到句尾的位置。例如在⑭的例句裏，介詞組修飾語'about Chinese cooking'從名詞組'a book about Chines ecooking'移到謂語'has appeared'的後面。

⑭ [s [NP A book t_i] has appeared [PP *about Chinese cooking*]i].

但是同樣的「移外」，在⑮的例句裏卻不合語法。試比較：

⑮ *[NP Jim's book t_i] has appeared [PP *about Chinese cooking*]i.

這一種合法與不合法的情形，也可以用「約束原則A」來說明。在⑭的例句裏，介詞組痕跡't_i'在NP內沒有可以接近的大主語，而且在 S 內也不能依照⑫的規定把AGR的指標分派給主語名詞組內部的痕跡't'，因為如此將會違背「i 在 i 內的條件」，所以在 S 內也沒有可以接近的大主語，也就沒有約束範疇。Chomsky (1981) *Lectures on Government and Binding* (此後簡稱 *LGB*)，另外提出不需要依賴「大主語」的「約束範疇」⑯。

⑯ 被「管轄」的句子成分以其獨立子句（即母句）為約束範疇。

所謂「管轄」(govern)，根據 Aoun and Sportiche (1983) 的定義如下：

⑰ α「管轄」β，如果 (i) α 是「詞彙項目」(lexical item)，而(ii) β 在 α 的「投影」(projection) 內，並且 (iii)支配 α 的「最大投影」(maximal projection) 都支配 β。

因此，根據⑯的規定，在⑭的例句裏獨立子句 S 就成為介詞組痕

跡‘t_i’的約束範疇，並且在 S 內約束‘t_i’，所以合語法。另一方面，在⑮的例句裏，介詞組痕跡‘t_i’在主語名詞組 NP 內有可以接近的大主語‘Jim’，所以應該以這個 NP 為約束範疇卻未在這個 NP 內受到約束，因此根據「約束原則 A」可以判定為不合語法。

但是，下面⑱a的合語法與⑱b的不合語法，卻無法用 *LGB* 的約束理論來說明。試比較：

⑱　a. [$_S$[$_{S1}$ That [$_{NP}$ a man t_i] came in [$_{PP}$ *with blue hair*]$_i$] astonished us].

　　b. *[$_S$ [$_{S1}$ That [$_{NP}$ a man t_i] came in] astonished us [$_{PP}$ *with blue hair*]$_i$].

無論在⑱a 與⑱b 的例句裏，主語子句S_1的AGR或母句S的AGR都無法成為介詞組痕跡‘t_i’可以接近的大主語；因為如果把這些AGR的指標分派給‘t_i’，都會違背「i 在 i 內的條件」。結果只好援用⑯的規定，認定以母句 S 為其約束範疇。⑱a與⑱b既然都以母句 S 為約束範疇，也就無法說明這兩個句子在合法度上的差別。同樣的，⑲a與⑲b以及⑳a與⑳b在合法度上的差別也無法用 *LGB* 的約束理論來說明，因為這些例句裏的介詞組痕跡‘t_i’都以母句 S 為其約束範疇。

⑲　a. [$_S$ [$_S$ For [$_{NP}$ a review t_i] to appear [$_{PP}$ *of Bill's book*]$_i$] will please them].

　　b. *[$_S$ [$_S$ For [$_{NP}$ a review t_i] to appear] will please them [$_{PP}$ *of Bill's book*]$_i$].

⑳　a. [$_S$ I have hoped [$_S$ for [$_{NP}$ a book t_i] to come out [_{PP} *by John*]_i] for a long time].

b. *[_s I have hoped [_s for [_{NP} a book *t*_i] to come

out] for a long time [_{PP} *by John*]_i].

六、約束理論的修正

六‧一 「補語連詞」與「約束範疇」的關係

⑱到⑳這三對例句在合法度上的差別，顯示「從名詞組的移外」不能把句子成分移到補語子句外面去（參考 Ross (1967)「右方頂板的限制」(right-ceiling constraint))。可是，如果補語子句是不帶「補語連詞」(complementizer; COMP) 的「非時制句」(infinitive clause)，那麼子句裏的句子成分就可以移到補語子句的外面去。試比較⑳b的例句與㉑的例句：

㉑ [_s I have expected [_s [a book *t*_i] to come out] for a long time [_{PP} *by John*]_i].

從⑳b與㉑的比較裏，可以看出補語連詞的出現與否對於約束範疇的決定有很大的影響。有補語連詞出現的時候，補語子句就成為約束範疇；無補語連詞出現的時候，母句就成為約束範疇。根據這個觀察，Nakajima (1984a) 主張除了句子主語、名詞組主語與AGR之外再加上補語連詞COMP為大主語，並且認為節點COMP出現於所有的「時制句」及含有介詞 'for' 的「非時制句」。

從這個觀點來觀察前面⑱到⑳的三對例句，都含有補語連詞

COMP，因此COMP成爲介詞組痕跡‘t_i’可以接近的大主語，補語子句S也就成爲約束範疇。介詞組痕跡‘t_i’在(a)句裏都在其約束範疇內受到約束，而在 (b) 句裏，卻沒有在約束範疇內受到約束，因此仍然可以援用「約束原則A」來說明這些例句在合法度上的差別。另外在㉑的例句裏，由於補語子句裏不含有COMP，所以介詞組痕跡‘t_i’的約束範疇就擴張到母句 S 而在此受到約束，也就說明了該句的合語法。

六・二 Nakajima 以 COMP 爲「大主語」的主張

在約束理論中，「大主語」這個概念佔有極重要的地位。「約束範疇」的範域是根據「大主語」的概念來決定的，而「約束原則」的內容則根據「約束範疇」的範域來定義的。由於「約束原則」的內容與包括名詞痕跡在內的各種照應詞的「約束」有極密切的關係，一旦把「大主語」的定義加以修正，就勢必對整個約束理論發生廣泛而深遠的影響。這是模組語法的特色之一，因此以COMP爲大主語這個主張的適當與否，必須從整個約束理論的觀點來加以觀察。Nakajima （1985a）對於以COMP爲大主語的主張，就「描述上與概念上的妥當性」（descriptive and conceptual adequacy）提出相當詳細的討論。這裏僅就名詞組移位的現象來討論這個主張的影響。

我們在前面提到③b這個例句的不合語法：

③ b. *$[_{S1}$ *John*$_i$ seems $[_{S2}$ that it is likely $[_{S3}$ t_i to be careless$]]]$.

根據 *LGB*，S_2 裏「假主語 it 」（‘pleonastic’ *it*）及與此聯繫

的子句S_3都分派相同的指標。把這個主張與前面⑧的「約束原則
A」及⑨「約束範疇」的定義一併援用的結果，S_2 的 AGR 無
法成為名詞組痕跡 't_i'可以接近的大主語，所以只能以 S_1 為其
約束範疇。因此，依照「約束原則A」，名詞組痕跡't_i'在其約束
範疇內受到約束，③b應該是合語法的句子 ；而事實上卻是不合
語法的句子。要排除③b這類句子，除了「 約束原則 A 」以外，
還要援用「承接條件」（Subjacency Condition）：卽句子成分的
移位不能同時超過兩個「 限界節點」（bounding nodes），S 與
NP。

　　「承接條件」與「約束原則A」一樣，都以限制句子成分的
移位或照應解釋的領域為目的。但是同時擬設兩個目的相同的原
則，不僅是概念上的重複，而且名詞組痕跡要同時受兩個目的相
同的原則的支配，更是表示語言現象條理化上的缺失。但是如果
採用 Nakajima（1984a）的主張，以COMP為大主語，那麼③b
的不合語法也可以用「約束原則A」來說明。因為在 ③b 的例句
裏，S_2 內有可以接近的大主語COMP （卽 'that'），所以名詞組
痕跡't_i'在 S_2 內受到約束。但是事實上't_i'在 S_2 內並沒有受到
約束，因此依照「約束原則A」，③b是不合語法的句子。

　　　由補語連詞 'for'引導的「非時制句」，以及由補語連詞 'that'
引導的「原式動詞子句」（如 'that John *become* the chairman'）
都在子句內含有COMP。 如果承認COMP是大主語 ，那麼就
含有這個COMP的子句的主語名詞組而言，這個子句就是這個
主語名詞的約束範疇。根據這個假設與「約束原則 B」（Binding
Principle B），照應詞不能在這個主語名詞組的位置出現，而

「人稱代詞」（pronominals）卻可以在這個位置出現。

㉒ 「約束原則 B」：人稱代詞必須在其約束範疇內「自由」（free），即人稱代詞必須在其約束範疇內不受約束。

下面㉓三個例句的合法度判斷，證實這個推定是正確的。

㉓ a. *They* were quite happy [for $\left\{ \begin{matrix} themselves \\ each\ other \end{matrix} \right\}$ to win].

b. *John* proposed [that $\left\{ \begin{matrix} he \\ *himself \end{matrix} \right\}$ become the chairman].

c. *John* says [that [for $\left\{ \begin{matrix} him \\ *himself \end{matrix} \right\}$ to read so many comic books] is a waste of time].

六·三 *LGB* 以 **AGR** 為「大主語」的理由

LGB 之所以承認AGR為大主語，主要是為了要說明在「繪畫名詞組」（picture noun phrase）裏出現的照應詞。例如，在㉔這一類含有'picture, painting, story'等名詞的名詞組裏反身照應詞的出現，是因為反身照應詞'himself'在補語子句裏不能以 AGR 為可以接近的大主語（否則會違背「i 在 i 內的條件」），因而只能以母句裏的AGR為可以接近的大主語（並以母句為約束範疇），所以㉔句合語法。

㉔ John$_i$ thought [that a picture of *himself*$_i$ would be on sale].

但是 *LGB*（208 頁）也承認，㉔句是介於合語法與不合語法之

間，其「合法度不甚穩定」(marginal) 的例句。這一種例句的合法度不能僅以個別的句子只憑一時的直覺來判斷，而應該在與其他有關的句法結構衡量之下纔能決定。譬如我們注意到，㉔與㉓c的例句在結構上極為相似，都在補語子句裏找不到子句主語名詞組的大主語。如果說㉔是完全合語法的句子，那麼根據「約束原則 B」人稱代詞不應該出現於反身照應詞'himself'的位置，但是事實上卻可以出現，例如：

㉕　*John*ᵢ thought [that a picture of *him*ᵢ would be on sale].

相對的，在句法結構上與㉔、㉕極為相似的㉓c句裏，卻只能以人稱代詞而不能以反身照應詞為子句主語，因而與㉔、㉕的合法度判斷相吻合。可見㉔的合法度是有問題的，因此 Nakajima (1985c) 認為㉔的例句應該判斷為不合語法。Nakajima還主張，如果以COMP為大主語，那麼㉔也應該判斷為不合語法，而㉕則根據下面八、九節所敍述的理由可以判斷為合語法。

七、廢止 AGR 為「大主語」的理由

Nakajima (1985c) 認為，如果承認COMP是大主語，那麼 *LGB* 所認定的兩個大主語（主語與AGR）中，AGR就可以不需要。AGR在約束理論中本來有兩個功能：一個是以「時制句」為約束範疇，另一個是把約束範疇從補語子句擴張到母句上面去。其中第一個功能可以由 COMP 來代行，因為凡是有AGR的地方都是「時制句」，而凡是有「時制句」的地方都有COMP(其中有

關補語連詞'that'的省略詳論在後）。因此，凡是 COMP 出現的
「時制句」都可以形成約束範疇，不必再依賴AGR為大主語。而
且，AGR無法使「for-to非時制句」或「原式動詞子句」為約束
範疇，而COMP卻可以使這些子句成為約束範疇，正好可以補救
AGR這點缺失（請參考前面例句㉓的討論）。第二個功能，事實
上是不必要的功能。這一個功能的存在，主要是由於錯誤的合
法度判斷（如㉔句）而起，而且還會引起錯誤的合法度判斷。
Nakajima（1985c）認為，既然AGR這兩種功能或者不需要或者
不應有，就不如乾脆廢止AGR為大主語。

　　廢止 AGR 為大主語後，所剩下的大主語只有補語子句
（S̄）的COMP及子句（S）與名詞組（NP）內的主語 NP。根
據 Chomsky（1986）的屬性分析，擁有大主語的S̄、S 與NP分
別是 COMP、INFL（屈折語素）與N的「最大投影」（maximal
projection）。因此，Nakajima（1985c）提出下面有關大主語的
定義。

㉖　$\begin{Bmatrix} \text{COMP} \\ \text{INFL} \\ +\text{N}, -\text{V} \end{Bmatrix}$ max 的次一投影左端的成分。

　　　（'max'表示「最大投影」，而這裏所謂的「投影」都
　　　根據「X標槓理論」來定義。）

根據㉖的定義，所謂「大主語」分別是COMP（參 S̄→COMP
S）、子句主語（參 S→NP INFL VP）與名詞組主語（參 NP→
Spec N Comp）。在這裏，S̄、S 與 NP 都是比較具有「命題性」
（propositional）的範疇，而大主語都在這些範疇最大投影的下面

一個投影裏出現於最左邊的位置。也就是說，所有「大主語」都在「命題性的」範疇裏佔有「最顯要的」（most prominent）的地位，並擔任畫分這一個範疇內外界限的功能。

　　名詞組裏的「指示語」（specifier; Spec）除了「名詞的所有格」（possessive noun）以外還可能包括 'this, that, these, those' 等「限定詞」（determiner）與有定冠詞 'the'（無定冠詞 'a(n)' 可以視為數詞的一種）。因此，根據㉖的定義，這些指示語也符合大主語的定義。事實上，名詞組的指示語也與名詞組的主語（也就是「名詞組所有格」）一樣，在照應詞與痕跡的約束上具有形成約束範疇的功能（參考 Fiengo and Higginbotham (1981)）。這似乎表示，與其從語法功能的觀點「主語」來定義「大主語」，不如依照㉖從命題結構的觀點來定義「大主語」。

八、其他向右移位

　　「移外」是「向右移位」（Rightward Movement）的一種。英語的「向右移位」，除了「移外」以外還有「重名詞組移動」（Heavy NP Shift）（如㉗a句），「介詞組移動」（PP Shift）（如㉗b句）等。如果我們把句子成分向右移位後所留下的痕跡稱為「RM痕跡」，那麼這種痕跡也要遵守「約束原則A」。在下面㉗的例句裏，S_1 是 't_i' 的約束範疇，但 't_i' 卻沒有在這個約束範疇內受到約束，所以不合語法。

㉗　a. *I have expected that $[_{S_1}$ I would find $t_i]$ since
　　　　my childhood [*the treasure buried on that island*]$_i$.

b.　*They have hoped that [$_{S1}$ Bob would talk to them t_i] for many years [*about his exciting adventures in Africa*]$_i$.

九、「WH移位」（疑問詞移位）

九・一　「WH詞」的「無限界移位」

　　英語的移位現象，除了前面所討論的「名詞組移位」（NP移位）、「向右移位」（RM移位）以外，還有「疑問詞移位」（WH移位）。事實上，「WH移位」除了與「疑問詞移位」有關以外，還與「關係子句化」（Relativization）、「主題化」（Topicalization）、「分裂化」（Clefting）等好幾種變形有關係。我們把因為「WH移位」而所留下的痕跡稱為「WH痕跡」。「WH痕跡」與照應詞、NP痕跡一樣，具有⑥的前三種特性（即(i)必須有前行語、(ii)與前行語的關係是「一對一的對應關係」、(iii)前行語必須「c統御」其痕跡），但是似乎並不受第四種特性的限制（即前行語與痕跡必須在狹隘的範圍裏發生聯繫。因為「WH移位」與前面幾種移位不同，並不受「承接條件」的限制，而可以把句子成分移到兩個「限界節點」以外的地方，例如：

㉘　[*Which book*]$_i$ do you think [that it is possible [for the boy to read t_i]]?

但是我們有理由相信，「WH痕跡」也與其他痕跡一樣，要遵守「約束原則A」。例如，「WH痕跡」不能出現於含有主語或指示

語的名詞組（如 ㉙a 句），也不能出現於含有「WH補語連詞」（*WH*-complementizer）或「that補語連詞」（*that*-complementizer）的補語子句（如㉙b、㉙c句）。試比較：

㉙　a. ***What*ᵢ did you hear $\left[_{NP} \begin{Bmatrix} \text{someone's} \\ \text{John's} \\ \text{that、} \end{Bmatrix} \text{complaint} \right.$

　　　　about *t*ᵢ]?

　　b. ***Who*ᵢ do you wonder [ₛ what*ⱼ John gave *t*ⱼ to *t*ᵢ]?

　　c. ***What*ᵢ did John grunt [ₛ that Mary bought *t*ᵢ]?

名詞組裏的主語與指示語，以及補語子句內的 COMP，都是形成約束範疇的大主語。在㉙的例句裏，「WH 痕跡」都沒有在這個約束範疇內受到約束，所以可以根據「約束原則 A」判定這些例句爲不合語法。

　　但是另一方面，㉗的例句卻顯示：某些句子的主語、補語連詞 'for'、以及某種用法的 'that'，都不能成爲「WH 痕跡」可以接近的大主語。因此，我們要研究的問題是：究竟那些纔是「WH痕跡」可以接近的大主語？爲什麼有些句子成分可以成爲「WH痕跡」可以接近的大主語，而有些句子成分卻不能成爲「WH痕跡」可以接近的大主語？

九・二　「可以接近的大主語」與「可能的先行語」的關係

　　在前面有關大主語的討論中，我們僅從約束範疇的形成要件這個觀點來論述大主語，現在另外從照應詞的「資格條件」（licensing condition）這個觀點來觀察大主語的功能。

　　照應詞，如前所述，具有⑥的四種特性，必須在固定狹隘的
範域內受到前行語的約束，纔能獲得照應詞的資格。爲了要受到
前行語的約束，必須在這一個狹隘的範域內找到前行語的候補，
這個候補可以稱爲「可能的先行語」或「可能的約束語」（possible
binder）。如果「照應詞應該受到約束的範域」與「可能的前行語
所出現的範域」相一致，那麼這個範域須是約束理論所尋求的狹
隘的範域──「約束範疇」。根據約束理論，約束範疇是含有可
以接近的大主語的最小範疇。這似乎意味著，所謂「大主語」就
某一種意義而言是表示「可能的前行語」。由於「可以接近的大
主語」意味著「可能的前行語」，所以含有這個大主語或前行語
的「最小範疇」（也就是「約束範疇」）就成爲照應詞應該受到
約束的「狹隘的範域」。就這一點意義而言，「約束原則A」直接
的反映了照應詞的「資格條件」。

　　我們在前面談到，大主語「接近可能性」的條件有兩個：一
個是「c統御」的條件，另外一個是「i在i內的條件」。這兩
個條件都是有關某一個句子成分能否成爲照應詞前行語的「資格
條件」。 例如⑳a的大主語‘a picture of the boys’裏的‘boys’沒
有「c統御」照應詞‘themselves’，所以不能成爲這個照應詞的
前行語。又⑳b的大主語‘a picture of itself’裏的‘picture’也不
能成爲照應詞‘itself’的前行語，因爲把相同的指標分派給‘pic-
ture’與‘itself’的結果會違背「i在i內的條件」。

⑳　　a. *[A picture of *the boys*$_i$] pleased *themselves*$_i$.

　　　　b. *[*A picture* of *itself*$_i$]$_i$ is on sale.

可見「可以接近的大主語」與「可能的前行語」之間有極密切的

關係，「可以接近的大主語」常可以解釋爲「可能的前行語」。

九·三 各種「大主語」的屬性分析

在兩種「大主語」（主語與COMP）之間，主語無疑的可以成爲照應詞「可能的前行語」，因爲前行語的語法範疇經常都是名詞組，而主語正好都是名詞組。另一方面，補語連詞COMP卻並不是名詞組，照理不能成爲照應詞可能的前行語。在補語連詞之中，'that'與WH詞對於出現於後面的名詞組不分派「格位」(Case)，但是介詞'for'卻能分派格位。因此，我們把'that'與WH詞視爲「名詞性的COMP」，而把'for'視爲「介詞性的COMP」。如果我們假定所有的COMP都具有〔＋C〕這個屬性，那麼主語、「名詞性的COMP」以及「介詞性的COMP」三者可以分別做如下的屬性分析。

③ a. 主語： 〔＋N，－V〕

b. 名詞性的 COMP：〔＋N，－V，＋C〕

c. 介詞性的 COMP：〔－N，－V，＋C〕

在③的屬性分析裏，(b) 與 (a) 相似，而 (c) 則與 (b) 相似。照理COMP不可能成爲「可能的前行語」，但是由於「名詞性的COMP」與主語相似，而「介詞性的COMP」則與「名詞性的COMP」相似的結果，都可以擴大解釋爲「可能的前行語」。因此，所謂「可以接近的大主語」，不妨看做是根據照應詞的前行語在語法功能上的相似性而選出來的「可能的前行語」。在這三種大主語中，分別成爲「可能的前行語」的「純度」並不相同。主語成爲「可能的前行語」的「純度」最高，「名詞性的COMP」

次之，「·介詞性的COMP」其「純度」最低。這種「純度」上的差異也造成了約束範疇在「強度」上的差異（參 Nakajima（to appear））。

九·四　「WH痕跡可以接近的大主語」

　　「WH痕跡」以COMP內的「WH詞」為前行語，而「WH詞」所出現的COMP是「名詞性的COMP」；因此「WH子句」（wh-clause）可以分析為「名詞性COMP」的最大投影，即〔＋N，－V，＋C〕^{max}。那麼根據前面㉖的定義，「WH痕跡」的大主語（也就是「可能的前行語」）應該出現於這個最大投影的次一投影左端的位置，也就是COMP。

　　如果把「名詞性COMP」的屬性表示稍微加以擴大解釋而暫時不考慮屬性〔＋C〕，那麼其屬性表示就變成〔＋N，－V〕，也就是名詞的屬性表示。名詞的最大投影是名詞組（NP），而在其次一投影最左端的位置出現的是（名詞組）主語。就這一點意義而言，名詞組主語與「WH痕跡」的前行語（「WH詞」）相似；因此如果把「WH痕跡可能的前行語」加以擴大解釋，就可以包括名詞組主語在內。也就是說，名詞組主語也與「WH詞」一樣，成為「WH痕跡可以接近的大主語」。「WH痕跡可以接近的大主語」，包括「WH詞」與名詞組主語，可以用㉜的定義加以整理：

　　㉜　〔＋N，－V〕^{max} 的次一投影左端的成分。

其他大主語，即子句主語與補語連詞'for'，分別是〔INFL〕^{max} 與〔－N，－V，＋C〕^{max} 中的成分，這些成分並不符合㉜的定

義，所以不能成爲「WH痕跡可以接近的大主語」。

九・五　兩種補語連詞'that'的區別

出現於例句㉘的'that'以及出現於例句㉙c的'that'都符合㉜的定義，但是事實上只有㉙c句的'that'可以成爲「WH詞」的大主語。像㉘的母句謂語動詞'think'（還有'suppose, imagine, believe, expect, hope, say'等）那樣允許把「WH詞」越過子句移入母句的，叫做「橋樑動詞」（bridge verbs）；而像㉙c的動詞'grunt'（還有'complain, sigh, rejoice'等）那樣不許把「WH詞」移入母句的，叫做「非橋樑動詞」（non-bridge verb）。「非橋樑動詞」後面的'that'可以成爲「WH痕跡可以接近的大主語」，可以稱之爲'NB-that'；「橋樑動詞」後面的'that'不能成爲「WH痕跡可以接近的大主語」，可以稱之爲'B-that'。

'B-that'允許「WH詞」從子句移入母句；而'NB-that'則不許「WH詞」從子句移入母句。除此以外，'B-that'可以在表面結構裏刪略，而'NB-that'則不能如此刪略。試比較：

㉝　Sue *believes* (*that*) Bill will leave.

㉞　Sue *complains* *(*that*) Bill will leave.

另外，由'B-that'所引導的賓語子句可以成爲被動句的主語，而由'NB-that'所引導的賓語子句卻不能成爲被動句的主語。試比較：

㉟　a. *That Bill will leave is believed* by Sue.

　　b. It is *believed* (by Sue) *that Bill will leave*.

㊱　a. **That Bill will leave* is *complained* by Sue.

b. *It is *complained* (by Sue) *that Bill will leave.*

又由'B-that'所引導的賓語子句可以成爲「WH移位」的對象，而由'NB-that'所引導的賓語子句則不能成爲「WH移位」的對象。試比較：

㊲ a. *What*$_i$ is it that Sue believes [$_{\bar{S}}$ t_i]?

b. *What*$_i$ does Sue believe [$_{\bar{S}}$ t_i]?

㊳ a. **What*$_i$ is it that Sue complains [$_{\bar{S}}$ t_i]?

b. **What*$_i$ does Sue complain [$_{\bar{S}}$ t_i]?

爲了說明這兩種'that'在表面結構裏能否刪除，我們可以假定：'NB-that'必須在「D結構」中出現，而'B-that'則在以後的階段中任意的挿入（optionally inserted)。也就是說，我們要在動詞的「次類畫分」(subcategorization) 中規定：「非橋樑動詞」要以'that S'爲補語，而「橋樑動詞」則以'[＋N，－V，＋C] S'爲補語。

把兩種'that'（'B-that'與'NB-that'）的挿入過程如此區別以後，在例句㊴的衍生過程上發生了如下的差別：在適用「約束原則A」的階段時，㊴a的'NB-that'已經出現，而㊴b的'B-that'則尚未挿入。試比較：

㊴ a. **What*$_i$ did Sue complain [that Tom bought t_i]?

b. *What*$_i$ did Sue say [(that) Tom bought t_i]?

由此可見，只有具有語音形態的成分（即「WH詞」與'NB-that'）纔能成爲「WH痕跡可以接近的大主語」。因此，我們把㉜有關「WH痕跡可以接近的大主語」的定義修正爲㊵：

㊵ [＋N，－V]^{max} 的次一投影左端具有語音形態的成

　　　　分。

有了⑳的定義 ，例句㊴a的補語子句就含有大主語‘that’，這個
補語子句也就成爲「WH痕跡ᵢ」‘tᵢ’的約束範疇。 因爲‘tᵢ’在約
束範疇內未受到「WH詞」的約束，所以不合語法。另一方面，
例句㊴b的補語子句卻不含有大主語‘that’，只有母句的 「WH
詞」‘what’纔能成爲「可以接近的大主語」。

十、‘that’的插入

十·一　「適切的管轄」與「空號範疇的原則」

　　現在我們來檢討‘B-that’究竟應該在那一個階段中插入。我
們知道由‘B-that’所引導的補語子句在動詞後面賓語或補語的位
置出現時 ，‘B-that’可有可無。 但是由 ‘B-that’所引導的補語
子句在動詞前面主語的位置出現時，就非含有‘B-that’不可。試
比較：

㊶　　a. Everyone hoped *(that)* *she would sing.*

　　　b. It was hoped *(that)* *she would sing.*

　　　c. *(*That*) *she would sing* was hoped by everyone.

又 ，因爲適用「重名詞組移動」(Heavy NP Shift) 的結果，
由 ‘B-that’所引導的補語子句在句尾的位置出現時 ， 也非含有
‘B-that’不可 (參 Bolinger (1972))。

㊶　　d. Everyone hoped eagerly at the time *(*that*) *she*
　　　　 would sing.

e. The claim was made *(that) she should sing.

假如 S 是INFL的最大投影而VP是INFL的「補述語」（complement; Comp），那麼㊶等有關句子（S）的內部結構就可以分析為㊷：

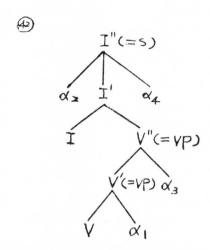

㊷

在㊶a 與㊶b的例句裏，補語子句所出現的位置是α_1；在㊶c的例句裏，補語子句所出現的位置是α_2；在㊶d的例句裏，補語子句所出現的位置是 α_3；而在㊶e的例句裏，補語子句所出現的位置是α_4。

為了區別各種 α 的位置，我們要提出比「管轄」更嚴密的定義，「適切的管轄」（proper government; properly govern）：

㊸ α「適切的管轄」β；如果 (i) α「管轄」β，(ii) α「c統御」β，而且 (iii) β 是 α 的「補述語」，或 β 與 COMP 內的 α 同指標。

㊸i規定 β 必須出現於 α 的投影範圍內，㊸ii規定 β 必須由支配 α 的第一個分枝節點支配，而㊸iii則規定 β 必須出現於 α 的右邊。根據㊸的定義，㊷的α_1受到 V 的「適切的管轄」，但是 α_3 卻沒有

受到 V 的「適切的管轄」，α_2 與 α_4 也沒有受到 I(NFL) 的「適切的管轄」。由此可見 ， 沒有受到「適切的管轄」的補語子句必須插入 'B-that'。

　　未插入 'B-that' 的COMP是一種「空號範疇」（empty category）。「空號範疇」的分佈也可以用「適切的管轄」來規定，這一個規定就叫做「空號範疇的原則」（Empty Category Principle; ECP）。

　㊹　　「空號範疇的原則」（ECP）：「空號範疇」必須受到「適切的管轄」。

現在我們從「空號範疇原則」的觀點來觀察 'that' 的分佈（參Stowell (1981)）。我們假定：受到「適切的管轄」的補語子句，其主要語COMP亦受到「適切的管轄」。在㊷的結構樹裏 α_2、α_3、α_4 的位置所出現的補語子句與COMP都沒有受到「適切的管轄」。因為如果把 COMP 的位置空著的話，就會違背「空號範疇的原則」，所以必須把 'that' 插入COMP裏面。另一方面，在㊷裏 α_1 的位置出現的補語子句與COMP都受到「適切的管轄」，所以不把 'that' 插入COMP裏面也不會違背「空號範疇的原則」。

十・二　'that' 的「任意」與「強制」插入

　　我們來假定「空號範疇原則」是在「S 結構」與「邏輯形式」（logical form; LF）的階段中適用 ， 那麼補語連詞 'that' 應該在「S 結構」的階段中插入 α_2、α_3、α_4 的補語子句。在「S 結構」裏 'that' 的插入本來是「任意」（optional）的。不過由於「空號範疇原則」的適用，在 α_2、α_3、α_4 的插入就變成「必須」

或「強制」（obligatory）的，而只有在α_1的插入是「任意」的。如果在「S結構」裏不把‘that’插入 α_1 的補語子句，那麼COMP的屬性表示〔＋N，－V，＋C〕也可以在「語音形式」（PF）裏拼寫（spell out）成‘that’，而這一種拼寫也是任意的。

總括以上的討論，(i)在「非橋樑動詞」的補語子句裏，‘that’必須在「D結構」裏插入；(ii)在沒有受到「適切管轄」的「橋樑動詞」的補語子句裏，由於「空號範疇原則」的適用，‘that’必須在「S結構」裏插入；(iii)在受到「適切管轄」的「橋樑動詞」的補語子句裏，‘that’在「S結構」裏任意的插入，或在「語音形式」裏任意的拼寫出來。因此，在(iii)的情形裏，‘that’可能始終不在COMP的位置出現。

十·三　‘that’的有無與「說話者的斷言」的關係

我們也可以從「說話者的斷言」（speaker's assertion）這個觀點來說明上面有關插入‘that’的情形。在「複句」（complex sentence）結構裏，「說話者的斷言」通常都出現於主要子句（即母句）裏面。但是如果母句動詞是「橋樑動詞」，那麼「說話者的斷言」也可能出現於補語子句裏面。例如，在④a與④c刪除‘that’的例句裏「說話者的斷言」出現於補語子句，但在④c保留‘that’的例句裏「說話者的斷言」卻出現於主要子句。而④c的情形就是補語子句沒有受到「適切管轄」的情形；在這一種情形下「說話者的斷言」不在子句裏，而在母句裏。我們可以擬定④⑤的「邏輯形式規律」來統一說明這種語意解釋上的差異：

④⑤　補語子句唯有不含補語連詞‘that’時始能解釋為「斷言

性的」(assertive)。

因為補語子句不含有 'that'，所以在言談功用上被認為是母句的一部分，通常出現於母句的斷言也被解釋為出現於子句。這一種情形在⑯的例句裏更加顯著。

⑯ *She would sing,* $\begin{cases} \text{everyone hoped.} \\ \text{I think.} \end{cases}$

　　如前所述，「非橋樑動詞」的補語子句在「D結構」插入 'that'，而未受到適切管轄的「橋樑動詞」的補語子句也在「S結構」插入 'that'，所以這些補語子句都在「邏輯形式」裏含有'that'。因此，根據⑮的邏輯形式規律把這些補語子句解釋為「非斷言性的」(non-assertive)。另一方面，受到適切管轄的「橋樑動詞」的補語子句可以在「S結構」插入'that'，也可以不插入'that'。如果插入，那麼就在邏輯形式裏獲得「非斷言性」的解釋；如果沒有插入，就獲得「斷言性」的解釋。這樣的說明似乎與英語的語言事實相吻合。

　　在例句㉘與⑰裏所出現的「WH詞」能夠越過子句而移入母句「WH詞」，這種「WH詞」似乎只限於「斷言性的」補語子句（參 Erteschik (1973)）。

⑰ $[\textit{Which book}]_i$ do you think $[$ (that) the boy can read $t_i]$?

由於這些補語子句是「斷言性的」，所以這些補語子句在「S結構」裏並不含有'that'。也就是說，在「S結構」裏這些補語子句的COMP是「空號範疇」，而「空號範疇」的COMP不能成為「WH痕跡可以接近的大主語」。因此，㉘與⑰的「WH痕跡」

都以其母句爲約束範疇，在這個約束範疇內受到「WH詞」的約束，所以合語法。由此可見，出現於㉘與㊼表層結構的'that'並不是在「S結構」挿入的，而是在「語音形式」任意的拼寫出來的。

十一、「that 痕跡效應」

越過子句的「WH詞移位」，因其補語子句是否含有'that'而影響其合法度，這一種現象就叫做「that 痕跡效應」(*that*-trace effect)。試比較：

㊽　　a. *Who*ᵢ do you think 〔ₛ̄ e 〔*t*ᵢ will win〕〕?

　　　b. **Who*ᵢ do you think 〔ₛ̄ that 〔*t*ᵢ will win〕〕?

Nakajima (1985c) 有關「WH移位」的分析與 Chomsky(1977) 不同，並不認爲「WH詞」在移位的過程中在COMP的位置「暫時逗留」，而且還認爲「橋樑動詞」補語子句裏的'that'是在「語音形式」中任意的拼寫出來的。如果採取這樣的觀點，就會產生兩個疑問：(A) ㊽a 的「WH痕跡」究竟有沒有滿足「空號範疇的原則」?；(B) ㊽b 的補語連詞'that'爲什麼不能認爲是「空號範疇的原則」適用以後在「語音形式」中才挿入的?

我們先談(A)的問題。阻止「WH詞」越過子句移位的句子成分並不限於'that'，以名詞或形容詞爲謂語的母句（如㊾a與㊾b句），以及在母句動詞與補語子句之間還有其他句子成分介入（如㊾c句）時，補語子句的主語也不能越過子句而移入母句。試比較：

⑭ a. *Who_i is it a pity [t_i doesn't know Russian]?

b. *Who_i is it likely [t_i will forget the beach]?

c. Who_i did John convince Mary [t_i would win]?

⑱的例句有一個共同的特徵：即補語子句都沒有分派「格位」。因為在⑭a與⑭b裏名詞與形容詞都沒有分派「格位」的能力；而在⑭c裏則由於動詞（'convince'）與補語子句並沒有鄰接，所以根據「鄰接條件」(Adjacency Condition)不能分派「格位」。反之，在⑱例句裏的補語子句則具有「格位」，因為這些補語子句都可以做被動句的主語，而要做被動句的主語則必須分派有可以「吸收」(absorb)的「格位」（關於這一點，Nakajima的看法與 Stowell (1981)，Safir (1985)等人的觀點不同）。可見在區別⑰與⑱的合法度時，補語子句之是否具有「格位」是一個決定性的因素。

根據「適切管轄」定義的要件 (iii)，「適切的管轄」只能成立於（甲）「主要語」(head)與其「補述語」(complement)，以及（乙）COMP內的「前行語」與其「痕跡」之間。（甲）的情形見於例句⑲的「WH詞」與「WH痕跡」't_i'之間（Nakajima認為，S雖然是最大投影，卻不構成「管轄」的「屏障」(barrier)）。

⑲ [$_{\bar{s}}$ Who_i [$_{\bar{s}}$ t_i will leave]]?

另一方面，⑱a的't_i'並不是 INFL 的補述語，也不是 COMP 的補述語，所以並不符合(甲)的情形。因此，Nakajima (1985c)為了使⑱a符合(乙)的情形而遵守「空號範疇的原則」，提出了下面⑪的假設。

⑤¹　母句α的動詞把格位分派給其補語子句β時，如果β的COMP是空號COMP，那麼就把母句α的COMP之指標分派給子句β的COMP。

⑤¹的用意大致是：在「前行語」與其「WH痕跡」之間出現空號的COMP時，以這個COMP爲媒介來聯繫「前行語」與「WH痕跡」。在④⑨的例句裏，補語子句不分派格位，所以不適用⑤⓪。另一方面，在④⑧a的例句裏補語子句則分派有格位，而且含有空號的COMP，所以適用⑤¹。適用⑤¹的結果，母句COMP內「WH詞」的指標就分派給補語子句的COMP，因此其合法的情形有如⑤⓪：「WH痕跡」't_i'受到補語子句COMP的「適切管轄」，也就滿足了「空號範疇的原則」。試比較：

⑤²　*Who*$_i$ do you think 〔$_{\bar{S}}$ e_i 〔t_i will win〕〕?

其次，我們來考慮(乙)的問題。如果認爲④⑦b的'that'是在語音形式中拼寫出來的'that'，那麼在適用「空號範疇原則」的「S結構」裏，④⑧b與④⑧a的結構完全一樣，也就不能用這個原則來排除④⑧b。爲了彌補這個缺失，Nakajima（1985c）對於'that'在語音形式中的拼寫提出了下面的條件：

⑤³　〔＋N，－V，＋C〕→*that*/—lexical NP

這一個條件表示：「名詞性 COMP」的屬性表示〔＋N，－V，＋C〕，只有在出現於「詞彙性名詞組」（lexical NP）的前面時纔能拼寫成'that'，但是如果出現於「空號範疇」的前面時則不能如此拼寫。Nakajima 認爲這一個條件的存在，可能是爲了在「理解策略」（perceptual strategy）上避免誤認'that'爲補語子句的主語。因此，④⑧a的結構在語音形式中出現時不符合⑤³的條

件而無法拼寫‘that’，也就無法產生⑱b的表面結構。

十二、「RM痕跡」的「大主語」

十二·一 以「介詞」爲「大主語」

在前面八·二節的討論裏，我們把「可以接近的大主語」稍微加以擴大解釋，而解釋成「可能的前行語」。前行語的種類，因照應詞的類型而稍有差別。因此，如果把「可以接近的大主語」擴大解釋爲「可能的前行語」，那麼由於照應詞類型的不同，其所選擇的「可能的前行語」——也就是「可以接近的大主語」——的種類也稍有不同。我們在前面討論了「照應詞」與「名詞組痕跡」（這兩種句子成分的語法範疇都屬於NP）的大主語（參㉖有關照應詞與名詞組痕跡「大主語」的定義），也討論了「WH 痕跡」的大主語（參㊵有關WH詞「大主語」的定義）。現在我們來檢討在前面七節裏所討論的「RM 痕跡」的大主語。

「RM痕跡」是因爲「從名詞組的移外」、「重名詞組移動」、「介詞組移動」等向右移位而留下來的痕跡。適用這些向右移位的句子成分的語法範疇，分別是 S̄ 與 NP、PP。也就是說，「RM痕跡」可能的前行語包括 S̄、NP、PP 這三種。

在前面五節與七節的討論裏，我們主張COMP與主語名詞組是「RM痕跡」可以接近的大主語。在這兩種大主語中，COMP與前行語S̄（S̄是COMP的最大投影）相似而對應，而主語則與前行語NP相似而對應。但是「RM 痕跡」的前行語還有介詞組

（PP）。如果說「大主語」就是「可能的前行語」，而大主語的選擇必須考慮大主語與前行語的相似性，那麼照理與介詞組相似的句子成分也應該被選為「RM 痕跡」的大主語繞對。與介詞組 (PP) 的屬性相似的，當然是介詞 （P）。事實上，介詞是「RM痕跡」可能的前行語。例如，在下面㊹的例句裏，介詞的存在構成 了「RM 痕跡」't_i'的約束範疇。

㊹　a. *[A review [PP of a book t_i]] appeared yesterday [about *Kennedy*]$_i$.

　　b. *[PP To whom t_i] did John talk [*that I am acquainted with*]$_i$?

　　c. *John spoke [PP with t_i] last night [*the man from New York*]$_i$?

由此可見，「RM 痕跡」的大主語包括：COMP、子句、主語、名詞組主語、介詞這四種。如果把支配這四種大主語的最大投影用屬性來表示，那麼分別是〔±N，−V，＋C〕、〔＋INFL〕、〔＋N，−V〕、〔−N，−V〕。因此，「RM 痕跡」的大主語可以定義如下：

㊺　$\left[\begin{Bmatrix} -V \\ +INFL \end{Bmatrix}\right]^{max}$　次一投影左端的句子成分。

十二·二　「A約束」與「A非約束」；「0約束」與「非0約束」

有關「約束」的分類標準，除了 *LGB* 所提出的「A約束」（A-binding; argument-binding「論元約束」）與「$\overline{A}$約束」（$\overline{A}$-binding; nonargument-binding「非論元約束」）以外，還可以

考慮到「0約束」(o-binding; operator-binding「運符約束」)與「$\overline{0}$約束」($\overline{o}$-binding; nonoperator-binding「非運符約束」)。參 Chomsky (1982:47) 與 Nakajima (1982)。如果把這兩種分類標準組合起來，就有(i)「A而且$\overline{0}$約束」(ii)「$\bar{A}$而且0約束」、(iii)「$\bar{A}$而且$\overline{0}$約束」三種可能性（由於「0位置」經常都是「$\bar{A}$位置」，所以不可能有「A而且0約束」)。照應詞必須受到(i)、(ii)、(iii)三種約束中某一種約束。更具體的說，「照應詞」與「名詞組痕跡」受到(i)「A而且$\overline{0}$約束」，「WH痕跡」受到(ii)「$\bar{A}$而且0約束」，而「RM痕跡」則受到(iii)「$\bar{A}$而且$\overline{0}$約束」。照應詞與各種痕跡在約束範疇中的大主語已分別於㉖、㊵與(54)下了定義。各種「大主語」的選擇都與「大主語」與「前行語」的相似性有關。又相似性的基礎，在(i)的「照應詞」與「名詞組痕跡」以及(iii)的「RM痕跡」都決定於前行語的語法範疇($\overline{S}$，NP，PP)，而在(ii)的「WH痕跡」卻決定於前行語的位置（「名詞性的 COMP」)，乍見之下似乎有些不相稱。其實，把各種句子成分移入 COMP 之後，這些句子成分原來的語法範疇就成為隱性的，彷彿所有的句子成分的語法範疇都變為COMP。「大主語」的概念是約束理論的基礎，而各種「個別語言」(particular language)對於各種「大主語」所下的定義並不完全相同。因此，「大主語」與「前行語」的相似性，就成為決定大主語「價值」(value)的「參項」(parameter)。

十三、結　語

　　以上根據 Nakajima (1985c) 的文章，從「GB 理論」的觀點討論了英語的各種移位現象。Nakajima 在這一篇文章提出了一些有關約束理論的修正意見，並站在「模組語法」的觀點詳細討論這些修正對於其他原則系統可能發生的影響。「GB 理論」在今日儼然成爲美國語言學的主流，並且仍然在蓬勃的發展之中。我們可以預期這一理論的發展將對「語言習得」(language acqui-sition) 以及「語言學習」(language learning) 的本質與方法產生深遠的影響。本文把鄰邦學者所提出的有關「GB理論」中的一個論點與分析簡要加以介紹，以供國內有意研習此一理論的學者做參考。

參 考 文 獻

Aoun, J. and D. Sportiche, 1983. "On the Formal Theory of Government," *LR* 2, 211–236.

Bolinger, D. 1972. *That's That,* Mouton.

Chomsky, N. 1977. "On Wh-movement," in Culicover et al(eds.) 1977. *Formal Syntax,* 71-132, Academic Press.

——1981. *Lectures on Government and Binding,* Foris.

——1982. *Some Concepts and Consequences of the Theory of Government and Binding,* MIT Press.

——1986. *Barriers,* MIT Press.

Erteschik, N. 1973. *On the Nature of Island Constraints,* MIT dissertation.

Fiengo, R. and J. Higginbotham. 1981. "Opacity in NP," *LA* 7, 395-421.

Koster, J. 1984. "On Binding and Control," *LI* 15, 417-459.

Nakajima, H. 1982. *Rule Incompatibility Phenomena,* Univ. of Arizona dissertation.

——1984a. "英語の移動現象研究，"研究社。

——1984b. "Branching-COMP Phenomena and the Definition of C-command," *English Linguistics* 1, 1-21.

——1985a. "A Revision of the Notion SUBJECT and its Effect on Binding Theory," *English Linguistics* 2, 60-80.

——1985b. "The Notion BINDER and its Relativization and Parametrization," *Metropolitan Linguistics* 5, 1-16.

——1985c. "モヅュール文法の展開，"言語，Vol. 14: 11 (88-96), 12 (88-96); Vol,15; 1 (154-162).

——to appear. "COMP as a SUBJECT," *LR* 4.

Pesetsky, D. 1982. *Paths and Categories,* MIT dissertation.

Ross, J. 1967. *Constraints on Variables in Syntax,* MIT dissertation.

Safir, K. 1985. *Syntactic Chains,* Cambridge University Press.

Stowell, T. 1981. *Origins of Phrase Structure,* MIT dissertation.

＊原文刊載於英語教學（1986）10卷4期（5—14頁）、11卷1期（14頁至24頁）、11卷2期（20—28頁）。

國家圖書館出版品預行編目資料

英語認知語法：結構、意義與功用（上集）

湯廷池著. – 初版. – 臺北市：臺灣學生，
1988[民 77]
面；公分（語言教學叢書）

ISBN 957-15-1269-9(平裝)

1. 英國語言 – 文法

805.16   94016535

英語認知語法：結構、意義與功用（上集）

著　作　者：湯　　　　　廷　　　　　池
出　版　者：臺 灣 學 生 書 局 有 限 公 司
發　行　人：盧　　　　　保　　　　　宏
發　行　所：臺 灣 學 生 書 局 有 限 公 司
　　　　　　臺 北 市 和 平 東 路 一 段 一 九 八 號
　　　　　　郵 政 劃 撥 帳 號 ： 0 0 0 2 4 6 6 8
　　　　　　電　話 ： (0 2) 2 3 6 3 4 1 5 6
　　　　　　傳　眞 ： (0 2) 2 3 6 3 6 3 3 4
　　　　　　E-mail：student.book@msa.hinet.net
　　　　　　http：//www.studentbooks.com.tw
本書局登
記證字號　：行政院新聞局局版北市業字第玖捌壹號
印　刷　所：長 欣 彩 色 印 刷 公 司
　　　　　　中 和 市 永 和 路 三 六 三 巷 四 二 號
　　　　　　電　話 ： (0 2) 2 2 2 6 8 8 5 3

定價：平裝新臺幣四八○元

西 元 一 九 八 八 年 七 月 初 版
西 元 二 ○ ○ 六 年 四 月 初 版 二 刷

80507-1　　　有著作權・侵害必究
ISBN 957-15-1269-9(平裝)